에세이로 읽는
법구경

The

삶을 이끄는 **지혜의 징검다리**

에세이로 읽는
법구경

법구 지음 | 이규호 해제

Dhamma-
pada

문예춘추사

차 례

제26장

바라문품
婆羅門品

아무것도 갖지 않은 사람은 행복하다

편저자의 말

『법구경法句經』을 읽는다는 것은 삶의 바깥을 서성거리다가 삶의 안쪽으로 깊숙이 들어서는 것과 같은 일이다.『법구경』속에는 오늘을 살아가는 모든 인간 삶의 현장이 눈부실 만큼이나 가득히 펼쳐져 있기 때문이다.

아름다운 삶이 있는가 하면 아름답지 못한 삶이 있고, 참으로 기쁜 삶이 있는가 하면 스치며 지나기에도 서러운 삶이 있다. 숭고한 삶이 있는가 하면 그지없이 비천한 삶이 있고, 안타까운 삶이 있는가 하면 버려질 수밖에 없는 삶도 가득 들어 있다.

붓다께서는 그러한 삶의 현장을 하나도 빼놓지 않고 지적해주신다. 마치 자상한 어머니가 아들과 딸의 등을 토닥이며 타이르듯 그렇게 말씀해주신다. 먼저 삶의 바깥을 보게 하고 다시 삶의 안쪽을 들여다보게 하며 마침내는 삶의 안팎을 한꺼번에 보여주시며 그 의미를 일깨워주신다.

그래서『법구경』은 담마파다Dhammapada, 즉 진리의 말씀인 것이다.

『법구경』이 불교 경전 중에서 가장 널리 알려지고 많이 읽힐 수 있었던 것도 불교의 어려운 오의奧意를 나열하기보다는 삶의 현장을 확연히 보여주어 행위의 지침으로 삼게 했다는 점 때문일 것이다.

나는 이 책에 그러한『법구경』을 읽어온 내 나름의 독후감을 적어놓았다. 독후감에 지나지 않는 작은 글들을, 나는 가까운 벗들에게 살뜰히 읽어주고 싶었을 뿐이다.

이 책을 쓴 의도는 그만큼 단순하다. 불교의 어려운 오의에는 나는 아직도 까마득하기만 하여 그것에서는 이만큼 멀리 떨어져 있다. 다만 오늘을 사는 우리가 이토록 귀한 붓다의 말씀을 지금 새삼 들을 수 있다는 큰 기쁨을 위하여 이 책을 썼을 뿐이다.

이 책이 독자들의 가슴속에 깊이 뿌리내릴 수 있는 '진리의 말씀'이기를 간절히 바라마지 않는다.

이규호

1. 『법구경』은 붓다의 말씀을 모아 엮은 것이다. 엮은이는 인도의 법구(法救)로 알려져 있고, 한문으로 번역한 사람은 오(吳)나라의 유기난(維祇難) 등으로 알려져 있다. 법구는 붓다께서 열반하신 지 400년 뒤인 기원전 1세기쯤의 인물로 추정된다.

2. 『법구경』은 남전(南傳)과 북전(北傳) 두 종류가 있는데, 남전은 26품 423게송이고 북전은 39품 742게송으로 되어 있다. 『에세이 법구경』은 남전을 기본으로 했다.

3. 이 책은 제목 그대로 '진리의 말씀'을 좇아 오늘을 살아가는 모든 사람들에게 변하지 않는 삶의 지침을 제시해주고 있다. 붓다의 말씀을 기본으로 하고 있지만 단순한 불교 경전이 아니다. 참된 삶을 추구하는 모든 사람들에게 삶의 지혜를 깨우치게 하고 가슴 깊숙이 그 지혜를 심어주고 있다. 이 책에 실린 붓다의 말씀은 모두가 어제의 말씀이 아닌 것이다. 오늘을 위한 오늘의 말씀이다. 이 말씀을 따라 하루하루를 살아갈 수 있는 사람이라면 그야말로 가장 긍정적이고 충만한 삶을 완성해갈 수 있을 것이다. 끝으로 이 책을 쓰면서 성열 스님이 번역하신 『부처님 말씀』과 거해 스님의 『법구경』을 크게 참조했음을 밝혀둔다.

제1장

쌍서품

雙敍品

선을 버리는 것은
나를 버리는 것이다

진실을 알아 진실이라고 하고 거짓을 보아 거짓임을 안다면

이것은 올바른 계책이다. 반드시 참된 이익을 얻을 수 있다.

001~002
마음은 다스리기에 달려 있다

심위법본   심존심사   중심념악   즉언즉행
心爲法本이니 心尊心使니라 中心念惡하여 卽言卽行이면
죄고자추   차력우철
罪苦自追가 車轢于轍이니라.

심위법본   심존심사   중심념선   즉언즉행
心爲法本하니 心尊心使니라 中心念善하여 卽言卽行이면
복락자추   여영수형
福樂自追가 如影隨形이니라.

001 마음은 모든 일의 근본으로 마음이 주인되어 마음을 시킨다. 마음속으로 악을 생각하며
그대로 말하고 그대로 행하면 스스로 따르는 죄의 고통은 마치 수레를 따르는 바퀴자국과 같다.
002 마음은 모든 일의 근본으로 마음이 주인되어 마음을 시킨다. 마음속으로 선을 생각하여 그대로 말하고
그대로 행하면 스스로 따르는 행복과 즐거움은 마치 형상을 따르는 그림자와 같다.

붓다께서 말씀하셨다.

"개를 기둥에 묶어놓으면 개는 끈을 끊지 못하기 때문에 기둥을 빙빙
돌면서 서기도 하고 앉기도 하며 눕기도 하지만 기둥을 떠나지는 못한다.
이처럼 사람들도 육신에 묶여 탐욕을 일으키고 매달려 떠나지 못하기 때
문에 욕심의 갈증을 벗어나지 못한다. 그것은 이미 오랜 세월 동안 마음
이 탐욕과 분노와 어리석음에 물들었기 때문이다. 수행자여, 마음이 번거
로우면 세상이 번거롭고, 마음이 맑고 깨끗하면 중생계 또한 맑고 깨끗해
진다. 얼룩새가 하나지만 몸의 색깔은 수없이 많듯 사람 역시 몸은 하나
지만 마음의 얼룩은 얼룩새의 몸 빛깔보다 더 많은 것이다."

모든 사람은 바로 그러한 한계를 벗어나기가 어렵다. 기둥에 묶인 개처럼 세상을 맴돌고 있을 뿐이다.

그러나 깨달음이란 것이 있다. 붓다의 말씀을 만나 스스로를 이롭게 할 수 있다면 얼마나 엄청난 현명함일 것인가. 오늘의 삶을 살아가면서 바로 그 깨달음의 길로 들어서기를 주저하지 말라. 그것이 그대의 삶을 성공의 길로 들어서게 하는 지름길이 될 수 있기 때문이다.

그렇다, 붓다의 말씀처럼 얼룩새는 몸뚱이는 하나지만 몸의 색깔은 수없이 많다. 사람 역시 몸은 하나지만 마음의 얼굴은 얼룩새의 몸 빛깔보다도 훨씬 더 많다. 그대 가슴속에 가득 차 있는 그 마음의 얼룩을 지워버리기 위해 선선히 붓다의 말씀을 만나라. 그것은 그대를 크게 이롭게 한다. 이롭게 할 뿐만 아니라 현명함으로 그대를 인도한다.

마음은 다스리기에 달려 있다. 마음속에 뜨거운 불을 지피면 마음은 어쩔 수 없이 활활 타오른다. 마음속에 찬서리 비바람을 몰아넣으면 마음은 또 어쩔 수 없이 냉정해지며 폭풍으로 휘몰아친다. 그래서 마음을 일컬어 '허령불매虛靈不昧'라고 말한다. 마음은 형체가 없어 텅 비었으나 그 작용은 뛰어나 신령하고 밝다는 뜻이다. 또 장자莊子는 '허선촉주인불노虛船觸舟人不怒'란 말로 마음의 한 단면을 묘사하고 있다. 사람이 타지 않은 빈 배가 남의 배에 부딪쳐도 사람은 노하지 않는다는 뜻으로, 마음을 비우면 남의 감정을 상하게 하는 일이 없음을 비유하는 것이다.

로맹 롤랑은 이렇게 말했다. "마음은 단순한 감수성의 영역이 아니다. 나는 그것을 내면생활의 넓은 왕국으로 생각한다. 나는 그 왕국을 자유로이 지배할 수 있으며 또 자기의 근원적인 힘에 의한 영웅은 무수한 적과도 대응할 수 있는 힘을 가지는 법이다."

003~004
빛은 그대 내부를 먼저 밝힌다

인 약 매 아　　　승 아 부 승　　　　패 의 종 자　　　　원 종 불 식
人若罵我하고 勝我不勝하여 快意從者하면 怨從不息이니라.

인 약 치 훼 매　　　　피 승 아 부 승
人若致毀罵하고 彼勝我不勝하여

패 락 종 의 자　　　　원 종 득 휴 식
快樂從意者이면 怨終得休息이니라.

003 만약 남이 나를 꾸짖었을 때 나를 이긴 것 같지만 이긴 것이 아니다.
이렇게 마음에 새겨둔다면 원한은 끝내 멈추지 않는다.
004 만약 남이 나를 꾸짖었을 때 그는 이겼고 나는 졌다. 이렇게 마음에 새겨둔다면 원한은 마침내 멈출 수 있다.

어느 날 두 사람의 비구가 서로 다투었다. 그런데 한 사람이 욕을 하고 꾸짖어도 다른 한 사람은 침묵만 하고 있었다. 욕을 하던 비구가 금방 뉘우치고 사과했지만 침묵했던 비구는 받아들이지 않았다. 끝내 사과를 받아들이지 않자 절에 있던 비구들이 서로 권하며 충고하느라 갑자기 시끄러워졌다. 이러한 전후 사정을 듣고 나서 붓다께서 말씀하셨다.

"어떤 어리석은 비구가 남이 뉘우치고 사과하는데 그것을 받아들이지 않았는가? 남의 뉘우침을 받아주지 않으면 그는 어리석은 사람이다. 그런 사람은 오랫동안 이익 없는 괴로움을 받을 것이다."

붓다께서는 다시 게송으로 말씀하셨다.

"남을 해칠 마음이 없었더라면 성냄에 얽매이지 않으리니 원한을 오래 두지 말고 성내는 마음에는 머물지 말라. 비록 화가 머리끝까지 치밀더라

도 그것 때문에 막말하지는 말라. 남의 흠을 찾아서 약점이나 단점을 들추지 말고 항상 자기 자신을 잘 단속하여 정의로써 자신을 살펴나가라."

『잡아함경』에 나오는 붓다의 말씀이다. 분노와 어리석음은 언제나 나란히 함께 다닌다. 그들은 물속에 있다가도 불 속으로 뛰어들며 높은 언덕에서 느닷없이 아래로 굴러떨어진다. 그대가 그들을 다스리지 못하면 마침내 그들이 그대를 다스리게 된다. 어리석음에 사로잡히면 어둠의 터널로 들어설 수밖에 없다. 그 터널 속에는 온갖 교만과 사치와 허영과 시기와 질투와 미움의 감정들이 싹을 틔우고 있다. 그러나 깨달음으로 눈이 떠지면 자기 자신도 모르는 사이에 어둠의 터널 앞을 스치며 지나게 된다. 악의 씨앗들이 그의 시야에 들어오지 않기 때문이다.

아우렐리우스가 말했다.

"인간의 영혼은 내부에서 빛을 발하는 투명한 구체라 할 수 있다. 그 빛은 영혼에 대해서 모든 진리와 광명의 원천이 될 뿐만 아니라 일체의 외부적인 존재에 대해서도 빛을 비춘다. 이와 같이 하여 인간의 영혼은 참된 자유와 행복한 상태 속에 있는 것이다. 다만 외부 세계에 대한 정욕이 그 구체의 미끄러운 표면을 소란하게 하고 어둡게 하는 것뿐이다. 그것 때문에 손상당하는 것이다."

그대의 영혼이 그대 내부로부터 발하는 빛은 모든 진리와 광명의 원천이 되는 것들이다. 그것은 어둠의 터널과는 너무나 먼 거리에 있다. 그러면서도 만약 그대가 어리석음에 사로잡혀들기만 한다면 그대는 결국 그 빛을 놓쳐버리고 만다. 그대 내부에 있으면서 빛을 발하는, 그대를 위한 그대 자신의 것인데도 불구하고 말이다. 틈을 주지 말라. 오로지 올바른 뜻을 좇아 행하고 깨달음에 매진하라.

005~006
원망하는 마음은 밝지 못하고 어둡다

불가원이원　　종이득휴식　　행인득식원　　차명여래법
不可怨以怨이면 終以得休息이나 行忍得息怨이니 此名如來法이니라.

불호책피　　무자성신　　여유지차　　영멸무환
不好責彼하고 務自省身하라 如有知此이면 永滅無患이니라.

005 원망으로 원망을 갚는다면 마침내 원망은 멈추지 않는다. 오직 참는 것으로 원망은 멈추나니
이것은 여래의 영원한 진리다. **006** 남을 꾸짖기를 좋아하지 말고 자기 자신을 살피기에 힘써라.
만약 이것을 알 수 있다면 근심은 영원히 사라져 없어질 것이다.

　　원망한다는 것은 남을 못마땅하게 여기고 탓하거나 지나간 일에 대해
불만족스럽게 여기는 것을 말한다. 그렇기 때문에 원망하는 마음은 밝지
못하고 어둡다. 원망하는 마음 자체가 사악에서 비롯된 것이기 때문이다.

　　그래서 프랑스의 철학자 아미엘은 차라리 그대를 꾸짖는다. 왜 그대는
타인의 악의에 대해서, 망은忘恩에 대해서, 질투에 대해서, 교활에 대해서
성급해지고 마는가라고. 차라리 모든 것을 씻은 듯이 잊어버리라고 충고
한다. 왜냐하면 모멸과 비난과 분노는 그대의 마음을 소란하게 할 따름이
기 때문이라고.

　　성급하게 분노하는 그대에게 데카르트는 이렇게 말해준다.

　　"애정은 생리적으로 강하고 미움은 생리적으로 약하다. 당신이 남을 원
망하는 감정을 품고 있다면 당신의 피는 매우 나쁜 상태에 놓인다. 당신
은 음식맛조차 잃게 될 것이다. 당신의 건강을 위해서 남을 원망하는 감

정에 오래 머물러 있지 말라. 순조로운 혈액 순환, 맑은 공기, 적당한 온도, 이것들은 모두 사랑의 표현인 것이다."

남을 꾸짖기를 좋아하지 말고 먼저 자기 자신을 살펴보기에 힘써라. 그대가 그렇게 한다면 그대를 원망하는 자 역시 그대처럼 그대 뒤를 좇을 것이다.

어느 날 아침 붓다께서 성 안으로 들어가 걸식을 하셨다. 그때 욕 잘하는 바라문이 부처님을 향해 욕을 퍼부으면서 흙을 집어던졌다. 그런데 마침 바람이 불어 흙이 그 바라문에게로 되돌아가고 말았다. 붓다께서 바라문에게 말씀하셨다.

"어떤 사람이 성내지도 않고 원한도 없는데 그를 욕하고 꾸짖더라도 마음을 깨끗이하여 앙심을 품지 않으면 그 허물은 도리어 욕을 한 사람에게 돌아가나니, 마치 흙을 끼얹더라도 역풍逆風이 불어와 오히려 자기를 더럽히는 것과 같느니라."

험악한 말씨보다 공손한 말씨가 얼마나 더 아름다운가. 꾸짖으며 욕하기보다는 꾸짖으며 보듬어주는 마음이 얼마나 더 진실한가. 미움과 원망의 씨앗을 말 속에 심기보다는 미움과 원망의 씨앗을 거두어들이는 것은 또 얼마나 현명한 일인가.

조지 허버트가 말했다.

"다정스러운 말은 시원한 물보다도 한결 더 목마름을 축여준다."

007~008
삶을 배우기 위해서는
일생을 필요로 한다

행 견 신 정　　　　불 섭 제 근　　　　음 식 부 절　　　　만 타 겁 약
行見身淨하여 不攝諸根하고 飮食不節하며 慢墮怯弱이면

위 사 소 제　　　　여 풍 미 초
爲邪所制가 如風靡草리라.

관 신 부 정　　　　능 섭 제 근　　　　직 지 절 도　　　　상 락 정 진
觀身不淨하여 能攝諸根하며 食知節度하고 常樂精進이면

불 위 사 동　　　　여 풍 대 산
不爲邪動이 如風大山이니라.

007 행함에 있어 깨끗한 몸이라 하여 모든 근본을 거두지 않고 음식을 절제하지 않으며
교만하고 게으르고 겁이 많고 유약하면 사악한 것에 억눌리는 것이 마치 바람에 풀이 휩쓸리는 것과 같다.
008 몸이 깨끗하지 못하다고 여겨 모든 근본을 능히 거두고 음식에 절도를 알며
항상 즐겨 정진하면 사악한 것에 동요되지 않음이 마치 바람 앞에 우뚝 선 큰 산과 같다.

카알 힐티가 말했다.

"사람은 먼저 자기 자신을 통솔할 줄 알아야 한다. 자기 한 몸을 통솔하지 못하고 어떻게 남을 통솔할 것인가? 노여움을 비롯하여 그 밖의 격렬하고 폭발적인 감정 따위는 모두 자기를 통솔하지 못한 증거이다. 사람은 남한테 저항하기보다 먼저 나 자신에게 저항해야 한다. 나 자신을 극복하는 것이 남에게 이기는 길이다."

스스로를 깨끗한 몸이라고 생각하여, 음식을 절제하지 않고, 교만하고 게으르며, 겁이 많고 유약한 것 등은 모두가 자기 자신을 통솔하지 못하

는 데서 빚어지는 것들이다. 그런 것들이야말로 사악함의 잔가지며 잎사귀다.

그것은 근본적으로 가장 인간적인 삶의 뿌리를 송두리째 거부한 데서 비롯된 것과 다름없다. 모든 사악한 것들은 결코 그 틈새를 놓치지 않는다. 기다렸다는 듯이 비집고 끼어든다.

목련존자가 선정禪定을 닦는 도중 깊은 잠에 빠져들었다. 이것을 아신 붓다께서 목련 곁으로 가까이 다가가 말씀하셨다.

"목련아, 너는 깊은 잠에 빠져 있구나."

"그렇습니다, 세존이시여."

"목련아, 만일 잠이 달아나지 않으면 이전에 들었던 법을 마음속으로 외워보아라. 그래도 잠이 없어지지 않는다면 그대가 이미 들었던 법을 남을 위해서 설법하라. 그래도 안 된다면 냉수로 눈을 씻고 목욕하라. 그래도 잠이 없어지지 않는다면 밖으로 나가 사방을 둘러보고 별들을 우러러보라."

『중아함경』에 나오는 붓다의 말씀이다. 스스로를 갈고 닦지 않는 사람은 잠든 것과 다를 것이 없다. 깊은 잠 속에는 온갖 욕심과 애착의 마음이 들끓을 수밖에 없다. 깨어 있으라는 말이다. 깨어 있어서 자기 자신을 되돌아보며 수행하라는 말이다.

삶을 배우기 위해서는 일생을 필요로 한다고들 말한다. 그것은 삶을 사랑하기 때문이다. 참으로 그렇다면 어떻게 인생과 심각한 관계를 맺지 않을 수 있겠는가? 사악한 것에 동요되지 않기 위해서는 항상 긴장하며 정진해야 한다. 그럴 수만 있다면 그대는 마치 바람 앞에 우뚝 선 큰 산처럼 그렇게 당당할 수 있는 것이다.

009~010
지상에서 가장 작은 것이
탐욕임을 깨달아라

불 토 독 태　　　욕 심 치 빙　　미 능 자 조　　불 응 법 의
不吐毒態하고 欲心馳騁하며 未能自調면 不應法衣니라.

능 토 독 태　　　계 의 안 정　　강 심 기 조　　차 응 법 의
能吐毒態하고 戒意安静하며 降心己調면 此應法衣니라.

009 독한 모습을 감추어두고 욕심으로 치달리면서 스스로를 가누지 못한다면 법의(法衣)에 마땅치 않다.
010 능히 독한 모습을 버리고 계율의 뜻에 편안하고 고요하여 마음을 굴복시켜 스스로 가눌 줄 안다면
이것은 법의에 마땅한 것이다.

붓다께서 사위성 기원정사에 계실 때였다. 성 안에 사는 악한 사람이 붓다를 해치기 위해 칼과 활을 들고 달려들었다. 그때 붓다께서는 신통력으로 유리 성을 만들어 그의 접근을 막았다. 그러자 악인이 말했다.

"왜 문을 열지 않는가?"

붓다께서 말씀하셨다.

"이 문을 열게 하려거든 먼저 그 활과 칼을 버려라."

악인은 잡히기만 하면 주먹으로 쳐버리겠다고 생각하며 들고 있던 활과 칼을 버렸다. 그러나 문은 여전히 열리지 않았다.

"보다시피 활과 칼을 버렸는데도 왜 문을 열지 않는가?"

"나는 네 마음속의 악한 마음인 칼과 활을 버리라는 것이지, 네 손에 들고 있는 활이나 칼을 버리라고 말한 것이 아니다."

에픽테토스는 지상에서 가장 작은 것은 탐욕과 쾌락과 호언장담이며 가장 큰 것은 관용과 유화와 자비심이라고 말했다. 사람들은 그토록 작은 것에 매달려 스스로를 가누지 못한다. 마음속에 감추어둔 악한 마음에서 헤어나지 못하고 있다. 그대 욕심의 절반이 이루어지면 그 고통은 두 배로 늘어날 것을 왜 모른단 말인가? 살아 있는 사람들이 밤낮없이 스스로의 목숨을 치고 깎는 행위, 그것은 모두가 욕심 때문이다. 욕심은 사람의 눈만 어둡게 하는 것이 아니라 사람의 마음까지도 어둡게 한다. 그것은 마치 낙숫물이 돌을 뚫어 돌의 수명을 단축시키는 것과 다를 바 없다.

붓다께서 말씀하셨다.

"사람들은 욕심을 원인으로 하고 욕심을 조건으로 하며 욕심을 바탕으로 하기 때문에 어머니는 자식과 다투고 부모와 자식, 형제와 자매, 그리고 친척들끼리 쉴 새 없이 서로 다툰다. 저들은 서로 그렇게 다툰 후에 어머니는 아들의 허물을 말하고 아들은 어머니의 허물을 말하며 부모와 자식, 형제와 자매, 친척들끼리도 서로의 허물을 말한다.

욕심 때문에 왕과 왕이 다투고, 수행자가 다투며, 신도와 신도가 다투고, 백성과 백성이 다투며, 나라와 나라가 서로 다툰다. 그들은 서로 다투며, 서로 미워하기 때문에 여러 가지 흉기로 갈수록 서로를 해친다."

참으로 일정한 것들은 모두 없어지고 높이 있던 것들은 추락하며, 누구나 만났다간 헤어지고, 살아 있는 자는 반드시 죽음을 맞는데도 사람들은 미처 깨닫지 못하고 욕심만 앞세우고 있다.

아우구스티누스가 말했다.

"이 세상을 사랑하는 사람은 어느 정도 욕심을 채울 수도 있다. 그러나 신을 사랑하는 사람이 그보다 훨씬 쉽게 많은 것을 얻는다."

011~012

선이 없는 진실은 겨울과 같은 것이다

_{이 진 위 위}　　_{이 위 위 진}　　_{시 위 사 계}　　_{부 득 진 리}
以眞爲爲하고 以僞爲眞이면 是爲邪計니 不得眞利니라.

_{지 진 위 진}　　_{견 위 지 위}　　_{시 위 정 계}　　_{필 득 진 리}
知眞爲眞하고 見僞知僞면 是爲正計니 必得眞利니라.

011 진실을 거짓으로 하고 거짓을 진실로 한다면 이것은 사악한 계교일 뿐 참된 이로움을 얻을 수 없다.

012 진실을 알아 진실이라고 하고 거짓을 보아 거짓임을 안다면 이것은 올바른 계책이니
반드시 참된 이로움을 얻을 수 있다.

"선善이 없는 진실은 겨울과 같은 것이다. 그때는 모든 지표가 얼고 아무것도 자라지 않는다. 선에서 생긴 진실은 봄꽃이나 여름의 공기 같은 것이다. 거기서는 꽃이 피고 생장한다."

엠마뉴엘 스베덴보리의 주옥같은 말이다. 진실을 거짓으로 하고 거짓을 진실로 한다면 그것은 진실도 거짓도 아무것도 아니다. 사악한 것들은 그런 곳을 그들의 토양으로 삼는다.

재미있는 이야기가 하나 있다. 대홍수가 지구를 삼켜버리던 그때 모든 동물들이 노아의 방주를 타기 위해 모여들었다. '선善'도 급히 달려왔다. 그러나 노아는 '선'이 배에 오르는 것을 거절했다. 그가 말했다.

"나는 한 쌍으로 된 것 외에는 아무것도 태우지 않기로 했다. 물러가라."

'선'은 하는 수 없이 숲으로 되돌아가서 자기의 짝이 될 만한 것을 찾아보았다. 그러다가 마침내 '악惡'을 데리고 방주에 올라탔다.

과연 악은 선의 짝이 될 수 있을까? 악이 선의 유일한 존재 이유라 할지라도 과연 그럴 수 있을까? 그럴 수 있다. 선을 확인시키기 위해 악은 제자리에 남아 있어야 한다. 반쪽의 진실은 허위보다도 무섭고 반쪽의 선은 악보다도 더 지독하기 때문이다.

몽테뉴는 그의 『수상록』에서 인생은 본시 선도 악도 아니며 어떻게 사느냐에 따라 선의 무대가 되기도 하고 악의 무대가 되기도 한다고 말했다. 그러면서 다음과 같이 덧붙였다.

"인생의 효용은 그 길이에 있는 것이 아니고 그것을 사용하기에 달려 있다. 짧게 살았으면서도 오래 산 사람이 있다."

사람이 백년을 산다 하더라도 사악함에 물들어 전 생애를 보냈다면 그것은 참으로 백년 안의 삶이 될 수 없다. 그 사람의 삶의 의미는 정법正法을 좇아 정진하는 사람의 단 하루의 삶에도 미치지 못하기 때문이다.

삶이란 그런 것이다. 살아 있어도 죽은 사람이 있고 이미 죽었어도 영원히 살아 있는 사람이 있다. 눈을 감고 있어도 멀리까지 바라볼 수 있는 사람이 있는가 하면 눈을 뜨고 있어도 눈앞의 사물마저 제대로 헤아리지 못하는 사람이 있다.

단 하루의 삶이라도 완전하게 하기 위하여 그대의 삶 속에 붓다의 말씀을 조명하라. 그것은 그대의 삶을 경이적으로 풍요롭게 하는 새로운 방식이 될 수 있다. 그 길이야말로 그대를 위한 커다란 축복이 아닐 수 없다.

013~014
쉬지 말고 마음을 가다듬어라

蓋屋不密이면 天雨則漏니라 意不惟行이면 淫泆爲穿이라.
개 옥 불 밀   천 우 즉 루   의 불 유 행   음 일 위 천

蓋屋善密이면 雨則不漏라 攝意惟行이면 淫泆不生이니라.
개 옥 선 밀   우 즉 불 루   섭 의 유 행   음 일 불 생

013 지붕을 얹는 것이 정밀하지 못하면 비가 오면 금방 샐 수밖에 없다. 마음으로 생각해서 행하지 않으면 음탕한 생각으로 구멍이 뚫린다. **014** 지붕을 얹는 것이 정밀하면 비가 와도 새지 않는다. 마음을 가다듬어 생각해서 행하면 음탕한 마음이 생기지 않는다.

노자가 말했다.

"조용한 것은 조용하게 놓아둘 수 있다. 아직 나타나지 않은 것은 억제하기 쉽다. 약한 것은 부수어버리기가 쉽다. 사물事物은 그것이 존재되기 전에 조심하라. 무질서가 되기 전에 질서를 잡아라. 큰 나무도 가늘고 작은 가지가 자란 것이다. 10층탑도 작은 벽돌들이 쌓인 것이다. 천리 길도 한걸음부터 시작되는 것이다. 최후까지 최초와 같이 주의 깊게 하라. 그때 비로소 어떠한 일이라도 완수할 수 있을 것이다."

지붕을 성기게 얹은 집은 비가 오면 당연히 샐 수밖에 없다. 그와 같이 마음을 항상 가다듬지 않으면 온갖 잡스런 생각으로 마음은 구멍이 뚫릴 수밖에 없다.

그러한 그대 마음의 구멍을 뚫고 들어올 것들은 너무나 많다. 온갖 욕심, 온갖 미련, 온갖 음탕함, 온갖 질투, 그런 것들은 마치 한 마리의 새가

제 둥지를 드나들듯 그대 마음의 구멍을 드나들 수 있는 것들이다.

그것들이 미처 존재하기 전에 그대 마음의 구멍을 틀어막아라. 그대 마음에 지독한 무질서가 자리 잡기 전에 그 구멍을 틀어막아라.

붓다께서 말씀하셨다.

"해와 달은 네 가지 인연을 만날 때 그 빛을 발휘하지 못하게 된다. 구름이 끼거나, 먼지가 짙거나, 연기가 자욱하거나, 아수라가 삼켜버렸을 때다. 수행자들아, 사람에게도 네 가지 번뇌가 마음을 덮으면 깨닫지 못하게 된다. 탐욕이 강할 때, 분노하는 마음으로 가득 찰 때, 사견을 좇는 어리석음을 가질 때, 그리고 자기의 이익에만 매달릴 때이다."

마음을 가다듬기란 그래서 쉽지 않은 일이다. 세계는 바다이고 마음은 그 바닷가란 말도 있지 않은가. 파도는 그 바닷가를 잠시도 조용히 내버려두지 않는다. 출렁대며 철썩거리며 유혹하기를 쉬지 않는다. 그런데도 그대는 그대의 마음을 가다듬어야 한다. 참으로 그대 자신이 아니라면 누가 그대의 마음을 가다듬어줄 것인가.

그래서 데이비드 흄은 다음과 같은 말로 우리를 경각케 한다.

"마음은 일종의 극장이다. 거기서는 온갖 지각이 차례차례로 나타난다. 사라졌다가는 되돌아와 춤추다 어느새 꺼지고, 뒤섞여서는 끝없이 여러 가지 정세나 상황을 만들어낸다."

015~016

죄는 죄 지은 자를 가장 못살게 한다

_{조 우 후 우} _{행 악 양 우} _{피 우 유 구} _{견 죄 심 거}
造憂後憂하고 行惡兩憂라 彼憂惟懼하며 見罪心懅니라

_{조 희 후 희} _{행 선 양 희} _{피 희 유 환} _{견 복 심 안}
造喜後喜하고 行善兩喜라 彼喜惟歡하며 見福心安이니라.

> **015** 근심을 만들어서 후세에도 근심하여 악을 행하면 두 가지를 근심한다.
> 그것을 근심하고 두려워하면서 죄를 보는 마음은 부끄럽기만 하다.
> **016** 기쁨을 만들어서 후세에도 기뻐하여 선을 행하면 두 가지를 기뻐한다.
> 그것을 기뻐하고 즐거워하면서 복(福)을 보는 마음은 편안하기만 하다.

도덕상 그릇된 짓을 통칭하여 우리는 죄罪라고 부른다. 그리고 죄가 될 만한 나쁜 짓을 통칭해서 죄악이라고 말한다. 그것들은 모두 사람들이 서로 부대끼며 살아가면서 만들어내는 것들이다. 어쩌면 인생이라는 이 거대한 삶이 없었더라면 죄와 죄악은 만들어지지 않았을지도 모를 일이다.

하지만 죄는 죄 지은 자를 가장 못살게 한다. 끊임없이 죄를 짓는 한 죄의 괴롭힘은 끊임없이 그를 따라다닌다. 그러나 선행善行은 그 반대의 모습을 보여준다. 선행은 그것을 행한 사람을 가장 기쁘게 한다. 끊임없이 선행을 실천하면 그 선행이 주는 기쁨은 끊임없이 그를 따라다닌다.

증자가 말했다.

"열 눈이 보는 곳, 열 손가락이 가리키는 곳, 그것은 엄격하다."

어떤 사물을 대할 때, 그 사물의 옳고 그른 것에 많은 사람의 생각과 판단이 일치한다면 그것은 분명 믿어 의심치 않아도 된다. 그래서 많은 사람들이 보는 눈과 많은 사람들이 판단하여 가리키는 손가락은 엄격할 수밖에 없다.

현자賢者는 혼자 있어도 스스로를 삼갈 줄 알지만 소인은 그렇지 못하다. 열 눈이 보지 않는 곳, 열 손가락이 가리키지 않는 곳이면 그들은 버릇처럼 옳지 못한 일도 서슴지 않는다.

대부분의 사람들이 그 부류에 속하는 것은 배움을 밝게 하지 못하여 모든 것을 의심하고 있기 때문이며, 흩어진 마음을 거두어들이지 못하여 미처 의義를 깨닫지 못했기 때문이다.

법장法藏이란 불교의 교법 또는 그 공덕을 일컫는 말이다. 그러나 그대가 만약 불자가 아니라면 법장을 받들어 간직할 자리에 그대의 양심을 대치하라. 법을 받아 법에 의지하는 자가 일찍 편안함을 얻는 것처럼 양심에 의지하는 그대 역시 일찍 편안해질 수 있기 때문이다. 그러면 열 눈이 보는 곳, 열 손가락이 가리키는 곳에서도 그대는 누구보다 당당해질 수가 있다.

톨스토이가 말했다.

"모든 의로운 행위는 씨앗과도 같다. 그것은 오래도록 땅 속에 가만히 묻혀 있다. 그러나 적절한 온도와 습도를 얻기만 하면, 자체 속에 새롭고 건전한 즙액을 양성하고, 신선한 힘을 얻어서 성장하기 시작한다. 그리고 이윽고 꽃을 피우고 열매를 맺는다."

그렇다. 죄악은 누구든지 금방 알아볼 수 있다. 그러나 교묘하게 그대를 유혹하려든다. 죄악이 거느리고 있는 죽음의 실체를 빨리 발견할 수 있도록 하라. 그뿐이다. 그것뿐이다.

017~018
죄는 인간성의 황폐일 뿐이다

금 회 후 회　　　　위 악 양 회　　　권 위 자 앙　　　수 죄 열 뇌
今悔後悔하여 爲惡兩悔라 厥爲自殃하여 受罪熱惱니라.

금 환 후 환　　　　위 선 양 환　　　권 위 자 우　　　수 복 열 예
今歡後歡하여 爲善兩歡하며 厥爲自祐하며 受福悅豫니라.

> **017** 현세에서 뉘우치고 후세에서도 뉘우쳐, 악을 행하면 두 곳에서 뉘우친다.
> 그는 스스로 만든 재앙으로 죄를 받아 심한 고통을 당하게 된다.
> **018** 현세에서 기뻐하고 후세에서도 기뻐해, 선을 행하면 두 곳에서 기뻐한다.
> 그는 스스로 돕는 일을 하여 복을 받아 기뻐하며 즐거워한다.

　　도스토옙스키의 『카라마조프가의 형제』를 읽다 보면 다음과 같은 카라마조프의 울부짖음을 듣게 된다. 죄의 고통 속에서 토해내는 처절한 목소리다.

　　"나는 나태와 방종에 대해서는 죄를 인정합니다. 나는 영원토록 고결한 인간이 되려고 애썼습니다. 그런데 바로 그 순간에 운명의 채찍을 받게 된 것입니다. … 이 드미트리 카라마조프는 악당이지만 그래도 선을 좋아합니다. 선과 악은 항상 인간 속에 괴물처럼 혼합되어 있습니다."

　　그렇다. 카라마조프의 울부짖음처럼 선과 악은 언제나 괴물처럼 인간 속에 혼합 내재되어 있다. 그러나 그 혼합은 이분법적인 혼합이 아니다. 선이 건강한 육체라면 악은 그 건강체에 파고든 병균으로서의 혼합일 뿐인 것이다.

붓다께서 사위성 기원정사에 계실 때, 어느 날 아난존자가 여쭈었다.

"세존이시여, 계를 지킨다는 것은 무엇을 의미하는 것입니까?"

"아난아, 계를 지키게 하는 것은 사람들로 하여금 후회스럽지 않게 하기 위해서이니라. 만약 계를 잘 지키면 후회할 일이 없느니라."

"세존이시여, 후회할 일이 없다는 것은 무엇을 의미하는 것입니까?"

"아난아, 후회함이 없다는 것은 마음을 기쁘게 하는 일이니라."

원래 계율이란 스님들이 지켜야 할 불교 규정을 말하는 것이지만 보다 넓은 의미로는 모든 사람들이 죄악을 범하지 못하게 하는 규정일 수도 있다. 그러한 계율을 지키는 것과 지키지 못하는 것의 차이는 엄청나다.

계율이란 어휘가 너무 엄격하게 느껴진다면, 한 걸음쯤 뒤로 물러서서 도덕률을 생각하자. 그것은 사람으로서 마땅히 행해야 할 바른 도리를 일컫는 말이다.

사람으로서 마땅히 행해야 할 바른 도리를 지키며 잃지 않는다면 어느 누구도 후회하는 삶은 살지 않게 된다. 후회 없는 삶이라면 그것은 곧 완전한 기쁨의 삶일 수 있을 것이다.

교황 요한 바오로 2세는 이렇게 말했다.

"죄는 인간성의 황폐이며 우리가 가지고 있는 가장 고귀한 것을 낭비하는 것입니다. 일시적인 죄로서 성공을 거두었다고 생각하더라도 그 인간성은 끝없이 황폐해지는 것입니다."

인간성이 황폐하다면 이미 살아 있는 사람의 모습이 아니다. 움직이는 시체일 뿐이다. 그것보다 지독한 죄의 고통이 따로 있을 수 있을 것인가.

019~020
선을 버리는 것은 나를 버리는 것이다

수송습다의   방일불종정   여목수타우   난획사문과
雖誦習多義하고 放逸不從正하면 如牧數他牛하여 難獲沙門果니라.

시언소구   행도여법   제음노치
時言少求하고 行道如法하고 除婬怒癡하며

각정의해   견대불가   시불제자
覺正意解하여 見對不起하면 是佛弟子니라.

019 아무리 경전을 많이 외운다 해도 그 행동이 방일하여 바른 길을 걷지 않으면
남의 소떼나 헤는 소몰이꾼 같아 사문(沙門)의 공덕은 얻기 어렵다.
020 제때에 말하여 적게 구하고 법대로 도(道)를 행하여 음욕과 분노와 어리석음을 버리고
바르게 뜻을 알고 깨달아 이익 앞에서도 마음이 흔들리지 않으면 이것이 곧 붓다의 제자이다.

욕심과 방탕과 음욕과 분노와 어리석음에서 완전히 벗어날 수 있는 사
람이라면 그야말로 붓다의 제자일 수 있을 것이다. 그러나 그런 것들로부
터 완전히 벗어나기가 어렵다고 해서 포기해서는 안 된다. 그것은 곧 나
자신을 버리는 결과이기 때문이다.

세상에는 조금 아는 것을 가지고 스스로 많이 안다 하여 교만함의 꼬리
를 흔들어대는 사람이 얼마나 많은가. 그것은 마치 쇠뿔에 앉은 개미가
소의 머리가 흔들리는 것이 자기 탓이라고 생각하는 것과 다를 바 없다.
또 인도의 속담처럼, 해가 저물면 '우리가 이 세상에 빛을 준다'고 생각하
는 반딧불과도 별 차이가 없다. 붓다께서 제자들에게 말씀하셨다.

"네 가지 종류의 구름이 있다. 천둥은 치면서 비를 내리지 않는 구름, 비

는 내리면서 천둥은 없는 구름, 천둥도 치고 비도 내리는 구름, 천둥도 치지 않고 비도 내리지 않는 구름이 그것이다.

경전을 소리내어 읽고 그 뜻을 잘 알면서도 남에게 설해주지 않는 사람은 천둥은 치면서 비가 오지 않는 구름과 같은 사람이다. 몸가짐은 점잖고 열심히 선행을 하지만 경전을 읽지도 않고 듣지도 않으면서 남에게 말하기를 좋아하는 사람은 비는 내리지만 천둥은 없는 구름과 같은 사람이다. 계행을 지키지도 않고 선행도 하지 않으며 경전을 읽지도 듣지도 않으며 남을 위해 말하지도 않는 사람은 비도 내리지 않고 천둥도 치지 않는 구름과 같은 사람이다. 계행을 잘 지켜 몸가짐이 점잖고 배우고 읽기를 좋아하며 남을 위해 설하기도 좋아하고 남으로 하여금 그것을 받아들이게 하는 사람은 비도 내리고 천둥도 치는 구름과 같은 사람이라고 한다."

그런 것이다. 세상에는 여러 종류의 사람이 있다. 붓다께서 말씀하신 네 종류의 구름 같은 사람이 있는가 하면 도무지 그에는 미칠 수 없는 종류의 사람들도 많다. 현명한 사람이 있는가 하면 어리석은 사람이 있다. 교만한 사람이 있는가 하면 필요하지 않은 사람이 있다.

사물을 분별할 줄 아는 사람을 만나라. 그와 함께하여 그의 지혜에 젖고 그 물을 마셔라. 유대인들이 즐겨 쓰는 격언을 소개한다.

"정욕은 처음엔 거미줄과 같이 가느다랗지만 나중에는 새끼줄처럼 굵어진다. 정욕은 처음엔 타인처럼 보이나 다음에는 손님처럼 보이고 마지막에는 주인이 되고마는 것이다."

우리들의 어리석음이 거미줄처럼 가늘 때 우리 자신을 되돌아보자는 것이다. 정욕이 우리의 주인이 되기 전에 되돌아보자는 것이다. 모든 사람은 능히 그것을 깨우칠 능력이 있다. 선을 버리는 것은 나를 버리는 것이다.

제2장

방일품
放逸品

사람일 수 없는
사람의 행렬이 너무 길다

방일함을 스스로 금하여 물리친다면 그것이 현명함이다. 이미 지혜의 높은 집에 올라 위험을 버리고 편안함을 얻게 되고 밝은 지혜로 어리석은 자를 바라봄이 마치 산에서 평지를 내려다보는 것과 같다.

021~022
사람일 수 없는
사람의 행렬이 너무 길다

계 위 감 로 도　　방 일 위 사 경　　불 탐 즉 불 사　　실 도 위 자 상
戒爲甘露道하고 放逸爲死徑이라 不貪則不死하고 失道爲自喪이니라.

혜 지 수 도 승　　종 불 위 방 일　　불 탐 치 환 희　　종 시 득 도 락
慧智守道勝하여 終不爲放逸하고 不貪致歡喜면 從是得道樂이니라.

021 계율은 감로의 길이고 방일은 죽음의 지름길이다. 탐하지 않으면 죽지 않고 도를 잃으면 스스로 죽게 된다.
022 밝은 지혜로 도를 지켜 끝내 방일하지 않고 탐하지 않고 기쁨을 이루면 이것으로 도의 즐거움을 얻게 된다.

어떤 일에 삼가지 않고 제멋대로 놀아나는 것이 방일放逸이다. 잠자고 싶으면 잠자고, 무엇이건 갖고 싶으면 제멋대로 훔치고, 누군가를 해치고 싶으면 가리지 않고 해치는 사람, 그런 사람도 사람일 수 있을 것인가?

그런 사람은 자기가 원하지 않는 일을 남에게 시킬 것이고, 살인도 가리지 않을 것이며, 간음 또한 가리지 않을 것이며, 말과 사상으로써 자기 자신을 더럽힐 것이며, 거짓말할 것이며, 남을 미워할 것이며, 모든 악을 사랑하며 즐길 것이다. 그런 사람도 사람이라고 부를 수 있을 것인가?

『잡아함경』에 다음과 같은 이야기가 있다.

많은 비구들이 거리로 걸식을 나가자 출가한 지 얼마 되지도 않은 한 비구가 때를 잘 맞추지도 않고 걸식을 다녔다. 그러자 나이 든 비구가 말했다.

"그대는 아직 걸식하는 법도 제대로 모르면서 거리로 마구 쏘다니는 가?"

젊은 비구가 대답했다.

"장로 대덕님들은 이집 저집 마음대로 오가며 걸식을 하면서, 어찌하여 제가 하는 걸식은 못마땅하게 여기십니까?"

이러한 사정을 들은 붓다께서 젊은 비구에게 말씀하셨다.

"연꽃이 있는 연못에 어미 코끼리가 들어가면 긴 코로 연뿌리를 뽑은 뒤 물로 깨끗이 씻은 다음에야 먹는다. 그래서 코끼리는 더욱 건강해진 다. 그러나 새끼 코끼리는 물로 깨끗이 씻을 줄 모르기 때문에 함부로 먹 어 점차 힘이 없어지고 죽음에 이르게 된다. 장로 대덕들이 어미 코끼리 와 같다면 젊은 비구인 너는 새끼 코끼리와 같느니라."

계율은 그래서 필요한 것이고 밝은 지혜 또한 그래서 간절한 것이다. 열반에 이르는 감로의 길과 죽음의 지름길이 분명하게 보이는데 무엇 때 문에 사람들은 죽음의 길목에 긴 행렬로 서 있는 것일까?

공자가 말했다.

"사물을 보는 방법이 일정할 때 지식을 얻을 수 있다. 지식을 얻을 때 의 지는 진리로 향한다. 의지가 만족을 얻을 때 마음은 착하게 된다. 마음이 착해진 후 모든 것에 대한 도덕적인 관찰을 할 수 있다. 그리고 그것이 도 덕으로 옮겨간다."

밝은 지혜로 도道를 지키며 끊임없이 정진하라. 그리하여 사람일 수 없 는 사람들의 행렬 속에 그대가 서지 않도록 노력하라.

023~024
그대 영혼의 소리에 귀 기울여라

_{상 당 유 념 도}　　_{자 강 수 정 행}　　_{건 자 득 도 세}　　_{길 상 무 유 상}
常當惟念道하여 自强守正行하라 健者得度世하여 吉祥無有上이니라.

_{정 념 상 흥 기}　　_{행 정 악 이 멸}　　_{자 제 이 법 수}　　_{불 범 선 명 증}
正念常興起하여 行淨惡易滅이라 自制以法壽하고 不犯善名增이니라.

　　023 언제나 도를 생각하여 스스로 바른 행실을 굳게 지켜라.
　　건실한 자는 세상을 건널 수 있으리니 이보다 더한 기쁨은 없다.
　　024 언제나 바른 생각으로 일어나 있으면 행실은 깨끗하고 악은 사라지게 된다.
　　스스로 억제하여 법(法)으로 살면 범함이 없어 좋은 이름을 더한다.

톨스토이가 말했다.

"정욕이 지배하기 시작했음을 깨달았을 때에는 곧 자기 자신이 지니고 있는 신성神性을 불러내도록 하라. 자기의 신성을 그 무엇인가가 어떻게 하는 것을 깨달았을 때에는 그것이 정욕 때문임을 깨달아 그것과 싸우도록 하라."

사람에게는 누구나 신성이라는 것이 있다. 그것은 그 사람이 지닌 영혼일 수도 있고 그 사람 자신의 양심일 수도 있다. 그것은 항상 밖으로 드러나지 않고 안으로 내재하여 굳건히 그 사람 자신을 지켜주고 있다. 그들이 몸담고 있는 육체가 위험에 부딪치게 되면 그들은 언제라도 주저함 없이 소리를 낸다. 그것이 영혼의 소리이며 양심의 소리인 것이다.

언제나 도道를 생각하며 스스로 바른 행실을 굳게 지키는 것이 정욕과 싸우는 것이다. 스스로 억제하여 다만 법으로 사는 것이 정욕과 싸우는 것이다.

어리석음이란 옷은 참으로 화려한 장식으로 만들어져 있다. 교만함도 권세욕도, 부유함을 즐기는 것도 모두가 한결같이 그 어리석음이란 옷을 입으면서 비롯된다. 그러나 지혜로운 사람들은 그토록 화려한 옷이 한낱 어처구니없는 마음의 때인 것을 깨달아 알고 있다.

붓다께서 말씀하셨다.

"수행자여, 항상 경전을 가까이하여 마음속에 간직하라. 마치 옷에 때가 묻으면 몇 번이고 잿물로 빨아 깨끗이 하는 것처럼 마음에 때가 낄 때에는 경전의 말씀으로 마음의 때를 씻어야 할 것이다. 중생심을 따르지 말아야 할 것이니, 탐욕과 분노, 어리석음에서 시작되는 마음의 욕구를 따라 순종하지 말고 항상 경계하라. 같이 배우는 사람을 공경하되 형제처럼 생각하고, 겉으로는 몸과 입의 허물을 단정히 하고, 안으로는 자신의 마음에 허물이 없도록 단속하라."

법을 듣는다는 것은 마음의 때를 씻어내는 일이다. 마음을 빼앗기면 눈은 아무것도 못 본다고 하지 않던가. 눈은 마음에 뿌리를 내리고 있으며 마음으로부터 자양을 얻는다.

계속해서 톨스토이가 말했다.

"정욕이 당신을 지배할 때 그것이 결코 당신의 정신을 차지하고 있는 것이라고 생각지 말라. 정욕은 다만 일시적으로 당신 정신의 참된 성질을 덮어 감추는 어둠의 습관, 바로 그것에 지나지 않는다."

025~026

선에 대해서 아낌없이 사랑을 줘라

발 행 불 방 일　　 약 이 자 조 심　　　 혜 능 작 정 명　　　 불 반 명 연 중
發行不放逸하고 約以自調心하여 慧能作定明하면 不返冥淵中이니라.

우 인 의 란 해　　　 탐 란 호 쟁 송　　　 상 지 상 중 신　　　 호 사 위 보 존
愚人意難解하여 貪亂好諍訟하고 上智常重愼하여 護斯爲寶尊이니라.

> **025** 행동하는 것이 방일하지 않고 스스로 제약하여 마음을 가누면 지혜는 능히 정(定)의 밝음을 이루어
> 어두운 구렁 속에 돌아오지 않는다. **026** 어리석은 자는 뜻을 깨닫기 어려워
> 탐하기에 어지럽고 다투기를 좋아하며 지혜로운 자는 항상 삼가서 이것을 보호하여 보물로 삼는다.

정定이란 선정禪定에 들어가는 일, 참선하여 삼매경에 이르는 것을 뜻하는 말이다. 기독교적으로 표현하자면 성령과의 만남 혹의 신의 영원성 같은 것으로 요약될 수도 있을 것이다. 어쨌거나 그것은 선에 대한 사랑의 정점을 뜻하는 것이겠다. 선에 대한 완전한 사랑이야말로 불멸에 대한 신앙과도 맥을 같이하고 있기 때문이다.

옛날 코살라국에 5백 명의 장사꾼들이 5백 대의 수레를 몰고 먼 길을 떠났다. 그런데 5백 명의 도둑떼가 뒤를 따르면서 기회를 엿보고 있었다. 이런 사정을 본 천신은 자신의 물음에 제대로 대답을 하면 보호해주고 그렇지 못하면 그냥 내버려두리라 생각하고 장사꾼들에게 물었다.

"누가 잠에서 깬 사람이며, 어떤 사람이 눈을 떴지만 자고 있는 사람인가?"

무리 가운데서 붓다의 가르침을 깊이 믿고 따르는 우바새가 그 물음에

이렇게 대답했다.

"탐욕과 분노와 어리석음을 벗어나 번뇌가 다한 아라한은 바른 지혜로 마음의 해탈을 얻었으니 그는 잠에서 깬 사람이고, 나는 눈을 떴지만 잠자는 사람이다. 하지만 괴로움이 생기는 원인을 알지 못하여 괴로움에서 벗어나는 길을 찾지 못하면 그는 언제나 잠자는 사람이지만, 나는 부처님을 믿고 따르고 있으니 진리에 눈을 뜨고 있는 것이다."

천신은 우바새를 칭찬하고 보호하여 화를 면하게 해주었다. 『잡아함경』에 나오는 이야기다. 우바새는 온갖 때묻음에서 떠났기 때문에 재앙이 있을 턱이 없었던 것이다. 구도의 길은 쉴 틈이 없다. 교만함이 싹트지 않게 하며 온갖 욕심을 없애는 데 주저함이 없어야 한다. 오늘을 사는 지혜도 그에서 다를 것이 없다.

에머슨은 우리들 마음이 선한 정도에 따라 우리들의 불멸에 대한 신앙의 깊이도 결정된다고 말했다. 그러면서 다음과 같이 덧붙였다.

"우리들의 천성이 동물적인 우매함과 이기적인 천박한 본능과 가련한 미신에서 떨어져 있는 정도에 따라 신앙에 대한 회의가 사라지며, 신앙 특유의 덕성적인 위대성 속으로 들어가는 것이다. 미래를 덮고 있던 것은 벗겨지고, 빛이 비치고, 우리들은 의기양양하게 신의 영원성으로 들어가는 것이다."

행동하는 것이 방일하지 않고 스스로 제약하여 마음을 가다듬는다면 능히 그럴 수가 있다. 그것은 한정된 사람들만이 할 수 있는 것이 아니다. 그것이야말로 그대가 해낼 수 있는 유일한 기쁨이 될 수 있을 것이다.

027~028
고정관념에서 벗어나라

막 탐 막 호 쟁　　　　역 막 기 욕 락
莫貪莫好諍하며 亦莫嗜欲樂하라

사 심 불 방 일　　　가 이 획 대 안
思心不放逸이면 可以獲大安이니라.

방 일 여 자 금　　　능 각 지 위 현　　　이 승 지 혜 각
紛逸如自禁하여 能却之爲賢이니 己昇智慧閣하여

거 위 위 즉 안　　　명 지 관 어 우　　　비 여 산 여 지
去危爲卽安하고 明智觀於愚니 譬如山與地니라.

027 탐하지 말고 다투는 것을 좋아하지 말며 재미로 탐욕을 즐기지 말라.
생각하는 마음이 방일하지 않으면 큰 안락을 얻을 수 있다. 028 만일 방일함을 스스로 금하여 물리친다면
그것이 현명함이다. 이미 지혜의 높은 집에 올라 위험을 버리고 편안함을 얻게 되고
밝은 지혜로 어리석은 사람을 바라봄이 마치 산에서 평지를 내려다보는 것과 같다.

　　고정관념이란 것이 있다. 작정한 대로 있으면서 바뀌지 않는 생각을 일 컫는 말이다. 또 과거에 경험한 감각이 아직도 마음에 남아 있는 상태를 일컫기도 한다. 마치 사람의 마음속에 자리한 엄청난 바윗덩이처럼 그것 은 웬만한 힘에는 밀려나지 않는다. 그러나 그걸 밀어내야 한다. 마음속 에 들어앉은 그 고체덩어리의 자리에 새롭고 선한 생각을 끊임없이 밀어 넣어야 하기 때문이다.

　　알베르 카뮈는 이렇게 말했다.

　　"사람들은 그저 몇 가지 익숙한 생각들만을 가지고 살아간다. 두세 가 지 생각들을 가지고 이리저리 떠돌며 이 사람 저 사람을 만나면서 그 생

각들을 반들반들해지도록 닦아 지니거나 변모시킨다. 이것이 바로 나의 생각이라고 말할 수 있는 자기 나름의 생각을 갖는 데는 10년이 걸린다."

이미 썩어버린 생각들은 폐기시켜라. 탐욕하고 다투며 그리하여 끝없이 어리석음의 미로만을 헤매이던 낡고 병든 생각들은 과감히 버려라. 생각하는 마음이 방일하지 않으면 지혜의 높은 집은 이미 그대 몫이다. 그대는 거기서 얼마든지 자유로울 수 있고 편안해질 수 있다.

인간의 삶은 목숨 하나만으로 영위되는 것이 아니다. 여러 가지 다양한 삶의 형태가 하나의 커다란 축을 이루면서 삶이라는 새로운 울타리를 만들어낸다. 그러기 위해서는 생명과 직결된 의사도 필요하고, 끊임없는 욕구를 충족시키기 위해서는 자기보다 힘센 자를 필요로 한다. 그래서 친구도 필요하고 연인도 필요하며 부모가 필요하고 형제를 필요로 한다.

그러나 인간에게 참으로 필요한 것은 지혜다. 그렇지만 지혜는 쉽사리 그 모습을 드러내지 않는다. 누구는 지혜란 곤란으로부터 온다고 했고, 또 다른 사람은 지혜는 배우는 것이 아니라 타고난 별 속에서 반짝이는 것이라고 했다. 다 옳은 말이다. 그것은 좀체 눈에 드러나지 않으며 손에 잡히지 않기 때문이다. 괴테가 했던 말처럼 지혜는 다만 진리 속에 있기 때문이다. 그것이 법이다.

방일함을 스스로 물리친다는 것은 그래서 중요하다. 가장 값진 인생을 살기 위해서, 가장 풍요로운 삶을 살기 위해서 가장 중요한 것은 한줄기 샘물처럼 고귀하고 정갈한 삶의 지혜를 찾는 것이기 때문이다.

비트겐슈타인이 말했다.

"내 머리에 모자를 쓸 수 있는 것은 나뿐이다. 마찬가지로 나 대신 생각할 수 있는 사람은 아무도 없다."

029~030
항상 깨어 있는 자는 현명하다

불 자 방 일　　종 시 다 오　　리 마 비 량　　기 악 위 현
不自放逸하고 從是多寤하여 羸馬比良이니 棄惡爲賢이니라.

불 살 이 득 칭　　방 일 치 훼 방　　불 일 마 갈 인　　연 쟁 득 생 천
不殺而得稱하고 放逸致毁謗이니 不逸摩竭人도 緣諍得生天이니라.

029 스스로 방일함에 떨어지지 않고 이를 좇아 항상 깨어 있는 사람은 여윈 말을 준마에 비교함과 같아
악을 버리고 현자가 된다. **030** 살생하지 않아 칭찬을 받고 방일함으로써 비난받는다.
방일하지 않은 마갈 사람도 많은 그 인연으로 천상에 태어났다.

　　자기 자신을 아는 것이 가장 크고 밝은 지혜다. 자기가 자기 자신을 보는 것이 아니라 타인의 눈으로 자기 자신을 바라볼 때, 그때야말로 자기 자신을 제대로 볼 수 있고 알 수 있게 된다.

　　창가의 새장에 새 한 마리가 갇혀 있었다. 그 새는 낮 동안은 기척도 없다가 밤이 되어야 울었다. 새소리를 들은 박쥐가 다가와서 물었다.

　　"왜 낮에는 울지 않고 밤에만 우는가?" 새가 대답했다.

　　"그럴 수밖에 없는 충분한 이유가 있다네. 난 어느 날 낮에 울다가 이렇게 잡혀 갇힌 몸이 되고 말았지. 거기서 얻은 교훈 때문이라네."

　　박쥐가 말했다.

　　"지금 조심한들 무슨 소용이 있나. 잡히기 전에 조심했어야지!"

　　그 새는 자기가 그토록 심한 바보였다는 것을 전혀 깨닫지 못하고 있었고 박쥐를 통해서야 자기 자신을 제대로 바라볼 수 있었던 것이다.

물론 이것은『이솝우화』속의 이야기에 지나지 않지만 참으로 많은 사람들이 새장에 갇힌 그 새처럼 자기 자신을 모르고 살아가고 있다.

선우휘의 소설「불꽃」을 보면 다음과 같은 대화를 읽을 수 있다.

"자네나 내 가슴속에 숨어 있는 인간 심리의 독소, 남을 억압하려는 포악성, 착취하려는 비정, 남보다 뛰어났다는 교만, 스스로 나서려는 값싼 영웅주의적 참견, 남을 죽일 수도 살릴 수도 있다는 무엄, 그것들이 인간이 지닌 어리석음의 조건이 아니겠나."

그런 것이다. 낱낱의 어리석음을 포장한 포장지는 그 낱낱의 포장지만큼이나 성격이 다르다. 포악과 비정과 교만과 참견과 무엄 등등, 그것들은 그것들대로 포장되어 있는 만큼 그 어리석음의 조건들은 그만큼 다양한 것이다. 그래서 밝은 지혜의 눈으로 어리석음을 본다면 그것은 마치 여윈 말과 준마駿馬의 차이만큼이나 엄청나다. 어리석음의 깊고 어두운 잠 속에 빠져들면, 그 잠이야말로 여윈 말의 맥박과 같아서 삶의 고뇌와 고통 따위는 까마득히 잊어버리고 만다. 오로지 어리석음의 깊은 잠만이 눈덩이처럼 불어날 뿐이다.

참으로 지혜란 진리 속에만 있다. 아무리 밝은 눈을 뜨고 진리의 바깥을 본다 하더라도 진리 속에 감추어진 지혜는 만날 수가 없다. 삶도 그와 같은 것이다. 그대가 진정한 삶의 바깥쪽에서 내실을 구하려 든다면 그대 또한 헛수고의 나날을 보내고 있는 것에 불과할 뿐이다. 삶의 한가운데를 파고들라. 거기서 분별하고 희망하고 정진하라.

『구약성서』는 이런 말을 남겨두어 우리를 경각케 한다.

"미련한 자를 곡물과 함께 절구에 넣고 공이로 찧을지라도 그의 미련은 없어지지 않느니라."

031~032

근신하는 가운데에서
자기 자신을 찾아라

비 구 근 신 락　　방 일 다 우 건　　결 사 소 전 리　위 화 소 기 진
比丘謹愼樂하고 放逸多憂愆하며 結使所纏裹는 爲火燒己盡이니라.

수 계 복 치 선　　범 계 유 구 심　　능 단 삼 계 루　치 내 근 니 원
守戒福致善하고 犯戒有懼心이라 能斷三界漏면 此乃近泥洹이니라.

031 비구는 근신해야 즐겁고 방일하면 근심과 허물이 많다. 마음에 얽힌 온갖 번뇌는 불길과 함께 없어지리라.

032 계율을 지키면 훌륭한 복을 이루고 계율을 범하면 두려운 마음이 생긴다.
능히 삼계(三界)의 번뇌를 끊으면 이는 곧 이원(泥洹)에 다가서는 것이다.

어떤 비구가 성 안의 한 여자와 웃으며 장난하다가 그만 나쁜 소문이 퍼지게 되었다. 그러자 비구는 스스로 생각했다.

'내가 조심하지 않았기 때문에 남의 여자에게 나쁜 소문을 일으키고 말았다. 차라리 숲속으로 들어가 자살해버릴까 보다.'

숲속에 살던 한 천신天神이 비구에게 잘못이 없음을 알고, 그를 일깨워주기 위해 그 여자의 몸으로 변신해서 말했다.

"그대와 나는 이미 나쁜 짓을 했다고 소문이 났습니다. 이미 그런 소문이 퍼졌으니 차라리 속세로 돌아가 함께 사는 것이 좋겠습니다."

비구가 말했다.

"그래서 나는 자살하려는 것이오."

이 말을 들은 천신은 본래의 몸으로 되돌아가 게송으로 말했다.

"비록 나쁜 소문이 퍼졌다 해도 고행하는 이는 그것을 기꺼이 참는다. 괴롭다고 스스로를 해쳐서도 안 되고 그것으로 번민하지도 말라. 소리만 듣고 놀라는 것은 숲 속의 짐승꼴이니, 짐승처럼 가볍고 성급한 마음으로는 출가법出家法을 이루지 못하리라. 그대는 마땅히 참고 그 나쁜 소문을 마음에 두지 말라. 마음을 잡아 태산처럼 굳게 하는 것이 출가한 사람의 법이니라. 남들이 함부로 떠드는 말로 말미암아 내 몸을 나쁜 도적으로 만들지 말라. 떠도는 말에 흔들리지 않으면 너 또한 아라한이 되리라. 네 스스로 네 마음을 아는 것처럼 여러 하늘도 그렇게 알고 있느니라."

이속우원耳屬于垣이란 말이 있다. 귀를 담에 대고 엿듣는다는 뜻으로, 남이 듣지 않는 곳에서도 말을 삼가라는 뜻이다. 또 음하만복飮河滿腹이란 말도 있다. 많은 물이 있더라도 마시는 분량은 배 하나를 채울 정도에 지나지 않는다는 뜻으로, 자기 분수에 넘치지 않게 조심하라는 경계의 뜻을 담고 있는 말이다.

비구에게는 비구로서 지켜야 할 계율이 있는 것처럼 모든 사람에게는 나름대로의 분수라는 것이 있다. 참된 즐거움은 근신하는 가운데에서 자기 자신을 찾는 일이다. 확실한 자기 자신을 모르고서야 어떻게 기쁨과 즐거움과 열반의 세계를 맛볼 수 있을 것인가.

벤저민 프랭클린이 말했다.

"너희 집 창문이 유리이거든 부디 이웃에게 돌을 던지지 말라."

보이지도 않고
만질 수도 없는 것이
마음이다

잡힌 고기가 땅바닥에서 깊은 못을 벗어나 괴로워하듯, 사
람의 마음은 두려움에 떠느니, 보라, 악마들은 무리지어 날
뛰고 있다.

033
마음을 억제하여 선을 행하라

_{심 다 위 경 조} _{난 지 난 조 호} _{지 자 능 자 정} _{여 장 닉 전 직}
心多爲輕躁하고 難持難調護하여 智者能自正이니 如匠搦箭直이니라.

033 마음은 가볍고 수선스러워 지키기 어렵고 제어하기도 어렵다.
지혜 있는 자는 바르게 다루느니 활 만드는 장인이 화살을 다루는 것과 같다.

붓다께서 사위성 기원정사에 계실 때였다. 한 수행자가 이성을 그리워
하는 마음 때문에 도를 얻지 못하게 되자 도끼로 자신의 성기를 끊으려
했다.

붓다께서 그에게 말씀하셨다.

"어쩌면 너는 그렇게도 어리석어 도리를 알지 못하느냐? 도를 얻으려
면 먼저 어리석음을 끊고 그다음에 마음을 다스려야 한다. 마음은 선과
악의 근본이다. 너의 성기를 끊기 전에 먼저 네 마음을 다스려라. 마음이
안정되고 뜻이 자유로워야 도를 얻게 된다. 열두 가지 인연은 어리석음에
서 비롯되느니, 어리석음은 모든 죄의 근원이며 슬기로움은 많은 선행의
근원이다. 그러므로 먼저 어리석음을 끊은 뒤에야 뜻이 안정될 것이다."

어떤 사람은 자기의 마음을 개나 돼지같이 만들어놓고 그 개나 돼지에
게 끌려다닌다. 또 어떤 사람은 자기의 마음을 살쾡이나 독사처럼 만들어
놓고 그 살쾡이나 독사에 끌려다닌다. 그러면서도 이미 자신이 그 개나

돼지나 살쾡이나 독사의 노예가 되어 있다는 것을 깨닫지 못한다.

쇼펜하우어는 그의 『수상록』에다 이런 말을 남겨두고 있다.

"벌써 될 대로 되어버렸다. 다시 말하면, 어느새 바꿀 수 없을 만큼 불행한 사고에 부딪쳐버린 후에, 이렇게 되지 않고도 끝났을 거라느니, 또는 조금만 주의했더라면 방법이 있었을 것이라느니 등등의 생각에 몸을 태워서는 안 된다. 이와 같은 생각이야말로 참을 수 없을 정도로 고통을 높이는 것으로, 그 결과는 곧 자기 견책에 그치고 마는 것이다."

후회함이 많은 삶 속에서는 마음이 기쁠 수가 없다. 후회란 쾌락이 낳은 운명의 알이기 때문이다. 그런 행위들은 대부분 모든 도덕률에서 이만큼 빗나가 있기 마련이며, 눈을 뜨고서도 보지 못하거나, 귀를 열어놓고서도 들을 줄 아는 귀를 가지지 못했기 때문이다.

헉슬리가 말했다.

"만성적인 후회는 정신적으로 가장 해롭다. 잘못한 일이 있으면 회개하라. 그리고 고칠 수 있는 일이면 고치고 다음엔 그런 일이 없도록 노력하라. 잘못한 일에 언제까지 후회만 하고 있지 말라. 쓰레기 속에 뒹굴어서 사람이 깨끗해질 수는 없는 노릇이다."

마음을 다스려라. 마음을 억제하여 선을 행하고 스스로 조절하면 편안해진다.

034~035

보이지도 않고
만질 수도 없는 것이 마음이다

여어재한지   이리어심연   심식극황구 마중이분치
如魚在旱地하고 以離於深淵이니 心識極惶懼 魔衆而奔馳니라.

경조난지   유욕시종   제의위선   자조즉령
輕躁難持하고 惟欲是從이니 制意爲善하여 自調則寧이니라.

034 잡힌 고기가 땅바닥에서 깊은 못을 벗어나 괴로워하듯, 사람의 마음은 두려움에 떠느니 보라,
악마들은 무리지어 날뛰고 있다. 035 날뛰는 마음을 잡기가 어려운 것은 다만 욕망만을 따르기 때문이다.
마음을 억제하고 선을 행하여 스스로 조절하면 편안해진다.

톨스토이는 눈에 보이지 않는 것, 손으로 만질 수 없는 것, 우리 내부에
서 자기 자신이 인식할 수 있는 영혼에 속하는 것만이 진실된 것이라고
했다. 그것이 마음이다. 눈에 보이지 않고 손으로 만질 수 없는 것이지만
그것은 자유자재로 움직이며 혼자서 결정한다. 인간이 소유한 것 중에서
이것 이상으로 위대한 것은 다시없다.

그래서 노먼 필은 이렇게 충고한다.

"우리는 마음속에 무엇이고 들여보내지 않을 수 없다. 실망, 걱정, 원한,
이런 감정이 자리 잡지 않도록 조심해야 한다. 그들은 일단 마음속에서
나갔다가도 곧잘 다시 찾아오는 손님들이다. 과히 좋지 못한 이런 손님들
에게 마음의 좌석을 점령당하지 않도록, 평화, 선, 관용의 부드러운 손님
들이 먼저 마음속에 자리 잡도록 해야 한다."

그렇다. '과히 좋지 못한' 손님들은 대개의 경우 외관상의 현상에서 영향을 받은 것들이다. 우리 내부에서 스스로가 인식한 것들이 아니라, 눈에 보이고 손으로 만질 수 있는 모든 것, 다시 말해서 우리의 감각이 만들어낸 현상들이 그런 손님들이다. 그들은 의롭지 못하며 선하지 않으며 무례하다. 그들이 그대 마음의 좌석을 송두리째 차지할 수 없도록 지켜나가라. 그 길만이 최선임을 명심하라.

그러나 그것은 쉬운 일이 아니다. 삶이란 인간의 바깥에 머무는 것이 아니라 인간의 내면에 머무는 것이기 때문이다. 그것은 언제나 번뇌와 함께 있다. 탐욕과 집착과 함께 있으며 또 죽음과도 함께 있다. 그렇기 때문에 그것은 결코 쉬운 일이 아니다. 스스로를 갈고 닦는 일에 부지런히 정진해야 이루어낼 수 있다.

붓다께서 말씀하셨다.

"부지런히 정진하여 몸과 입과 뜻을 단정히 하며 모든 행동에 허물이 없다면 도를 얻기가 어렵지 않다. 마음과 뜻을 잘 단속하고 여섯 가지 감각 기관이 좋아하는 것에 빠지지 않아 음욕, 분노, 어리석음을 억제하고 삿되고 빗나간 행동을 삼가야 뭇사람 가운데 있더라도 뭇사람들에게 부끄럽지 않고 그들에게 존경받을 수 있다. 마음이 청정하고 정직해야 두려움이나 불안이 없으며 도를 닦음에 삿되지 않을 것이다."

물을 보내지 않으면 물레방아는 돌지 않는다. 그대 자신을 위하여 쉼 없이 그대의 물을 보내주라. 그러면 그대는 마침내 불사不死에 이르는 물레방아를 만날 수 있을 것이다. 그것은 가장 성공적인 그대의 삶일 수도 있고 그대가 목표로 설정했던 바로 그 무엇일 수도 있다.

036~037

마음은 변신하기를 밥 먹듯 한다

_{의 미 난 견} _{수 욕 이 행} _{혜 상 자 호} _{능 수 즉 안}
意微難見하여 隨欲而行이라 慧常自護하면 能守則安이니라.

_{독 행 원 서} _{복 장 무 형} _{손 의 근 도} _{마 계 내 해}
獨行遠逝하여 覆藏無形이라 損意近道하면 魔繫乃解니라.

036 마음은 미묘해서 보기가 어려운 것이 욕심만을 좇아 날뛰기 때문이다. 항상 지혜로움으로 스스로를 지키면 마음은 능히 편안함을 가져온다. **037** 홀로 가며 멀리까지 달려 그윽한 곳에 숨어 형체가 없다. 마음을 덜어버리고 도에 다가가면 악마의 속박은 스스로 풀린다.

마음으로부터 우러나오는 것만이 진실이며 아름답다. 설령 그것이 슬픔이나 기쁨이라 하더라도 마음 깊은 곳에서 여과된 것이 아니면 진실일 수 없고, 아름답지 못하다. 사심불구蛇心佛口란 말이 있다. 뱀의 마음에 부처님의 입이란 뜻으로, 마음은 간악하면서도 입으로는 착한 말을 꾸미는 일이나 그런 사람을 일컫는다. 또 무자기毋自欺란 자기를 속이지 말라는 계명으로, 악한 것을 알면서도 남에게는 선이라고 속이는 것을 지칭한다.

마음은 그토록 변신하기를 밥먹듯 한다. 우리는 그런 것들을 모두 합쳐서 위선이라는 한마디 말로 묶어두려 하지만 참으로 변장술에 능숙한 위선은 용케도 그 그물을 쉽게 빠져나간다. 어느 날 다시 되잡혀 끌려오게 되더라도 말이다. 그래서 파스칼은 그의 『팡세』에다 이렇게 적어두었다. "인간은 천사도 아니거니와 짐승도 아니다. 그러나 불행한 것은 인간은 천사를 원하면서 짐승처럼 행동한다는 것이다."

038~039

가끔씩 마음을 쉬고 생각을 멈춰라

심 무 주 식　　　역 부 지 법　　　미 어 세 사　　　무 유 정 지
心無住息이면 亦不知法하고 迷於世事하여 無有正智니라.

념 무 적 지　　부 절 무 변　　　복 능 알 악　　　각 자 위 현
念無適止면 不絶無邊이라 福能遏惡이면 覺者爲賢이니라.

038 마음이 멈추고 쉴 곳이 없으면 법(法)을 알 수가 없고 세상일에 미혹되면 바른 지혜가 없게 된다.
039 생각을 적당히 멈추지 않으면 끊이지 않아 끝이 없다. 능히 악을 끊어 복되게 하면 깨달은 자는 현명해진다.

마음이 흐려서 무엇엔가 홀리는 미혹과 남을 꾀어서 정신을 어지럽게 하는 유혹은 당하는 사람의 입장에서 보면 마찬가지다. 대개 생각이 아주 많거나 생각이 아주 적은 사람들이 그런 함정에 자주 빠져든다. 생각을 적당히 멈추지 않고 마음을 너무 쉴 새 없이 혹사했기 때문이다.

비트겐슈타인은 그의 『반철학적 단장』에다 이렇게 썼다. "생각이 꼬리에 꼬리를 물고 맴돌고 있지 않다 할 적에도 우리는 어떤 때는 문제라는 울창한 숲속을 똑바로 걸어가 숲에서 벗어날 경우가 있는가 하면, 어떤 때는 꼬불꼬불한 길로 헤매어 들어가서 빠져나오지 못할 경우도 있다."

사람들은 가까운 평지를 두고 험준한 산길을 택하는 어리석음을 반복한다. 그런 길일수록 미혹과 유혹의 함정이 숱하게 널려 있다.

아미엘이 말했다. "단 한 가닥의 머리칼이라도 유혹의 바퀴에 끼어들면 온몸이 말려들게 된다."

040~041

모든 사악한 것들은
덧없으며 하찮은 것들이다

관신여공병
觀身如空瓶하고　安心如丘城하라 以慧與魔戰하여 守勝勿復失하라.

시신불구
是身不久하여 還歸於地하니 神識己離하면 骨幹獨存이니라.

040 몸은 빈병처럼 보고 마음은 성처럼 든든히 있게 하라.
지혜로써 악마와 싸워 승리를 지키고 다시 잃는 일이 없게 하라.
041 이 몸은 오래지 않아 드디어 땅으로 돌아가느니, 정신이 한번 몸을 떠나면 앙상한 해골만이 홀로 남으리라.

톨스토이는 양심에 가책되는 일을 하지 말고, 진리에 어긋나는 말을 하지 말며, 그것이 가장 중요한 일이라고 생각하고 지키면 인생의 문제를 해결할 수 있을 것이라고 했다. 그러면서 다음과 같이 말했다.

"어느 누구도 당신의 의지를 억압할 수는 없다. 당신의 의지를 훔칠 도둑은 존재하지 않는다. 이성이 용납하지 않는 일을 탐하지 말라. 모든 사람들의 행복을 원하라. 많은 사람들이 하고 있는 것처럼 개인적인 것을 탐하는 마음을 버려라. 인생의 문제는 대다수의 편을 드는 것이 아니다. 그대 자신 속에 의심되는 법칙과 조화를 이루며 살아가는 데 있는 것이다."

그렇다. 인생의 모든 문제는 마음을 어떻게 다스릴 것이며 뜻을 어떻게 지켜나가느냐에 달려 있다. 스님들처럼 선정에 들어 스스로를 추스릴 것인지 아니면 그대만의 또 다른 규칙을 만들어 스스로 가늠해나갈 것인지는 오로지 그대 몫이다.

그대 안으로부터 바르게 보라. 안으로부터 바른 지혜를 생각하라. 그렇지 않으면 그대 양심이 그대를 비난할 것이다. 그리고 그러한 양심의 비난이 마침내는 내가 지닌 고뇌 이상으로 그대를 압박할 것이다. 하지만 그제서야 그대는 전진하며 도덕적으로 완성되어가는 것이다.

누군가는 인생을 일컬어 온 곳이 아무 데도 없듯 갈 곳도 없는 것이라고 말했다. 그는 또 삶이란 불 속에 뛰어드는 한 마리 불나비와 같은 것이며, 겨울날 들소가 내뿜는 한숨에 지나지 않는 것이라고 했다. 또한 풀밭을 지나가는 작은 그늘처럼 해가 지면 따라서 사라지는 하찮은 것이라고 말했다. 인생이란 그처럼 덧없는 것이며 삶 또한 그렇게 하찮은 것일지도 모른다. 그러나 어떤 의미에서는 그처럼 덧없는 것이기 때문에 인생이란 것에 보다 더한 무게를 실어줘야 하고, 그렇게 하찮은 것이기 때문에 보다 진솔한 삶의 의미를 심어줘야 할 것인지도 모를 일이다.

덧없는 것에 덧없음을 덧칠할 필요는 없다. 하찮은 것에 하찮음을 더해 줄 필요 또한 없다. 모든 사악한 것들이야말로 덧없으며 하찮은 것들이다. 그런 것들을 물밀듯이 밀어젖히고 드러난 토양에 선한 마음의 씨앗을 뿌려두는 일이야말로 얼마나 값진 것인가.

윌리엄 샤로얀이 말했다.

"이 세상에 나왔다는 것, 그 자체가 분명히 우리에게는 하나의 결말이다. 죽음을 문제삼을 필요조차 없다. 사는 것이 기쁨이고 법칙이다."

그렇다. 사악함과 편벽됨을 버리고 기쁨의 대로에서 생명을 노래하라. 지극히 선한 삶은 가장 아름다운 의미로 거듭 태어나는 것이다.

042~043
마음을 지키기를 성과 같이 하라

_{심 예 조 처}　　_{왕 래 무 단}　　_{염 다 사 벽}　　_{자 위 초 악}
心豫造處에 往來無端하니 念多邪僻하면 自爲招惡이니라.

_{시 의 자 조}　_{비 부 모 위}　_{가 면 향 정}　_{위 복 물 회}
是意自造요 非父母爲니 可勉向正하여 爲福勿廻니라.

042 마음이 이미 만들어둔 곳을 정처없이 오고가느니, 생각이 그릇됨을 향해 간다면 스스로 악을 불러들이는 것이 된다. **043** 마음은 스스로 만드는 것이지 부모가 만든 것이 아니다. 힘써 바른 길을 향해 나아가 복을 만들고 결코 되돌아서지 말라.

　　마음은 신의 선물인지도 모른다. 육체의 모든 부분은 당연히 부모에게서 비롯된 것이지만 마음만은 자기 자신을 바탕으로 하고 있기 때문이다. 그래서 밀턴도 마음은 '나'를 장소로 한다고 했다. '나'를 떠나서 마음이 머물 수 있는 곳은 아무 데도 없다. 사람이 흙을 떠나서는 생존할 수 없는 것과 마찬가지 이유다. 헤겔은 또 다음과 같이 말했다.

　　"사람에게 가장 슬픈 일은 자기가 마음속에 의지하고 있는 세계를 잃어버렸을 때다. 나비에게는 나비의 세계가 있고 까마귀에게는 까마귀의 세계가 있듯이, 사람들도 각자 자기가 믿는 바에 따라 정신의 기둥이 될 세계를 가지고 있지 않으면 안 된다. 만약 그대가 그대의 마음과는 다른 곳에서 헤매고 있다면 다시 자기의 세계로 돌아가야 한다."

　　모든 사람은 각자가 지닌 자기 나름대로의 삶의 계율이 있다. 그것은 누구의 간섭도 허용하고 싶지 않은 자기만의 세계일 것이다. 그러나 거기에서 한 걸음 더 나아가면 우리는 붓다의 이 계율을 만나볼 수가 있다.

누가 청정한 삶을 마다하겠는가? 누가 스스로의 마음을 방자하게 만들기 위해 애쓸 것인가? 참으로 누가 일부러 사악한 곳을 넘나들려 하겠는가? 그러나 인간의 삶은 예측할 수가 없다. 자기도 모르는 나이에 스스로의 삶에 때를 묻히게 되고 방자해지며 어느덧 사악한 곳에 발길을 들이밀게 마련인 것이 인간의 삶이다. 그렇다. 어떤 경우 어떤 사물 앞에서도 놀랄 필요가 없다. 아니 놀라지 말아야 할 것이다. 그대 자신이 계율에서 벗어나지 않는 한 충분히 그럴 수 있는 것이다.

붓다께서 말씀하셨다.

"비구들이여, 그대들이 비록 내 옷자락을 잡고 내 뒤에 서서 발자국을 따라다닌다 해도 마음속에 탐욕과 증오심을 품었으며 악의에 가득하고 마음이 부패했으며 마음이 산란하여 자기감정을 억제할 수 없다면 그 사람은 나와 멀리 떨어져 있고 나는 그와 멀리 떨어져 있는 것이다. 왜냐하면 그는 법을 보지 못했기 때문이요, 법을 보지 못하는 사람은 나를 알지 못하는 사람이기 때문이다. 비구들이여, 설사 나와 떨어져 있다 하더라도 마음이 탐욕스럽지 않고 증오심이 없으며 악의가 없고 마음을 안정시켜 자신의 감정을 잘 억제하고 있다면 그 사람이야말로 바로 나와 가까이 있는 사람이요 나 또한 그와 가까이 있는 것이다. 그는 법을 보았기 때문이요, 법을 보는 사람은 나를 보는 것이기 때문이다."

그 깨달음이 한결같아야 한다. 강물이 스스로 흘러 바다로 들듯 스스로 다가가 붓다께 귀의하고 밤낮없이 붓다와 법과 비구를 생각해야 한다. 길게 이어지는 강물의 흐름처럼 스스로를 닦으며 갈무리하라는 것이다. 타인의 지혜로는 결코 멀리까지 갈 수 없기 때문이다.

제4장

화향품
華香品

지혜는 타고난
별 속에서 반짝인다

갖가지 아름다운 꽃들을 모아 화관 만들어 머리에 얹듯이,
사람도 많은 선을 모아 쌓으면 후세에서 좋은 복을 받게 되
리라.

044~045
어리석은 새는
자기의 둥지를 더럽힌다

숙 능 택 지   사 감 취 천   수 설 법 구   여 택 선 화
孰能擇地하여 捨鑑取天이리오. 誰說法句하여 如擇善華리오.

학 자 택 지   사 감 취 천   선 설 법 구   능 채 덕 화
學者擇地하여 捨鑑取天하며 善說法句하며 能採德華니라.

044 살 땅을 고르는 데 누가 능히 지옥을 버리고 천계(天界)를 취할 것인가.
법구(法句)를 설명함에 있어 누가 능히 좋은 꽃을 고르는 것같이 할 것인가. **045** 배운 사람은 살 땅을 고름에 있어
지옥을 버리고 천계를 취하며, 법구를 훌륭하게 설명하여 능히 공덕의 꽃을 따모을 것이다.

양금택목良禽擇木이란 말이 있다. 좋은 새는 나무를 가려서 앉는다는 말
로, 의지하고 사귈 친구는 덕 있는 사람으로 택해야 한다는 뜻이다. 그런
데도 많은 사람들은 스스로의 어리석음 때문에 그렇지 못한 경우를 만드
는 일에 주저하지 않는다.

링컨은 이렇게 말했다.

"불행한 사람의 특징은 그것이 불행한 것인 줄 알면서도 그쪽으로 가는
점에 있다. 우리 앞에는 언제나 불행과 행복의 두 가닥 갈림길이 있다. 우
리 자신이 그 둘 중의 하나를 선택해야 하는 것이다."

어리석음 때문이다. 어리석은 새는 자기의 둥지를 더럽힌다고 하지 않
던가. 어리석음의 유리막 때문에 사물을 분별할 능력을 잃어버린 것이다.

배운다는 것은 어리석음의 유리막을 하나씩 제거해나가는 것이다. 그

리하여 배운 사람은 깨닫는다. 자신이 살 땅을 고르면서 무엇 때문에 악도惡道를 선택할 것인가. 자신의 배움으로 붓다의 말씀을 설명할 줄 아는 지혜를 얻는다면 그것이야말로 얼마나 커다란 공덕이며 축복일 것인가.

붓다께서 사위성 기원정사에 머물러 계실 때였다. 멀리 마가다국의 왕사성에 살고 있던 두 사람의 비구가 붓다를 직접 만나 뵙기 위해 길을 떠났다. 한 사람은 계를 지키려다 길을 가는 도중에 죽었고, 또 한 사람은 계를 어겨가면서 가까스로 붓다가 계신 곳에 도착했다. 그러나 계를 지키다 죽었던 비구는 천상에 다시 태어나 한발 앞서 붓다 곁에 와 있었다.

살아서 온 비구에게 붓다께서 말씀하셨다.

"너는 나의 겉모습만 보고 나의 계율은 받들어 실천하지 않았다. 너는 나를 보겠지만 나는 너를 보지 않는다. 나와는 멀리 떨어져 있지만 경전과 계율을 받들어 실천하는 사람은 바로 내 눈앞에 있다."

계율이란 일체의 죄악을 막는 규정인 것이다. 그 계율을 배우는 데 어찌 함께할 사람이 필요할 것이며, 그 계율을 행하고 듣는 것 중에 어느 쪽을 중하다 할 수 있을 것인가.

배움에 앞서 계율을 지키는 것이 중요하다. 그리하여 혼자 선하여 근심이 없는 빈 들판의 코끼리처럼 나아가는 것이다. 그리고 다시 쉼 없이 정진하는 속에 깨달음은 다가오는 것이다. 누구엔가 베푼 후에 되돌려받지 말라. 힘써 행한 다음 결코 쉬는 일이 없도록 하라.

헤라클레이토스가 말했다.

"가장 훌륭한 사람은 모든 것을 버리고 그 중에서 단 하나를 선택한다. 영원한 명예를 취하고 사별해버릴 것은 미리부터 버린다."

046

삶이란 얼마나 소중한 하루하루인가

견 신 여 말　　환 법 자 연　　단 마 화 부　부 도 생 사
見身如沫이면 幻法自然이라 斷魔華敷면 不覩生死니라.

046 이 몸이 물거품과 같다고 보고 모든 일은 아지랑이 같다고 보는 자는 악마의 꽃피움을 꺾어버리고
죽음의 왕을 만나지 않는다.

사람들은 저마다 인생은 덧없는 것이라고 뇌까린다. 인생이란 한밤의 꿈이며 돌이킬 수 없는 실수의 희극이라고까지 비아냥댄다.『구약성서』에서도 인생은 풀과 같은 것이라고 말한다. 들에 핀 꽃처럼 한번 피었다 간 스치는 바람결에도 이내 사라져, 그 있던 자리조차 알 수 없는 것이라고 했다.

참으로 그렇다. 세상은 하나의 질그릇과 같다는 것을 알아야 하고, 내한 몸은 보잘것없는 물거품에 지나지 않는다는 것을 깨달아야 한다. 얼마나 소중한 하루하루인가.

그런데도 사람들은 그걸 미처 모르고 있다. 스스로를 악의 손바닥에 간단없이 내맡긴다. 헐뜯고 탐욕하며 미워하고 시기하고 질투하기를 거듭한다. 그것이야말로 온통 악의 시나리오임을 넉넉히 알면서도 그대로 따라 움직인다.

그래서 하루를 일컬어 일생의 축소판이라 한다. 그러한 하루하루가 쌓

여서 평생을 만들고 삶이라는 울타리에 갇히게 된다. 인간의 삶이야말로 참으로 작은 웅덩이 속의 물고기와 무엇 하나 다를 것이 있겠는가? 오늘 하루를 가볍게 여기지 말라. 오늘 하루에 그대의 모든 무게를 실어라. 선善한 일생이 있는 것처럼 선한 하루가 있고, 악한 일생이 있는 것처럼 악한 하루가 있다.

하루 또 하루는 그대가 눈감고 있는 사이에 지나가버릴 수도 있고 그대가 작은 이익에 몰두해 있는 사이에 사라져버릴 수도 있다. 그 하루하루에 그대의 젊음도 그대의 형체도, 나아가서 그대의 생명까지도 실려 있다. 그 사실을 명심하라.

윌리엄 포크너는 그의 노벨상 수상식장에서 이렇게 말했다.

"나는 인간의 종말을 믿지 않는다. 인간은 계속 존재할 뿐만 아니라 승리할 것이라고 믿는다. 인간은 불후의 작품이다. 왜냐하면 그는 동정과 희생과 인내를 할 줄 아는 영혼이요 정신이기 때문이다."

그렇다. 악마의 꽃피움을 꺾을 수 있는 힘은 바로 거기에 있다. 동정과 희생과 인내를 할 줄 아는 영혼, 바로 그것이다. 그것이야말로 사랑으로 뭉쳐진 선행의 대명사이기 때문이다.

047~048
사람들은 모두
스스로의 죽음을 간직하고 있다

_{여 유 채 화}   _{전 의 부 산}   _{촌 수 수 표}   _{위 사 소 견}
如有採華하여 專意不散이면 村睡水漂하여 爲死所牽이니라.

_{여 유 채 화}   _{전 의 부 산}   _{욕 의 무 염}   _{위 궁 소 곤}
如有採華하여 專意不散이면 欲意無厭하여 爲窮所困이니라.

047 아름다운 꽃을 따 모으기에 넋을 잃고 정신차리지 못한다면 잠든 마을이 홍수에 휩쓸리듯
죽음에게 끌려가고 만다. **048** 아름다운 꽃을 따 모으기에 넋을 잃고 정신차리지 못한다면
그 욕심 아직도 채우기 전에 곤궁한 괴로움을 당하게 된다.

릴케의 「말테의 수기」를 읽다 보면 다음과 같은 재미있는 문장을 만나
볼 수 있다.

"옛날에는 과실 속에 씨가 있듯이 인간은 모두 죽음이 자기의 몸뚱이
속에 깃들어 있는 것으로 알고 있었다. 아이에게는 작은 아이의 죽음, 어
른에게는 커다란 어른의 죽음, 부인들은 뱃속에 그것을 간직하고 있었고
사내들은 두드러진 가슴속에 그것을 달고 있었다. 어쨌든 모두 죽음을 갖
고 있었던 것이다."

죽음은 그가 어느 지점에 멈추어 서기 전에는 만나보기 어렵다. 죽음에
다다르는 것은 잠든 마을이 홍수에 휩쓸리듯 그렇게 순식간에 이루어지
기 때문이다.

어쩌면 사람들은 모두가 자기의 죽음을 간직하고 있는 것일지도 모른

다. 방탕한 사람은 그 방탕함 속에, 탐욕스런 사람은 그 탐욕 속에, 음란한 사람은 그 음란함 속에 감추어두고 그것을 사육해왔는지도 모를 일이다. 사악하게 이룬 재물이 자기 자신을 해치듯 죽음 또한 스스로가 불러들이기 전에는 좀체 가까이할 수 없다.

탐욕스런 것들은 대부분 혐오의 대상을 동반하기 일쑤다. 그것은 탐욕만 앞세운 나머지 사람들이 참을 수 없어하는 혐오스러움 따위는 생각지도 않을 뿐만 아니라 오히려 혐오의 구렁텅이에 스스로를 내맡겨버린다. 단정치 못한 몸가짐을 하면 당연히 올바르지 못한 길을 걷기 마련이고 오로지 탐욕으로만 가득 차 있다면 그 마음은 죽음을 향하고 있는 것과 다름없다. 귀머거리가 오음五音은커녕 바람 소리라도 제대로 들을 수 있을 것인가?

그와 마찬가지다. 올바른 배움은 모든 악도 물리칠 수 있는 지혜를 얻는다. 올바른 배움은 약으로 온갖 독소를 없애는 것과 같고 뱀이 허물을 벗어버리는 것과도 같은 이치인 것이다. 러시아의 속담으로 '개는 뼈다귀 꿈만 꾼다'는 것이 있다. 모든 욕망은 그 인격을 드러낸다는 말이다. 그대가 만약 뼈다귀 꿈만을 꾼다면 그대는 개 이상의 인격은 갖출 수 없다는 말일 것이다.

앨리슨 잭슨은 그의 「서신書信」에 이렇게 썼다.

"죽음이 찾아올 땐 나이와 업적을 참작하지 않는다. 죽음은 이 땅에서 병든 자와 건강한 사람과 부자와 가난한 사람들을 구별없이 쓸어간다. 그러면서 죽음에 대비해서 살아갈 것을 우리에게 가르친다."

049~050

자연에 순응하는 삶은
도리에서 벗어나지 않는다

여봉집화   불요색향   단취미거   인입취연
如蜂集華하여 不燒色香하고 但取味去하여 仁入聚然이라.

불무관피   작여부작   상자성신   지정부정
不務觀彼에 作與不作하고 常自省身하여 知正不正하라.

049 마치 벌이 꽃에 모여들어 빛깔과 향기는 건드리지 않고 그 맛만 취해가는 것처럼 인자(仁者)가 마을에 드는 것도 그와 같다. **050** 남이야 일을 하건 안 하건 넘보지 말고 항상 스스로의 몸을 살펴 바른 것과 바르지 않은 것을 깨달아라.

파스칼이 사람은 자기 자신을 알지 않으면 안 된다고 말한 것은, 그것이 진리를 발견하는 데는 별 소용이 없다고 하더라도 적어도 그 자신의 생활을 통제하는 데는 필요하다고 생각했기 때문일 것이다.

스스로를 통제할 수 없는 것은 그만큼 자기 자신을 모르는 탓이다. 그것은 사람이 하나의 기계를 시동케 하고, 끊임없이 가동시키며 필요에 따라 일체의 동작을 중지시킬 수 있는 것과 마찬가지다. 기계의 구조에서부터 그 역학 관계 등을 충분히 알지 못하면 기계를 가동시킬 수 없기 때문이다.

그래서 '남이야 일을 하건 안 하건 넘보지 말고 항상 스스로의 몸을 살펴 바른 것과 바르지 않은 것을 깨달으라'는 것이다. 느슨해진 기계의 나사를 조이거나 고장난 부품을 갈아끼우는 것처럼 자기 자신에 대해서 바

른 것과 바르지 않은 것을 깨달아 고쳐나가야 할 것이다.

자연에 순응하는 삶은 도리에 벗어나지 않는다. 도리에 벗어나지 않는 삶은 마치 벌이 꽃에 모여들어 빛깔과 향기는 건드리지 않고 꿀만을 취해 가는 것과 같다.

바른 삶은 깨달음 속에 있다. 그 깨달음은 한송이 꽃의 꿀처럼 고여 있다. 많은 비구들의 삶처럼 그대 역시 빛깔과 향기는 건드리지 않고 꿀만을 따올 수 있을 것인지는 오로지 그대가 하기에 달려 있다.

애덤 스미스는 그의 「도덕정조론」에 이렇게 썼다.

"타인의 더욱 큰 이익을 위하여 자기 자신의 이익을 희생시키는 것은 도대체 무엇인가? 가장 강력한 이기심의 충동을 이렇게 억제하는 것은 인간애라는 친절의 힘도 아니고 자연이 인간의 마음에 일으킨 인애仁愛라는 미약한 불꽃도 아니다. 결국 그것은 이성이며 심의心意와 양심과 가슴 속에 살아 있는 사랑이며, 내적인 사랑이다."

그렇다. 붓다를 만나는 건 살아 있는 사랑을 만나는 것이다. 거기에서 이성을 배우며 심의와 양심과 내적인 사랑을 수련하는 것이다. 그것이야 말로 그대를 현명하게 하는 첩경이다.

존 러스킨이 말했다.

"현명한 자는 항상 만물 속에서 자기를 위한 부조를 찾아낸다. 그것은 부여된 재능은 모든 사물로부터 선을 찾아내는 데 있기 때문이다."

051~052
혀가 길면 손이 짧다

여가의화　색호무향　　공언여시　　불행무득
如可意華가 色好無香하여 그言如是하며 不行無得이니라.

여가의화　색미차향　　공언유행　　필득기복
如可意華가 色美且香하여 그言有行이면 必得基福이니라.

051 마치 마음에 드는 꽃이 빛깔만 좋고 향기가 없는 것처럼 공교한 말도
이와 같아서 행하지 않으면 소득이 없다. **052** 마치 마음에 드는 꽃이 빛깔도 아름답고 향기가 있는 것처럼
공교한 말에 행함이 있으면 반드시 그 복을 얻는다.

말은 실행의 그림자라는 말이 있다. 한마디의 짧은 말이라 하더라도 실천이 따르지 않으면 그 말에는 생명이 없다. 그것은 이미 죽어버린 말이며 낯선 그림자이거나 스쳤다간 사라져버리는 환영에 불과할 뿐이다.

『플루타르크 영웅전』을 읽다 보면 다음과 같은 말을 만나게 된다.

"말이라는 것은 수놓은 비단과 같아서, 펼치면 모든 무늬가 나타나지만 접으면 무늬가 감추어지는 것과 동시에 소용없게 되는 것이다."

말이란 그런 것이다. 한마디 말이 아무리 마음에 든다 하더라도 실행이 따르지 않으면 그것은 빛깔만 좋고 향기는 없는 꽃과 같다. 그러나 한마디 말에 실행이 뒤따른다면 그것은 빛깔도 아름답고 향기까지 그윽한 꽃으로 그 모습을 바꾸게 될 것이다.

그래서 말이 많으면 실수가 따른다는 것이다. 그리고 '말을 잘하는 사람은 거짓말을 잘하는 사람'이라거나, '혀가 길면 손이 짧다'라든지 또 '혀

를 굴리는 것보다 다리를 굴리는 것이 낫다' 등등의 속담들이 경구조로 우리의 귀에 와닿게 되는 것이다.

유대인들이 즐겨 쓰는 속담 중에 이런 것이 있다.

"자신의 말을 자신이 건널 다리라 생각하라. 단단한 다리가 아니라면 당신은 건너려 하지 않을 테니까."

위험한 다리를 건너야 할 경우를 당한다면 사람들은 한결같이 머뭇거리거나 주저하게 된다. 과연 이 다리를 건너야 할 것인가 말아야 할 것인가에 대해 곰곰이 생각하기 마련이다.

말이란 그런 것이다. 말은 입만 열면 버릇처럼 튀어나오게 되기 때문에 우리가 건너야 할 다리보다도 더 위험한 것일 수 있다. 말이 입 안에 들어 있을 동안은 사람의 노예일 수 있지만, 입 밖으로 나오게 되면 곧장 사람의 주인이 된다는 말처럼 실감나는 말도 없을 성싶다.

가장 좋은 말은 오래 생각한 끝에 한 말이다. 한마디의 말 속에 자기 자신의 양심이 실려 있어야 하고 자기 자신의 의지가 실려 있어야 하기 때문이다.

참으로 그렇다. 말 많은 것은 나쁘다고들 지적하지만 '말을 뜻에 맞게 하고 기쁨을 얻게 하며 악의에 미치지 않게 한다면 많은 말이라도 모두 좋은 것'이 될 수 있다.

그래서 셰익스피어는 「헨리 8세」에 이렇게 썼다.

"좋은 말은 선행의 일종이지만, 결코 말이 행위는 아닌 것이다."

053~054
덕인의 향기에는 천천히 젖어든다

다 집 중 묘 화　　　결 만 위 보 요　　　유 정 적 선 근　　　후 세 전 수 승
多集衆妙華하여 結鬘爲步搖이니 有情積善根하면 後世戰殊勝이니라.

화 향 불 역 풍　　　부 용 전 단 향　　　덕 향 역 풍 훈　　　덕 인 편 문 향
花香不逆風이니 芙蓉栴檀香이라 德香逆風薰하니 德人扁聞香이니라.

053 갖가지 아름다운 꽃들을 모아 화관 만들어 머리에 얹듯이 사람도 많은 선을 모아 쌓으면
후세에서 좋은 복을 받게 되리라. **054** 꽃향기는 바람을 거스르지 못하느니, 부용이나 전단도 마찬가지다.
덕(德)의 향은 바람도 거슬러 풍겨 덕 있는 사람이면 그 향기 맡게 되리라.

플라톤은 덕德을 일종의 건강이며 아름다움이며 영혼의 좋은 존재 형식이라고 말했다. 거기에 반해서 악덕은 질병이며 추악함이며 영혼의 나쁜 존재 형식이라고 꼬집었다. 건강과 아름다움은 대개 감동이라든지 감화 같은 것을 수반하고 있다. 사람들은 그런 것들을 향기로 표현한다. 반면에 질병과 추악함은 격리라든지 도피와 같은 것을 수반하기에 주저하지 않는다. 사람들은 그런 류의 감정에 대해 냄새라는 말로 비하시켜 표현한다.

자와할랄 네루의 자전적 고백 한마디를 들어보자.

"나를 직접 감화시킨 사람은 간디와 나의 부친이다. 그러나 나는 외부로부터의 감화나 영향에 정신을 잃지는 않는다. 나에게는 그러한 감화에 반항하는 경향이 있다. 그러면서도 여전히 여러 가지 일이 천천히 그리고 무의식중에 나를 감화시킨다."

　그런 것이다. 도를 가까이하여 베푸는 덕인의 향기에는 천천히 그리고 무의식중에 젖어든다. 그것은 눈에 보이지 않으며 피부에 와서 접촉되는 것이 아니다. 빗물이 대지를 적시듯 끊임없이 안으로 젖어드는 것이다.

　붓다께서 사위성 기원정사에 계실 때, 파사익왕이 물었다.

　"세존이시여, 세존의 법은 현재에서 번뇌를 떠나 때를 기다리지 않고 통달하여 밝게 보며 스스로 깨달아 그 법을 증득하는 것입니다. 세존의 법은 좋은 벗이며 반려이지 나쁜 친구가 아닙니다."

　붓다께서 말씀하셨다.

　"그렇습니다, 대왕이여. 나의 법은 현재에서 모든 번뇌를 떠나며, 때를 기다리지 않고 통달하여 밝게 보며, 자기를 인연으로 하여 스스로 깨달아 아는 것입니다. 나는 언제나 중생의 좋은 벗이 되어 중생을 윤회에서 벗어나게 하고, 늙음과 병, 죽음과 근심, 걱정과 슬픔의 번뇌를 떠나 때를 기다리지 않고 현재에서 그 고뇌를 벗어나게 하며 보고 통달하여 스스로 깨달아 증득하게 하는 것입니다."

　『잡아함경』에 나오는 내용으로 법이야말로 현실의 것임을 드러내어 보여주는 것이다. 법을 듣는 것은 오늘을 위한 것이지 결코 미래를 향한 몸짓이 아니다. '모쪼록 들음을 쌓아 거룩한 지혜를 이루는 것'은 오늘의 완전한 '나'를 찾는 일이지 미래의 '나'를 위한 것은 아닌 것이다.

　비구들이 전해주는 붓다의 말씀 곁에 다가서라. 그대야말로 천천히 그리고 무의식중에 그 끝이 없는 말씀의 훈향 속에 기쁨으로 젖어들게 될 것이다.

055~056
그 무엇도 진리의 향기는 막을 수 없다

전 단 다 향   청 련 방 화   수 왈 시 진   불 여 계 향
栴檀多香과 青蓮芳花를 雖曰是眞이나 不如戒香이니라.

화 향 기 미   불 가 위 진   지 계 지 향   도 상 수 승
華香氣微하여 不可謂眞이나 持戒之香은 到上殊勝이니라.

055 전단의 짙은 향기와 청련의 꽃다운 꽃을 일컬어 일품이라 하지만 계율의 향기만은 못하다.
056 꽃의 향기는 미약하여 진짜라 할 수 없지만 지계의 향기는 하늘에 이르러도 남달리 뛰어나다.

붓다께서 사위성 기원정사에 계실 때, 아난이 문안드리고 여쭈었다.

"이 세상에 바람을 거슬러서도 풍기고, 바람을 따라서도 풍기는 향이 있습니까?"

붓다께서 말씀하셨다.

"그런 묘한 향이 셋 있다. 그것은 계戒의 향기, 들음의 향기, 보시의 향기다. 이 세 가지 향기는 바람을 거슬러서도 풍기고, 바람을 따라서도 풍기며, 바람을 거슬러서나 바람을 따라서나 언제나 풍긴다. 이 세상의 모든 향기 중에서 이 세 가지 향기가 가장 훌륭하며 그 어떤 향기와도 비교할 수 없다."

그 무엇으로도 진리의 향기를 막을 수는 없다. 그것은 어떤 경우에도 넘치지 않으며 모자라지 않으며, 날아오르지도 않으며 가라앉지도 않는다. 그것은 언제나 한결같다.

계율을 지닌다는 것은 진리 안에서 스스로를 다듬는다는 말이다. 모난 것은 평평하게 하고 치솟아오른 것은 그만큼 내려앉히고 또 너무 내려앉은 것은 그만큼 쳐올리고, 텅 빈 곳은 채워주고 가득 차서 넘치는 곳은 그만큼 덜어내는 것이다.

살아 있는 자의 한순간은 참으로 귀한 것이다. 그것은 멈추지 않는 생명의 연장선이며 삶의 확인이며 살아 있음의 실체이기 때문이다. 그래서 숨을 내쉬거나 들이쉴 때의 호흡이 거룩한 것처럼 찰나마다의 생각 또한 한결같이 진리와 함께해야 할 것이다.

쇼펜하우어는 이렇게 말했다.

"착오는 진리가 명확해질 때까지는 부엉이나 올빼미처럼 밤에만 활동을 한다. 그러나 태양이 나타나면 부엉이나 올빼미가 모습을 감추어버리는 것처럼 결국 때가 되면 착오가 아무리 진리를 압박하고 진리의 자유로운 자리를 차지하고 있더라도 진리는 인정되고 정확히 나타난다."

그러면서 그는 진리의 힘은 강하다고 역설한다. 진리의 승리에는 곤란이 따르고 고통이 따르지만 진리가 파악되기만 하면 결코 물러나지 않기 때문이라고 했다.

부엉이나 올빼미처럼 밤에만 활동하는 착오는 언제나 따라다니기 마련이다. 그래서 일어나거나 멈추거나 계율을 생각하고 앉거나 누워 있어도 그만두거나 잊는 일이 없도록 해야 한다는 말이다.

아우구스티누스가 말했다. "겉으로 내세우지 말라. 너희 자신에 서라. 진리는 내밀한 사람에게만 머문다."

자기를 알아서 스스로를 갈고 닦는 그 지계의 향기야말로 어떻게 감히 전단과 청련의 향기에 비견할 것인가.

057~059

지혜는 타고난 별 속에서 반짝인다

계 구 성 취　　　행 무 방 일　　　정 의 도 탈　　　장 리 마 도
戒具成就하고 行無放逸하면 定意度脫하여 長離魔道리라.

여 작 전 구　　　근 우 대 도　　　중 생 연 화　　　향 결 가 의
如作田溝에 近于大道라도 中生蓮華하여 香潔可意니라.

유 생 사 연　　　범 부 처 변　　　혜 자 락 출　　　위 불 제 자
有生死然이라 凡夫處邊에 慧者樂出하여 爲佛弟子니라.

057 계율을 갖추고 이루어 행동에 방일함이 없으면 깨끗한 선정으로 번뇌를 벗어나
영원히 악마의 길에서 떠나게 된다. **058** 마치 밭도랑을 만드는데 큰길에 가깝더라도
진흙더미 속 연꽃이 피어 맑은 향기가 드날리는 것처럼.
059 생과 사의 불길이 있는 범부가 사는 곳에서도 지혜로운 자는 기꺼이 나와서 붓다의 제자가 된다.

　　연꽃이 지닌 연꽃만의 아름다움과 향기는 설령 그것이 도심의 빌딩 가운데 피어 있다 해도 사람의 마음에서 떠나지 않는다. 도심의 소음과 매연 속에서도 그 향기와 조촐함은 결코 달라지지 않을 것이기 때문이다.

　　마찬가지다. 하늘의 별처럼이나 많은 사람들이 이 땅 구석구석에 모여 살고 있다. 별처럼이나 많은 사람들 속에서 지혜로운 자는 기꺼이 나와서 붓다의 제자가 된다. 그 지혜의 향기는 결코 변하지 않는, 진리를 모태로 하기 때문이다. 헤르만 헤세는 『싯다르타』에서 이렇게 말했다.

　　"지식은 다른 사람에게 전할 수 있어도 지혜는 전할 수 없는 것이오. 사람은 지혜를 발견할 수는 있소. 지혜롭게 살 수는 있소. 지혜에 몸을 의탁할 수도 있소. 그것으로 기적을 행할 수도 있소. 그러나 지혜를 말해주거

나 가르쳐줄 수는 없는 것이오."

하나의 기쁨에 천 개의 고통이 달려 있다는 말이 있다. 어떠한 기쁨도 그냥 찾아들지는 않는다. 가까운 곳에 손을 내밀어 아무렇게나 거머쥘 수 있는 것도 아니며, 잠든 사이 자신도 모르게 찾아드는 것도 아니다.

한 그루 사과나무에서 사과를 딸 수 있는 기쁨을 얻기 위해서는 그만큼 값진 노동이 필요하다. 마찬가지로 삶의 참기쁨을 얻기 위해서는 법法이 있는 곳을 우러러 바라보며 그 계율을 지켜야만 한다. 고뇌하는 아픔의 밤낮이 얼마나 이어질 것인가는 오로지 그대 자신에게 달려 있다.

붓다께서 카필라 성의 니그로다 숲에서 여름을 보내고 계시다가 다른 곳으로 옮기신다는 말을 듣고 마하남이 물었다.

"세존이시여, 저의 믿음은 아직도 깊지 못합니다. 언제쯤 다시 부처님과 스님들을 만나 뵐 수 있겠습니까?"

붓다께서 말씀하셨다.

"나와 비구들은 다른 곳으로 옮겨가지만, 네가 정녕 나와 비구들이 보고 싶다면 다섯 가지 수행을 닦으면 될 것이다. 믿음을 갖고, 깨끗한 계행을 가지며, 법을 자주 들어야 하고, 인색함을 버리고 언제나 희사하기를 게을리하지 말 것이며, 지혜로써 법의 깊은 뜻을 살피는 일이다. 만약 이 다섯 가지를 잘 실천한다면 나와 비구들은 항상 네 앞에 있을 것이다."

『잡아함경』에 나오는 한 대목이다. 수행의 길은 쉼이 없어야 한다. 수행하는 길에는 다른 수단과 방법이 없다. 청정한 마음으로 계율을 지켜나가는 가운데 비로소 진견眞見을 이룰 수 있는 것이다. 지혜는 배우는 것이 아니라 타고난 별 속에서 반짝인다는 플레밍의 한마디 말, 그 말이 그토록 빛나는 이유다.

제5장

우암품
愚闇品

어리석은 자와
함께하지 말라

어리석은 사람이 스스로 어리석다 한다면 이는 오히려 슬기
로운 것이다. 어리석은 사람이 스스로 슬기롭다 한다면 이
야말로 더없이 어리석은 것이다.

060~061

어리석은 자와 함께하지 말라

불매야장 피권도장 우생사장 막지정법
不寐夜長하고 疲倦道長하며 愚生死長이니 莫知正法이라.

학무붕류 부득선우 영독수선 불여우해
學務朋類에 不得善友거든 寧獨守善하여 不與愚偕하라.

060 잠들지 않으면 밤이 길고 피곤하고 게으르면 길이 멀고 어리석으면 생사가 길다.
바른 법을 모르는 어리석음이여. **061** 배움의 길에 동료가 없거나 좋은 벗을 얻지 못했다면
차라리 홀로 선을 지키더라도 어리석은 사람과는 함께하지 말라.

진리를 깨닫겠다는 생각을 가지고 있다면 쉽사리 물러서지 말고 끊임없이 도전하라. 그런 생각을 가지고 있다면 그대는 이미 확실하게 방향을 설정한 것이며 출발점을 떠난 것이기 때문이다. 생각을 생각으로만 머물러 있게 해서는 안 된다. 생각은 그 생각한 바를 향해 끊임없이 나아가고 있을 때에만 살아 있는 것이다.

"우리들은 머리 위로 날아다니는 새들을 방해할 수는 없지만 머리 위에 집을 짓는 것은 막을 수 있다. 그와 같이 우리는 우리들의 머릿속에서 번뜩이는 악한 사상을 중지시킬 수는 없다. 그러나 악한 사상이 머릿속에 집을 지어 악한 행위가 드나드는 것을 막을 수는 있다."

마르틴 루터의 이 말은 사람들이 수긍할 수 있는 충분한 의미를 담고 있다. 만들어진 생각에다 실천이라는 동력을 끊임없이 부여해주라는 것이다.

　진리는 하나뿐이지만 그 오류는 무수히 많을 수 있다. 그것은 그대 행동에서 빚어지는 오류이지 진리 자체에서 빚어지는 것은 아니다.

　라로슈푸코가 말했다.

　"사람들이 자기의 결점을 조금도 감추려 하지 않고 공개하는 것은 게으르다는 점이다. 재주가 없다고 생각지는 않고, 할 수 있는 일을 게을러서 못하고 있는 것이라고 생각한다. 특히 남에게 그렇게 말하고 싶어하는데 게으름이 가장 큰 악덕 중의 하나임을 알지 못하기 때문이다. 더러운 곳에 병균이 들끓듯이 게으른 마음에 죄악이 스며드는 것이다."

　게으른 자에게는 밤이 길다. 그는 낮잠을 즐기기 때문이다. 부질없는 몽상이나 살찌우며 밤을 꼬박 새운다. 그리하여 다음날이면 피곤을 부르고 그 피곤과 함께 더욱 게으른 낮잠에 빠져든다. 그에게는 모든 밤이 길 수밖에 없으며 모든 길도 멀 수밖에 없다. 나아가 삶에서 죽음에 이르기까지도 길고 지루하기만 하다.

　그것은 순전히 그 자신이 낳은 어리석음 탓이다. 어리석은 마음은 언제나 어두워 흐르는 개울처럼 그의 모든 것은 그렇게 가버리고 만다.

　그런 사람은 가까이하지 말라. 게으름의 병은 전염성이 지독하다. 혼자서 외로움을 겪을지라도 결코 가까이 말라. '잠꾸러기 집에는 잠꾸러기만 모인다' 하지 않던가. 게을러 좋은 때를 놓치는 어리석음은 아, 참으로 하늘도 어쩌지 못한다.

062

어리석음에서 벗어날 수 있는
기회를 붙잡아라

유 자 유 재　　우 유 급 급　　아 차 비 아　　하 우 자 재
有子有財하여 愚惟汲汲이라 我且非我어든 何憂子財리오.

> 062 어리석은 자는 자식이 있고 재물이 있다 해서 오직 그것에 급급해하지만,
> 나도 또한 내가 아닌 것을 어찌 자식과 재물을 근심할 것인가.

어리석은 자의 탐욕은 물량에 치우친다. 그리하여 그 물량에 대한 집착은 끝이 없다. 한 가지가 만들어지면 열 가지에 대하여, 열 가지가 만들어지면 백 가지에 대하여 그의 탐욕은 쉴 새 없이 불어난다.

그렇게 불어나는 탐욕은 마침내 근심과 슬픔을 동반한다. 지금까지 거두어들인 것에 대한 근심과 앞으로 계속해서 거두어들일 것에 대한 불확실성에 안타까워한다. 그래서 보이티우스는 이렇게 탄식한다.

"탐욕은 얻은 것을 다 삼키곤 또 입만 더 크게 벌리는 것. 제아무리 큰 은혜를 받을지라도 탐욕의 갈증은 더해만 가니 그 누가 끝없는 욕망을 제어하랴."

얼마나 큰 어리석음이냐. 눈이 있어도 앞을 못 보고 귀가 있어도 듣지 못하여 마음이 있어도 깨닫지 못하는 큰 어리석음을 누가 있어 깨우칠 수 있겠는가.

지혜를 화폐로 주조하고 싶다고 말한 사람은 장 주베르다. 그는 지혜를 주조해서 외우기 쉽고 전하기 쉬운 잠언과 격언과 속담으로 하고 싶다고 했다. 그리하여 모든 사람들이 쉽게 지혜를 접할 수 있게 하고 싶어했다. 그만큼 지혜는 얻기 어려운 것이기 때문이다.

아무리 부유해도 행복해지지 않는 것처럼 뛰어난 학문이 있어도 지혜는 얻지 못한다. 그래서 도스토옙스키는 하나님께서 벌을 내리실 때는 그 사람의 지혜부터 빼앗아버린다고 그의 작품 「백치」를 통해 이야기해주고 있다.

소를 치는 한 사내가 있었다. 그는 250마리나 되는 소를 풀밭으로 몰고 다니며 정성껏 키웠다. 그는 매일같이 그 소의 수를 헤아려보며 만족해했다. 그런데 어느 날 갑자기 어디선가 호랑이가 나타나 한 마리의 소를 잡아먹었다. 이제 그의 소는 249마리가 되었다. 그 사내는 크게 낙담하며 말했다.

"이미 한 마리의 소를 잃어버렸으니 이 온전치 못한 소떼를 어디에 쓸 것인가?"

그래서 그 사내는 소떼를 깊은 구덩이와 높은 언덕으로 몰고 가서 더러는 구덩이에 몰아넣고 더러는 벼랑에 떨어뜨려 모두 죽여버렸다.

자기 자신을 들여다보라. 자기 자신에 대하여 보다 깊이 생각하라. 어리석음에서 벗어날 수 있는 기회는 얼마든지 있다.

칼릴 지브란의 다음 말을 명심해서 기억하라.

"나 자신에 대해서 생각하는 것은 무섭다. 그러나 추한 것, 아름다운 것 그대로의 나에 대해서 생각하는 것만이 오직 정직한 것이다. 이 이상 더 튼튼한 출발이 어디 있으랴."

063

어리석음은 만병 중의 난치병이다

우 자 자 칭 우   당 지 선 점 혜   우 인 자 칭 지   시 위 우 중 심
愚者自稱愚면 當知善黠慧하며 愚人自稱智면 是謂愚中甚이니라.

063 어리석은 사람이 스스로 어리석다 한다면 이는 오히려 슬기로운 것이다.
어리석은 사람이 스스로 슬기롭다 한다면 이야말로 더없이 어리석은 것이다.

　톨스토이는 죽음이야말로 육체가 겪는 가장 큰 최후의 변화라고 말했다. 그리고 사람들은 지금까지 육체의 변화를 경험해왔으며 지금도 경험하고 있다면서 이렇게 덧붙였다.

　"우리들은 벌거숭이 한 개 살덩어리였다. 다음에 젖먹이 어린아이가 되었다. 그리고 머리털과 이가 나왔다. 그것이 탈락되고 다시 새로 갈려 나왔다. 그러다 이번에는 백발이 되고 대머리가 된다. 변화하는 것이 사실이다. 그러나 우리들은 이러한 변화를 겁내지 않는다. 그런데 어째서 최후의 변화인 죽음만은 겁내는 것일까?"

　아주 작은 어리석음이라도 자기의 부피보다 큰 구렁을 만든다. 보다 큰 어리석음은 보다 엄청난 구렁을 만들어놓고 자기는 이만큼 지혜롭다고 떠벌린다. 어리석음의 부피가 크면 클수록 만들어지는 구렁 또한 그 부피를 크게 한다. 그래서 어리석음은 만병 중의 난치병이라고 단언해버리는 것이다.

어느 밀림의 원숭이들이 모여 의논을 했다. 자기들도 사람들처럼 성을 쌓아서 적의 침입을 막고 편안히 살자는 것이었다. 그래서 원숭이들은 책임자를 두고 힘을 합쳐 성을 쌓기 시작했다. 그때 성을 쌓기로 의논할 때 참석 못했던 원숭이가 이의를 제기했다.

"여러분, 여러분은 우리 원숭이들의 안전을 위해 땀흘려 일을 하고 있습니다. 그러나 내가 보기에는 여러분의 노고가 우리들에게 좋은 일이 아니라 오히려 큰 불행을 당하게 하는 원인이 될 것 같습니다. 우리들은 이 성으로 그리 대단치 않은 짐승들은 막을 수 있을지 모르지만 지혜 있는 사람들은 막을 수 없을 것입니다. 우리가 이렇게 높은 성을 쌓고 그 안에 모여 있다가는 사람들에게 힘 안 들이고 우리들을 한꺼번에 잡을 수 있는 기회만 주는 꼴이 될 것입니다. 이토록 위험한 일을 땀 흘려가며 하는 것은 너무도 어리석은 일입니다."

물론 이것은 『이솝우화』 속의 한 토막 이야기에 지나지 않지만 사람들만이 살아가는 삶의 현장에서는 이보다 더한 어리석음도 곳곳에서 일어난다. 그러나 그들은 자신의 어리석음을 이해하지 못한다. 그들은 자신들이 뛰어나며 삶의 재기가 번뜩인다고 스스로를 칭찬한다. 어리석으면서도 지혜를 이기려는 것이다. 그것 때문에 그들은 참으로 어리석다는 말을 거듭 듣게 되는 것이다. 참으로 어리석은 자는 천사도 두려워 발을 들여놓지 못하는 곳에 뛰어든다고 하지 않던가.

마퀴스가 말했다.

"어리석은 자가 상황을 장악하고 있을 때는 사악한 자가 지휘하고 있을 때와 마찬가지로 끔찍한 일이 일어나기 쉽다."

064~065
무명과 지혜의 거리는
엄청나게 멀다

우인진형수　승사명인지
愚人盡形壽하여 承事明智人이라도

역부지진법　여표짐작식
亦不知眞法이니 如杓斟酌食이니라.

지자수유간　승사현성인
智者須臾間이라도 承事賢聖人이면

일일지진법　여설료중미
一一知眞法이니 如舌了衆味이니라.

064 어리석은 사람은 한평생이 다하도록 어진 사람을 가까이 섬기더라도 끝내 참다운 법은 깨닫지 못하느니, 국을 뜨는 숟가락이 국맛을 모르는 것과 같다. **065** 지혜로운 사람은 잠깐 동안이라도 어진 사람을 가까이서 섬긴다면 하나씩하나씩 참다운 법을 깨닫게 되느니, 혀가 온갖 맛을 아는 것과 같다.

쇼펜하우어가 말했다.

"남에게서 주입된 진리는 단지 우리들의 외면에 붙어 있을 뿐이다. 그것은 인공적인 갈빗대다. 의치義齒 또는 융비술隆鼻術로 만든 코와도 같은 것이다. 반면 자기 자신의 사색으로 얻은 진리는 우리들의 참된 갈빗대다. 오직 그것만이 우리들에게 속하는 것이다."

완고하고 어두운 사람이라면 그는 무명無明에 가까운 사람이다. 무명과 지혜의 거리는 엄청나게 멀다. 무명이 안개 속을 헤매는 것과 같은 것이라면 지혜는 밝은 햇살 속을 걷는 것과 같은 것이다.

그들은 자기 자신을 모르는 사람들이다. 자기 자신이 안개 속을 걷고 있기 때문에 그가 알고 있는 모든 사람들도 자기처럼 안개 속을 걷고 있다고 생각하는 사람이다. 아니 어쩌면 그 자신만이 안개 속에서 벗어나 있고, 이웃한 다른 사람들은 모두 안개 속을 헤매고 있다고 생각하고 있을지도 모른다. 그것이 혀로 맛을 헤아리는 것과 숟가락으로 맛을 헤아리는 것의 차이다.

허브 켄이 말했다.

"처음으로 감당 못할 일을 크게 한 입 물었을 때, 지혜의 치아가 돋아나기 시작한다."

066~067

사람도 두 번 죽을 수 있다

우인시행 위신초환   쾌심작악   자치중앙
愚人施行은 爲身招患하나니 快心作惡하여 自致重殃이라.

행위불선   퇴견회린   치체류면   보유숙습
行爲不善이면 退見悔恡하여 致涕流面하리니 報由宿習이니라.

066 어리석은 사람이 하는 행동은 몸에 근심을 불러들인다. 마음 내키는 대로 악을 저질러
스스로 무거운 재앙을 만난다. 067 선하지 못한 일을 하고 나면 물러나고 후회하며 얼굴 가득히 눈물짓는다.
오랜 습관에서 비롯한 응보일 뿐이다.

어리석은 자는 고집이 세고 위세당당하다. 그 누구도 자신보다 훌륭하지 못하다. 그는 지배하려 하고 약탈하려 하며 위대해지기 위해서 충돌한다.

노쇠한 사자가 자리에 누워 마지막 숨을 쉬는 참이었다. 먼저 멧돼지가 곁으로 다가와선 번뜩이는 어금니로 사자를 쥐어박았다. 옛 상처에 대한 앙갚음이었다. 다음으로 황소가 다가왔다. 황소는 뿔을 낮추어 원수 같았던 사자의 몸뚱이를 사정없이 찔러댔다. 그 모습을 물끄러미 지켜보던 나귀는 사자를 공격해도 무사하다는 사실을 깨닫고 사자 곁으로 바싹 다가가 사정없이 뒷발질을 해댔다. 사자는 마지막 숨을 거두면서 말했다.

"다른 짐승들이 까부는 것을 참는 것보다 너 따위 나귀에게 꼼짝 못하는 것은 두 번 죽는 것과 다름없다."

사람도 그렇다. 얼마든지 두 번 죽을 수 있다. 그것이 인과응보다. 후회하며 흘리는 눈물이야말로 가장 값싼 것이다.

068

물체가 구부러지면
그 그림자도 구부러진다

行위덕선
行爲德善이면 進觀歡喜하고 應來受福이니 喜笑悅習이라.
진도환희   응래수복   회소열습

068 공덕과 선을 행하면 나아가 기쁨을 보고 보응하여 복을 받게 된다. 좋은 습관에서 비롯한 기쁨과 웃음이다.

세네카가 말했다.

"삼라만상 중에 인과관계가 가장 긴밀한 것은 행복과 덕성과의 관계다. 덕성이 있는 곳에 가장 자연스러운 행복이 있고, 행복이 있는 곳에 필연적으로 덕성이 있다."

형왕영곡形枉影曲이란 말이 있다. 물체가 구부러지면 그 그림자도 구부러진다는 뜻으로, 원인과 결과는 반드시 일치한다는 말이다. 그것이 인과응보다.

공덕과 선을 행하여 받게 되는 복은 곧 행복과 덕성과의 관계를 나타낸다. 그러한 관계 속에서는 기쁨이 오가고 자비가 오가고 나만의 삶이 아닌 우리 모두의 삶이 형성된다. 그것만큼 자연적인 것이 없고 그것만큼 필연적인 것이 없다.

희생이란 어떠한 목적을 이루기 위하여 헌신적으로 그 일에 전념하는 것을 뜻한다. 그것은 마치 한 자루의 초가 몸을 태워서 불을 밝히는 것과

도 같다. 자비라는 이름의 그 어떤 사랑도 자기희생 없이는 이루어낼 수 없는 것들이다. 다시 말하면 사랑은 진실로 자기희생을 바탕으로 했을 때만이 사랑의 이름으로 일어설 수 있다.

러스킨은 자기희생 자체를 위한 자기희생이란 얼핏 보아 충분히 합리적인 것이라고 생각되지 않을지도 모른다면서 이렇게 말했다.

"자기희생은 다른 목적을 위해서가 아니라 그 자체로서 선善이다. 이것을 충분히 생각하지 않고서는, 또 시인하지 않고서는 자기희생을 실천하기가 어렵다. 그러나 자기희생은 우리들 누구나가 해야 할 의무다. 또 그것이 자신에게 이익이 되는 것이라고 생각할 수만 있다면, 우리는 지금까지보다 훨씬 많이 자기희생을 실천할 수 있을 것이다."

고정관념을 버려라. 희생한다는 것은 유실하는 것이 아니라 창출하는 것이다. 붓다의 말씀처럼 자비야말로 행할 것 중의 으뜸으로, 중생을 가엾이 여기면 그 복은 한량이 없다고 하지 않았는가. 자기희생은 바로 그 자체가 선善이며 자기를 이롭게 하는 것이다.

행복이란 인생을 시인하는 유일한 것이다. 행복이 이루어지지 않는 곳의 인간의 존재란 미치고 불쌍한 한낱 실험에 불과한 것이다. 행복이란 곧 덕성에서 비롯되기 때문이다. 그러한 덕성의 자리를 죄악이 차지했다고 치자. 그곳이야말로 행복이 이루어지지 않는 곳이다. 얼마나 가슴 아픈 일이며 얼마나 섬뜩한 슬픔인가.

"남을 행복하게 할 수 있는 자만이 행복을 얻는다."

플라톤의 이 말을 기회 있을 때마다 되새겨라. 그대는 얼마든지 행복해질 수 있다.

069

까마귀 같은 사람이 있고
돼지 같은 사람이 있다

^{과 죄 미 숙} ^{우 이 염 담} ^{지 기 숙 처} ^{자 수 대 죄}
過罪未熟이면 愚以恬淡이나 知基熟處하면 自受大罪니라.

069 허물과 죄가 아직 익지 않았으면 어리석은 자도 편안하여 맑지만 그것이 익었을 때는 저절로 큰 죄를 받는다.

붓다께서 말씀하셨다.

"까마귀 같은 사람이 있고, 돼지 같은 사람이 있다. 까마귀는 배고픔에 쫓기다가 문득 더러운 것을 먹고서는 곧 주둥이를 닦는다. 다른 새들이 더러운 것을 먹었다고 비난할까 두려워서다.

이처럼 어떤 사람은 한적한 곳에서 욕심으로 악행을 하다가, 문득 부끄러워하고 스스로 뉘우쳐 제가 한 일을 남에게 말한다. 마치 까마귀가 더러운 것을 먹고 주둥이를 씻는 것과 같다.

어떤 사람은 한적한 곳에서 스스로 악행을 하고서도 부끄러워할 줄 모르고 뉘우치지도 않을 뿐 아니라 오히려 뽐내고 자랑하는 것이 마치 돼지가 항상 더러운 것을 먹고 더러운 곳에 누워 있으면서 다른 돼지 앞에서 뽐내는 것과 같다."

그렇다. 죄를 짓고 뉘우치는 사람이 있는가 하면 끝내 뉘우칠 줄 모르는 사람이 있다. 뉘우치지 않는다고 해서 그 죄가 감춰지는 것도 아닌데

95

말이다. 숨겨진 죄에는 신神이 증인으로 서 있다지 않는가.

러스킨은 착한 사람들이 자신도 모르게 과오를 범하는 경우가 있다고 경고한다. 그것은 나쁜 악의 결과를 피하려 하면서도 그들과 악수를 나누며 그들을 그냥 내버려두고 있는 점이다. 또 간혹은 그들과 같은 행동을 하기도 한다는 것이다. 그러면서 그는 다음과 같이 덧붙여서 말한다.

"아침에 그들은 나름대로의 욕구를 만족시키기 위하여 몇 사람의 윤락한 사람과 어울려 환담을 나눈다. 그리고 저녁에는 그들과 식사하며 그들의 윤락 체험담을 들으면서 부러운 생각까지 하게 된다. 이리하여 몇 년 동안이나 고치려고 애쓴 그 이상의 것을 단 몇 시간 만에 무너뜨리고 마는 것이다."

악으로부터의 유혹은 아주 작은 것에서 비롯된다. 그까짓 것쯤이야 하는 데서 악은 미묘하게도 자기 역할을 충분히 해낸다. 어리석기 때문이며 참는 마음이 부족한 탓이다. 악을 칭찬하거나 악으로부터 칭찬받는 것 모두가 악한 것이다. 그래서 허물과 죄가 아직 익지 않았으면 어리석은 자도 편안하지만 그것이 익었을 때는 그 죄를 면할 수 없다는 말이다.

존 로널드 로얼은 이렇게 말했다.

"죄악은 뛰쳐나오고 꽃을 피우지만 열매를 맺지 못한다. 그러고는 급속히 썩어 이 푸르른 땅을 배불린다. 비옥한 토지가 되어 진리가 자라도록."

070

어리석은 자의 생각은
끝까지 이로움이 없다

---

^{종 월 지 어 월} ^{우 자 용 음 식} ^{피 불 신 어 불} ^{십 육 불 획 일}
從月至於月하며 愚者用飲食이라도 彼不信於佛이니 十六不劃一이니라.

070 달이면 달마다 언제나 그렇게 어리석은 자는 먹고 마실지라도 붓다에 대한 믿음이 없어
십육분의 일도 얻지 못한다.

몽테뉴는 이렇게 말한다. "우리들은 죽음의 걱정으로 말미암아 삶을 어지럽히고, 삶의 걱정으로 말미암아 죽음을 어지럽히고 있다."

그런 것이다. 삶은 죽음을 이끌고 다니며 괴로워하고 죽음은 삶을 이끌고 다니며 괴로워하고 있다. 그것은 철두철미하게 분리되지 않는다. 그들은 서로 미워하는 것 같으면서도 가장 다정하며 서로 가까이 있는 것 같으면서도 멀리 떨어져 있다. 그러나 언제나 그들은 한몸이며 시작이며 끝이다. 사람들의 괴로움은 바로 그러한 삶과 죽음의 한가운데를 차지하고 있는 데서 비롯된다. 어느 것을 버릴 수도 어느 것을 취할 수도 없는 안타까움이 인간을 고뇌케 한다.

그래서 법을 행하여 생과 사 모두를 버리라는 것이다. 삶을 괴로워하고 죽음을 괴로워하는 그 본질적 집착에서 벗어나라는 것이다. 집착을 버리기만 하면 우리는 얼마든지 고뇌의 끝을 만날 수 있기 때문이다.

붓다께서 말씀하셨다.

"수행하는 사람은 두 가지 인연을 지니고 있어야 바른 생각을 가질 수 있다. 하나는 나의 가르침을 받아들이는 것이요, 또 하나는 마음을 흔들리지 않게 하고 사물을 밝게 살피는 것이다."

달리는 열차의 특실에서 잘 차려입은 두 여자가 옷에 대하여 이야기를 나누고 있었다. 그 옆자리에는 한 신사가 자는 척하며 그 이야기를 듣고 있었다. 한 여자가 현재로서는 옷값을 마련하기가 불가능하다고 말했다. 그러자 다른 여자가 자기처럼 남자친구를 두는 것이 어떻겠느냐고 제의했다.

"그는 한 달에 오백 달러어치의 선물을 줄 거야. 네 남편은 그렇게 할 수 없잖니?"

"하지만 오백 달러를 줄 수 있는 남자친구가 없다면?"

"그땐 두 명의 남자를 사귀어서 이백오십 달러씩 우려내면 되지 않겠니?"

그때 옆에서 듣고 있던 신사가 말했다. "여보시오. 나는 잠을 자야 한단 말이오. 이십 달러까지 내려가면 그때 알려주시오."

이것은 라즈니시의 강의 속에 나오는 한 대목이다.

어리석은 자들은 온갖 방법을 모두 동원해서 어리석음을 캐낸다. 그리고 캐낸 어리석음에다 먹칠까지 한다. 모든 어리석음을 다 캐낸 다음에야 맨 밑에 있는 지혜에 도달할 수 있을 것인지 그것마저 의심스럽다. 이토록 어리석은 사람들이 어떻게 법法을 생각할 수 있을 것인가? 위선으로 뒤덮인 그 어리석음을 깨뜨리기 위해서는 칼과 몽둥이밖에 달리 방법이 없을 것만 같다.

071~072

탐욕은 어리석음을 업고 다닌다

악 불 즉 시　　여 각 우 유　　죄 재 음 동　　　여 회 복 화
惡不卽時는 如穀牛乳라 罪在陰同이니 如恢覆火이니라.

우 생 염 려　　지 종 무 리　　자 초 도 장　　보 유 인 장
愚生念慮는 至終無利하여 自招刀杖이니 報有印章이니라.

071 악의 굴레가 금방 드러나지 않는 것은 천천히 굳어지는 우유와도 같아 그 죄는 그늘에 숨어 기다리느니, 재에 덮인 불씨가 그대로 있는 것과 같다. **072** 어리석은 사람의 악한 생각은 끝내 이익될 것이 없고 스스로 형벌을 불러들일 뿐이니 그 과보에는 확실한 표시가 있다.

눈 내리는 어느 날 밤, 목동이 한떼의 산양을 몰고 눈을 피하러 동굴 속으로 들어갔다. 그 동굴 속에는 야생의 살찐 양 한떼가 역시 눈을 피하고 있었다. 목동은 웬 떡인가 싶어 살찐 야생의 양떼를 제 것으로 만들기 위해 자기 양떼는 버려둔 채 야생의 양떼에게만 건초를 먹였다. 날이 새고 눈이 멎자 건초를 먹고 기운이 솟은 야생의 양떼는 목동이 놀라는 것도 아랑곳없이 동굴을 뛰쳐나가 들과 숲으로 달아나버렸다. 그제야 목동은 자기가 몰고 왔던 산양이 모두 죽어 있는 것을 발견했다.

죽어버린 한떼의 산양이야말로 바로 그 목동의 양심이다. 들과 숲으로 달아난 야생의 양떼는 또한 그 목동의 감추어져 있던 탐욕이다. 어리석은 사람들은 그 어리석음 속에 그들의 모든 악을 감추어 지닌다. 그러다가 그것들은 불시에 그 모습을 드러내지만, 바로 그 모습을 드러내기까지 그것들은 언제나 죄의 그늘에 숨어 있었을 뿐이다.

에릭 호퍼는 이렇게 말해준다.

"머리가 텅 빈 사람의 머릿속이 정말로 비어 있는 것은 아니다. 그곳은 오히려 쓰레기로 가득 차 있다. 그렇기에 그 머릿속으로는 옳은 것을 집어넣으려 해도 들어가지 않는다."

073~074

덕성을 계발하는 것은
인류의 의무다

우 인 탐 이 양　　구 망 명 예 칭　　재 가 자 흥 질　　상 구 타 공 양
愚人貪二養하고 求望名譽稱하며 在家者興嫉하여 常求他供養이니라.

물 의 차 양　　위 사 가 죄　　차 비 지 의　　용 용 하 익
物猗此養이면 爲捨家罪니라 此非至意이니 用用何益이리오.

우 위 우 계　　욕 만 용 증
愚爲愚計하여 欲慢用增이니라.

073 어리석은 사람은 이익을 탐하고 존경과 명성이 드러나길 바라며 집에 있으면서 시기하고
남으로부터는 공양받기만을 바란다. **074** 이처럼 이익에만 의지한다면 그것은 출가자의 죄가 된다.
그것이 참뜻이 아닌 바에 그렇게 생각한들 무슨 이익이 있으랴.
어리석은 자는 그 어리석은 생각 때문에 욕망과 교만만을 더할 뿐이다.

페스탈로치는 가정의 단란함이 지상에서 가장 빛나는 기쁨이라고 했
다. 그리고 자녀를 보는 즐거움은 사람의 가장 성스러운 즐거움이라고 했
다. 참으로 모든 사람에게 가정은 행복을 창출하는 곳이며 또 그것을 저
장하는 곳이기도 하다.

그러나 이미 출가한 사문에게는 그렇지 못하다. 사문에게 가정은 애착
이며 탐욕이다. 가정이야말로 애착의 고리이며 탐욕의 고리이며 모든 죄
악의 고리일 수 있기 때문이다.

붓다께서 말씀하셨다.

"수행하는 사람이 한 곳에 오래 머물러 살면 다섯 가지 법답지 못한 일

이 일어난다. 사는 집에 집착이 생겨 남에게 빼앗길까 두려움이 생긴다. 재물에 집착이 생겨 잃어버릴까 걱정이 된다. 세속 사람이 재물에 매달리듯 재물 모으기에 힘쓰게 된다. 자기와 친한 사람에게 신경을 써서 남들이 그와 친한 것을 싫어하게 된다. 부질없이 세상 사람들과 바쁘게 왕래한다. 출가한 사람이 한 곳에 오래 살면 이러한 허물이 생긴다."

그러나 그대는 사문이 아니다. 사문이 아니라고 해서 두 가지 욕망에 떨어져도 괜찮다는 말은 아니다. 모든 인류에게는 한결같이 덕성을 계발할 의무가 있다. 그대가 무슨 일을 하더라도 결코 덕성에서 멀어져서는 안 된다.

라 브뤼예르가 말했다.

"남을 위해 착한 일을 하는 사람은 착한 사람이다. 착한 일을 위해 고생까지 마다하지 않는 사람이라면 더욱 그렇다. 만약 착한 일을 하는 사람 때문에 고생을 하게 된다면 더욱더 그러하다. 그리고 그 사람이 착한 일을 계속해나가기 위해 전보다 심한 고통을 겪는다면 그는 더없이 착한 사람이다. 만일 그가 그 때문에 죽는다면 그는 위대한 영웅이다."

그런 것이다. 밤낮없이 자비를 생각하는 것만으로도 그대는 착한 사람이 될 수 있다. 남을 이기려들지 않고 나를 자랑하려 하지 않으며 사람들을 해치지 않는 것만으로도 그대는 착한 사람이 될 수 있다. 그러면 그대에게는 원수가 만들어지지 않으며 사람들의 비난 따위는 아예 들려오지 않을 것이다. 바로 그런 일들로 인하여 그대는 참으로 비밀스러운 행복 하나를 알 수 있게 된다. 그것은 그대 자신과 모든 사람들이 서로 사랑하며 살아나간다는 사실이다.

075

위대한 자각과
깊은 심정으로 바라보라

이 재 부 리　　　　이 원 부 동
異哉夫利하고 泥洹不同하느니

제 지 시 자　　비 구 불 자　　　불 락 이 양　　　한 거 각 의
諦知是者는 比丘佛子이니 不樂利養하고 閑居却意니라.

075 이양(利養)의 길로 나아가는 것과 열반의 길로 나아가는 것.
이것을 밝게 아는 사람은 참된 비구며 붓다의 제자이다. 그는 이양을 즐기지 않고 한가롭게 살아 마음이 편안하다.

붓다께서 갠지스 강가에 계실 때였다. 한 제자가 여쭈었다.

"세존이시여, 제 스스로 수행할 수 있는 법을 말씀해주십시오."

붓다께서는 갠지스 강에 흘러내려가는 큰 나무토막을 보시며 말씀하셨다.

"너는 저 강물에 떠내려가는 나무를 보았느냐?"

"그렇습니다, 세존이시여."

"수행하는 것도 저 나무가 흘러내려가는 것과 같다."

"세존이시여, 흘러가는 나무의 뜻을 말씀해주십시오."

"도를 닦는 사람은 마치 물에 뜬 나무가 물결 따라 흘러가는 것과 같으니, 나무가 양쪽 언덕에 닿지 않고 사람 손에 잡히지도 않고 귀신에게 가로막히지 않고 소용돌이에 머물지 않고 또한 썩지도 않으면, 이 나무는

반드시 바다에 들어갈 것이다. 여기서 양쪽 언덕이란 우리의 감각기관과 감각대상을 말하며 사람 손에 잡힌다는 것은 수행자가 희로애락에 빠져 벗어나지 못하는 것을 말하며 귀신에게 가로막힌다는 것은 잘못된 수행을 통해 좋은 결과를 얻으려 함이다. 그리고 소용돌이란 수행자가 계율을 어기고 다시 세속으로 돌아가는 것이며 물에 썩는다는 것은 사문이 아니면서 사문인 체 악행을 일삼는 것이다."

『잡아함경』에 나오는 내용이다.

사람이 집을 떠나 붓다의 제자가 된다는 것은 아무나 할 수 있는 쉬운 일이 아니다. 애욕을 버리고 속세의 습관을 버리는 일 또한 말처럼 쉬운 일이 아니다. 그것은 엄청난 고행의 연속이다. 진리의 길은 그만큼 평탄하지 않고 가파르다.

도스토옙스키는 일반적으로 말하여 고통과 고뇌는 위대한 자각과 깊은 심정을 가진 사람에게 항상 필연적인 것이라고 했다. 그렇다. 위대한 자각과 깊은 심정이 없이는 감히 불문佛門에 들어설 수 없다.

로마의 시인 루크레티우스는 이렇게 노래했다.

"해안에 서서 바다 위에 흔들리는 배를 바라보는 것은 유쾌하다. 성곽의 창가에 기대, 아래로 전쟁과 가지가지의 위험을 내려다보는 것은 유쾌하다. 그러나 어떠한 쾌감도 진리라는 우월한 위치에 서서 아래로 골짜기의 오류와 착란과 안개와 폭풍을 내려다보는 쾌감에 비할 바가 못 된다."

아, 참으로 사문이 속세를 바라보는 마음이 이와 같은 것이었을까? 그런 것이 아니라면 참으로 어떻게 갠지스 강을 떠내려가는 통나무와 같이 그토록이나 어렵게 붓다께 귀의할 수 있었을까. 사문을 바라보는 내 눈이 이처럼 눈부시기는 처음이다.

제6장

현철품
賢哲品

자기를 속이거나
자기 속에 숨지 말라

단단한 돌을 바람이 옮기지 못하는 것처럼 지혜로운 사람은
뜻이 무거워 비방과 칭찬에도 기울지 않는다.

076
세상에는 어진 사람이 따로 있다

^{심 관 선 악} ^{심 지 외 기} ^{외 이 불 범} ^{종 길 무 우}
深觀善惡하면 心知畏忌하니 畏而不犯이면 終吉無憂니라.

^{고 세 유 복} ^{염 사 소 행} ^{선 치 기 원} ^{복 록 전 승}
故世有福하니 念思紹行이면 善致基願하고 福祿轉勝이라.

076 선악을 깊이 관찰하면 마음이 그것을 두려워하고 꺼리는 것을 알 수 있다.
두려워하여 범하지 않으면 마침내 그로 하여 근심이 없다. 그러므로 세상에는 복 있는 이가 있다.
그를 생각하여 그 행함을 따르면서 원하는 바를 훌륭히 이루면 복록이 더욱 두터워진다.

선과 악을 자세히 들여다보면 피해야 할 것과 실천해야 할 것을 확연히 파악할 수 있다. 그러나 막상 피한다거나 행동에 옮기는 일에 다다르게 되면 사람들은 선과 악 그 어느 것에 대해서도 한번쯤 주저하게 된다.

스피노자의 말처럼, 한 가지의 것이 동시에 선도 되고 악도 되고 그 어느 편도 되지 않는 일이 있을 수 있기 때문이다. 그래서 선량한 과거를 가진 악도 있을 수 있으며 도덕적으로 별 가치가 없는 과거를 가진 선도 있을 수 있는 것이다.

세상에 어진 사람이 따로 있다는 것은 얼마나 반가운 일인가. 그를 생각하여 그 행함을 따르면 누구라도 자신의 방향을 새삼 바로잡을 수가 있다. 그것이 바로 계율이며 수행이며 법法이다. 그 이상 어진 이를 어디에서 만나볼 수 있을 것인가. 키케로가 말했다.

"지혜란 구해야 할 것과 피해야 할 것에 대한 지식이다."

077~078

음덕은 귀에 울리는
소리와 같은 것이다

주 야 당 정 근　　　 뢰 지 어 금 계　　　 위 선 우 소 경　　　 악 우 소 불 념
晝夜當精勤하고 **牢持於禁戒**하라 **爲善友所敬**하고 **惡友所不念**하라.

상 피 무 의　　　 불 친 우 인　　　 사 종 현 우　　　 압 부 상 사
常避無義하고 **不親愚人**하며 **思從賢友**하고 **押附上士**하라.

077 밤낮을 부지런히 정진하여 굳세게 계율을 지켜나가라.
그리하여 착한 벗의 존경을 받고 악한 벗으로부터 버림받으라. **078** 의롭지 못한 사람을 항상 피하고
어리석은 사람과 친하지 말며 어진 벗을 마음으로 따르고 뛰어난 선비를 가까이 짝하라.

참으로 덕이 있는 사람은 그 덕으로 스스로를 내세우지 않는다. 그와 반대로 덕이 부족한 사람일수록 언제나 덕이라는 것에 대해 관심을 드러내 보이며 참견하려 애쓴다. 톨스토이는 이렇게 말한다.

"선량한 사람들은 선을 행하되 그것을 나타내려고 하지도 않거니와 스스로 만족하지도 않는다. 그러나 겉으로만 선량한 사람들은 스스로 행한 선을 확인하며 만족해하며, 남에게 알리려고 노력한다."

의롭지 못한 사람들이 의로움을 가장 많이 입에 담으며, 어리석은 사람들이 스스로 자신만만해한다. 음덕陰德은 귀에 울리는 소리와 같아서 자기만 알고 남은 모르는 것이 정상이다. 니체가 말했다.

"너희들은 저 원주圓柱의 덕을 길러야 한다. 원주는 위로 오를수록 점점 아름답고, 내부는 점점 강하고, 지탱하는 힘은 더욱 더 강해진다."

079

성지에 이르는 길은
어려운 것만이 아니다

희 법 와 안   심 열 의 청   성 인 연 법   혜 상 락 행
喜法臥安하여 **心悅意淸**하며 **聖人演法**하여 **慧常樂行**이라.

079 법을 즐기면 언제나 편안하여 그 마음은 기쁘고 뜻은 깨끗하다.
어진 사람은 성인의 법을 들어 그것을 언제나 즐겁게 행한다.

공자는 우리가 성지聖智에 도달할 수 있는 길을 사색과 모방과 경험 세 가지로 들었다. 그러나 오늘을 살아가는 모든 사람들에게는 사색에 의한 것도, 모방에 의한 것도, 그리고 경험에 의한 것도 어느 것 하나 어렵지 않은 것이 없다. 그냥 포기하고 물러설 것이 아니라 부딪쳐보는 것이다. 에머슨의 말처럼 사물을 이해하기 위해서는 나중에 거기에서 뛰쳐나오게 될망정 일단 그 속으로 뛰어들어가야 한다. 붓다께서 말씀하셨다.

"법을 들으면 다섯 가지 공덕이 있다. 새로운 것을 알 수 있고, 법을 들어서 그것을 읽고 외울 수 있으며, 생각이 삿되게 흐르지 않고, 믿음이 생기며, 진리의 깊은 뜻을 알게 된다."

별들 속의 달처럼 세상을 밝게 비출 수는 없더라도 그 빛을 가리는 장애물이 될 수는 없는 일이 아니겠는가? 즐겁게 그 빛 속으로 들어가라. 그 빛으로 온몸이 젖어들게 하라.

080~081

자기를 속이거나
자기 속에 숨지 말라

_{궁 공 조 각} _{수 인 조 선} _{재 장 조 목} _{지 자 조 신}
弓工調角하며 水人調船하고 材匠調木하며 智者調身이라.

_{비 여 후 석} _{풍 불 능 이} _{지 자 의 중} _{훼 예 불 경}
譬如厚石이 風不能移하여 智者意重하니 毁譽不傾이니라.

080 활 만드는 사람은 뿔을 다루며, 물을 가까이 하는 사람은 배를 다루고, 목수는 나무를 다루며, 지혜로운 사람은 자기를 다룬다. **081** 단단한 돌을 바람이 옮기지 못하는 것처럼 지혜로운 사람은 뜻이 무거워 비방과 칭찬에도 기울지 않는다.

이 세상에는 전 세계를 알면서도 자기 자신은 모르는 사람이 많다고 한다. 사람들은 그만큼 자기를 모른다. 그러면서 자기 자신을 모르고 있다는 사실까지도 까마득히 모르고 있다. 스스로를 알며 스스로를 다루는 일은 그래서 더더욱 어려운 것인지도 모르겠다.

헤르만 헤세의 『싯다르타』를 읽다 보면 이런 대목을 만날 수 있다.

"그것은 자아였다. 그 의미와 본질을 알려던 자아였다. 내가 피하려고도 하고 정복하려고도 하던 자아였다. 나는 그것을 정복할 수는 없었으나 속일 수는 있었다. 다만 그것을 도피하여 한때 숨을 수 있을 뿐이었다. 실제 세상에서 이 자아같이 나의 생각을 괴롭혔던 물건은 없었다."

참으로 지혜로운 사람이 아니면 자기 자신을 다스릴 수 없다. 그것은 극히 어려운 일 중의 어려운 일이다. 그러나 스스로를 다스릴 줄 아는 사람도 수없이 많다. 그 길을 배워라. 활 만드는 사람이 뿔을 다루듯, 목수가 나무를 다루듯, 그 길을 배워라.

어떤 바라문이 있었다. 총명할 뿐만 아니라 재주까지 있어 할 수 없는 일이 없었다. 그는 이윽고 그 자신에게 맹세했다.

"다만 한 가지의 재주라도 능숙하지 못한 것이 있다면 천재가 될 수 없다. 나는 천하의 재주를 두루 익혀서 내 이름을 전 세계에 떨치고 말겠다."

그런 후 그는 사방으로 유학해서 인간이 가지고 있는 재주란 재주를 모조리 통달한 뒤 천하를 주름잡듯 돌아다녔다. 어떤 사람도 재주로써 감히 그와 맞설 수 있는 사람은 없었다.

그때 붓다께서는 이 바라문을 교화시키기 위해 평범한 중의 차림으로 그를 찾아갔다.

바라문이 물었다.

"그대는 어떤 사람인데, 행색이 보통사람과 다르군."

붓다께서 대답하셨다.

"나는 자기 자신을 다루는 사람이다."

그러자 바라문은 곧 몸을 땅에 던져 예배하고, 자기 자신을 다루는 법을 물었다.

그렇다. 의지가 있는 곳에 길은 통한다. 의지가 있는 자에겐 지혜가 있다. 어떤 경우라도 자기를 속이거나, 그것을 피하여 자기 속에 숨어버리면 안 된다. 자기를 아는 사람만이 자기의 주인이 될 수 있다.

082~083

하나의 괴로움은
또 다른 즐거움을 위한 것이다

_{비 여 심 연}　　_{징 정 청 명}　　　_{혜 인 문 도}　_{심 정 환 연}
譬如深淵이 澄靜淸明하여 慧人聞道면 心淨歡然이니라.

_{대 인 체 무 욕}　　_{재 소 조 연 명}　　_{수 혹 조 고 락}　　　_{불 고 현 기 지}
大人體無欲하며 在所照然明하고 雖或遭苦樂이라도 不高現其智니라.

082 깊은 못이 맑고 고요하며 깨끗한 것처럼 지혜로운 사람이 도를 들으면 그 마음이 깨끗하고 즐겁다.

083 대인(大人)은 탐하는 욕심이 없어 가는 곳마다 그 모습이 환하게 밝다.
괴로움을 만나거나 즐거움을 만나도 높은 척 지혜를 드러내지 않는다.

나루에 매여 있는 배는 편안하다. 스치는 바람에 흔들리고 물새떼의 지저귐과 벗하며 출렁이는 물결에 자신을 맡겨놓으면 그만이다. 그러나 배는 나루에 매여 있기 위해 만들어진 것이 아니다. 배는 물살이 험하거나 고르거나 상관없이 물을 건너야 한다. 사람을 실어 나르기도 하고 짐승을 실어 나르기도 하며, 맡겨지는 대로 온갖 물건을 실어 날라야 한다. 배는 모든 것을 실어 나를 수 있을 때 배일 수 있는 것이다.

그래서 『채근담』은 이런 말로 우리를 격려한다.

"세상이 괴롭다고 사람을 피하려는 것은 깨달은 사람이라고 할 수 없다. 생활이란 본시 사람 속에 있는 것이다. 먼지 많은 거리에 있으면서 그 먼지에 물들지 않는 것이 진정 깨달은 사람이다. 연꽃은 진흙 속에 있으면서도 아름다움을 변치 않는다. 속俗에 있으면서 속되지 않는 것이 중요하다."

　그런 것이다. 욕심을 탐하지만 않으면 그대는 가는 곳마다 편안해질 수
있다. 괴로움을 만나거나 즐거움을 만나거나 의연해질 수 있다면 그것을
그대의 진정한 모습으로 간직하라. 그대의 마음이 내키는 대로 행동한다
면 그것은 이미 악마에게 그대 자신을 바치고 있는 것과 다름없다.

084

짧고 헛된 세상일수록 아름답게 살라

대 현 무 세 사　불 원 자 재 국　상 수 계 혜 도　불 탐 사 부 귀
大賢無世事하여 不願子財國하며 常守戒慧道하여 不貪邪富貴니라.

084 크게 현명한 사람은 세상일에 빠지지 않아 자손과 재물과 나라를 바라지 않고
항상 계율과 지혜와 도를 지켜 그릇된 부귀를 탐하지 않는다.

　짧고 헛된 세상도 선하고 아름다운 생활을 하기에는 충분하다고 말한 사람은 키케로다. 그것은 세상을 바라보는 잣대가 선인지 악인지에 따라 달라지기 때문이다. 그는 '선하고 아름다운 생활'을 보다 더 강조하기 위해 '짧고 헛된 세상'을 내세운 것인지도 모른다. 마찬가지로 세상일에 빠져드는 것을 경계하는 것 또한 '짧고 헛된 세상'이 있기 때문이며, 계율과 지혜와 도를 지키는 것 또한 그러한 세상이 존재하기 때문이다. 발자크는 『고리오 영감』에 이렇게 썼다.

　"훌륭해지고 부자가 되고 싶다는 것은 거짓말을 하고 머리를 숙이고 아첨하고 속일 것을 결심한 것이다."

　발자크는 이 한마디로 독자들의 어리석음을 사정없이 찔렀지만 누구도 아프다는 이는 없었다. 자기는 그 범주에 들지 않는다고 숨어버렸기 때문이다. 진정한 그대의 삶 속에 굳건한 뿌리를 내려라. 외부의 다른 빛깔 때문에 그대의 흰 바탕이 물들지 않게 하라.

085~086
피안이란 말은 얼마나 아름다운가

世皆沒淵하여 鮮剋度岸이라 如或有人하여 欲度必奔이라.
誠貪道者는 覽受正教라 此近彼岸이니 脫死僑上이니라.

085 세상 사람은 모두 욕심에 빠져 피안에 이르는 사람이 아주 드물다.
혹시 누군가 건너고자 해도 생사의 언덕에서 헤매고 있다. 086 진실로 도를 뜻하는 사람은
바른 가르침을 받아 행하여 피안에 가까이 이르게 되느니, 생사에서 벗어나는 것이 으뜸이다.

피안彼岸이란 말은 얼마나 아름다운가. 도를 완전히 이루고 모든 고통
을 끊어버린 경지. 그러나 현실적으로는 존재하지 않는, 관념의 경지.

사람들은 그와 같은 세계가 있다는 것을 믿으려 하지 않는다. 그것은
몽상가들의 꿈속에서나 만날 수 있는 세계이며, 오늘을 살아가는 현실에
서는 있을 수 없는 일이라고 반박한다. 아니 오히려 헛된 꿈에서 깨어나
라고 윽박지른다. 도스토옙스키의 소설『카라마조프의 형제들』에서 우리
는 엄청난 비탄의 소리를 들어볼 수 있다. "신을 만난다면 이 삶을 되돌려
주고 싶다. 나는 더 이상 살고 싶지 않다. 삶은 너무나 고통스럽다!"

그렇다. 인생은 고통의 연속이다. 누구도 그 고통에서 예외일 수는 없
다. 그러나 삶을 되돌려주기 전에 한번쯤 그대가 몸담고 있는 삶을 되돌
아보라. 그러면 그대의 이상이 현실을 부인할수록 그것은 그대의 현실에
알맞은 그대의 수단이어야 한다는 사실을 깨닫게 될 것이다.

087~088
스스로 자기 자신을 깨끗이하라

단오음법 　　 정사지혜 　　 불반입연 　　 기의기명
斷五陰法하고 **靜思智慧**하면 **不反入淵**하여 **棄猗其明**이니라

억제정욕 　　 절락무위 　　 능자증제 　 사의위혜
抑制情欲하고 **絶樂無爲**하여 **能自拯濟**면 **使意爲慧**니라.

> **087** 오음(五陰)의 법을 떠나 고요히 지혜 속에 묻히면 어둠 속으로 되돌아가지 않고 그 밝음 또한 버리지 않는다.
> **088** 정욕을 억제하여 버리고 아무것도 가지지 않으며 스스로 자기를 깨끗이하면 모든 번뇌를 지혜로 돌이킨다.

　　사람의 심신을 이루는 다섯 가지 요소를 오음五陰 또는 오온五蘊이라 한다. 이것은 물론 어디까지나 세속적인 것을 일컫는다. 색色, 수受, 상想, 행行, 식識이 그것으로, 색은 육체를, 수는 감각을, 상은 생각을, 행은 의지를 그리고 식은 의식을 말한다. 어떻게 보면 사람들은 이것 때문에 살아간다 해도 틀린 말이 아니다. 그럴 수밖에 없는 것이 육체는 감각을 필요로 하고 감각은 생각을 부르며 또 생각은 의지를 불러일으켜 마침내는 사물을 식별하고 의식하기 때문이다. 그렇다면 그것을 떠난다는 것은 곧 죽음을 의미하는 것이 아닌가? 아니다. 그것들은 영원한 것이 아니고 한시적인 것들이다. 한시적인 것들이란 어느 것 하나 썩지 않고 죽지 않는 것이 없다. 그러한 굴레에서 벗어나자는 이야기일 뿐이다.

　　니체가 말했다. "산다는 것은 무엇인가? 산다는 것은 죽어가는 것 같은 것을 끊임없이 자기로부터 떼어내는 일이다."

089

자기 자신의 속박에서 벗어나라

학 취 정 지   의 유 정 도   일 심 수 체
學取正智하고 意惟正道하여 一心受諦하며

불 기 위 락   누 진 습 제   시 득 도 세
不起爲樂하면 漏盡習除하여 是得度世니라.

089 배움으로 바른 지혜를 따르고 뜻은 오직 바른 도를 생각하여 한마음으로 진리를 받아 그것을 즐거움으로 삼으면, 번뇌는 스러지고 습관은 없어져 이는 이미 열반에 든 것이다.

자기 자신을 사랑하는 자는 세상에서 가장 보잘것없는 인간을 사랑하는 자라는 말이 있다. 자기에게 엄격하지 못하고 자기 자신에게 관용밖에 베풀 줄 모르는 딱한 인간을 일컫는 말일 것이다. 그래서 볼테르는 자애自愛를 최대의 아첨이라 했고, 베이컨은 자기 자신을 열애하는 인간은 공공의 적이라고 말했다.

많은 사람들은 자기 부정이 자유를 저해하는 것으로 착각하고 있다. 사실은 그 길만이 사람들을 개인적 탐욕의 노예가 되는 것에서 벗어나게 하는 것인데도 그걸 미처 깨닫지 못하고 있는 것이다. 페늘롱이 말했다.

"정욕은 가장 포악한 폭군이다. 정욕에 지면 당신은 자유롭게 숨쉬는 힘마저 잃고 계속되는 투쟁 속에 떨어져버린다. 하지만 사람들은 이것을 태연하게 자유라고 부른다."

제7장

아라한품
阿羅漢品

자기 자신에게서
먼저 자유토록 하라

땅과 같아서 성내지 않고 산과 같아서 움직이지 않는다. 이
처럼 진인眞人은 무구하여 세상의 생과 사를 끊어버린다.

090~091

고뇌하지 않고 고뇌에서 벗어날 수 없다

去離憂患하여 脫於一切하며 縛結已解면 冷而無爐이니라.
心淨得念하면 無所貪樂하고 已度癡淵이니 如鴈棄池니라.

090 근심과 걱정을 버리고 모든 것에서 벗어나며 얽매인 것을 풀고 나면 온기란 없고 다만 차가울 뿐이다.
091 깊은 생각으로 마음이 고요하여 탐하거나 즐거워할 곳이 없어 어리석고 깊은 수렁을 버리고 가느니, 마치 기러기가 살던 못을 버리고 가는 것과 같다.

파스칼은 이렇게 말한다. "자기 자신을 올바르게 하는 것은 참으로 어려운 일이다. 그러나 그것은 그 자체가 어려운 것은 아니다. 그것은 자기 자신을 올바르게 하지 않으면 안 될 죄악에 우리들이 너무 오랫동안 사로잡혀 있었기 때문에 어려운 것이다. 우리들 속에 악이 깊이 뿌리를 박고 있으면 있을수록 악과의 투쟁에서 경험하는 고뇌도 큰 것이다."

그렇다. 근심과 걱정, 구속과 속박, 괴로움과 번뇌, 그 모든 것들에서부터 벗어나기가 어려운 것이다. 그것들은 흡수력이 굉장히 강한 악惡이라는 단 한 장의 스펀지에 몰려들어 있다. 우리의 투쟁은 그 스펀지와의 투쟁인 것이다. 굉장한 압력으로 그것을 눌러보라. 그것들은 감추어져 있던 곳에서 밖으로 밀려나온다. 그러나 압력을 멈추는 순간, 눈 깜짝할 사이에 다시 모습을 감추어버린다. 그러나 포기하지 말라. 포기하는 대신 차라리 그 일을 계속하라. 엄청난 고통이 따르더라도 끊임없이 그들과 싸워라.

092~093

자기 자신에게서 먼저 자유토록 하라

약 인 무 소 의　　지 피 소 귀 식　　공 급 무 상 원
若人無所依하고 知彼所貴食하며 空及無相願하여

사 유 이 위 행　　조 비 허 공　　이 무 족 적　　여 피 행 인　　언 설 무 취
思惟以爲行이면 鳥飛虛空에 而無足跡이니 如彼行人이면 言說無趣니라.

여 조 비 허 공　　이 무 유 소 애　　피 인 획 무 루　　공 무 상 원 정
如鳥飛虛空에 而無有所碍이니 彼人獲無漏라 空無相願定이니라.

092 만약 사람이 의지함이 없고 저 귀한 음식이 놓일 곳을 알며 공(空)과 무상(無相)과 무원(無願)의 경지에서
생각하고 행한다면 마치 허공을 나는 새들이 어디에도 그 자취를 남기지 않는 것 같으리니
그렇게 살아가는 사람이라면 말에도 아무 흔적 남기지 않으리라. **093** 마치 새가 허공을 날아도
아무런 걸림이 없는 것처럼 그는 가질 것도 잃을 것도 없어 공과 무상과 무원의 경지에서 걸림이 없다.

"자유로운 자는 누구인가? 자기의 격정을 억제할 수 있으며, 결핍도 죽음도 쇠사슬도 두려워하지 않으며, 확고히 스스로의 욕망에 저항하고, 세속의 명예를 타기할 수 있으며, 성격의 모난 부분이 모두 둥글게 닦여져 그 자신에게만 전적으로 의존하는 현자賢者만이 자유로운 것이다."

호라티우스의 「풍자시」에 보이는 몇 구절이다. 자유에 대한 많은 사람들의 착각 내지 오류는 오히려 스스로를 얽어매는 일에 몰두하게 해왔을 뿐이다. 말하자면 육신에 집착하고 얽매이는 그 모든 것, 중생이라 부르는 그 모든 것을 자유로 착각해왔던 것이다.

붓다께서 마구라산에 계실 때, 라다라는 제자가 붓다께 여쭈었다.

"세존이시여, 중생이란 어떤 것을 말합니까?"

"육신에 집착하고 얽매이는 것을 중생이라 한다. 또한 보고 듣는 느낌, 생각, 의지, 의식에 집착하고 얽매이는 것을 중생이라 부른다. 라다여, 육신에 집착하고 얽매이는 것을 벗어나야 한다. 또한 보고 듣는 느낌과 생각, 의지와 의식의 얽매임에서도 벗어나야 한다.

그러한 애착을 끊어버려야 괴로움에서 벗어날 수 있다. 비유하면 어린 애가 흙을 모아 성을 쌓고 집착하여 '이것은 내 성이다'라고 애착하다가, 성이 무너지면 발로 헤쳐버리고 마는 것처럼 자기 육신과 자기 생각의 굴레를 벗어나야 자기로부터 진정 자유로울 수 있다."

이성이 가르치는 대로 따르는 자는 큰 행복을 얻는다고 스피노자는 말했다. 그 행복은 모든 사람들에게 공통된 것이며 모든 사람이 다 같이 그 행복을 향유할 수 있다고 했다. 행복으로 통하는 길이 아주 곤란하더라도 손쉽지는 않겠지만 그 길을 찾을 수는 있다는 것이다. 그러면서 다음과 같이 덧붙였다.

"따라서 그 길을 찾는 사람은 극히 드물다. 사실 구원의 길이 모든 사람들의 눈앞에 있으며 힘 안 들이고 찾을 수만 있다면 오히려 사람들은 그 것을 그다지 대단하게 여기지 않을 것이다. 모든 아름다운 것은 다 같이 곤란하다. 그리고 흔한 것이 아니다."

믿음은 이성을 바탕으로 하지 않는 한 허물어지기 쉽다. 이성이란 사물의 이치를 헤아려 깨닫는 성품이기 때문이다. 어느 누가 쉽게 깨달을 수 있을 것인가? 선행을 닦을 줄 모르며 보시를 칭찬할 줄 모른다면 그는 결코 행복의 길에 동참할 수 없을 것이다.

그대 자신으로부터 자유를 획득하라. 공중을 나는 저 새처럼.

094
어떻게 교만한 마음의 때를 버릴 것인가

제근종지 여마조어 사교만습 위천소경
制根從止는 如馬調御라 捨憍慢習이면 爲天所敬이니라.

094 욕심을 쫓는 감관을 억제하는 것은 마치 잘 길든 말을 타는 것같이 해야 한다.
교만한 마음의 때를 버리면 하늘도 그를 공경한다.

소크라테스가 짓고 있는 조그만 집을 보고 지나가던 사람이 물었다. "당신 같은 분이 왜 이렇게 조그맣고 갑갑한 집을 짓고 있습니까?"

소크라테스가 대답했다. "이 집을 채울 만한 진정한 친구가 있기를 바랄 뿐이오." 그대는 어떤가? 그대라면 어떤 대답을 할 수 있겠는가? 친구라는 것도 대개의 경우가 욕심과 함께 왔다가 욕심과 함께 사라져간다. 그들은 그대로 하여금 마음을 비울 수 있게끔 버려두지 않는다. 그들은 그대 육신에 집착하고 얽매이며 그대 의지와 의식에 집착하고 얽매인다. 결국 그대 역시 새삼 그대 자신에 얽매이게 된다.

프랭클린이 말했다. "사람의 성품 중 가장 뿌리 깊은 것은 교만이다. 나는 지금 누구에게나 겸손할 수 있다고 생각하지만, 이것도 하나의 교만이다. 자기의 겸손을 의식하는 것은 아직 교만의 뿌리가 남아 있다는 증거다."

누구에게나 겸손할 수 있다고 자만하지 말라. 참으로 누구에게나 겸손할 수 있을 때, 그대가 하고 싶은 말은 아무것도 없을 것이다.

095~096
바위를 차면 제 발부리만 아프다

불 노 여 지　　부 동 여 산　　진 인 무 구　　생 사 세 절
不怒如地하고 **不動如山**이니 **眞人無垢**하여 **生死世絶**이니라.

심 이 휴 식　　언 행 역 지　　종 정 해 탈　　적 연 귀 멸
心已休息하고 **言行亦止**하며 **從正解脫**하여 **寂然歸滅**이니라.

095 땅과 같아서 성내지 않고 산과 같아서 움직이지 않는다.
이처럼 진인(眞人)은 무구하여 세상의 생과 사를 끊어버린다. **096** 마음이 이미 고요하고
말과 행동도 또한 고요해, 바른 지혜로써 해탈한 사람은 이미 적멸(寂滅)에 돌아간 사람이다.

　　사람의 의지가 땅처럼 굳건하면, 그 땅 위에서 누가 무슨 짓을 하더라
도 개의치 않는다. 또한 사람이 산과 같이 우뚝하면, 수많은 사람이 등산
해 올라와서 굴을 파거나 나무 한 그루쯤을 베어가도 움직이지 않는다.
진인眞人은 그와 같은 것이다. 『이솝우화』에 재미있는 이야기가 있다.

　　모기가 황소 뿔에 내려앉았다. 다른 곳으로 옮겨가고 싶었던 모기는 이
제 그만 떠나기를 바라느냐고 황소에게 물었다. 그러자 황소가 대답했다.

　　"난 네가 왔는지도 몰랐다. 네가 어디론가 간다 해도 역시 모를 것이다."

　　황소에게 모기는 있으나마나한 존재다. 황소에게 어떤 해코지도 할 수
없을 뿐만 아니라 어떤 선행도 베풀 수 없는 존재인 것이다. 사람도 마찬
가지다. 번뇌를 끊어서 마음이 고요하고 말과 행동 또한 고요한 사람에게
세상의 때는 조금도 묻어 있지 않기 때문이다. 화나는 일이 있더라도 선
불맞은 호랑이 뛰듯 하지 말라. 바위를 차면 제 발부리만 아프다.

097

욕심을 버릴 수 있는 길은
그대 안에 있다

기 욕 무 착   결 삼 계 장   망 의 이 절   시 위 상 인
棄欲無着하고 缺三界障하여 望意已絶이면 是謂上人이라.

097 욕심을 버려 집착이 없고 삼계(三界)의 장애를 이미 벗어나 어떠한 욕망도 끊어버린
이 사람이야말로 가장 뛰어난 사람이다.

"나의 가슴속에는 두 개의 영혼이 살고 있다. 하나는 억센 애욕에 사로잡혀서 현세에 집착하고, 또 하나는 이 현세를 떠나서 높이 영靈의 세계를 지향하려 한다."

괴테의 『파우스트』에 나오는 한 대목이다. 사람들은 누구나 할 것 없이 이러한 갈등을 겪는다. 한번쯤 애욕 쪽에 몸을 담았다가 얼마 후 자리를 옮겨 영의 세계로 들어가보기도 한다. 그렇게 쉴 새 없이 드나들면서 선과 악에 대하여 경험한다. 그러나 언제나 욕심이 우위에 선다.

사자와 나귀가 함께 사냥을 나갔다. 사자는 기운을, 나귀는 빠른 발을 이용했던 것이다. 많은 짐승을 잡아놓았을 때, 사자는 그것을 셋으로 나누었다. 그런 다음 천천히 나귀에게 말했다.

"첫 번째 것은 내가 갖겠다. 왕이라는 이름의 몫이다. 두 번째 것은 너와 대등한 짝의 자격으로 갖겠다. 그리고 세 번째 것은 네가 도망가지 않으

면 너에게 큰 화를 초래할 것이다."

　욕심은 이런 식으로 쑥쑥 자란다. 그렇게 변모한다. 그대의 욕심을 멈추게 할 자는 그대뿐이다. 그대가 아니면 어느 누구도 그대 욕심의 꼬리를 붙잡아 맬 수 없다. 끝내 그 억센 애욕에 사로잡혀 있을 것인가를 스스로 결정하라.

098~099
아라한이 지나는 곳이면 향기가 난다

재취재야　평지고안　　응진소과　막불몽우
在聚在野하나 平地高岸이나 應眞所過에 莫不蒙祐니라.

피락공한　중인불능　쾌재무망　무소욕구
彼樂空閑하니 衆人不能이라 快哉無望하며 無所欲求니라.

098 마을에 있거나 들판에 있거나 평지에 있거나 언덕에 있거나 아라한이 지나는 곳엔 그 은혜를 받지 않음이 없다.

099 그는 텅 비고 고요한 곳을 좋아하지만 많은 사람들은 그럴 수가 없다.
즐겁구나. 바랄 것이 없으니 구할 것도 없구나.

아라한은 깨달은 사람이다. 이미 생사를 초월하여 더 이상 배울 만한 법도가 없어진 사람이다. 수행자가 도달하는 최고 자리에 있는 사람이다. 그에게서 나는 향기는 은혜 아닌 것이 없다. 그 향을 맡은 사람은 이미 그의 영향권에 든 것과 다름이 없다. 붓다께서 계신 곳이면 제철이 아닌데도 나무들은 꽃을 피웠다. 또 하늘에서는 미묘한 꽃비를 내리고 풍악까지 울렸다. 붓다는 곧 사랑이며 자비이며 평화이기 때문이다. 그 이상의 축복의 세계를, 은혜의 세계를 어디서 만날 수 있을 것인가.

라즈니시가 말했다.

"진리는 불변이 아니라 영원하다. 그리고 그것은 불변이 아니기 때문에 영원하다. 그것은 끊임없이 변하기 때문에 영원하다. 변화로 인하여 그것은 존속한다. 변화로 인하여 그것은 새로워진다. 끊임없는 변화로 인하여 그것은 죽음의 손아귀를 벗어난다. 죽음은 그것을 붙잡지 못한다."

제8장

술천품
述千品

누구도 자기의
그늘 속에서 쉴 수는 없다

자기를 이기는 것이 가장 현명하며 그 때문에 그를 뛰어난
사람이라고 부른다. 뜻을 가누고 몸을 보호하며 끝까지 자
기를 다루도록 하라.

100~101

단 한마디의 말이라도
그것이 유익했다면 그 사실이 중요하다

수송천언　　　구의부정　　불여일요　문가멸의
雖誦千言이라도 句義不正이면 不如一要를 聞可滅意니라.

수송천장　　불의하익
雖誦千章이라도 不義何益이랴

불여일의　　문행가도
不如一義라도 聞行可度니라.

100 비록 천마디의 말을 외운다 한들 글귀의 뜻이 바르지 못하면 단 한마디의 말을 들어서
마음의 번뇌를 없애는 것이 낫다. **101** 비록 천 편의 게송을 외운다 한들 이치를 모르면 무슨 이로움이 있으랴.
단 하나의 뜻을 들어 행하여 열반에 이르는 것이 낫다.

어느 땐가 한 무리의 장사꾼들이 바다를 항해하다가 도중에 배가 침몰
하고 말았다. 배에 탔던 많은 사람들이 그 배와 함께 바닷속으로 가라앉
아버렸는데 한 사람만이 살아남았다. 그는 두꺼운 나무판자를 붙들고 정
처없이 표류하다가 이름 모를 작은 항구로 밀려들었다.

그는 옷이 없었기 때문에 붙들고 왔던 나무판자로 몸을 가리고 그릇 하
나를 든 채 많은 사람들이 오가는 길목에 자리잡고 앉았다. 그러자 지나
가는 사람들이 그에게 밥이나 죽 따위를 건네주기 시작했다. 그중 어떤
사람들은 혹시 그가 아라한이 아닐까 하여 자기네들끼리 수군거렸고, 또
어떤 사람들은 그에게 옷가지를 건네주려 했지만 그는 받지 않았다. 옷을
걸치면 사람들에게 동정을 사지 못할까 두려웠기 때문이었다.

그런 일이 계속되자 그는 마침내 자기가 아라한이라고 착각하기에 이르렀다. 마침내 그의 타락을 지켜보던 천인天人이 그에게 충고하며 더 이상 죄를 짓지 못하게끔 타일렀다. 그러자 그도 할 말이 있다는 듯 당당하게 말했다.

"그래, 나도 내가 아라한이 아닌 것은 인정한다. 그리고 지금까지 저지른 잘못에 대해서도 인정하겠다. 그렇지만 지금 이 세상 어디에 아라한의 경지에 오른 위대한 사람이 있을 수 있단 말인가?"

천인은 그에게 붓다를 찾아가라고 말했다. 먼 길을 달려온 그에게 붓다께서는 선 채로 말씀하셨다.

"네가 어떤 것을 볼 때, 너는 네 마음을 보고 있는 것 자체에 집중하고 그것을 분명히 인식하여라. 네가 어떤 소리를 들을 때에도 듣는 것 자체에 마음을 집중시키고 분명히 그것을 인식하여라. 어떤 음식을 맛볼 때, 무엇을 만질 때, 또 네가 어떤 것을 생각할 때에도 너는 항상 그 대상에 마음을 집중시키고 그것을 분명히 인식하여라. 그러나 그렇게 하면서도, 그것들이 다 마음의 대상일 뿐임을 알아 거기에 어떤 분별을 일으키지 말고 집착이나 싫어함도 일으키지 말아야 할 것이다."

그는 붓다의 말씀이 끝나자마자 아라한을 이루었고 비구가 되게 해달라고 청했다. 그는 비구가 되기 위해 잠시 부처님 곁을 떠난 사이 갑자기 죽고 말았다. 많은 비구들은 그가 어떻게 단 몇 마디의 설법만을 듣고 아라한을 이룰 수 있었는지 궁금하게 생각했다. 붓다께서 말씀하셨다.

"아라한을 이루는 것은 설법을 듣는 횟수와는 관계가 없다. 아주 짧은 단 한 차례의 법문일지라도 그것이 유익했다면 그 사실이 중요한 것이다."

감옥에 갇힌 두 사내가 창살을 통하여 밖을 내다보았다. 밖에는 여전히 많은 사람들이 들끓었고 희부연 어둠 사이로 온갖 사물이 그 모습을 보이고 있었다. 그러나 두 사내가 본 것은 각각 달랐다. 한 사람은 진흙탕을 눈여겨보았고 다른 한 사람은 반짝이는 별을 눈여겨 바라보았다. 그런 차이다. 다만 그런 차이일 뿐이다.

102

그대는 무거운 짐을
지고 있는 것인지도 모른다

數多誦經이라도 不解何益이리오 解一法句라도 行可得道니라.

102 비록 경전을 많이 외운다 해도 뜻을 알지 못하면 무슨 이로움이 있으랴.
단 한마디 법구(法句)라도 뜻을 알고 행하면 도를 얻는다.

붓다께서 사위성에 계실 때였다. 반특이라는 비구가 있었는데 원래부터 재주가 없는 사람이었다. 오백 명의 아라한이 매일같이 그를 가르치기에 삼 년이나 흘렀지만 그는 단 한 게송도 깨닫지 못했다. 천하의 사람들이 그의 우둔함을 알았다.

붓다께서는 그를 가엾게 여겨 '입을 지키고, 뜻을 거두고, 몸으로 범하지 말라'는 한 게송을 일러주고 그 뜻까지 자세하게 설명해주었다. 반특은 문득 크게 깨우쳐 아라한이 되었다.

어느 날 파사익 왕이 붓다와 그의 제자들을 초청했다. 붓다께서는 반특에게 발우를 들리시고 뒤를 따라 그의 위신威神을 나타나게 했다. 왕이 놀라서 묻자 붓다께서 대답하셨다.

"반드시 많이 배우는 것을 필요로 하지 않는다. 행하는 것이 제일이다. 아무리 많이 배우고 많이 알더라도 행하지 않으면 무슨 이익이 있겠는가?"

장자가 말했다.

"나보다 먼저 나서 도를 듣기를 진실로 나보다 먼저라면 내 너를 스승으로 좇을 것이다. 나보다 뒤에 나서 도를 듣기를 나보다 먼저라면 내 이를 스승으로 좇을 것이다. 도를 스승으로 하는데 어찌 그 아이가 나보다 선후에 난 것을 가릴 것이 있는가. 이런 까닭으로 귀함도 없고 천함도 없고 어른도 없고 아이도 없으니, 도가 있는 곳이 스승이 있는 곳이다."

깨달음은 그런 것이다. 그대가 남보다 먼저 단 한마디의 법구法句라도 뜻을 알고 행했다면 그대는 그만큼 앞선 사람이다. 아무리 많은 경전을 외울 수 있다 하더라도 그 뜻을 모른다면 그것은 아무것도 아닌 것이다. 뜻을 알아야 깨달을 수 있고 깨달음이 있어야 행할 수 있을 것이 아닌가.

군맹무상群盲撫象은 그래서 생겨난 말인지도 모르겠다. 이 말은 장님 여러 사람이 코끼리를 만져보는데, 배를 만져본 장님은 코끼리가 바람벽 같다고 하고, 다리를 만진 장님은 기둥 같다고 한 데서 나온 말이다. 법을 믿고 따르라. 모든 사물을 좁은 소견과 주관으로 잘못 판단하지 말라.

라즈니시는 이런 말로 우리에게 충고한다. "신을 알고 신이라는 단어를 사용한다면 그 말은 다이아몬드처럼 광채가 있다. 그러나 신에 대해 아무것도 모른다면, 그것은 색깔도 광채도 없는 보통의 돌멩이일 뿐이다. 그것은 무거운 짐일 뿐이다. 그 돌멩이는 그대의 날개가 되지 못할 것이며 그대를 가볍게 만들지도 못할 것이다."

그 돌멩이를 과감히 떼어버려라. 그리고 『법구경』 속으로 뛰어들어라.

103~105

누구도 자기의 그늘 속에서
쉴 수는 없다

천 천 위 적　　　　일 부 승 지　　　　미 약 자 승　　　　위 전 중 상
千千爲敵하며 一夫勝之라도 未若自勝하여 爲戰中上이니라.

자 승 최 현　　　　고 왈 인 웅　　　　호 의 조 신　　　　자 손 지 종
自勝最賢하니 故曰人雄이라 護意調身하며 自損至終이라.

수 왈 존 천　　　　신 마 범 석　　　　개 막 능 승　　　　자 승 지 인
雖曰尊千과 神魔梵釋이라도 皆莫能勝이니 自勝之人이니라.

103 수천 명의 적과 혼자 싸워 이기는 것보다 하나의 자기를 이기는 것이 싸움 중의 으뜸이다.

104 자기를 이기는 것이 가장 현명하며 그 때문에 그를 뛰어난 사람이라고 부른다.
뜻을 가누고 몸을 보호하며 끝까지 자기를 다루도록 하라.

105 비록 높은 하늘이거나 신과 악마, 범(梵)과 제석(帝釋)이라도 모두 자기를 이기는 사람을 이기지는 못한다.

알렉산더가 디오게네스를 만나러 갔다. 디오게네스는 강둑에 벌거벗고 누워 햇볕을 쬐고 있었다. 디오게네스는 벌거벗은 몸에 아무런 장식도 없었지만 알렉산더는 온갖 장신구를 주렁주렁 매달고 있었다.

알렉산더가 말했다.

"나는 그대에게 질투를 느낀다. 그대와 비교해볼수록 나는 매우 초라하다. 그대는 아무것도 갖고 있지 않은데, 그대의 부유함은 어디에서 오는가?"

디오게네스가 말했다.

"그것은 내가 아무것도 원하지 않기 때문이오. 무욕이 나의 보물이오.

나는 아무것도 소유하지 않음으로써 주인이 되었소. 무소유가 나를 주인으로 만들었소. 그리고 나는 전 세계를 정복했소. 왜냐하면 나는 나 자신을 정복했기 때문이오. 나의 승리는 영원히 나와 함께할 것이지만 당신의 승리는 죽음이 앗아갈 것이오."

이 이야기는 라즈니시의 강의 중에서 요약 발췌한 것으로, 사람들에게 널리 알려진 일화이기도 하다. 누구도 자기의 그늘 속에 들어가서 쉴 수는 없다. 자기 자신을 알고 자기를 조율하고 억제하며, 자기를 이길 수 있는 사람은 많지 않다.

믿는다는 말처럼 아름다운 것은 흔치 않다. 믿는다는 것은 대상을 확실하게 인지하는 것이며, 가감 없이 사랑하는 것이며, 완벽하게 신뢰하는 것이기 때문이다. 믿음이라는 말 속에는 종교적 차원의 신앙에서부터 사랑과 우정, 자기 자신과 타인, 양심과 비양심, 현재와 미래, 선과 악 등의 갖가지 연상작용을 불러일으킬 수 있는 요소들이 무수히 잠재되어 있다.

종교란 바로 그러한 믿음의 시작이며 끝이다. 종교가 무한과 절대의 초인간적인 신불神佛을 숭배하고 신앙하여, 이것으로 선악을 권계하고 행복을 얻고자 하는 것도 바로 믿음을 바탕으로 한 것이기 때문이다.

그처럼 믿음과 계율을 지혜로운 마음으로 실천해나간다면, 어떤 사람이라도 스스로의 성정을 자제하고 조절하여 악의 구렁텅이를 벗어날 수 있다. 그것은 다만 자기 자신을 어떻게 조율하느냐에 달려 있는 것이다.

몽테뉴가 말했다.

"모든 사람은 자기의 앞만 본다. 그러나 나는 나의 내부를 본다. 나는 오직 나만이 상대인 것이다. 나는 항상 나를 고찰하고 검사하고 음미한다."

106~107
그대를 두려움에 떨게 만들지 말라

월 천 반 사   종 신 불 철   불 여 수 유 일 심 념 법
月千反祠하며 終身不輟이라도 不如須臾一心念法이라

일 념 조 복   승 피 종 신
一念造福이 勝彼終身이니라.

수 종 백 세   봉 사 화 사   불 여 수 유 공 양 삼 존
雖終百歲하여 奉事火祠라도 不如須臾供養三尊이니

일 공 양 복   승 피 백 년
一供養福은 勝彼百年이니라.

106 한 달에 천 번씩 제사를 드려 목숨이 다할 때까지 쉬지 않더라도, 잠시 한마음으로 법을 생각하는 것보다 못하다.
일념으로 복을 짓는 것이 제사로 몸을 마치는 것보다 낫다.

107 비록 한평생 목숨이 다하도록 화신(火神)을 받들어 섬길지라도 잠깐 동안 삼존(三尊)을 공양하느니만 못하다.
한 번 공양하는 복도 저 백년의 제사보다 낫다.

　　미신은 신들에 대한 무의식적인 공포에서 이루어지고, 종교는 신들에 대한 경건한 숭배에서 이루어진다는 키케로의 말은 진실이다. 미신일수록 연약하지 않은 것이 없고, 미신일수록 저속하지 않은 것이 없다. 그것들은 어둠의 빛깔로 휘감겨 있으며 엄청난 두려움의 대상으로 존재한다.

　　라즈니시는 이렇게 말한다.

　　"그대는 왜 조각상을 숭배하는가? 왜 그 앞에 꽃과 음식을 바치는가? 그대는 왜 수천 가지 세속적인 길을 포기하는가? 그것은 탐욕과 공포 때문이다. 그것은 탐욕이거나 두려움이거나 둘 중의 하나이다. 탐욕과 두려움은 다른 것이 아니라 동전의 양면일 뿐이다. 탐욕은 은폐된 두려움이

며, 두려움은 은폐된 탐욕이다."

무엇 때문에 그런 것들에게 '한 달에 천 번씩의 제사'를 드리는가? 무엇 때문에 '한평생 목숨이 다하도록' 받들어 섬겨야 하는가? 그대를 더 이상 연약하게 만들지 말라. 더 이상 저속하게 하거나 두려움에 떨게 만들지 말라.

믿음이 없는 사람은 언제나 자신이 살고 있는 근원적인 것에서 멀리 떨어져나가기 위해 애쓴다. 그러나 그것은 자신도 모르는 사이에 자신이 혐오하고 있는 이름이거나 저주하고 있는 대상 밑에서 살게 되는 결과를 가져오게 되는 것이다.

어떤 사람이 지나가는 유목민에게 질문했다.

"당신은 어떻게 신이 있다는 것을 알 수 있습니까?"

유목민이 대답했다.

"먼동이 트는 것을 보는데 횃불이 어찌 필요하겠습니까?"

믿음은 사상과 상상을 초월하여 존재한다. 믿음의 존재를 이해하려 하거나 상상하려고 애쓸 때 이미 우리는 그 믿음을 잃고 있는 것이다.

아우렐리우스가 말했다.

"이 세상은 유일한 하나의 법칙을 따르고 있다. 그리고 모든 이성이 있는 존재 속에 있는 것은 단 하나의 이성이다. 그러므로 진리는 하나뿐이며, 따라서 이성적인 사람들에게는 완전에 대한 이해도 오로지 하나뿐인 것이다. 그것이 믿음이다."

붓다에게 엎드려라. 그리하여 그대의 가슴이 활짝 열리도록 하라.

108~109
미신을 멀리하여 스스로를 보호하라

제 신 이 구 복　　종 후 망 기 보　　사 분 미 망 일　　불 여 예 현 자
祭神以求福하고 從後望基報나 四分未望一이니 不如禮賢者니라.

능 선 행 예 절　　상 경 장 로 자　　사 복 자 연 증　　색 력 수 이 안
能善行禮節하여 常敬長老者는 四福自然增하나니 色力壽而安이니라.

108 신에게 제사하여 복을 구하고 따라올 보답을 바란다 해도 현자(賢者)를 예배하는 것의
4분의 1에도 미치지 못한다. **109** 능히 예절을 잘 지키고 장로를 공경하는 사람에게는
네 가지 복이 더하고 늘어나느니, 그것은 아름다움과 힘과 수명과 편안함이다.

고트홀드 레싱은 가장 성질이 나쁜 미신은 자기의 미신을 더 나은 것으로 생각하는 것이라고 했다. 또 가장 야만스런 미신으로는 인간이 신앙 없이도 살 수 있다는 독단에 대한, 현대 학자들 대다수의 미신인 불신앙을 꼽았다.

미신을 신봉하는 사람들은 자기가 믿는 신이야말로 지상 최고의 신이라고 손꼽는 데 주저하지 않는다. 그러면서 그들의 예배 대상으로부터 복을 구하기 위해 제사 형식의 온갖 행위로 스스로를 치장한다. 또 불신앙의 우산을 만들어 그 밑으로 모여드는 인간들은, 신이야말로 인간이 만들어낸 단순한 창작물이라며 자신들 나름의 새로운 미신을 만들고 있다.

한 비구가 붓다께 여쭈었다.

"중생이 수명을 연장하는 데 무슨 방법이 있겠습니까?"

붓다께서 말씀하셨다.

"나이 많은 어른들을 존경하고 받들며 현명하고 덕이 높은 이를 받들고 따라 가르침을 받으면 그 사람은 수명이 늘어난다. 뿐만 아니라 얼굴도 아름다워지며 정신적으로나 육체적으로나 모두 건강해진다."

붓다의 말씀에는 인간의 삶이 묻어 있다. 그것은 가장 현실적이며 살아 있는 것이다. 그대도 조금만 더 다가서면 살아 있는 붓다를 만날 수 있다. 그것이 최우선이다. 완전한 믿음은 어떠한 번뇌의 고해라도 건너갈 수 있다. 그처럼 완전한 믿음은 누구도 빼앗아갈 수 없으며 훔쳐낼 수도 없다.

완전한 믿음에 대한 기쁨이야말로 스님들의 몫일 것이다. 스님이 아니라 해도 그 기쁨의 몫은 마찬가지일 수 있다. 그대가 가진 신앙이 그만큼 독실할 수 있다면 그것 역시 어느 누가 빼앗거나 훔쳐갈 수 없는 것이다. 왜냐하면 그 믿음의 뿌리는 법法에서 비롯된 것이기 때문이다. 법의 가르침 없이는 그토록 완전한 믿음이란 이루어질 수 없기 때문이다.

톨스토이는 그것을 빗물과 그 빗물을 받는 물통에 비유했다. 빗물이 물통에서 넘쳐 흘러내리면, 사람들은 빗물이 물통에서 흘러나오는 것으로 착각하게 된다. 그러나 빗물은 하늘에서 떨어지는 것이다. 이러한 현상은 설법하는 사람과 그 설법을 듣는 사람 가운데서도 일어난다. 어떻게 보면 모든 법은 설법을 하는 사람으로부터 나오는 것처럼 느껴진다. 그러나 그 가르침은 붓다로부터 나오는 것이다.

확실한 믿음을 갖는 것이 중요하다. 그러나 게을리하다 보면 그 믿음의 행방은 갑자기 종적을 감추어버린다. 그것은 마치 어리석은 자가 물을 얻기 위해 샘을 판 다음 진흙을 퍼올리는 것과 조금도 다를 것이 없다.

파스칼이 말했다. "신앙과 미신은 다르다. 신앙심이 견고한 나머지 미신을 믿게 된다면 그것은 신앙을 파괴하는 결과가 된다."

110~111

행복의 창고에는
수없이 많은 것이 들어 있다

약 인 수 백 세　　　　 원 정 불 지 계　　　　 불 여 생 일 일　　　　 수 계 정 의 선
若人壽百歲라도 遠正不持戒면 不如生一日이나 守戒正意禪이니라.

약 인 수 백 세　　　　 사 위 무 유 지　　　　 불 여 생 일 일　　　　 일 심 학 정 지
若人壽百歲라도 邪爲無有智면 不如生一日이나 一心學正智니라.

110 비록 사람이 백년을 살더라도 정도를 멀리하고 계율을 지나지 않으면 하루를 살아도 계율을 지키고
뜻을 바르게 하여 선정에 드는 것만 못하다. **111** 비록 사람이 백년을 살더라도
악한 지혜가 어지럽게 날뛰면 하루를 살아도 한마음으로 바른 지혜를 배우는 것만 못하다.

행복의 창고에는 수없이 많은 것이 들어 있다. 사랑과 평화, 은혜와 은총, 부유와 충만 등등 이루 헤아릴 수 없을 정도로 많은 것이 가득 차 있다. 그래서 사람들은 뜻을 이루어 조금도 부족함이 없는 마음 상태를 행복이라는 한마디로 말한다. 그러나 그 모든 것들이 있는 상태를 참으로 행복한 삶이라고 할 수 있을지는 의문이 간다. 지금 그곳에 가득 차 있는 것들은 한결같이 한시적이며 상대적인 현상에 불과한 것들이기 때문이다.

안톤 체호프는 지상에서의 생활에는 절대적 행복이란 있을 수 없다고 강변한다. 행복은 그 내부에 행복의 요소를 숨기고 있거나, 항상 외부의 무엇에 의하여 느끼는 것일 뿐이라는 것이다. 그러면서 더욱 힘주어 말한다. "우리들은 다만 행복을 바랄 뿐, 행복은 없다. 있을 리가 만무하다. 설사 인생에 의의나 목적이 있다 하더라도 그것은 우리들의 행복에 있는 것

이 아니라 보다 더 합리적이고 위대한 것 중에 있는 것이다."

그렇다. 왜 이 순간에 우리는 붓다를 머리에 떠올릴 수 있는가? 붓다의 모든 것은 한시적인 것이 아니고 영원한 것이기 때문이다. 그 속에는 바른 지혜가 있다. 삶의 행복을 영원성에다 뿌리 내리지 않는 한 우리는 그 모든 한시적인 것들과 함께 소멸하고 만다. 그래도 그 모든 것들을 행복이라는 이름으로 부를 수 있겠는가? 단 하루를 살더라도 말이다.

붓다께서 사위성에 계실 때였다. 성의 동남쪽에는 깊고 넓은 강이 있었는데 그 강가에 사는 사람들은 믿음이 없었다. 붓다께서는 그들을 위해 설법하셨으나 그들은 진심으로 믿지 않았다. 그래서 신통력을 써서 어떤 사람을 강의 남쪽에서부터 물 위로 걸어오게 했다. 그 사람은 붓다 앞에 멈추어 예배했다. 그 광경을 보고 놀란 사람들이 물었다.

"우리는 옛날부터 이곳에 살았지만 물 위를 걸어서 강을 건너는 사람을 보지 못했소. 그대는 어떤 도술道術이 있어서 물 위를 걸을 수가 있었소?"

"나는 이 강의 남쪽에 사는 어리석고 고지식한 사람이랍니다. 붓다께서 마침 이곳에서 법을 설하신다는 말을 듣고 오려고 했지만 강 때문에 올 수 없었습니다. 그래서 강가에 있는 사람들에게 강이 얼마나 깊으냐고 물었더니 발목 정도밖에 안 된다기에 그 말만 믿고 그대로 건넜을 뿐, 내게 다른 큰 도술이 있는 것은 아닙니다."

그때 붓다께서 그를 칭찬하셨다. "착하도다. 확실한 믿음과 정성만 가졌다면 생사의 깊은 못도 건널 수 있거늘 몇 리의 강을 건너는 것이 뭐 그리 신기한가?" 그런 것이다. 참된 믿음은 모든 힘의 일치점인 것이다. 그대가 강의 이편에 있거나 저편에 있더라도 오로지 그대의 믿음만 확실하다면 언제나 그 강물은 그대의 발바닥 아래에 있을 뿐인 것이다.

112~113

그대 내부에서 일어나고 사라지는
모든 현상을 관찰하라

若人壽百歲라도 懈怠不精進이면 不如生一日이나 勉力行精進이니라.

若人壽百歲라도 不知成敗事면 不如生一日이나 見微知所忌니라.

112 비록 사람이 백년을 살더라도 게을러서 정진하지 않는다면 하루를 살아도 힘써 정진하는 것만 못하다.

113 비록 사람이 백년을 살더라도 일의 성패를 알지 못하면 하루를 살아도 기미를 보아 피할 바를 아는 것만 못하다.

비구로서의 생활에 보람을 느끼지 못하는 비구가 있었다. 그렇다고 해서 환속하는 것도 바람직하지 못한 일일 것 같아 그는 차라리 목숨을 끊어버려야겠다고 결심했다. 그래서 독사가 들어 있는 항아리에 손을 집어넣어보았지만 독사는 그를 물지 않았다. 하는 수 없이 이번에는 면도칼로 자신의 목을 찌르기로 했다. 날카로운 면도날이 목에 닿는 순간, 그는 지금까지 비구로서 수행해온 일들에 대해 말할 수 없는 희열과 만족감으로 몸을 떨었다. 그것은 굉장한 체험이었다. 그는 서슴없이 자기의 몸과 마음에서 일어나고 사라지는 모든 현상에 정신을 집중시켰다. 그러한 관찰력에 의해 그는 삼매를 이룰 수 있었고 해탈에 도달할 수 있었다. 그는 수도원으로 돌아가 많은 비구들에게 자신이 겪은 일을 이야기했다. 그러나 아무도 그의 말을 믿으려 하지 않았다. 비구가 말했다.

"나는 이 칼로 내 목을 찌르려고 했소. 그러다 오히려 내적 관찰의 지혜라는 칼로 모든 번뇌를 끊어버린 것이오."

그래도 그의 말을 믿을 수 없었던 다른 비구들은 하는 수 없이 붓다께 여쭈었다. "부처님이시여, 이 비구는 생명을 끊기 위해 목에 칼을 댔다가 삼매를 이루었다고 말합니다. 그처럼 짧은 순간에도 해탈을 성취할 수 있습니까?"

붓다께서 말씀하셨다.

"비구들이여, 그것은 가능한 일이다. 누구든지 용감하게 마음을 다잡고 고요하게 하여, 내적으로 일어나고 사라지는 모든 현상을 예리하게 관찰한다면 어느 한순간에 아라한을 성취할 수 있다. 심지어 걷는 행위에 마음을 집중시킨다면 발을 들어올렸다가 그 발이 다시 땅에 닿기 전에 아라한을 이룰 수도 있다."

그렇다. 그것은 하나의 경이감에서 비롯될 수 있다. 우리는 흔히 예상하지 못했던 일에서 새로운 사물에 대한 완벽한 새로움을 깨닫는 경우가 있다. 그것은 지금까지 단 한 번도 체험할 수 없었고 보거나 들을 수도 없었던 것이다. 그런 일들은 굉장한 사유를 필요로 한다. 또 엄청난 용기와 그 용기에 따르는, 지체하지 않는 행동을 함께 동원시켜야 한다. 정진한다는 것은, 속된 생각을 버리고 선행을 닦아 오로지 불도에만 열중하는 일을 말하는 것이다. 백년 동안의 게으름보다 단 하루의 정진이 얼마나 값진 것인가. 세상을 살아가는 일도 그와 같은 것이다.

프랭클린이 말했다. "지혜는 매일 쓰지 않으면 안 된다. 쓰지 않으면 그만큼 손해다. 게으름은 녹과 같은 것이다. 일상 쓰지 않는 자물쇠는 부식하고, 일상 사용하는 자물쇠는 광채를 발한다."

114~115
삶을 위해 삶의 목적을 포기하지 말라

약 인 수 백 세　　　　불 견 감 로 도　　　　불 여 생 일 일　　　　복 행 감 로 미
若人壽百歲라도 不見甘露道면 不如生一日이나 服行甘露味니라.

약 인 수 백 세　　　　부 지 대 도 의　　　　불 여 생 일 일　　　　학 추 불 법 요
若人壽百歲라도 不知大道義면 不如生一日이나 學推佛法要니라.

114 비록 사람이 백년을 살더라도 감로의 도를 보지 못하면 하루를 살아도 감로의 맛을 보는 것만 못하다.

115 비록 사람이 백년을 살더라도 큰 법의 뜻을 알지 못하면 하루를 살아도 불법(佛法)을 배워 생각하는 것만 못하다.

프랜시스 베이컨이 말했다.

"진리라는 것은 가린 것이 없는 한낮의 빛이다. 그러나 세상의 가면과 허례와 속세의 영화를 훌륭하고 아름답게 비추는 데는 촛불의 빛만 못하다. 진리는 한낮에 가장 잘 보이는 진주의 가치는 있을지 모르지만, 각종 불빛에 가장 잘 보이는 다이아몬드나 루비의 가치에는 미치지 못한다. 그러나 스스로 자체를 판단하는 진리는 이렇게 가르친다. 진리의 추구와 진리의 인식과 진리에 대한 믿음 세 가지는 인간 최고의 행복이다."

진리를 추구하는 것은 진리에 대한 구애와도 다름없다. 진리를 인식하는 것은 진리의 현존을 의미하는 것이다. 진리에 대한 믿음이란 진리를 즐기는 것이다.

인생을 배우는 데만도 일생이 걸린다는 말이 있다. 일생 동안 세상의 가면과 허례와 속세의 영화로움 따위에 속아 살아간다면 그것처럼 허무

한 것은 없다. 그것은 던져진 삶을 위해 삶의 목적을 포기하는 것과 다름
없다. 다이아몬드나 루비 따위를 비추는 하잘것없는 빛에 현혹되어 백년
토록이나 살 것인가, 아니면 아무것도 가린 것이 없는 영원의 빛에 스스
로를 밝히며 단 하루를 살 것인가는 오로지 그대 몫이다.

제9장

악행품
惡行品

어떤 열매도 익기 전에는
먹을 수 없다

죄를 짓고도 복을 만날 수 있는 것은 그 악이 아직 익지 않았
기 때문이다. 그 악이 익을 때에는 스스로 죗값을 받게 된다.

116

선을 보았다면 서슴없이 뛰어들어야 한다

---

^{견 선 부 종} ^{반 수 악 심} ^{구 복 부 정} ^{반 락 사 음}
見善不從이면 反隨惡心하고 求福不正이면 反樂邪淫이라.

116 선을 보고도 바삐 따르지 않으면 오히려 악한 마음을 따르게 되고
복을 구하는 것이 바르지 않으면 오히려 사음을 즐기게 된다.

처음으로 선행을 하기란 그리 쉽지 않다. 더구나 조금이라도 악행에 물들었던 사람이라면 그렇지 않은 사람보다도 더욱 힘들 것은 당연한 이치다. 그러나 그것을 보고도 머뭇거리거나 뒤처지기 시작하면 선이 자리 잡았던 마음에는 어느새 악이 자리를 차지해 들어선다.

도스토옙스키의 『악령』에 이런 말이 보인다. "나는 뭔가 선을 행하려는 희망을 갖고, 거기에서 기쁨을 느낄 수도 있다. 그러나 동시에 악을 행하고 싶다고 생각하고, 거기에서도 기쁨을 느낄 수가 있다."

사람의 마음이란 이토록 양면성을 가지고 있다. 무엇이건 한번 정해지면 일단은 사정없이 굴러간다. 그것을 제어하기란 쉽지 않은 일이다. 선을 보았다면 서슴없이 뛰어들어야 한다.

충분히 그럴 수 있다. 모래밭에 있던 물고기는 물을 보기 바쁘게 뛰어든다. 꿀을 만난 벌은 꽃송이 깊숙이 파고든다. 선을 만난 그대 역시 마찬가지다. 그대가 사는 길이 그 속에 있기 때문이다.

117~118

되풀이하는 행위 속에는
사유의 영역이 없다

인 수 위 악 행 　　　　　 역 불 삭 삭 작 　　　 어 피 의 불 락 　　　 지 악 지 위 고
人雖爲惡行이라도 亦不數數作하라 於彼意不樂하여 知惡之爲苦하라.

인 능 작 기 복 　　　　 역 당 삭 삭 조 　　　 어 피 의 순 락 　　　 선 수 기 복 보
人能作其福이면 亦當數數造하라 於彼意順樂하여 善受其福報하라.

117 사람이 비록 악을 행했다 하더라도 그것을 자꾸 되풀이하지 말라.
그런 것들을 즐겨 할 것이 아니라 악이란 괴로움인 것을 알게 하라. **118** 사람이 만약 복을 지었다면
그것을 자주자주 되풀이하라. 그것을 마음으로 기뻐하여 그 복의 보응을 받도록 하라.

"하느님이 절대로 용서하지 않는 네 가지는 첫째, 같은 것을 몇 번이고
후회하는 것. 둘째, 같은 죄를 되풀이하는 것. 셋째, 또 한번 되풀이하려고
죄를 범하는 것. 넷째, 하느님의 이름을 모독하는 것이다."

멈추지 않고 되풀이하는 것은 스스로를 돌아보지 않는 것이다. 되풀이
하는 모든 행위 속에는 사유의 영역이 없다. 굴러가는 바위처럼 오로지
굴러가고 있을 뿐이다. 그것은 끝없이 계속되는 자해 행위일 뿐이다.

죄는 죄지은 자를 끝까지 뒤쫓아간다. 행복도 그렇다. 복을 지은 자만
을 끝까지 뒤쫓는다. 숨어도 찾아내고야 만다. 그러나 뒤쫓아가서 그 사
람을 보다 더 행복하게 해주는 것, 그것만이 죄와 다를 뿐이다.

119~120

어떤 열매도 익기 전에는 먹을 수 없다

요 얼 견 복　기 악 미 숙　　　지 기 악 숙　　자 수 죄 학
妖孼見福은 其惡未熟이니 至其惡熟이면 自受罪虐이니라.

정 상 견 화　기 선 미 숙　　　지 기 선 숙　　필 수 기 복
禎祥見禍는 其善未熟이니 至其善熟이면 必受其福이니라.

119 죄를 짓고도 복을 만나는 것은 그 악이 아직 익지 않았기 때문이다.
그 악이 익을 때에는 스스로 죗값을 받게 된다. **120** 복을 짓고도 화를 만나는 것은
그 선이 아직 익지 않았기 때문이다. 그 선이 익을 때에는 반드시 그 복을 받게 된다.

　어떤 열매도 익기 전에는 먹을 수 없다. 또, 익지 않은 열매를 먹으려 하는 사람도 없다. 시거나 떫거나 하기 때문이다. 그래서 사람들은 열매가 완전히 익기를 기다린다. 열매란 익어야만 달거나 향기롭거나 쓰거나 하는 저마다의 독특한 맛을 갖기 마련이다.

　선악의 열매도 그와 마찬가지다. 완전히 익기 전에는 그것이 선의 열매인지 악의 열매인지 아무도 구분할 수 없다. 어떤 것은 지독히 쓴 맛을 내지만 그것이 선의 열매임을 알려면 많은 나날을 기다려야 하는 경우가 있다. 또, 어떤 것은 지극히 달지만 그것이 악의 열매로 판단되기까지는 또한 많은 시간을 필요로 하는 경우도 있다.

　어떤 사람이 열 가지 행위 중에서 아홉 가지 악을 저지르고 한 가지 선행을 베풀었다고 하자. 그러고는 아홉 가지 악행은 까마득히 잊어버리고 한 가지 선행에 대한 보수만을 기대한다면 그는 어떤 사람일까? 또 어떤

사람이 열 가지 행위 중에서 아홉 가지 선을 행하고 한 가지 악행을 저질렀다고 하자. 그런데 아홉 가지 선행은 까마득히 잊어버리고 한 가지 악행 때문에 괴로워하고 마음 아파한다면 그는 어떤 사람일까?

　니체가 말했다.

　"사랑의 마음으로 하는 일은 언제나 선과 악의 피안에 있다."

121~122
반복되는 과오는
이미 하나의 죄악이다

막경소악 이위무앙 수적수미 점영대기
莫輕小惡하여 以爲無殃하라 水滴雖微나 漸盈大器하나니

범죄충만 종소적성
凡罪充滿은 從小積成이니라.

막경소선 이위무복 수적수미 점영대기
莫輕小善하여 以爲無福하라 水滴雖微나 漸盈大器하나니

범복충만 종섬섬적
凡福充滿은 從纖纖積이니라.

121 작은 악이라고 가벼이 여겨 재앙이 없다 하지 말라. 한 방울의 물이 비록 작지만 듣고 들어서 큰 그릇을 채운다. 이 세상의 큰 죄악도 작은 것이 쌓여서 이룬 것이다.
122 작은 선이라고 가벼이 여겨 복이 없다 하지 말라. 한 방울의 물은 비록 작지만 듣고 들어서 큰 그릇을 채운다. 이 세상의 큰 행복도 작은 것이 쌓여서 이룬 것이다.

가장 작은 것이 가장 원초적인 생명이다. 작은 씨앗 하나가 풍요한 한 그루의 과일나무를 만들고 작은 소리들이 모여 엄청난 교향악을 이룬다. 작은 냇물들이 모여 강물을 만들고 강물이 모여 바다를 이룬다.

선과 악의 경우도 그와 마찬가지다. 아주 작은 악이 성장하여 큰 악을 만들고, 아주 작은 선이 성장하여 큰 선을 이룬다. 사람들은 이러한 사실을 너무나도 잘 알고 있으면서도 그까짓 것쯤 하는 가벼운 생각으로 그냥 스쳐 지나치곤 한다. 또 '실수'라거나 '과오'라는 말로 그냥 덮어버린다.

라로슈푸코는 이렇게 말했다.

"과오를 범해놓고도 대수롭지 않게 생각하는 사람만큼 자주 과오를 범하는 사람도 없다."

어떠한 과오에 대한 습관적 반복은 이미 과오의 범주를 넘어선 것이다. 과오란 조심하지 않거나 고의가 아닌 부주의로 빚어진 일이기 때문이다. 그것은 이미 하나의 죄악으로 자리매김을 하고 있다는 표시일 뿐이다.

작은 악이라고 하여 결코 가볍게 넘기지 말라. 참으로 큰 최대의 과오는 자기 자신이 과오를 깨닫지 못하고 있는 것이다.

123~125
악은 지혜의 숲을
정정당당하게 지나가지 못한다

반소이화다　　　상인출척구　　　기욕적해명　　　고혜불탐욕
伴少而貨多이면 商人怵惕懼이니 嗜慾賊害命하여 故慧不貪欲이니라.

유신무창우　　　불위독소해　　　독나무창하　　무악소조작
有身無瘡疣이면 不爲毒所害이니 毒奈無瘡何라 無惡所造作이니라.

가악무망인　　　청백유불오　　　우앙반자급　　여진역풍분
加惡誣罔人이라도 淸白猶不汚니 愚殃反自及하여 如塵逆風坌이니라.

123 길동무는 적고 재물이 많으면 위험한 길을 상인은 두려워하듯,
탐욕은 적이 되어 목숨을 해치느니, 지혜로운 사람은 탐욕하지 않는다.
124 그 몸에 상처가 없다면 독은 그 몸을 해치지 못한다. 상처 없는 몸을 독이 어쩌지 못하듯
악을 짓지 않으면 악도 오지 않는다. **125** 아무리 악한 말로 남을 해쳐도 죄 없는 사람은 더럽히지 못한다.
바람 앞에서 흩어지는 티끌처럼 재앙은 오히려 자기에게 미친다.

쇼펜하우어가 말했다.

"사람들은 자기의 두뇌나 마음을 살찌게 하기 위해서보다는 부富를 위해서 몇 천 배나 더 마음을 쓴다. 그러나 우리들의 행복을 위해서 필요한 것은 인간이 외형적으로 가지고 있는 것보다 내면적으로 가지고 있는 것이다."

사람이 전 생애를 걸고 스스로에게 꼭 필요한 이익을 추구하는 것은 당연한 일일 텐데도 많은 사람들은 그렇지 못하다. 부유한 삶이 주는 기쁨은 허영과 사치이며 한시적인 것이지만 지혜와 믿음이 주는 기쁨은 진리

와 영원한 삶이란 걸 깨닫지 못하고 있기 때문이다.

재산이란 흐르는 물과도 같은 것이다. 쉼 없이 흐르다가 어딘가 움푹 파인 웅덩이가 있으면 그곳에 모여 잠시 머물다가 다시 흐르는 것이다. 재산이란 본질적으로 아무것도 아닌 것에 의해서, 그리고 아주 미세한 원인에 의해서 줄어들고 없어져가기 때문이다.

상처난 자리를 독극물로 문질렀다 하자. 혹은 상처난 자리에 독극물을 퍼부었다 치자. 상처 자리는 무서운 고통에 몸부림치게 될 것이며 상처난 자리를 통하여 독이 온몸으로 퍼져나갈 것이다.

바다를 항해하던 배가 갑자기 소용돌이에 휘말려들었다고 하자. 그 배는 너무나도 갑작스런 불행에 정신을 차릴 수 없을 것이다. 그러다 결국은 소용돌이 속으로 침몰하고 말 것이며, 마침내는 흔적도 없이 사라지고 말 것이다.

그러나 아무 상처가 없는 사람이라면 독극물로 목욕을 했다고 하더라도 몸을 상하게 할 수는 없다. 또 바다를 항해하는 배가 소용돌이를 알고 미리 비켜갔더라면 결코 소용돌이에 휘말려들지 않을 뿐만 아니라 순조로운 항해를 계속할 수 있을 것이다.

그와 같은 것이다. '아무리 악한 말로 남을 해쳐도 죄 없는 사람은 더럽히지 못한다.' 소용돌이를 비켜갈 줄 아는 배의 지혜처럼 현명했더라면 어떠한 악도 그를 악의 소용돌이로 끌어들일 수 없다.

소크라테스는 죽음을 피하는 것이 어려운 것이 아니라, 악을 피하는 것이 어려운 것이라고 했다. 그대의 지혜를 보다 더 빛나게 갈고 닦아라. 악은 결코 지혜의 숲을 정정당당하게 지나가지 못한다.

126
그대의 행위 하나하나에 철저하라

유식타포태
有識墮胞胎하고 惡子入地獄하며 行善上昇天하고 無爲得泥洹이니라.

> **126** 아는 사람은 포태(胞胎)에 들고 악한 사람은 지옥에 들며 착한 사람은 하늘에 오르고
> 마음이 맑은 사람은 열반에 든다.

어떤 새 사냥꾼이 그물을 펼쳐놓고 잘 길들여진 비둘기들을 그물가에 매어놓았다. 그리고 저만큼 떨어진 곳으로 가서 산비둘기들이 걸려들기를 기다렸다. 잠시 후 산비둘기들이 날아들기 시작했다. 산비둘기들은 그물 위에 앉기가 바쁘게 그물에 걸려들었다. 사냥꾼이 재빨리 달려와 산비둘기를 낚아챘다. 사냥꾼의 손에 잡힌 산비둘기들은 입을 모아 사냥꾼에게 길들여진 비둘기를 나무랐다. 우리는 너와 사촌간인데, 우리가 덫이 있는 곳으로 찾아드는데도 어쩌면 그리 냉담하게 모르는 척할 수 있느냐고 했다.

그러자 길들여진 비둘기가 답답하다는 듯 산비둘기들에게 말했다.

"우리 입장에서는 친척들로부터 감사의 인사를 받는 것보다는 주인의 노여움을 피하는 것이 훨씬 중요하다는 걸 알아달란 말이오."

『이솝우화』 속의 이야기다. 자기 보존의 입장에서 본다면 길들여진 비둘기에게는 아무런 죄가 없다. 그러나 산비둘기 입장에서 본다면 사냥꾼

의 노예나 다름없는 비둘기가 악마와도 같은 존재일 뿐이다.

　그대가 행하는 행위 하나하나에 철저하라. 경우에 따라 선도 되고 악도 될 수 있는 일에서 물러서라. 그대가 지옥에 떨어지거나 하늘에 오르거나 하는 문제는 다만 그대 자신에게 달려 있다. 그물을 치는 자는 스스로 걸려든다는 사실을 명심하라.

127~128
죄와 벌은 언제나 함께 있다

비 공 비 해 중　　　　비 은 산 석 간　　　막 능 어 차 처　　피 면 숙 악 앙
非空非海中하고 非隱山石間이니 莫能於此處에 避免宿惡殃이니라.

비 공 비 해 중　　　　비 입 산 석 간　　　무 유 타 방 소　　탈 지 불 수 사
非空非海中이고 非入山石間이니 無有他方所에 脫之不受死니라.

127 허공도 아니며 바닷속도 아니다. 깊은 산 바위틈에 숨어도 내가 지은 악업의 재앙은
이 세상 어디서도 피할 곳이 없다. **128** 허공도 아니며 바닷속도 아니다.
깊은 산 바위틈에 숨어도 죽음의 힘이 미치지 않는 곳이 이 세상 어디서도 찾을 수 없다.

한 무리 비구들이 붓다를 만나기 위해 바다를 항해하고 있었다. 그들이 탄 배가 바다 한가운데쯤 이르렀을 때, 갑자기 배가 더이상 움직이지 않았다. 그러자 사람들은 승객 중에 저주를 받은 사람이 있기 때문이라고 생각했다. 마침내 그들은 제비를 뽑았다. 그 결과 선장의 아내가 저주받은 것으로 결정지어졌다. 그러자 선장은 서슴없이 이렇게 말했다.

"저주받은 여인 하나 때문에 다른 많은 사람들을 다치게 할 수는 없다."

선장은 모래를 가득 담은 모래주머니를 아내의 목에 매달게 하고 사정없이 물속에 던져버렸다. 그러자 배는 다시 움직이기 시작했고 그들 일행은 무사히 항구에 도착할 수 있었다.

마침내 비구들은 붓다께서 계시는 수도원에 이르게 되었다. 그들은 항해 도중에 죽임을 당한 불행한 여인에 대해서 붓다께 말씀드리고, 그 여인이 전생에 지은 악업에 대해 여쭈어보았다. 붓다께서는 다음과 같은 이

야기를 들려주셨다.

어느 때 애완동물로 개를 기르는 한 여인이 있었다. 그녀는 어디를 가든 늘 개를 데리고 다녔다. 그런데 고을의 젊은이들이 개를 데리고 다니는 그녀를 비웃기도 하고 심하게 놀려대기도 했다. 그러자 창피해진 여인은 개를 미워하기 시작했고 마침내는 개를 죽이기로 결심하기에 이르렀다. 그녀는 큼직한 모래주머니에 모래를 잔뜩 채워넣고 개의 목에다 묶은 다음 물속에 집어던졌다. 개는 물속에서 죽고 말았다. 이러한 악행 때문에 그녀는 여러 생을 통하여 고통을 받았으며 지금까지도 그 과보가 남아 있어 물에 빠뜨려지게 된 것이었다.

붓다의 말씀이 끝나기를 기다렸다가 한 비구가 탄식하듯 말했다.

"아, 진실로 나쁜 행동을 범하고서는 그 과보를 도저히 피할 수가 없습니다. 그가 비록 하늘에 있거나 바다에 있거나 혹은 동굴 속에 있거나 간에 말입니다."

붓다께서 말씀하셨다. "비구여, 참으로 그러하다. 실로 너의 말이 옳다. 하늘에 있거나 바다에 있거나 혹은 동굴 속에 있거나 간에 악행의 결과가 미치지 않는 곳은 이 세상 어디에도 없다."

그런 것이다. 죄가 어디에 있건 벌은 그 뒤를 쫓는다. 그들은 일정한 거리를 두고 언제나 함께 있다. 마치 실체와 그림자처럼 그렇게 같이 있다. 그것만은 누구도 피할 방법이 없다. 그들은 서로가 진한 애착을 갖고 있기 때문이다.

에머슨이 말했다. "인과응보는 자연의 반동이다. 그것은 조심하고 있던 범법자들을 항상 놀라게 하지만, 지키고 있다고 해서 되는 일도 아니다."

제10장

도장품

刀杖品

강물을 떼밀지 말고
함께 흘러가라

어리석은 자들은 악을 짓고도 스스로 그것을 깨닫지 못하여
뒤쫓아온 재앙에 스스로를 태우느니, 죄로 이룬 불길은 사
납기만 하다.

129~132
가장 본능적인 것에 대해
위해를 가하지 말라

一切皆懼死하여 莫不畏杖通이라 恕己可爲譬하여 勿殺勿行杖하라.

遍於諸方求하며 念心中間察이라도 頗有斯等類에 不愛己愛彼로다

以己喩彼命하면 是故不害人이랴.

善樂於愛欲이나 以杖加群生하여 於中自求安이면 後世不得樂이니라.

人欲得歡樂이나 杖不加群生하고 於中自求樂이면 後世亦得樂이니라.

129 누구나 죽음을 무서워하고 누구나 채찍을 두려워한다. 자기의 처지를 바꾸어 생각하면 어찌 남을 때리고 죽일 수 있으랴. **130** 곳곳에서 두루 찾으며 마음으로 생각하며 살펴보아도 자기를 사랑하듯이 남을 사랑하지 않는 자 자못 많구나. 자기의 처지를 바꾸어 생각하면 어찌 남을 해칠 수 있으랴. **131** 누구나 애욕을 즐기려들지만 남들을 마구 때리는 것으로 그 속에서 스스로 편안함을 구한다면 내생의 즐거움은 결코 얻지 못한다. **132** 누구나 욕심껏 즐거움을 얻으려들지만 남에게 매질을 가하지 않고 그 속에서 스스로 즐거움을 구한다면 내생의 즐거움도 얻을 것이다.

믿음의 수레를 탈 수만 있다면 얼마나 좋을까. 그러나 그것은 어느 누구에게도 용이한 일이 아니다. 스스로를 깎는 아픔이 없이는, 스스로를 버리는 결단이 없이는 쉽사리 이루어지지 않는다. 그러나 그처럼 어려운 일이라고 해서 쉽게 물러설 것도 아니다. 믿음의 수레가 있는 쪽으로 방향만 잡아놓는다면 그대는 이미 한걸음 다가선 것과 다름없기 때문이다.

아미엘은 이렇게 말한다. "인간은 맹수를 길들이는 사람과 비슷하다.

그리고 맹수란 바로 자신의 정욕이다. 이빨이나 발톱을 빼버리고 잘 달래어 가축으로 만드는 것이다. 정욕을 가축으로 길들이는 도중에 그 사람 자신에 의하여 가르침이 이루어지기 때문이다."

그런 것이다. 맹수나 다름없는 우리들의 정욕을 가축으로 길들이는 일, 그것이 바로 스스로를 깎고 버리는 아픔이며 결단인 것이다.

누구나 죽음을 무서워하고 누구나 채찍을 두려워한다. 생명을 가진 것들은 모두 그러하다. 아마도 모든 생명체는 평화를 바탕으로 하여 만들어졌기 때문일 것이다. 그래서 육체와 영혼의 만남은 아름답다. 그 만남 자체가 바로 생명일 수 있기 때문이다.

새끼 사슴이 늙은 사슴에게 말했다. "아버지, 아버지는 개보다 더 크고 빠른 걸음을 가지고 태어나셨습니다. 또 훌륭한 뿔까지 가지셨으니 얼마든지 방어도 하실 수 있습니다. 그런데 왜 개만 보면 겁을 내고 도망가시는 겁니까?" 늙은 사슴이 대답했다. "아들아, 네 말이 옳다. 그러나 나도 그 까닭을 모르겠다. 개 짖는 소리만 들리면 어쩔 수 없이 도망가려는 충동을 느끼게 된단다."

그것이 본능이다. 보이지 않는 두려움에 대한 반사작용인 것이다. 가장 본능적인 것에 대해 위해를 가하지 말라. 그것은 질서를 뒤엎는 일이다. 가장 본능적인 것일수록 순수하고 아름답다.

톨스토이가 말했다.

"폭력으로 사람들에게 악을 행하지 못하도록 하는 것은, 시냇물을 막고 수량이 잠시 제방보다 낮아졌다고 기뻐하는 것과 같다. 시간이 가면 냇물은 제방과 똑같이 흐른다. 그와 마찬가지로, 악을 행하는 사람은 그 행위를 중지하지 않는다. 단지 시기가 될 때까지 기다리고 있을 뿐이다."

133~134
사람은 말 때문에 짐승보다 낫다

^{부 당 추 언} ^{언 당 외 보} ^{악 왕 화 래} ^{도 장 귀 구}
不當麤言하며 言當畏報하라 惡王禍來니 刀杖歸軀니라.

^{출 언 이 선} ^{여 고 종 경} ^{신 무 논 의} ^{도 세 즉 이}
出言以善이면 如叩鐘磬하여 身無論議하고 度世則易니라.

133 말을 거칠게 하지 말라. 똑같은 말로 되돌아온다. 악이 가면 화가 오느니 온갖 채찍이 제 몸에 돌아온다.

134 착하고 부드럽게 말하면 마치 종이나 경쇠를 치듯 하여 그의 몸에는 시비가 없고 쉽게 열반에 들게 된다.

『구약성서』 '시편'을 보면 이런 말이 나온다.

"그 입은 엉긴 젖보다 부드러우나 마음은 미움으로 가득 차 있사옵니다. 그 말은 기름보다 매끄러우나 실상은 뽑아 든 비수입니다."

입이 아무리 젖보다 부드럽다 해도 미움으로 가득 찬 말이면 그것은 거친 말이다. 말이 기름보다 매끄럽다 하더라도 실상은 뽑아 든 비수와 같은 것이라면 그것은 이미 폭력이다.

거친 말은 폭력과 같다. 혐오스러운 말은 치욕스런 폭력이고 음험한 말은 음모가 담긴 폭력이다. 말은 때때로 시위를 떠난 화살처럼 달려 그 화살을 받은 상대자를 지독한 고통으로 몸부림치게 한다.

남을 비난하거나 남의 결점을 찾아내어 떠벌리는 일 역시 가장 치졸한 폭력이다. 비난 대신에 칭찬을, 결점을 찾아내기보다는 덮어주는 것이 훨씬 더 아름답다.

그대가 준 것은 반드시 그대에게 되돌아온다. 그것이 삶의 법칙이다. 그대가 누구에겐가 한 바구니의 사랑을 안겨주었다면 그대는 그보다 더 한 사랑을 받게 될 것이다. 그러나 그대가 누구에겐가 치욕스러운 말과 허무맹랑한 과실을 덮어씌웠다면, 그대의 이름과 주소가 적혀 있지 않더라도 그것은 어김없이 그대를 찾아온다. 사람은 말 때문에 짐승보다 낫다고 했다. 그런데 어떻게 짐승스런 말을 사람의 입에 담으려 할 것인가.

에머슨이 말했다.

"사람은 누구나 그가 하는 말에 의해서 평가받는다. 원하든 원하지 않든 간에 말 한마디가 남 앞에 자기의 초상을 그려놓는 셈이다."

그렇다. 인간의 품격은 그 사람이 사용하는 말에서 먼저 모습을 드러낸다. 남의 결점을 즐겨 찾아내 떠벌리는 사람도 있고 없는 결점도 즉석에서 만들어내는 재주꾼도 있다. 그들은 자기 자신을 굉장히 어둡게 만드는 사람들이다. 그야말로 원하든 원하지 않든 간에 남들 앞에서 어두운 자기 초상을 그려놓는 셈이 되는 것이다.

어떤 노인이 꿈속에서, 일상에 지쳐 거의 죽게 된 스님이 극락과 같은 좋은 곳에 있는 것을 보았다. 그래서 노인은 허공에 대고 소리쳤다.

"이렇게 기진맥진한 중이라면 아무런 가치도 없을 텐데 어떻게 이같이 굉장한 행복을 누릴 수 있단 말인가?"

허공에서 대답이 들려왔다. "그 스님은 살아 있는 동안 어느 한 사람에게도 비방하는 행위를 한 적이 없기 때문이다."

단 한마디의 말이라도 그것은 그 말을 한 사람과 직접적으로 관계되어 있다. 한번 입을 떠난 말은 틀림없이 어느 과녁이건 나름대로 자리매김을 하기 마련이다.

135~136
해치는 일이 없으면
해로움을 만나지 않는다

_{비 인 조 장} _{행 목 식 우} _{노 사 유 연} _{역 양 명 거}
譬人操杖하고 行牧食牛이니 老死猶然하여 亦養命去니라.

_{우 준 작 악} _{불 능 자 해} _{앙 추 자 분} _{죄 성 치 연}
愚憃作惡하고 不能自解하여 殃追自焚하느니 罪成熾然이니라.

135 마치 소몰이꾼이 채찍을 휘둘러 소를 길들이는 것처럼 늙음과 죽음도 그와 같아서 목숨을 길러서 데리고 간다.
136 어리석은 자들은 악을 짓고도 스스로 그것을 깨닫지 못하여 뒤쫓아온 재앙에 스스로를 태우느니,
죄로 이룬 불길은 사납기만 하다.

발타자르 그라시안이 말했다.

"오래 사는 기술은 선하게 사는 것이다. 수명이 짧아지는 이유에는 두 가지가 있다. 어리석음과 방종이다. 전자는 생명을 지킬 이성이 없고 후자는 의지가 없다. 미덕이 그에 대한 보답이라면 악덕은 그에 대한 징벌이다. 악덕에 열중해 살면 빨리 죽고 미덕에 열중해 살면 죽지 않는다. 정신의 생명은 육체의 생명이다. 선하게 영유하는 삶은 내적으로뿐만 아니라 외적으로도 긴 것이다."

사람은 누구나 그렇게 살기 위해 노력한다. 적어도 스스로 사람이고 싶은 사람은 모두 다 그렇다. 세상을 살면서 남을 해치는 일은 누구나 피하려든다. 그런데도 남을 해치며 살아가는 사람이 많은 것은 참으로 이상한 일이다.

자기 자신을 모르고 있기 때문이다. 자기 자신의 어리석음과 방종을 미처 깨닫지 못하고 있기 때문에 선하게 사는 삶이 어떤 것인지도 모르고 있다. 아침이면 미덕일 수 있는 일을 배회하다가 저녁이면 악덕의 식탁에 둘러앉는다. 그들은 통째로 방향 감각을 잃어버렸기 때문이다.

사랑은 받는 것이 아니라 주는 것이다. 사랑은 주는 것이기 때문에 살아서 빛을 낸다. 남을 사랑하는 마음은 누구도 훔쳐갈 수 없으며 그 누구도 해치지 않는다. 따라서 어떤 재앙이나 변괴도 일어날 수 없으며 남들이 시비를 걸어 소란을 피울 수도 없는 것이다.

'석안유심釋眼儒心'이란 말이 있다. 석가의 눈과 공자의 마음이란 뜻으로 자비스럽고 인애仁愛가 깊은 일을 지칭할 때 흔히 쓰는 말이다. 얼마나 아름다운 말인가. 붓다의 자비로운 눈매와 공자의 인애로운 마음을 가슴속에 새겨보는 건 얼마나 신선한 그리움인가.

남을 사랑하는 삶은 가장 깨끗한 삶이다. 아름다운 삶이며 따뜻한 삶이다. 남을 사랑하는 마음속엔 온갖 선과 명예와 평화가 가득 차 있다. 누가 그 깨끗함과 아름다움과 따뜻함을 시비할 수 있으며 누가 그것을 훔쳐갈 수 있겠는가.

알랭은 이렇게 말했다.

"진정 우리가 미워해야 할 사람이 이 세상에 많은 것은 아니다. 원수는 맞은편에 있는 것이 아니라 내 마음속에 있을 때가 많다."

137~138

던져진 한마디 말은
결코 고향을 잊지 않는다

歐杖良善하고 妄譖無罪면 其殃十培하여 災迅無赦니라.
구 장 양 선　　망 참 무 죄　　기 앙 십 배　　재 신 무 사

生受酷痛하여 形體毁折하여 自然惱病하고 失意恍惚이라.
생 수 혹 통　　형 체 훼 절　　자 연 뇌 병　　실 의 황 홀

137 어질고 착한 사람을 매질하거나 죄 없는 사람을 거짓으로 모함하면 그 재앙은 열 가지나 되고 또 빨리 닥쳐와서 용서가 없다. **138** 살아서는 혹독한 고통을 받아 그 형체가 허물고 부서지며 무서운 질병에 시달리고 마음을 잃어 미치게 된다.

『이솝우화』는 때때로 읽는 이에게 예상할 수 없는 깨우침을 준다. 웃음으로 읽게 하고 느낌으로 깨우치게 한다.

프로메테우스는 인간을 빚어놓고 목의 앞과 뒤에 두 개의 자루를 걸어놓았다. 앞에 건 자루에는 타인의 결점이 가득 채워져 있고, 뒤쪽 자루에는 자신의 결점이 들어 있었다. 그래서 사람들은 타인의 결점은 십리 밖에서도 대뜸 볼 수 있지만 자기 자신의 결점은 좀체 알 수 없게 되었다는 것이다.

이것은 인간의 어리석음을 단적으로 보여주는 우화다. 사람들은 타인을 비난하기 위해 결점을 찾기에 분주하다. 결점이 없으면 모함하는 것도 서슴지 않는다. 시기하고 질투하고 비난하고 모함하는 그 숱한 말마다 자신에게 되돌아올 엄청난 재앙이 도사리고 있는데도 쉽사리 그치려들지

않는다.

적훼소골積毀銷骨이란 말이 있다. 헐뜯는 말이 쌓이고 쌓이면 뼈도 녹여 버릴 만큼 무서운 힘이 된다는 말이다. 말은 엄청난 힘을 가지고 있다. 가볍게 내뱉는 한마디 말이 살인이라는 엄청난 결과를 불러오는 것도 그런 이유 때문이다.

그래서 셰익스피어는 그의 작품 『햄릿』에서 '사람은 비수를 손에 들지 않고도 가시 돋친 말 속에 그것을 숨겨둘 수 있다'고 했고, 하이네는 또 '말, 그것으로 인하여 죽은 이를 무덤에서 불러내고 산 자들을 묻을 수도 있으며, 그것으로 소인을 거인으로 만들고, 거인을 철저하게 두들겨 없앨 수도 있다'고 강변하고 있는 것이다.

입 속에 숨겨둔 도끼나 말 속에 숨겨둔 비수 따위야말로 악의 화신이나 다름없다. 그러나 도끼나 비수들은 다른 사람이 숨겨둔 것이 아니라, 지니고 있는 사람 바로 그 자신이 감추어둔 것이다.

타인에게 해를 입히는 한마디 말이 목적지를 향해서 떠날 때는 가볍지만 그 말이 고향으로 되돌아올 때는 가볍지 못하다. 그 한마디 말의 날개 위엔 견딜 수 없는 고통과 육체의 불구, 또는 무서운 질병, 미쳐버린 마음과 같은 것들을 가득 싣고 있기 때문이다. 그 말을 떠나보낸 자는 반드시 되돌려 받아야만 한다. 그것은 운명이다. 그토록 무거운 짐을 어쩔 수 없이 받아야만 하는 것이다.

어떠한 운명에도 우연은 없다. 예측할 수 없는 운명에 부딪치기 전에 그 사람 자신이 그것을 만들고 있는 것이다.

말은 바로 그런 것이다. 내뱉기 전에 생각하라. 한 번 더 생각하라. 그리고 다시 한 번 더 생각하라.

139~140
강물을 떼밀지 말고 함께 흘러가라

_{인 소 무 구　　　혹 현 관 액　　　재 산 모 진　　　친 척 이 별}
人所誣咎하고 或縣官厄하며 財産耗盡하고 親戚離別이라.

_{사 택 소 유　　재 화 분 소　　　사 입 지 옥　　　여 시 위 십}
舍宅所有가 災火焚燒하고 死入地獄이니 如是爲十이니라.

139 사람들이 모함하여 헐뜯고 관청의 형벌을 받으며 모은 재산이 모두 없어지고 친척끼리 헤어지게 된다.
140 가지고 있는 집이 화재로 다 타버리고 죽어서 지옥에 떨어지리니, 이것이 바로 그 열 가지가 된다.

"자연에 순응하라. 자연과 완전히 조화를 이뤄라. 흐름에 따라가라. 강물을 떼밀지 말고 함께 흘러가라. 그러면 삶이 지복과 은총으로 충만할 것이다. 그렇지 않으면 불길이 그대의 집을 덮칠 것이다."

이것은 라즈니시가 한 말로, 자연에 순응하여 살면 결코 불행은 만들어지지 않는다는 말이다. 남을 비방하거나 모함하거나 이간질하거나 위해하는 모든 행위는 곧 자연을 거스르는 일과 같은 것이다. 그것은 강물과 함께 흘러가는 것이 아니라 강물을 떼밀거나 역류시키는 것과 같다.

그리하여 그 모든 것들은 다시 장본인에게 되돌아간다. 그냥 되돌아가는 것이 아니라 남들로부터 모함받게 되고, 헐뜯기게 되고, 고소나 고발을 당하게 되며, 모은 재산을 도둑맞게 되거나 친한 친척끼리 이별하는 아픔까지도 얻게 된다. 가지고 있던 집은 불타게 되고 죽어서는 지옥에 떨어지는 앙갚음을 되돌려 받게 되는 것이다.

어떤 비구가 너무나 오랫동안 앓아 더러운 몸으로 병석에 누워 있었다. 사람들은 한결같이 그 더러운 냄새를 꺼려 아예 바라보려 하지도 않았다. 어느 날 붓다께서는 몸소 나아가 더운 물로 그 비구의 병든 몸을 씻어주었다. 그러자 나라의 임금과 백성들은 한 목소리로 붓다께 여쭈었다.

"붓다께서는 세상에 높으신 분이시며 삼계에 뛰어나신 분인데 어찌하여 몸소 이 병들고 더러운 비구의 몸을 씻어주십니까?"

붓다께서 말씀하셨다.

"붓다가 이 세상에 나타난 까닭은 바로 이처럼 궁하고 외로운 사람을 위한 것뿐이다. 병들어 말라빠진 사문이나 도사, 또 모든 가난하고 고독한 노인을 도와 공양하면, 그 복은 끝이 없을 것이다. 그 공덕이 차츰 쌓이면 반드시 도를 얻게 된다."

이것이 바로 순리다. 자연에 순응하는 것이고 자연과 완전히 조화를 이루는 것이다. 결코 강물을 떼밀지 않고 강물과 함께 흘러가는 것이다.

막스 뮐러는 이렇게 말했다. "완전한 존재, 완전한 의식, 완전한 기쁨이라는 것은 정신과 육체가 하나가 되었을 때 비로소 존재할 수 있는 것으로, 그것은 육체화한 정신이며 정신화한 육체이다. 육체가 없는 정신이 있다면 그것은 유령에 지나지 않는 것이며, 정신이 없는 육체가 있다면 그것은 시체에 지나지 않는다."

많은 무리들 가운데서 기쁨의 존재가 될 수 있다는 것은 완전한 기쁨을 얻었을 경우다. 잠자리에 들어도 고요하고 맑으며 잠에서 깨어나도 즐겁기만 한 것 역시 완전한 기쁨에서만 비롯될 수 있다. 참으로 그대는 지금 어디쯤 머물러 있는가? 그러한 기쁨에 버금갈 얼마만큼의 괴로움을 만나보았는가?

141~142
불행은 부엉이처럼 햇빛을 피한다

_{수 라 전 발}　　　_{장 복 초 의}　　　_{목 욕 거 석}　　　_{내 치 결 하}
雖裸剪髮하고 長服草衣하고 沐浴踞石이라도 奈癡結何오.

_{자 엄 이 수 법}　　　_{멸 손 수 정 행}　　　_{장 불 가 군 생}　　　_{시 사 문 도 인}
自嚴以修法하고 滅損受淨行하여 杖不加群生이면 是沙門道人이니라.

141 비록 벌거벗거나 머리를 깎거나, 기다란 풀옷을 걸쳐 입거나 몸을 씻고 돌 위에 걸터앉았더라도 그 마음의 번뇌를 어찌할 것인가? **142** 스스로 엄하게 법을 닦아 번뇌를 멸하고 깨끗한 행동을 본받아 모든 생물을 해치지 않으면 이는 곧 사문이며 도인이다.

"나는 나무 잎사귀 하나라도 의미 없이는 따지 않는다. 한 포기의 들꽃도 꺾지 않는다. 벌레도 밟지 않도록 조심한다. 여름밤 램프 밑에서 일할 때 많은 벌레의 날개가 타서 책상 위에 떨어지는 것을 보기보다는 차라리 창문을 닫고 무더운 공기를 호흡한다."

슈바이처는 이렇게 말하면서 무더운 아프리카 오지에서 병든 사람들을 치료하는 일에 전 생애를 바쳤다. 생명은 신성한 것이기 때문이다. 그것이 나뭇잎이든 들꽃이든 풀벌레든 생명이 있는 것에 대한 사랑이야말로 가장 으뜸으로 꼽을 수 있는 미덕이기 때문이다.

베네딕트 카르프초는 17세기 독일의 라이프치히 고등민사재판소 소장으로 있었다. 그는 40년이라는 긴 재직 기간 동안 주로 절도나 마녀라는 죄로 40만 명이 넘는 사람들에게 사형 판결을 내렸다. 그 중에서 약 2만 명이 마녀란 죄목을 가진 여자들이었다. 다섯 번의 사형 판결을 하루의 주요 일과로 삼아온 이 사람 같지 않은 재판관은 그러나 매주일 교회에 모습을 드러냈고 일생 동안 성경을 50번이나 읽은 것을 자랑으로 삼아왔다. 그는 자신이 애지중지하던 개가 숨을 거둔 지 몇 분 지나지도 않아 그 개의 죽음에서 받은 심적 충격으로 급사했다.

'불행이란 내가 불행을 떠날 때까지 결코 내게서 떠나지 않는다'는 영국 속담이 있다. 불행으로부터 떠나기 위해 온갖 노력을 다하는 사람은 불행을 떠날 수 있다. 그러나 불행이 떠나주기를 기다리는 사람은 결코 그 불행에서부터 자유로울 수 없다.

마찬가지다. 벌거벗거나 머리를 깎거나, 기다란 풀옷을 걸쳐 입고 돌 위에 걸터앉아 아무리 명상 속으로 빠져들어간들 마음의 욕정을 스스로 억제하지 못한다면 결코 번뇌에서 벗어날 수 없을 것이다. 모습은 마치 세속을 떠난 사람의 모습을 하고 있지만 마음의 어리석음은 시늉만으로 벗어날 수 있는 것이 아니기 때문이다.

도스토엡스키는 이렇게 말했다.

"인간이 불행한 것은 자신이 불행함을 깨닫지 못하기 때문이다. 단지 그 이유뿐이다. 그대가 불행의 구렁텅이에서 허덕이고 있을 때, 친한 친구로부터 그대가 이러이러한 실수를 했기 때문이라고 지적당하는 것만큼 안타까운 일은 없다."

그런 것이다. 자기를 깨달을 수 있는 길은 멀리 있는 것이 아니다. 자신에게 달려 있는 것이다. 모든 사람을 사랑하는 것이 자기를 사랑하는 일이며, 깨끗한 행동을 본받아 모든 생물을 해치지 않으면 그 속에서 자기를 깨달을 수 있다.

처칠이 말했던가? 불행은 부엉이처럼 햇빛을 피한다고 말이다.

143~144

부끄러움을 아는 사람이 되라

^{세 당 유 인} ^{능 지 참 괴} ^{시 명 유 진} ^{여 책 양 마}
世黨有人하여 能知慚愧면 是名誘進이니 如策良馬이리라.

^{여 책 선 마} ^{진 도 능 원}
如策善馬하여 進道能遠하리니

^{인 유 신 계} ^{정 의 정 진} ^{수 도 혜 성} ^{변 멸 중 고}
人有信戒하여 定意精進하여 受道慧成하면 便滅衆苦니라.

143 스스로 부끄러움을 아는 사람이 세상에 있을 것인가? 그를 이끌어 나아가게 하면
그는 마치 좋은 말에 채찍질을 하는 것과 같다. **144** 좋은 말에 채찍을 더하면 아무리 멀더라도
능히 도에 나아가리니 사람에게 믿음과 계율이 있어 선정과 슬기로 정진한다면
도를 받아 지혜를 이루어 모든 괴로움에서 떠날 수 있다.

"여자는 옷을 벗어버리면 부끄러운 마음마저도 벗어버리고 만다."

헤로도토스의 말이다. 그러나 플루타르크는 다시 이렇게 말했다.

"천만에, 그렇지 않다. 견실한 여자가 옷을 벗으면 부끄러운 마음으로
몸을 감싸는 법이다."

그렇다. 부끄럽다는 것은 양심에 거리껴 남을 대할 낯이 없는 것을 말
한다. 그것은 일종의 양심의 소리다. 그래서 칼라일은 부끄러움을 모든
도덕의 원천이라고까지 했다. 부끄러움이야말로 인간이 가진 것 중에서
가장 소중한 것이다.

부끄러움을 아는 사람이 되라. 그런 사람이라면, 좋은 말이 먼 길을 단
숨에 달리는 것처럼 능히 도의 길로 나아갈 수 있을 것이다. 그런 사람이

라면 분명히 믿음과 계율이 있다. 마음을 굳히고 정진하기만 하면 된다.

누군가 이런 말을 남겨놓았다.

"사람들 앞에서 부끄러워하는 것은 선한 감정이다. 그러나 자기 자신 앞에서 부끄러워하는 것은 한층 더 아름다운 감정이다. 남이 갖지 못하는 부끄러움, 뉘우침을 갖고 있는 것만큼 그 사람의 도덕적 완성의 단계를 확실하게 나타내는 것은 없다."

145

선을 좇는 사람은
발끝으로 서지 않는다

_{궁 공 조 현}   _{수 인 조 선}   _{재 장 조 목}   _{지 자 조 신}
弓工調絃하고 水人調船하며 材匠調木하고 智者調身이니라.

> **145** 활 다루는 사람은 활 시위를 고르게 하고 배 부리는 사람은 배를 고르게 하며
> 나무를 다루는 목수는 나무를 고르게 하고 어진 사람은 자기를 고르게 한다.

노자가 말했다.

"발끝으로 서 있는 사람은 오랫동안 서 있을 수 없는 것처럼 자기 자신
을 자랑하는 사람은 그 빛을 발휘할 수 없다. 또한 자기만족에 도취된 사
람은 위대하게 될 수 없다. 자랑하는 사람은 그 보답을 받을 수 없고 거만
한 사람은 그 이상 자기를 높일 수 없기 때문이다."

그와 마찬가지다. 선을 좇는 사람은 발끝으로 서 있는 사람이 아니다.
그렇기 때문에 스스로 자랑하지 않고 자기만족에 도취되어 교만해지지
도 않는다. 스스로 과신하지 않으며 스스로 드러나기 위해 애쓰지도 않는
다. 그는 이미 중도中道를 알고 있기 때문이다.

소나라는 수행자가 있었다. 그는 지나칠 정도로 열심히 수행했지만 욕
심의 굴레를 벗어날 수 없어 고민하고 있었다. 그래서 차라리 법복을 벗
고 환속하여 보시행이나 닦아야겠다고 생각했다. 그는 부자였기 때문이

다. 이러한 생각을 알고 계신 붓다께서 소나에게 물으셨다.

"너는 출가 사문이 된다는 것이 너무 힘든 일이어서 환속하려 하느냐?"

"그렇습니다."

"내가 너에게 묻겠다. 네 생각대로 말해보아라. 너는 집에 있었을 때 거문고를 잘 탔느냐?"

"그렇습니다."

"그렇다면 거문고 줄을 너무 죄었을 때 그 소리가 잘 나더냐?"

"아닙니다, 세존이시여."

"그렇다고 거문고 줄을 완전히 늦춰놓으면 소리가 잘 나더냐?"

"그렇지 않습니다."

"거문고 줄을 너무 죄지도 너무 늦추지도 않으면 어떻더냐?"

"소리를 잘 낼 수 있었습니다."

"공부하는 것도 그와 같은 것이다. 너무 지나쳐도 안 되고, 그렇다고 게을러서도 안 된다. 삿된 소견에 떨어지기 때문이다. 중도를 지키는 것이 으뜸이니, 중도를 지켜나가면 머지않아 번뇌를 끊는 사람이 될 수 있을 것이다."

중도란 치우치지 않은 올바른 길을 일컫는 말로 불교의 근본 태도이기도 하다. 중요한 것은 마음을 자제할 줄 아는 지혜다. 거문고 줄을 너무 죄지도 너무 늦추지도 말아야 하는 것처럼 마음 또한 그렇게 조율할 줄 알아야 한다.

아리스토텔레스는 이렇게 말했다.

"지나침과 모자람은 악의 특색이고 중용은 덕의 특색이다."

제11장

노모품
老耄品

진정한 삶을 위해서는
고뇌가 있다

그러므로 이 집을 지은 이여, 다시는 이 집을 짓지 말라. 서까래는 이미 부서졌고 기둥이며 들보까지 무너져버렸다. 마음은 이미 생사를 건너고 어느새 번뇌마저 사라져버렸다.

146~147
다시 눈을 뜨고 마음의 등불을 밝혀라

何喜何笑리오 命常熾然인데 深蔽幽冥이니 不如求錠이라.

見身形範하고 倚以爲安이나 多想致病하니 豈知非眞이랴.

146 무엇을 기뻐하고 무엇으로 웃으랴. 삶은 쉼 없이 불타고 있는데 깊은 어둠 속에 묻혀서 어찌하여 촛불을 찾지 않느냐. **147** 내 몸의 형상을 보고 그것을 의지해 편하다 하지만 생각만은 많아 병이 되는 그것은 진실이 아님을 어떻게 알랴.

홀투젠의 시 「시간과 죽음에 관한 여덟 개의 바리아숑」 중에 다음 몇 구절이 눈길을 끈다.

자기를 내려다보며 이 두 손에 생각이 미치면
발을 알고 허리를 알고,
그리고 볼품없는 성기를 똑똑히 안다면
이것이 육체인 것이다.
잠을 욕심내고 언젠가는 죽지 않으면 안 될 육체.

그래, 참으로 이것이 육체인 것이다. 아무것도 아닌 이 몸뚱이를 두고서 무엇을 기뻐하고 무엇을 웃을 수 있을 것인가. 그것은 욕망 덩어리이며 가장 병들기 쉬운 것이며 그리하여 죽음의 깊은 허망 속으로 소리 없이 사라져야 할 것인데도 사람들은 미처 그것을 깨닫지 못하고 마음의 등불 하나 밝히는 데도 인색하기만 하다. 불길 속에 서서 불타고 있으면서도 자신을 모르고, 깊은 어둠 속에 묻힌 채 그 어둠이 세상의 전부인 것처럼 착각하며 헤매고 있다.

소크라테스는 우리의 육체가 우리의 좋지 못한 영혼과 결합되어 있을 때는 우리가 원하는 것, 다시 말해서 진리를 마음껏 소유할 수 없다고 말했다. 왜냐하면 육체는 필요로 하는 영양보급을 위해 우리를 너무나 바쁘게 할 뿐만 아니라, 혹시 질병에라도 걸리면 우리의 진리 탐구는 엄청난 방해에 직면하기 때문이라는 것이다. 또 우리의 심신은 갖가지 애정과 욕망, 공포와 상상. 그밖의 여러 가지 어리석은 일들로 꽉 들어차 있기 때문에 단 일초 동안이라도 사색할 겨를이 없게 된다는 것이다.

플라톤은 그의 『파이돈』에서 이렇게 말했다.

"아닌 게 아니라 전쟁이나 피투성이 투쟁이나 분쟁을 가져오는 것은 육체와 그 욕망이 시키는 일이 아니고 무엇이겠는가?"

바로 그것이다. 애정과 욕망, 공포와 상상과 어리석음과 피투성이 투쟁과 분쟁이 내뿜는 그 지독한 악취, 그것이 인간의 육체인 것이다. 그 속에서 병고에 시달리고 늙음과 죽음을 근심하면서도 끊임없는 욕심에서 헤어나지 못하는 것이야말로 얼마나 지독한 자학인가?

에리히 프롬은 『건전한 사회』에 이렇게 썼다. "인간의 육체는 무엇을 먹고 무엇을 피할 것인가를 말하는 반면, 인간의 마음은 어떤 욕구를 키우고 충족시켜야 하며 어떤 욕구는 억압해서 없애버려야 하는가를 지시하지 않으면 안 된다." 다시 눈을 뜨고 그대 마음의 등불을 밝혀라. 어둠 속에서, 미망迷妄인 그대 육체에서 벗어나라. 그리하여 참된 삶을 찾아라.

148~149
현재의 삶을 죽음이게
버려두지 말라

노 즉 색 쇠　　병 무 광 택　　　피 완 기 축　　　사 명 근 촉
老則色衰하고 病無光澤하며 皮緩肌縮하여 死命近促이라.

신 사 신 사　　여 어 기 거　　　육 소 골 산　　　신 하 오 호
身死神徙면 如御棄車하여 肉消骨散이니 身何可怙리오.

148 몸이 늙으면 빛깔도 쇠하고 병이 들면 광택마저 없어진다. 피부는 늘어지고 살은 쭈그러져 죽음이 다가와 목숨을 재촉한다. **149** 몸이 죽고 정신이 떠나면 마치 수레꾼이 수레를 버리는 것처럼 살은 썩고 뼈는 흩어지니 내 한몸을 어찌 믿으리.

　　노년, 혹은 노인이란 어휘가 주는 뉘앙스는 참으로 처연하다. 비감하기까지 하다. 그런 어휘 속에는 삶을 마감하려는 슬픈 그림자가 길게 드리워져 있는 탓도 있지만 죽음을 예감케 하는 절박한 감정이 이 어휘를 감싸고 있기 때문인지도 모른다.

　　노인을 가리키는 말로 '계피학발鷄皮鶴髮'이란 것이 있다. 살갖이 닭의 피부처럼 거칠고 머리털이 학의 날개처럼 희다는 뜻이다. 또 '두동치활頭童齒闊'이란 것도 있다. 머리는 아이처럼 민둥머리이고 치아는 드문드문 있다는 뜻으로 이 빠지고 머리칼 빠진 늙은이를 일컫는 말이다.

　　얼마나 처연하고 부끄러운 모습인가! 그것은 한 인간으로서 태어날 때의 모습이 아니다. 참으로 젊음이 왕성한 살아 있을 때의 모습이 아니다. 그것은 이미 죽음의 길에 들어선 모습이며 쇠잔한 삶의 마지막 그림자에

불과할 뿐이다.

한 늙은이가 있었다. 몸은 찌그러질 대로 찌그러졌고 피부는 낡고 퇴색했으며 심한 병으로 신음을 멈출 수 없었다. 그는 길바닥에 쓰러져 누운 채 지나가는 행인의 발목을 잡고 매달리듯 하며 말했다.

"제발 나를 좀 죽여주십시오. 견딜 수가 없습니다. 나를 죽여주시기만 한다면 그 은혜는 결코 잊지 않겠습니다."

그러자 발목을 잡힌 행인은 늙은이의 손길을 거칠게 털어버리며 이렇게 말했다.

"당신은, 당신이 아직 살아 있다고 생각하는 모양입니다."

그렇다. 목숨은 붙어 있지만 그는 이미 죽은 존재와 다름없다. 완전히 죽은 자는 자기 자신의 고통을 바라보는 아픔이 없겠지만, 죽음에서 가장 가까이 있는 자는 자기 자신의 고통을 바라보는 아픔을 갖는 것과 함께 그 아픔만큼이나 비참한 자이다.

늙은이는 바로 그런 사람이다. 삶의 맨 마지막 계단에 나뒹굴고 있으며 죽음의 첫 계단에 두 팔을 올려놓고 있는 것이다.

육체처럼 허망한 것은 다시없다. 그 하잘것없는 육체 속에 사람들은 제 각각 어떤 '자기'를 담고 있는가. 육체와 함께 썩어가는 온갖 욕망과 애착과 교만 이외에 또 다른 무엇을 담고 있는가?

플라톤이 말했다.

"현재의 삶은 우리들에게 죽음이며, 육체는 우리들에게 무덤이다."

150~151
모순의 세월에서 벗어나라

신위여성
身爲如城하니 骨幹肉塗니라 生至老死에 但藏恚慢이니라.

노즉형변
老則形變하니 喩如故車니라 法能際苦하나니 宜以仿學이니라.

150 몸을 성 같다 하는 것은 뼈의 줄기에 살을 발랐기 때문이다. 태어나서 늙고 죽음에 이르기까지
그 속에는 교만과 성냄을 간직했을 뿐이다. **151** 늙으면 몸의 형체가 변하여 마치 부서진 낡은 수레와 같다.
오직 법만이 괴로움을 없애느니 마땅히 힘써 배워야 한다.

에픽테토스는 모든 사람의 일생을 전쟁이라고 잘라 말했다. 오랜 기간 동안 계속되는 다사다난한 전쟁이라고 했다.

따지고보면 인생이란 서로 다투고 헐뜯고 속이며 또 서로 죽이고 죽는 삶의 현장인지도 모른다. 짧은 인생을 불화와 반목과 응징 속에서 보내다 보면, 그야말로 '오랫동안 계속되는 다사다난한 전쟁'일 수밖에 없을 것이다.

그런 '전쟁'을 즐기는 인간의 육체야말로 얼마나 허약한 것인가? 그것은 '뼈의 줄기에 살을 바른' 정도로 연약한 것이다. 외부의 영향에는 극도로 민감할 뿐만 아니라 모든 것이 육체를 꿰뚫을 수 있을 만큼 보잘것없는 것이기도 하다. 사람들은 이 보잘것없는 몸뚱이 속에 교만과 허세와 분노와 배신과 시기와 질투 따위를 고스란히 간직하고 있다. 그것으로 무기를 삼고 그것으로 방패를 삼아 엄청난 모순의 세월을 자기 자신에게 짓

이기고 있는 것이다.

이제는 그러한 세월에서 비켜서라. 비켜서면 다른 길이 있다. 결코 멀리 떨어져 있는 것이 아니다.

롱펠로는 그의 시에서 이렇게 노인을 노래했다.

시인이나 웅변가나 성자가 뭐라고 하더라도
노인은 노인이다.
그것은 하현달이지 상현달은 아니다.
해가 저문 것이지 한낮의 뙤약볕이 아니다.
힘에 차 있지 않고 힘이 빠져 있다.
타오르는 욕망이 아니라 식어 있는 욕망이다.
불의 뜨거운 열기,
활활 타고 연소시켜버리는 불이 아니라
잿더미이며 타다 남은 장작개비이다.

그러나 사람은 누구나 노년을 맞이하게 된다. 그대 역시 아무리 노인이 되고 싶지 않더라도 세월은 그대에게 어김없이 노년의 삶을 안겨준다. 그렇다, 아직 그대가 상현달로 떠 있을 때, 한낮의 뙤약볕일 때 그대의 삶을 보다 값지게 조율하라. 아직은 그대가 타오르는 욕망일 때, 활활 타며 연소시켜버리는 불길일 때 그대의 삶을 진리 쪽으로 보다 가깝게 가져가라. 시간이야말로 영혼의 생명인 것이다.

니체가 말했다. "참된 생에 발을 들여놓는다는 것은, 보편적인 삶을 살면서 스스로의 삶을 죽음으로부터 건져내는 것이다."

152~153
늙어가는 황소는 살만 찔 뿐이다

인 지 무 문　　 노 약 특 우　 단 장 기 비　　 무 유 복 혜
人之無聞은 老若特牛니 但長肌肥하고 無有福慧니라.

생 사 유 무 량　　 왕 래 무 단 서
生死有無量이면 往來無端緒라

구 어 옥 사 자　　 삭 삭 수 포 태
求於屋舍者라도 數數受胞胎니라.

152 사람이 만일 법을 듣지 못했으면 늙어가는 소와 다름없다. 자라서 살만 쪘을 뿐 복도 지혜도 있을 수 없다.

153 생과 사, 끊임없이 이어지면서 오고가는 실마리도 보이지 않아,
이 집 지은 사람 찾아보건만 되풀이되는 삶을 어찌하랴.

　　아주 몸집이 작고 재치도 없는데다가 게으르고 어리석기 짝이 없는 비구가 있었다. 그는 도무지 때와 장소에 맞는 말을 할 줄 몰랐다. 예를 든다면, 아주 기쁘고 즐거운 날 슬프거나 언짢은 이야기를 예사롭게 입에 담곤 하는 것이었다. 더욱 안타까운 것은 그가 자신의 적합하지 못한 언행의 문제점을 도무지 모르고 있다는 사실이었다.

　　붓다께서는 그 비구를 가리켜 늙어가는 황소와 같은 사람으로 비유하셨다. 그의 게으름과 어리석음이 그를 그렇게 만든 것이다. 그는 생각할 줄 몰랐으며, 생각할 줄 모르는 만큼 행할 줄도 몰랐던 것이다. 그가 살찐 것은 게으름 때문이며, 어리석음 때문이다. 그는 인생의 어떤 고통에 대해서도 그 의미를 몰랐으며 또 의미를 알기 위해 애쓰지도 않았다.

　　괴테는 이렇게 말해준다. "인생은 어리석은 자에게 어렵게 보일 때 현

명한 자에게는 쉽게 보이고, 어리석은 자에게 쉽게 보일 때 현명한 자에게는 어렵게 보인다."

그는 태어남이 고통인 것을 모르고 늙음이 고통인 것을 모르는 사람이다. 그는 병드는 것이 고통이고 죽음 또한 고통이라는 것도 모르는 사람이다. 그에게 살아가는 괴로움이 끝이 없다 해도, 아, 그는 오히려 얼마나 행복한 황소인가?

사람들은 저마다 근심 섞인 목소리로 말한다. 스스로 늙어가는 것에 대하여, 스스로 죽음을 향해 시시각각 다가가고 있는 것에 대하여 불안과 초조와 두려움으로 뇌까린다. 그 불안과 그 초조와 그 두려움 속에 그들 자신의 욕심을 가득 실은 채 쉴 새 없이 지껄인다.

조금이라도 떼어내어 버릴 줄 모른다. 그 모든 욕심들은 이미 부패할 대로 부패한 것들인데도 사람들은 그것들을 아낀다. 어쩌면 그것들은 이미 그 사람에겐 배설물이거나 오물일 텐데도 집착에서 벗어나지 못한다. 그야말로 늙음과 죽음의 근심을 밟고 다니기만 할 뿐이다.

노발리스는 「단편」에 이렇게 썼다. "삶은 죽음의 시작이다. 삶은 죽음 때문에 존재한다. 죽음은 종국임과 동시에 발단이며 분리임과 동시에 스스로의 밀접한 결합인 것이다. 죽음으로 환원이 완성된다."

기쁨이 슬픔의 짝인 것처럼, 선이 악의 짝인 것처럼 죽음은 삶의 짝이다. 인간에게 죽음이 없다면 삶보다 무의미한 것은 없을 것이다. 삶을 사랑하라. 아름답게 가꾸어나가라. 부패한 모든 것들을 하나씩 떼어버려라. 삶이야말로 그대 죽음의 의미이게 하고 실상이게 하라.

에픽테토스가 말했다. "거두어지지 않음이 보리 이삭에게 저주라면 죽지 않음이야말로 인간에게는 저주일 것이다."

154

모든 것을 말하고 표현하라,
그리고 절망하라

이 관 차 옥　　　갱 불 조 사　　　양 잔 이 괴
以觀此屋하여 更不造舍하라 梁棧已壞하고

대 각 최 절　　　심 이 이 행　　　중 간 이 멸
臺閣摧折하며 心已離行하고 中間已滅이니라.

154 그러므로 이 집(몸) 지은 이여, 다시는 이 집을 짓지 말라. 서까래는 이미 부서졌고
기둥이며 들보까지 무너져버렸다. 마음은 이미 생사를 건너고 어느새 번뇌마저 사라져버렸다.

"나다니엘이여, 평화스러운 나날보다는 차라리 비장한 삶을 택하라. 나
는 죽음의 수면 이외의 휴식을 바라지 않는다. 내가 만족시키지 못한 모
든 욕망, 모든 정력이 사후까지 남아서 나를 괴롭히게 되지 않을까 두렵
다. 나는 나의 심중에 대기하고 있던 모든 것을 이 땅 위에 나서 표현하고
완전히 절망하여 죽기를 희망한다."

앙드레 지드의 『지상의 양식』에 나오는 몇 구절이다. 삶이란 비장할수
록 값진 것이다. 비장한 의지 없이는 무엇도 이루어낼 수 없다. 비장한 마
음 앞에서는 모든 것들이 새롭게 단장하기 마련이고, 그것들은 결코 뒤로
물러서지 않는다. 그대가 만족시키지 못한 모든 욕망을 채워나가라. 그대
에게 남아 있는 모든 정력이 사후까지 남아서 그대를 괴롭히게 하지 말
라. 모든 것을 말하고 표현하고 그리고 절망하라.

진리를 향한 걸음을 쉬지 않을수록 그대는 건강하다. 그대가 진리를 향하여 걷고 있는 동안은 어느 누구도, 그 무엇도 그대의 발걸음을 멈추게 할 수 없다. 목숨은 밤낮없이 죽음과 가까워지려 하고 있지만, 그대는 삶과 죽음을 함께 바라보고 있는 것이다.

155

진정한 삶을 위해서는 고뇌가 있다

^{불 수 범 행}　　^{우 불 부 재}　　^{노 여 백 로}　^{수 사 공 지}
不修梵行하고 又不富財면 老如白鷺가 守伺空池니라.

155 깨끗한 행실도 닦지 못하고 재물도 모으지 못했으면 마치 늙은 따오기가 텅 빈 못을 지켜보는 것과 같다.

지혜의 눈으로 괴로움을 본다면 그 괴로움은 아름다울 수 있다. 지금까지 의식하지 못했고 체험하지 못했던 새로운 세계에 대한 막연한 기대가 싹트기 때문이다. 보다 참된 지혜의 눈으로 세상을 본다면 그 괴로움은 보다 큰 포용일 수 있다. 막혀 있던 것들이 뚫리게 되고 비좁던 모든 것들이 오히려 큰 넉넉함으로 다가서기 때문이다. 사르트르가 말했다.

"고통의 감각이 육체를 유지하는 데 없어서는 안 될 조건인 것처럼 고뇌 또한 우리 인생이 끊임없이 향상하는 데 없어서는 안 될 조건이다."

사람은 누구든지 한 가지 일은 해낼 수 있다. 진리를 추구하든가 부富를 쫓든가, 무엇인가 한 가지쯤은 이룰 수 있다. 아무것도 이루지 못한 사람이라면 인생의 고통도 고뇌도 겪어보지 않은 사람이다. 그렇다면 그는 텅 빈 땅을 지켜보는 한 마리 늙은 따오기와 무엇이 다르겠는가. 오스카 와일드의 이 말을 깊이 명심하라.

"아름다운 육체를 위해서는 쾌락이 있지만 아름다운 영혼을 위해서는 고뇌가 있다."

156
최후의 순간까지 계속되는 완벽한 삶

_{기 불 수 계} _{우 불 적 재} _{노 리 기 갈} _{사 고 하 체}
旣不守戒 하고 又不積財하며 老羸氣竭하면 思故何逮리오.

156 이미 계율도 지키지 못하고 재물도 모으지 못했다면 늙고 쇠약하여 기운이 다해서 옛일을 생각한들 어이 미치랴.

엘리아스 카네티는 우리가 진지하게 여길 수 있는 유일한 노인의 모습
으로 톨스토이를 꼽았다. "그는 모든 것을 말하고, 어떠한 비난이나 판단
도 할 수 있고, 또 어떤 법칙이라도 말할 수 있기 때문이다. 그는 모든 면을
향하여, 비록 가장 뚜렷하게 자신의 경계를 드러내고 있을 경우에도, 열
려 있는 것처럼 보인다."

진리를 추구하기 위한 톨스토이의 집념은 끝이 없었다. 그는 어떤 계율
을 지킨다기보다는, 진리를 하나의 법칙 속에 묶어놓고 자신의 아내마저
교육시키려들 정도였다. 어쨌거나 그에게 늙음은 가을 낙엽처럼 추하지
않았고, 어떤 경우에도 자신의 삶에 대하여 후회하지 않았다.

계속해서 카네티가 말했다. "그의 삶은 최후의 순간까지 계속되는 완벽
한 삶이다. 거기에는 하나의 삶에 속하는 것이 죽는 순간까지 모두 존재
하고 있다. 한 인간이 가질 수 있는 모든 모순이 그의 삶 속에 들어 있다."

그대의 삶을 보다 완벽하게 하라. 그러기 위하여 서둘러 붓다를 만나
라. 지혜 중의 지혜인 법法 속으로 쉼 없이 자맥질해 들어가라.

제12장

기신품
己身品

죽음이 삶을 지키고
삶이 죽음을 지킨다

자기의 마음을 스승으로 하고 남을 스승으로 삼지 말라. 자기를 스승으로 하는 사람은 참으로 지혜로운 사람을 얻은 것이다.

157

자기 자신에게 뛰어난 자가 되라

자 애 신 자　　신 호 소 수　　　희 망 욕 해　　학 정 불 해
自愛身者는 愼護所守하고 稀望欲解면 學正不寐니라.

> **157** 자기 몸을 사랑하는 자는 모름지기 삼가 지키고 보호하라.
> 깨달음을 바라는 자는 바른 도를 배움에 있어 잠들지 말라.

몽테뉴는 이렇게 말했다.

"나는 결국 내가 궁지에 빠졌을 때, 내 일은 나 자신에게 의탁하는 것이 가장 상책이라고 생각하게 되었다. 사람은 무슨 일에 있어서나 남의 도움을 바랄 뿐 자기 자신에게 의탁할 마음은 적다. 그러나 남의 도움이라는 것은 늘 확실치 못한 것이다. 작은 대로, 부족한 대로, 가장 확실한 것은 나 자신 속에서 찾는 힘이다."

사람은 누구나 자기 자신을 사랑한다. 항상 자기 자신을 아끼고 자기 자신을 우선적으로 생각한다. 그러나 몽테뉴의 지적처럼, 사람들은 어떤 궁지에 몰렸을 때 자기 자신보다 타인의 도움을 먼저 찾는다. 누군가가 자기를 그 궁지에서 건져내주기를 바라는 것이다. 그것이 바로 자기를 사랑하는 것과 자기를 지키고 보호하는 것과의 차이다. 누구나 자기를 사랑하는 것은 거의 맹목에 가깝다. 그러나 자기를 지키고 보호하는 것은 의무여야 한다.

　자기 자신 속에서 찾는 힘을 길러야 한다. 그것이 깨달음으로 가는 길이다. 그러기 위해서는 '자기 몸을 사랑하는 자는 모름지기 삼가 지키고 보호해야' 한다. 거기에서만이 '자기 자신 속에서 찾는 힘'을 뽑아올릴 수 있다. 무엇보다도 자기 자신에게 뛰어난 자가 되고 깨달은 자가 되라는 말이다.

158~159

나를 사랑하는 것은
남을 사랑하는 것이다

학 당 선 구 해　　관 찰 별 시 비
學當先求解하고 觀察別是非하라

수 제 응 회 피　　혜 연 불 부 감
受諦應誨彼하면 慧然不復感이니라.

당 자 극 수　 수 기 교 훈　　기 불 피 훈　　언 능 훈 피
當自剋修를 隨其敎訓하라 己不被訓이면 焉能訓彼리오.

158 배워서 먼저 깨달음을 구하고 옳고 그른 것을 살펴 가리라.
진리를 깨우친 다음 남을 가르치면 밝은 지혜로 되살아날 괴로움은 없다.
159 마땅히 자기 몸을 바르게 닦기를 남을 가르치는 바 그대로 하라.
자기도 제대로 가르치지 못한다면 어떻게 남을 가르칠 수 있으랴.

　　자기를 사랑하는 것과 이기주의를 혼동하는 것은 아주 위험한 일이다. 그 둘은 결코 동일한 것이 아니다. 오히려 전혀 반대되는 것에 가깝다. 이기적인 것은 자기 이익만을 추구하는 것을 말한다. 그러나 자기를 사랑하는 것은 자애自愛, 즉 스스로 자기 자신을 사랑하는 것을 말한다.

　　그래서 아우구스티누스는 이렇게 말했다.

　　"이 세상의 어느 것도 나와 관계없는 것은 없다. 인류 문제도 나의 일이며, 도덕 문제도 나의 일이다. 진리와 자유와 인도와 정의의 문제를 추구하는 것도 나의 일이다. 순전히 제 한몸, 제 일만 생각하는 에고이스트는 부끄러워하라."

그렇다. 나를 바르게 하는 길은 남을 바르게 하는 것과 같다. 자기 자신을 이롭게 할 줄 알면 타인까지도 이롭게 할 줄 아는 것이다. 도덕과 진리와 자유, 이 모든 것은 나와 더불어 사는 인류 공동의 문제이기 때문이다.

붓다께서 말씀하셨다.

"만약 사람이 자신을 사랑하려 한다면 착한 일을 받들어 실천해야 하느니 좋은 일을 쌓음으로써 스스로 기쁨을 얻을 수 있다."

160

자기 자신을 위해서
열심히 수행에 매진하라

자 기 심 위 사　　　불 수 타 위 사
自己心爲師하고 不隨他爲師하라.

자 기 위 사 자　　획 진 지 인 법
自己爲師者는 獲眞智人法이니라.

160 자기의 마음을 스승으로 하고 남을 좇아 스승으로 삼지 말라.
자기를 스승으로 하는 사람은 참으로 지혜로운 사람을 얻은 것이다.

　　붓다께서 앞으로 석달 안으로 대열반大涅槃을 이루시겠다고 대중에게 선언하시자 많은 사람들이 크게 걱정하며 어쩔 줄을 몰라했다. 그들은 한결같이 붓다 곁에 가까이 있어야만 좋을 것이라고 생각하여 잠시도 그 곁을 떠나려 하지 않았다.

　　그런데 이름을 알 수 없는 한 비구만이 붓다께서 계신 곳엔 얼씬도 않고 구석방에 들어앉아 수행에만 몰두하는 것이었다. 그는 붓다께서 세상에 머물러 계실 때 아라한이 되어야겠다고 결심한 사람이었다.

　　그러나 다른 비구들은 그의 진정한 마음을 이해할 수가 없어 그를 붓다께 데리고 가 이렇게 여쭈었다.

　　"부처님이시여, 이 비구는 부처님을 존경하지도 사랑하지도 않습니다. 그는 자기만을 아끼고 사랑할 뿐입니다."

그러자 그 비구는, 자기는 붓다께서 세상에 머물러 계실 때 아라한을 성취하겠다고 굳게 결심했기 때문에 열심히 좌선 수행에만 몰두하고 있는 중이라고 말했다. 그러자 붓다께서 여러 비구들에게 말씀하셨다.

"비구들이여, 누구든지 진실로 여래를 존경하고 사랑한다면 마땅히 저 비구처럼 행동해야 할 것이다. 비구들이여, 여래에게 존경을 표시하기 위해 꽃이나 향수를 바치고 향을 사르면서 하루종일 여래의 곁에 앉아 여래만을 바라보고 있는 것은 옳지 않다.

너희는 여래가 너희에게 가르친 법과 계율을 열심히 수행하여 마침내 세간을 뛰어넘는 도道를 성취해야 하느니, 그때에 이르러서야 참으로 여래를 존경하고 예배하였다 할 수 있을 것이다."

자기 자신을 위해서 열심히 수행에 매진하라. '자기의 마음을 스승으로 하고 남을 좇아 스승으로 삼지 말라.' 그 길만이 자기도 이롭고 남까지 이롭게 하는 길이다. 남을 이롭게 하지 못하는 것은 어떠한 경우라도 진리가 될 수 없다. 그것은 껍질일 뿐이다. 단순하기만 한 껍질로는 자기 자신도 이롭게 할 수 없다.

헤르만 헤세는 『싯다르타』에서 이렇게 말했다.

"붓다의 보배와 비밀은 그 가르침에 있는 것이 아니라, 그가 대각大覺할 때 체험한, 말로 표현할 수 없고 가르칠 수 없는 그 속에 있다."

161

죽음이 삶을 지키고
삶이 죽음을 지킨다

본 아 소 조　　후 아 자 수　　위 악 자 갱　　여 강 찬 주
本我所造는 後我自受니 爲惡自更은 如剛鑽珠니라.

161 원래 자신이 저지른 것은 뒤에 가서 자신이 되돌려 받는다.
악을 행하고도 스스로 또 행하는 것은 마치 금강석으로 보석을 뚫는 것과 같다.

독실한 우바새(남성 재가신자) 한 사람이 있었다. 그는 매월 초하루와 보름날이면 빠짐없이 수도원에 가서 밤새워 붓다와 비구들의 설법을 듣곤 했다.

설법을 듣던 어느 날 밤, 한떼의 도둑들이 어느 부잣집을 침범했다. 집 주인은 깜짝 놀라 일어났으며 도둑들은 물건을 챙긴 다음 사방으로 흩어져 도망쳤다. 집주인은 잠시 갈팡질팡하다가 한 사람의 도둑을 뒤쫓았다.

때마침 수도원에서 밤법회를 끝낸 신자들이 집으로 돌아가고 있었다. 그 중에는 독실한 우바새도 끼어 있었는데, 도망치던 도둑이 그를 보고는 그와 동행인 척하다가 훔친 물건을 그의 앞에 내려놓고 사라져버렸다. 집 주인이 뒤따라 달려왔다. 그러고는 도둑들과 한패라고 생각하고 그를 사정없이 두들겨팼다. 그러자 그는 어이없게도 죽고 말았다.

아침 일찍 물을 긷기 위해 수도원을 나선 비구들은 그제서야 우바새의

시신을 발견할 수 있었다. 그들은 바삐 붓다께 달려가 여쭈었다.

"부처님이시여, 그토록 신심이 독실하던 우바새가 어젯밤 설법을 듣고 귀가하던 중 도둑으로 몰려 죽음을 당했습니다. 이 사람이야말로 억울한 죽음을 당한 것이 아니겠습니까?"

그러자 붓다께서 말씀하셨다.

"비구들이여, 금생今生의 착한 행동만 가지고 판단한다면 그는 그런 죽음을 당하지 않았어야 마땅할 것이다. 그러나 그의 죽음은 그가 과거 생에서 지은 악행에 대한 응보였다. 그는 과거 생에서 왕실의 내시로 있었는데, 다른 사람의 아내와 불륜에 빠져 사람을 시켜 그 여자의 남편을 때려죽이게 했었다. 이런 악행 때문에 그는 금생에서 그 같은 죽음을 당한 것이며, 지난 생에서도 네 군데의 악도惡道, 즉 지옥과 아귀와 축생과 아수라에 여러 번 태어나는 과보를 받았었다."

인과응보란 그런 것이다. 지나간 옛 이야기로 흘려버리지 말라. 어느 한 가지도 이것과 다를 것은 아무것도 없다.

형왕영곡形枉影曲이라 했다. 물체가 구부러지면 그림자도 구부러진다는 뜻으로, 원인과 결과는 반드시 일치한다는 말이다. 죽음은 삶과 함께 있어서 언제나 삶의 하나하나를 지켜본다. 그와 마찬가지로 삶 또한 죽음과 함께 있어서 언제나 죽음의 하나하나를 지켜보고 있다.

아미엘은 이렇게 말했다.

"구체적인 결과는 눈에 보이지 않는 어떤 행위가 이미 존재했으므로 생기는 것이다. 대포 소리가 우리들에게 들려오기 훨씬 전에 탄환은 튀어나온 것이다. 결정적인 것은 사상 속에서 행해지는 것이다."

162~163
진리의 계율은
악에 대한 파수꾼이다

_{인 불 지 계}   _{자 만 여 등}   _{정 정 극 욕}   _{악 행 일 증}
人不持戒면 滋蔓如藤이니 逞情極欲하면 惡行日增이니라.

_{악 행 위 신}   _{우 이 위 이}   _{선 취 안 신}   _{우 이 위 난}
惡行危身이나 愚以爲易하고 善最安身이나 愚以爲難이라.

162 사람이 계율을 지니지 않으면 악은 마치 등나무처럼 뻗어나간다. 욕심을 따라 극도로 치달으면 악행은 나날이 더해간다. **163** 악행은 자신을 위험하게 하지만 어리석은 자는 가볍게 여긴다. 선행은 자신을 편안하게 하지만 어리석은 자는 어렵게 여긴다.

밀턴은 진리를 광선에 비유했다. 빛이 너무 강렬하기 때문에 어떤 손으로도 그것을 더럽힐 수 없다고 본 것이다. 그것은 흙탕물 속에 잠기더라도 더럽혀지지 않는다. 또 땅속 깊숙이 파묻어버리려 해도 파묻히지 않는다. 그래서 진리의 계율은 악에 대한 파수꾼이나 다름없다. 사람이 진리의 계율을 지니지 않으면 악은 마치 등나무 덩굴처럼 뻗어나갈 수밖에 없는 것이다.

지독한 가시를 삼킨 이리가 있었다. 이리는 고통을 참으면서 그것을 빼내줄 누군가를 찾다가 지나가던 해오라기를 만났다. 그는 자기 목에 걸린 가시를 빼내주기만 하면 크게 보답하겠다고 말했다. 해오라기는 이리의 목구멍에 머리를 들이밀고 그 고약한 가시를 뽑아냈다. 그러고나서 약속한 보수를 요구했다. 그러자 이리는 서너 번 큰기침을 한 후에 이렇게 말했다.

"이리의 입에서 너의 머리를 탈 없이 안전하게 빼낸 것에 만족하지 않고 보수를 요구하다니 건방지기 짝이 없구나."

악이란 바로 이리와 같은 것이다. 악은 그 무엇에건 만족할 줄 모른다. 어리석기 때문에 악인 것이다.

164~165

악을 행하여 죄를 받고
선을 행하여 복을 받는다

如眞人教하여 以道法身하면 愚者疾之하며 見而爲惡이라
行惡得惡이니 如種苦種이니라.
惡自受罪하고 善自受福이라 亦各須塾이니 彼不自代니라.

164 성인의 가르침은 바른 도(道)로 중생을 인도하지만 어리석은 사람은 이것을 미워해 오히려 악이라 한다. 악을 행하면 악을 얻으니 마치 고통의 씨앗을 심는 것과 같다. 165 스스로 악을 행하여 그 죄를 받고 스스로 선을 행하여 그 복을 받는다. 또한 그것은 반드시 익느니 나를 대신해 받을 사람은 아무도 없다.

어느 날 랍비가 시내를 걷다가 자기 집 뜨락의 잡석을 길가에 내다버리고 있는 사내를 보았다. 랍비가 말했다.

"당신은 왜 그런 무분별한 짓을 하고 있는 겁니까? 길바닥이 엉망이 되지 않습니까?"

그러나 사내는 그냥 웃기만 할 뿐 아무런 대꾸가 없었다. 그로부터 십 년이 지나고 이십 년이 지나서 사내는 땅을 팔고 이사를 가게 되었다. 이웃마을로 떠나기 위해 발걸음을 내디딘 순간, 과거에 자기가 버렸던 돌에 발이 채여 넘어지고 말았다.

유대인들 사이에서 비유로 자주 사용되는 이야기다. 그들은 말한다. '부대 속에 있던 것 외에는 다른 아무것도 그 부대에서 나오지 않는다'고.

스스로 악을 행하여 그 죄를 받고 스스로 선을 행하여 그 복을 받는다. 또한 그것은 반드시 익는다. 그것이 죄가 되든 복이 되든 나를 대신해서 받을 사람은 어디에도 없다.

붓다께서 말씀하셨다.

"거친 말을 쓰지 않고, 도리와 진실의 말을 하고, 말로써 그 누구도 화나게 하지 않는 자, 나는 그런 사람을 성인이라 부른다."

166

해야 할 일을 미리 생각하고 닦아나가라

범 용 필 예 려　　　　물 이 손 소 무　　　　여 시 의 일 수　　　　사 무 부 실 시
凡用必豫慮하여 勿以損所務하라 如是意日修면 事務不失時니라.

166 해야 할 일을 미리 생각하고 헤아려 힘쓸 바를 놓치지 말라.
이 같은 마음으로 날마다 닦으면 할 일의 때를 놓치지 않는다.

어떤 사람이 성자에게 물었다. "당신은 이토록 훌륭하신데 전 왜 그렇지 못합니까? 당신은 이처럼 청정한데 전 왜 그렇지 못합니까?"

성자는 그 사람을 데리고 뜰로 나갔다. 뜰에는 두 그루 나무가 서 있었다. 한 나무는 커서 나뭇잎이 무성했고, 다른 나무는 키가 작은데다가 나뭇잎마저 엉성했다. "보라, 이 나무는 작고 저 나무는 크다. 그러나 큰 나무는 작은 나무에게 초연하다고 말한 적이 없고, 작은 나무는 큰 나무에게 열등감을 느낀다고 말한 적이 없다." 무엇을 비교하며 무엇을 문제 삼을 필요가 있는가. 큰 나무에게는 큰 나무로서의 일이 있고 작은 나무에게는 작은 나무로서의 일이 있다. 각각 할 일이 따로 있는 것이다.

톨스토이는 이렇게 말했다. "한 마리의 제비로 봄이 오는 것이 아닌 것도 사실이지만, 그 제비가 봄이 되어야 오는 것도 사실이다. 제비뿐 아니라 모든 땅이나 초목이 그저 막연히 기다리기만 하고 봄에 대한 준비를 하지 않는다면 참으로 봄은 영영 오지 않을 것이다."

제13장

세속품
世俗品

잘못된 지름길에는
반드시 늪이 있다

물 위에 뜬 물거품 같다고 보라. 허깨비나 아지랑이 같다고 보라. 세상을 이렇게 볼 줄 아는 사람은 결코 죽음의 왕을 보지 않는다.

167

잘못된 지름길에는 반드시 늪이 있다

불친비루법   불여방일회   불종사견근   불어세장악
不親卑漏法하고 不與放逸會하라 不種邪見根하여 不於世長惡하라.

167 비천한 일들을 가까이하지 말고 방일한 일에 빠져들지 말라.
잘못된 생각은 처음부터 갖지 말고 세상의 악을 키우려들지 말라.

무척 몸이 비대한 부인이 극장 안내원에게 두 장의 입장권을 내밀었다. 안내원이 물었다. "또 한 분은 어디 계십니까?" 부인은 머뭇거리다 얼굴을 붉히며 말했다. "네, 보시는 것처럼 전 좌석 하나로는 무척 불편해요, 그래서 이렇게 입장권 두 장을 샀답니다." 안내원은 난처한 표정을 지으며 말했다. "저야 괜찮습니다만, 부인께서 곤란을 겪으실 텐데요. 입장권의 한 장은 51번이고 다른 한 장은 63번이니까 말입니다."

라즈니시 우화의 한 토막이다. 그는 여기에서 두 가지 길을 제시했다. 부정의 길과 긍정의 길. 도를 떠난다는 것은 큰 길을 버린다는 것이다. 잘못된 지름길에는 엄청난 어리석음의 늪지가 있다는 걸 예상하면서도 그 길을 고집하는 사람이 있다. 옳은 일이 있으면 옳지 못한 일이 있다. 선과 악이 마주서서 서로를 바라보는 것처럼 그런 일은 허다하게 많다. 두 가지 길을 함께 걸을 수는 없다. 그대의 몸이 하나인 것처럼 하나의 길을 택하라. 긍정하는 쪽인가? 부정하는 쪽인가? 그대 자신이 선택하라.

168~169

악을 기피하는 것은
사육하는 것과 마찬가지다

수시불흥만　쾌습어선법　선법선안매　금세역후세
隋時不興慢하고 快習於善法하라 善法善安寐이면 今世亦後世니라.
낙법락학행　신막행악법　능선행법자　금세후세락
落法樂學行하고 愼莫行惡法하라 能善行法者는 今世後世樂이니라.

168 잠시라도 게으름 피우지 말고 즐겨 선한 법을 배우라. 선한 법은 편안한 잠을 부르고
현세에서도 후세에서도 한결같다. **169** 법을 즐기며 즐겁게 행하고 악법은 삼가 행하지 말라.
선을 법대로 행하는 자는 현세에서도 후세에서도 즐겁다.

"참으로 이상스러운 일이다. 사람들은 외부, 즉 타인에게서 받는 악에 대해서는 화를 내고 싸우지만 자기 자신 속의 악과 싸우려고는 하지 않는다. 타인의 악은 제아무리 애를 쓰더라도 고칠 수가 없지만, 자기 자신 속의 악은 이겨나갈 수가 있는 법이다." 아우렐리우스가 한 말이다.

억제하고 절제하는 것은 자기 자신의 이성으로 자기의 감정을 지배하는 것을 의미한다. 바꾸어 말하면 자기 자신 속의 악과의 싸움을 말하는 것이다. 그런데도 많은 사람들은 자기 내면에 도사리고 있는 악에 대해서는 가급적 기피하려든다. 그것은 목장에서 가축을 방목하여 기르듯 스스로의 악을 사육하고 있는 것과 다름없다. 마음을 지켜라. 어떤 경우라도 마음을 지키는 고삐를 늦추지 말라. 그러기 위해서는 항상 올바르고 청정한 것만을 생각해야 한다. 우리는 충분히 그럴 수 있다.

170~171
진리와 함께하는 삶이
그대를 보호한다

_{당 관 수 상 포}　　_{역 관 환 야 마}　　_{여 시 불 관 세}　　_{역 불 견 사 왕}
當觀水上泡하고 亦觀幻野馬하며 如是不觀世하면 亦不見死王이니라.

_{여 시 당 관 신}　　_{여 왕 잡 색 거}　　_{우 자 소 염 착}　　_{지 자 원 리 지}
如是當觀身하며 女王雜色車니라 愚者所染着하고 智者遠離之니라.

> **170** 물 위에 뜬 물거품 같다고 보라. 허깨비나 아지랑이 같다고 보라.
> 세상을 이렇게 볼 줄 아는 사람은 결코 죽음의 왕을 보지 않는다. **171** 마땅히 그렇게 제 몸을 보라.
> 임금의 화려한 수레 같다고. 어리석은 자는 그것에 휘말리고 지혜로운 자는 그것을 멀리한다.

　　셰익스피어의 「리처드 3세」를 보면 다음과 같은 대사를 만나볼 수 있다. "양심이란 놈은 사람을 비겁하게 만드는 거야. 글쎄 훔치려 하면 꾸짖고, 중상하려들면 비난하고, 이웃집 아내와 자려고 하면 어느새 낌새를 채버린단 말야. 글쎄 양심이란 놈은 당장 홍당무가 되는 비겁쟁이로 사람의 가슴속에서 반항이나 일으키는 아주 고약한 놈이야. 지독한 장애덩어리란 말야!"

　　이건 물론 작품 속에 등장하는 한 자객의 입을 통해서 나온 말이다. 자객이란 암살자다. 사람을 몰래 찔러 죽이는 비겁자 중의 비겁자다. 그는 사악함 그 자체이며 그 행위인 것이다.

　　양심을 비난하려는 사람이면 그는 이미 사람이기를 거부한 것이나 다름없다. 그에게 어떻게 평화가 있으며 행복이 있을 수 있겠는가. 모든 것은 물거품 같고, 마음은 아지랑이 같으며 사는 것은 허깨비와 같은데도 그는 오로지 그것만을 즐기고 있는 사람이다.

어느 때 비구 오백 명이 붓다로부터 수행에 관한 설법을 듣고, 수행의 과제를 받아 좌선을 하기 위해 숲속으로 들어갔다. 그들은 그날부터 오랜 기간 동안 열심히 수행에 몰두했지만 진전을 얻을 수 없었다. 그래서 붓 다께 다시 자기들의 적성에 맞는 새로운 수행 과제를 받기 위해 수도원으 로 향했다. 가는 길에 저만큼 앞에서 하염없이 아른거리는 아지랑이를 만 났다. 끊임없이 변화하는 아지랑이의 움직임을 보면서 그들은 잠시 그것 에 마음을 집중시켰다.

그들이 수도원에 도착했을 때, 이번에는 억수 같은 비가 쏟아지기 시작 했다. 그들은 참으로 우연히 그 빗줄기를 자세히 관찰할 수 있었다. 굵은 빗방울이 땅 위에 떨어지기 무섭게 이미 땅바닥에 고여 있던 물과 함께 거품을 만드는가 싶었는데, 그 거품은 어느새 사라지고 마는 것이었다.

비구들은 그 빗물의 거품 현상에서 깨달음을 얻을 수 있었다. 사람의 몸도 저 물거품처럼 잠시 머물다가 사라지는 것임을 느끼며, 세상의 무상 함이야말로 아지랑이와 같은 것임을 깨달은 것이다.

물거품 같고 아지랑이 같으며 허깨비와 같은 것에서 자기를 보호하라. 진리에는 연령이 없다. 진리와 함께하는 삶이 그대를 보호하고, 그대 역 시 진리를 보호하면 된다.

스피노자가 말했다.

"현자는 적어도 현자인 한, 마음 흔들리는 일 없이 자신과 신과 사물에 관해서는 영원의 필연성에 따라 의식을 갖고 있다. 그는 단연코 존재하는 것을 멈추지 않고 언제나 정신의 참된 만족을 지니고 있다."

172~173

참회하는 삶은 지극히 아름답다

인 전 위 과　　　후 지 불 범　　　시 조 세 간　　　여 월 운 소
人前爲過라도 後止不犯이면 是照世間이니 如月雲消니라.

인 전 위 악　　　이 선 멸 지　　　시 조 세 간　　　여 월 운 소
人前爲惡이라도 以善滅之면 是照世間이니 如月雲消니라.

172 사람에게 지난날 잘못이 있다 하더라도 훗날 삼가 이를 범하지 않는다면 그는 능히 이 세상을 비출 수 있다. 마치 구름에서 벗어난 달처럼. **173** 사람에게 지난날 악행이 있다 하더라도 훗날 선으로 그것을 없앤다면 그는 능히 이 세상을 비출 수 있다. 마치 구름에서 벗어난 달처럼.

"언젠가 나는 농사꾼의 초가집 작은 창을 들여다본 적이 있었다. 그때 마침 한 윤락녀가 열심히 기도를 올리고 있었다. 그녀의 뼈저린 회한의 눈물과 신성한 기도는 문학보다도 훨씬 강하게 나를 움직였다."

톨스토이의『나의 반생半生』에 나오는 한 대목이다. 지난날의 방일했던 삶을 뼈저리게 참회하는 한 여인의 모습에서 우리는 선과 악의 한 분기점을 아프게 바라볼 수 있다. 선악은 그림자와 본체처럼 어느 곳에서나 같이 있으며 나누기 어려울 뿐만 아니라 서로 대항하는 것이 아니라 다만 서로 대립할 뿐이라고 했던 칼라일의 말이 떠오른다.

악이 선으로 거듭날 수 있는 것처럼, 선이 악으로 추락하는 일은 얼마든지 가능하다. 음회세위飮灰洗胃라고 했던가. 재를 마시고 창자 속의 더러운 것들을 씻는 뜻으로, 악한 마음을 고쳐 선으로 돌아온다는 말이다. 참회 그 자체는 어둠에서 빛으로 소생하는 하나의 생명인 것이다.

174

진리는 함부로 말하지 않는다

치 복 천 하   탐 령 불 견   사 의 각 도   고 우 종 시
癡覆天下하고 貪令不見하며 邪疑却道하나니 苦愚從是니라.

174 미련함이 세상을 덮고 탐욕 때문에 진실을 볼 수 없으며 사악한 의심이 도를 물리치느니,
어리석으면 이를 행하게 된다.

'담뱃불에 언 쥐를 쬐어가며 벗길 놈'이라는 우리 속담이 있다. 언 쥐를
담뱃불에 녹여서 껍질을 벗길 만큼 답답하고 어리석은 자를 일컫는 말이
다. 또 '반편이 명산폐묘名山廢墓한다'는 말도 있다. 못난 사람이 잘난 체하
다 일을 그르친다는 뜻이다.

세상에는 이런 사람들이 수없이 많다. 그들은 언제나 이 세상에서 자기
만은 똑똑한 사람이라고 여기기를 서슴지 않는다. 그들의 미련함은 탐욕
때문에 더해지고 의심 때문에 그 부피를 키운다. 그리하여 마침내는 명산
폐묘하듯 진리를 밟고 올라선다. 얼마나 큰 어리석음인가.

웃어버리기에는 안타까운 이야기 한 토막이 있다. 옛날에 헤르메스가
탐욕과 고약함과 속임수를 가득 실은 수레를 끌고 세계의 곳곳을 돌아다
녔다. 맨 처음 그는 그것을 필요로 하는 사람에게만 나누어주었다. 그러
다가 그가 세계의 한복판에 도달했을 즈음, 갑자기 수레가 산산조각이 나
고 말았다. 그러자 사람들은 마치 보물이라도 되는 것처럼 수레에 실려

있던 짐들을 약탈해가듯 가져가버렸다. 그때부터 세상은 탐욕과 고약함과 속임수로 가득 차버렸다는 것이다.

그 어느 것 하나 악행 아닌 것이 없다. 그러나 한 가지뿐이라 하더라도 진리를 범하진 말라. 진리야말로 함부로 말하지 않을 뿐 결코 그대를 그냥 내버려두지 않는다. 진리는 어디까지나 진리이기 때문이다.

붓다께서 말씀하셨다.

"탐욕의 쾌락에 빠지지 말고 지극히 괴로운 고행에도 빠지지 말라. 이 두 가지를 떠나서 중도가 있다. 중도를 걸어야 안목도 생기고, 지혜도 이루며, 선정을 얻어 열반에 나아간다.

남을 끌어들여 말하지 말고, 사람을 앞에 두고 칭찬하지 말며, 고정관념을 가지고 말하지 말고, 자기의 명확한 입장 없이 말하지 말라. 나라의 풍속과 법을 따르고 그것을 옳다 그르다 시비하지 말라."

지혜로운 자는 함부로 말을 하지 않는다. 한마디 말로 고인 물도 흐르게 할 수 있고 한마디 말로 바윗덩이도 구르게 할 수 있다. 그렇기 때문에 말은 삼가할수록 빛이 나는 것이다.

"말은 꿀벌과 같아서 꿀과 침을 가졌다."

그렇다. 말은 꿀과 침을 동시에 가지고 있다. 그대의 말을 꿀처럼 사용할 것인지, 아니면 침처럼 사용할 것인지, 그것도 아니면 꿀과 침을 섞어서 사용할 것인지는 오로지 그대의 선택에 달려 있다.

175

양심을 개발하고 작용시켜라

여 안 장 군 　　　피 라 고 상 　　　명 인 도 세 　　　도 탈 사 중
如雁裝群하며 避羅高翔하여 明人導世하여 度脫邪衆이라.

175 마치 기러기가 무리를 거느리고 그물을 피해 높이 나는 것처럼
밝은 사람은 세상을 이끌어 사악한 무리를 제도한다.

밝은 빛 속에서 살고 있는 마음이 말했다.

"무슨 잠꼬대를 지껄이고 있는 것인가? 양심이란 인간들이 만들어낸 허수아비에 불과하다. 만약 양심이 따로 있다면 이토록 밝은 빛 속에서 살고 있는 내가 바로 양심이지 달리 무슨 양심이란 게 있단 말인가."

어둠에 깊이 뿌리내린 마음이 말했다.

"천만의 말씀이다. 양심이란 바로 나를 두고 한 말이다. 이 어둠의 빛이 얼마나 휘황찬란한가는 아무도 모를 것이다."

마침내 양심이 입을 열었다.

"너희들 모두 다 틀렸다. 너는 밝음밖에 모르고, 너는 또 어둠밖에 모르고 있다. 그 두 가지를 다 볼 수 있어야 양심이다. 그러니까 너희들은 도무지 나를 볼 수 없지 않은가!"

그럴지도 모른다. 사람들은 서로의 마음마저도 볼 수가 없는데 그보다 더 깊이 자리한 양심을 무슨 수로 볼 수 있겠는가. 그것을 개발하고 작용

시키는 것이 시급한 일이다.

　데이비드 로렌스는 이렇게 말했다.

　"양심은 자라는 것이 아니라 키우는 것이다. 사람은 나이를 먹으면 그 만큼 경험이 많아지는 것은 사실이지만, 경험과 양심은 별개의 것이다. 경험이 사는 길은 양심을 키우는 거름이 되는 데 있다."

176~177
남을 돕는 진솔한 마음가짐이 중요하다

_{일 법 탈 과}　　　_{위 망 어 인}　　　_{불 면 후 세}　　　_{미 악 불 갱}
一法脫過하고 謂妄語人이면 不免後世하나니 靡惡不更이니라.

_{우 불 수 천 행}　　　_{역 불 예 보 시}　　　_{신 시 조 선 자}　　　_{종 시 도 피 안}
愚不修天行하며 亦不譽布施하고 信施助善者는 從是到彼安이니라.

176 한 가지 진리라도 잘못 범하고 함부로 거짓말하는 사람은 후세의 보응을 면치 못하느니,
짓지 못할 악이란 하나도 없다. **177** 어리석은 사람은 열반의 길을 닦지 못하며
또한 보시(布施)까지도 칭찬할 줄 모른다. 어진 사람은 믿음으로 보시하여 그에 따라 편안한 피안에 이른다.

　프랑스 배우 르 루아를 비롯한 많은 배우들은 해마다 몰리에르를 위해 성대한 미사를 올렸다. 어느 해인가 미사를 마친 배우들이 밖으로 나오려 할 때였다. 인기배우 르 루아도 많은 군중을 헤치고 밖으로 나오는 참이었는데, 현관쯤에서 2프랑짜리 지폐가 그의 눈앞을 가리었다. 옆을 돌아다보니 배우 페로디가 거지에게 그 돈을 주기 위해 길게 팔을 뻗고 있었다. 순간 그는 페로디에게서 그 돈을 낚아채듯 받아 쥐고는 거지에게 건네주며 귓속말로 말했다.

　"이 지폐 속에는 내 몫도 들어 있다네."

　남을 돕는다는 것은 참으로 아름다운 일이다. 결코 그 기회를 비켜서거나 거부하거나 모른 척하지 말라. 그 기회야말로 그대에게 다가선 엄청난 축복의 메신저와 다름없다.

　붓다께서 말씀하셨다.

"맨 마지막 남은 한 덩이 밥이라도 자기가 먹지 않고 남에게 베풀면서 털끝만큼도 미워하는 마음을 갖지 말라. 베풀면서 성내는 사람은 보시의 과보를 모르는 것이다. 보시하면서 평등한 마음을 잃어버리면 스스로 타락하고 만다. 베풀면서 인색하면 미움이 마음을 얽어매게 된다."

178

진정한 삶은 그대 밖에 있지 않고
그대 안에 있다

부 구 작 위 재 　 존 귀 승 천 복
夫求爵位財하고 尊貴升天福하며

변 혜 세 간 한 　 사 문 위 제 일
辯慧世間悍이라도 斯聞爲第一이니라.

178 천하의 작위나 재물을 구하는 것보다도, 존귀한 천상의 복을 받는 것보다도, 세상을 압도하는 뛰어난 지혜보다도 설법을 듣는 일이 가장 으뜸가는 일이다.

　아주 오랜 옛날, 이도異道를 받들어 섬기는 다미사라는 왕이 있었다. 하루는 크게 선심을 일으켜 보시를 행하려 했는데, 바라문의 법은 칠보를 산처럼 쌓아두고, 얻으러 오는 모든 사람들에게 한줌씩 집어가게 하는 것이었다.

　붓다께서는 그를 교화시키기 위해 일부러 바라문의 행색으로 차리고 그 나라로 가셨다. 붓다를 만난 왕이 무엇을 구하느냐고 물었다. 붓다께서 대답하셨다.

　"내가 여기까지 먼 길을 온 것은 보물을 얻어 집을 짓기 위함입니다."

　그러자 왕은 한줌을 쥐고 가라고 했다.

　붓다께서는 보물 한줌을 쥐고 몇 걸음 나오시다가 다시 되돌아가서 원래 그 보물이 있던 자리에 갖다놓았다. 왕이 그 까닭을 묻자 붓다께서 대답하셨다.

"이것으로는 겨우 집밖에 지을 수가 없습니다. 장가 들 비용이 필요합니다."

그러자 왕은 다시 세 움큼을 가져가라고 말했다. 붓다께서는 또 조금 전과 같은 행동을 했다. 왕이 다시 묻자 붓다께서 다시 대답하셨다.

"이것으로 장가 들 비용은 됩니다만 밭도, 종도, 말과 소도 없는데 그것들은 어쩌면 좋겠습니까?"

왕은 그렇다면 일곱 움큼을 가져가라고 했다. 붓다께서는 또 조금 전과 같은 행동을 하셨다. 왕이 새삼 그 이유를 묻자 붓다께서 말씀하셨다.

"만약 길흉의 큰일이 생긴다면 어찌하겠습니까?"

그러자 왕은 그 많은 보물을 모조리 내주었다. 붓다께서는 그것들을 받았다가 다시 돌려주었다. 그의 행동을 이상하게 여긴 왕이 그 까닭을 물었다. 붓다께서 말씀하셨다.

"원래 내가 와서 구한 것은 모두 생활에 쓰기 위한 것뿐, 곰곰이 생각하니 세상의 모든 것은 덧없어 오래 갖기가 어렵다. 보물이 산처럼 쌓여 있어도 내게 이익 될 것은 없다. 탐욕이란 고통만 가져오는 것이니, 차라리 무위의 도를 구하는 것만 못하다. 그래서 나는 그 보물을 받지 않는 것이다."

그제서야 다미사 왕은 그 뜻을 깨닫고 다시 가르침을 청했다. 이에 붓다께서는 광명을 나타내시며 크게 설법하셨다.

코끼리는 어금니로 인해 몸을 태운다는 말이 있다. 몸에 지닌 보물이 오히려 해가 된다는 것을 비유하는 말이다. 인생이라는 삶의 텃밭은 그런 것들로 가득 차 있다. 사람들은 오로지 그런 것들에만 눈이 팔려 허둥지

둥대지만, 그것들이 실상은 덧없는 것 중에서도 덧없는 것임을 깨닫지 못하고 있다.

눈을 들어 하늘을 보라. 저 푸른 하늘이 영원한 것처럼 진리 또한 그런 것이다. 무엇 때문에 선하지 않으면서 선한 것같이 하고 괴로우면서도 즐거운 척하는가? 진정한 삶은 그대 밖에 있는 것이 아니라 그대 안에 있는 것임을 명심하라.

제14장

불타품
佛陀品

움직이는 배 위에서
사물을 바라보라

사람의 길을 얻기도 어렵지만 태어나서 오래 살기도 어려운
일이다. 붓다께서 세상에 나시기도 어렵지만 붓다의 말씀을
듣기도 어려운 일이다.

179~180

움직이는 배 위에서 사물을 바라보라

<small>이 승 불 수 악　　　　일 체 승 세 간　　　　예 지 곽 무 강　　　　개 몽 령 입 도</small>
己勝不受惡하고 一切勝世間하여 叡智廓無疆하여 開矇令入道니라.

<small>결 망 무 괘 애　　　　애 진 무 소 적　　　　불 의 심 무 극　　　　미 천 적 령 천</small>
決網無罣礙하고 愛盡無所積이라 不意深無極하여 未踐迹令踐이니라.

179 이미 이겨 악을 받지 않고 세상의 모든 것에서 승리하셨으니 그 예지 넓고 큼이 가이없어 눈을 떠서 도에 들게 하신다. **180** 욕심의 그물 끊어 걸림이 없고 애욕이 다하여 남김이 없는 붓다의 지혜는 깊고 가이없어 아직도 밟지 못한 자취를 밟게 하신다.

"움직이는 배 위에서 그 배 위에 있는 물건을 보고 있으면 배가 움직이고 있는 것을 느끼지 못한다. 그러나 멀리 있는 나무나 언덕을 보고 있으면 배가 움직이고 있다는 것을 금방 알아차릴 수 있다. 그처럼 인생에서도 모든 사람이 걷고 있는 길을 같이 걷고 있을 때는 그것이 눈에 띄지 않지만, 그 중 한 사람이 신을 이해하고 신의 길을 걷고 있다면 다른 사람들이 얼마나 사악한 생활을 하고 있는가를 곧 알게 된다. 그리고 그 때문에 다른 많은 사람들은 그 사람을 추방한다."

파스칼의 이 말은 우리들의 사고를 한결 선명하게 해주는 데 큰 보탬을 준다. 그것은 한 그루의 나무를 이해하거나 한 방울의 물을 이해하려는 노력에서도 마찬가지일 수 있다. 하물며 선악의 명징한 그림을 그려보는 데는 더없이 소중한 것일 수 있는 것이다.

붓다는 마치 우리들이 움직이는 배 위에서 멀리 있는 사물을 바라보며 배의 움직임을 알아차리는 것처럼 그렇게 나타나셨다. 붓다의 출현으로 사람들은 빛과 어둠의 경계를 깨우칠 수 있었고, 선과 악의 뒤섞임에서 그것을 추출하고 분리할 수 있음을 배웠다.

붓다께서 사위성 기원정사에 계실 때였다. 어느 날 한 바라문이 붓다께 문안드리면서 여쭈었다.

"고타마시여, 어떤 사람을 붓다라고 합니까? 그것은 부모가 붙여준 이름입니까? 바라문이 지어준 이름입니까?"

붓다께서 게송으로 말씀하셨다.

"붓다는 지나간 과거생을 보고 그처럼 미래생도 보며, 또한 현세에서 사라지는 모든 것을 다 보며, 밝은 지혜로 모든 것을 훤히 알아, 닦아야 할 것을 빠짐없이 닦고 끊어야 할 것을 남김없이 끊었기 때문에 붓다라고 불린다. 억겁의 세월 동안 살펴보아도 즐거움은 잠시며 괴로움만 남으니 한 번 태어난 것은 반드시 죽어야 하기 때문이다. 그러므로 번뇌망상을 뿌리째 뽑아버려 세상을 바르게 깨달은 이를 붓다라 말한다."

우리는 붓다를 잘 모른다. 그 개념조차도 우리에게는 애매모호할 뿐이다. 사람들은 그저 막연히 붓다를 찾는다. 그리하여 소원을 빌고 그 소원이 성취되기만을 간절히 바란다. 그래서 우리는 『법구경』을 읽는다.

비트겐슈타인은 이렇게 말했다.

"자기 자신에게 억지로 진리를 말하지는 못한다. 사람이 진리를 말하지 못하는 것은 그만큼 착하지 못해서 그런 것은 아니다. 이미 진리 속에 안주하고 있는 자만이 진리를 말할 수 있기 때문이다. 아직도 허위 속에 살고 있고 어쩌다 한번 허위에서 벗어나 진리를 얻은 사람은 진리를 말할 수 없다."

그대 자신의 내면을 탐구하라

_{용 건 립 일 심　　　출 가 일 야 멸　　　근 단 무 욕 의　　　학 정 념 청 명}
勇健立一心하고 出家一夜滅하여 根斷無欲意하니 學正念淸明이라.

181 굳세고 씩씩하게 한마음을 세워서 집을 떠나 밤낮으로 도를 닦으시어 뿌리째 욕심을 없애버리셨으니
그 배움은 바르며 뜻은 맑고 밝으시네.

18세기에 몽골피에가 최초의 기구氣球를 하늘로 띄워올렸다. 그러자 그의 행동은 다른 학자들이나 친구들 사이에서 큰 비웃음의 대상이 되었고, 또 실험이 성공할 것이라고 생각한 사람도 극히 드물었다.

그러나 미국의 정치인이면서 과학자이기도 했던 벤저민 프랭클린은 이 극소수의 사람들 중 한 사람이었다. 어느 날 과학자 한 사람이 프랭클린 앞에서 기구의 상승 실험에 대하여 엄청난 악담을 퍼부었다.

"설령 그 기구가 공중에 올라갔다고 합시다. 그렇다고 해서 그것으로 어떤 목적이 달성되었단 말입니까?"

그러자 프랭클린은 그 과학자에게 되물었다. "그렇다면 당신은 갓난아기가 어떤 목적을 가졌다고 설명할 수 있습니까?"

진리를 향한 정진도 이것과 비슷하다. 눈앞에 보이는 작은 목표 따위와는 전혀 별개의 것이다. '굳세고 씩씩하게 한마음을 세워서 집을 떠나 밤낮으로 도를 닦으시어' 정각正覺을 이루신 붓다처럼 할 수만 있다면 그대

역시 오늘의 이 현실에서 이룰 수 없는 것은 따로 없다.

도스토옙스키는 이렇게 말한다.

"마음속에서부터 진리를 획득하려고 마음먹은 사람은 이미 대단히 강한 사람이 된 것이다. 환멸의 울음소리 같은 것은 어리석은 자의 일이다. 점차로 높이 솟아오르는 건물을 보는 기쁨은, 지금 건물에 한줌의 모래를 얹어놓은 것에 지나지 않는 사람에게도 마음의 허탈감을 축여줄 것임에 틀림없다."

그와 같은 것이다. 진리는 끊임없이 추구하는 데 있다. 흐르고 또 흘러서 쉼 없이 흘러가는 강물처럼 그렇게 앞으로 나아가는 데 있다. 그것이 노력이며 정진이다. 그것이 수행이다.

붓다께서 어느 날 비구들에게 말씀하셨다.

"수행하는 사람이 생각해야 할 여덟 가지를 말하리라. 도道는 욕심을 없애야 얻는 것이지 욕심을 통해 얻어지는 것이 아니다. 도는 만족함을 아는 삶에서 얻어지는 것이지 애착에서 얻어지는 것이 아니다. 도는 시끄러운 곳을 벗어남에서 얻는 것이지 남과 어울려 떠드는 곳에서 얻어지는 것이 아니다. 도는 부지런함에서 얻어지는 것이지 게으름에서 얻어지는 것이 아니다. 도는 바른 생각에서 얻어지는 것이지 사악한 생각에서 얻어지는 것이 아니다. 도는 안정된 마음에서 얻어지는 것이지 산만한 마음에서 얻어지는 것이 아니다. 도는 지혜를 통해 얻어지는 것이지 어리석음에서 얻어지지 않는다. 희론戲論이 아니다. 그러므로 희론을 멀리 벗어나야 도를 얻을 수 있느니라."

182
사람은 다만 던져진 존재일 뿐이다

득생인도난   생수역난득   세간유불난   불법난득문
得生人道難하고 生壽亦難得하며 世間有佛難하니 佛法難得聞이니라.

182 사람의 길을 얻기도 어렵지만 태어나서 오래 살기도 어려운 일이다.
붓다께서 세상에 나시기도 어렵지만 붓다의 말씀을 듣기도 어려운 일이다.

"사람은 다만 던져진 존재일 뿐이다."

하이데거의 이 한마디 말은 나를 엄청난 당혹감 속에 빠뜨렸다. 그것은 마치 기약할 수 없는 어떤 약속과도 같이 느껴졌으며, 어떤 사람의 뇌리에서 잊혀진 사물처럼 허무하게 느껴지기도 했다.

그러나 돌이켜 생각해보면 이 세상의 모든 생명체는 그렇게 던져진 존재일 뿐이다. 누군가로부터 던져질 수 있음은 엄청난 것이다. 그것은 은혜이며 축복이다. 게다가 우리는 오늘 붓다의 말씀까지 들을 수 있는 행운의 시간에 살고 있지 않은가. 우리는 그러한 엄청난 축복이 축복인 것도 모르고 살아가고 있다. 우리들의 어리석음은 또 얼마나 끝이 없는가.

붓다께서 정각正覺을 이루신 뒤 설법을 위해 베나레스 지방으로 가시다가 이교도인 우바카를 만났다. 그가 말했다.

"존자여, 당신의 얼굴은 참으로 광명에 넘쳐 있습니다. 당신은 누구에 의해 출가하셨고 누구를 스승으로 모셔 가르침을 받았습니까?"

붓다께서 말씀하셨다.

"나는 모든 것을 이긴 자요, 일체를 아는 사람. 나는 모든 번뇌로부터 자유롭고, 모든 굴레에서 벗어났노라. 스스로 욕망을 파괴하여 자유를 얻었고 위 없는 지혜를 성취하였거늘 누구를 스승으로 삼으랴. 나에게는 스승이 없고 천상에서나 지상에서나 견줄 자가 없다. 나는 이 세상의 성자요, 가장 높은 스승이며, 진리를 깨달은 붓다이니라. 모든 감정으로부터 고요함을 얻었고 홀로 열반을 증득하였다. 이제 법을 설하러 베나레스로 가거니 어둠의 세상에 불사不死의 북을 울리리라."

이 엄청난 말씀에 우바카는 깜짝 놀라고 만다. 그는 아마도 자기의 귀를 의심했을 것이다. 그는 마침내 도망치듯 붓다 곁에서 떠나버린다.

파스칼이 말했다.

"사람은 오직 세 가지 종류가 있을 따름이다. 하나는 신을 찾고 그 신께 봉사하는 사람, 다른 하나는 신을 찾을 수도 없고 또 찾으려고 하지도 않는 사람들이다. 이런 사람들은 지혜도 없고 또 행복하지도 않다. 셋째는 신을 찾아낼 능력은 있으나 찾으려고 하지 않는 사람들이다. 이 사람들은 지혜는 있을지 몰라도 아직 행복하지는 않은 사람이다."

그런 것이다. 진리는 진리를 위해 눈을 뜬 사람만이 만나볼 수 있다. 진리의 샘가에서 쉴 새 없이 두레박질을 계속하는 사람만이 그것을 건져올릴 수 있다. 삶은 도처에서 진행되지만 그 진행의 흐름 속에 몸을 담는 사람과 그렇지 않은 사람은 부득이 헤어질 수밖에 없다.

그래서 사람은 언제나 혼자인 것이다. 홀로 있을 수 있는 그 신비한 시간 속에 젖어들라. 그 시간이야말로 그대를 진정한 인간으로 만들어줄 것이다. 그대 역시 '다만 던져진 존재일 뿐'이기 때문이다.

183~184
붓다의 말씀을
오늘 그대의 삶에 적용시켜라

제 악 막 작　　제 선 봉 행　　자 정 기 의　　시 제 불 교
諸惡莫作하고 諸善奉行하며 自淨其意이면 是諸佛敎니라.

인 위 최 자 수　　이 원 불 칭 상　　사 가 불 범 계　　식 심 무 소 해
忍爲最自受이며 泥洹佛稱上이니 捨家不犯戒하여 息心無所害하라.

183 모든 악을 만들지 않으며 모든 선을 받들어 행하며 스스로 그 뜻을 깨끗이하는 것이 모든 붓다의 가르침이다.

184 인욕하는 것은 스스로를 지키는 훌륭한 길이며 열반의 으뜸이라고 붓다께서 말씀하셨다.
출가했다면 계를 범하지 말고 마음으로부터 남을 해치지 말라.

일반적으로 정진한다는 것은 정력을 다하여 앞으로 나아가는 것을 뜻하지만 불가佛家에서는 그렇게 단순한 말로 쓰이지 않는다. 불가에서의 정진이란 속된 생각을 버리고 선행을 닦아 오로지 불도에만 열중하는 일을 의미한다.

붓다께서 사위성 기원정사에 계실 때였다. 어느 날 새벽에 한 천자가 붓다께 문안드리고 여쭈었다.

"무엇으로 흐르는 물을 건너고 무엇으로 넓은 바다를 건너며, 어떻게 해야 괴로움을 버리고 어떻게 해야 맑고 깨끗해집니까?"

붓다께서 말씀하셨다.

"믿음으로 모든 흐름을 건너고 게으르지 않음으로 넓은 바다를 건너며, 정진이 모든 고통을 버리게 하고 지혜로써 맑고 깨끗하게 되느니라."

수행하는 일은 결코 가볍거나 쉬운 일이 아니다. 나 자신을 나에게 던져놓고 스스로 갈고 닦는 일이며 믿음과 노력과 정진과 지혜가 함께 어우러져야 이룰 수 있는 일이다. 그것은 무엇보다도 인내를 바탕으로 해야 한다. 불이 필요하다면 남에게서 불을 구하려들기보다는 스스로 부싯돌을 가지고 불을 일으켜야 한다.

붓다의 말씀을 오늘을 살아가는 그대의 삶에 적용시켜라. 그대는 이루지 못할 것이 없다. 그대야말로 훌륭한 삶을 창출해낼 수 있다. 붓다의 말씀은 과거나 미래를 위한 것이 아니다. 오늘 이 시간을 위해서 그대 곁에 있는 것이다. 아직도 그 사실을 모르고 있다면 그대는 참으로 불행한 사람이다.

세네카는 「행복한 생활」에 이렇게 썼다.

"고개에 오르려고 하다가 꼭대기에 이르지 못했다 하더라도 얼마나 칭찬할 만한 일인가. 중도에서 넘어진다 해도 커다란 일을 위해 애쓰는 사람들을 존경하라. 현재의 힘이 아니라 본성의 힘을 되돌아보고 애쓰면서 고매한 일을 시험해본다거나, 초인적인 정신의 소유자도 해치울 수 없는 일보다 더 커다란 일을 마음에 그려본다는 것은 대단히 귀중한 일이다."

그대가 만약 뛰어난 예술가가 되고 싶다면 예술의 사문이 되라. 훌륭한 정치인이 되고 싶다면 정치의 사문이 되라. 그대가 정진하는 과정 속에 충분히 그 길은 있다. 열반의 길이 따로 있는 것이 아니다. 그대의 성공적 삶이 곧 열반일 수 있는 것이다.

욕망에 한번 흔들리기 시작하면 끝이 없다

불요역불뇌　　　여계일체지　　　소식사신탐　　　유행유은처
不嬈亦不惱하여 如戒一切持하며 少食捨身貪하고 有行幽隱處하여

의체이유힐　　시능봉불교
意諦以有黠이면 是能奉佛敎니라.

> 185 남을 희롱하거나 괴롭히지 않으며 계율을 지녀 삼가 모든 것을 지키고,
> 음식을 적게 먹어 몸의 탐욕을 버리고 고요한 곳에서 선행을 닦으면 밝은 마음과 지혜로움이 있어
> 능히 붓다의 가르침을 받들 수가 있다.

　　러시아의 어느 조용한 시골 마을에 파홈이라는 농부가 살고 있었다. 그는 머슴살이 끝에 얼마의 돈을 모으게 되자 볼가 강을 건너면 땅값이 싸다는 소문을 듣고 그리로 이사해서 편하게 살던 참이었다.

　　어느 날, 나그네 하나가 그의 집에 들러 바시키르란 곳에 가면 땅을 헐값으로 그냥 얻어 가질 수 있다며 증빙서류까지 보여주는 것이었다. 그 말에 마음이 흔들린 파홈은 곧장 집을 떠나 7일 동안이나 걸어서 바시키르에 도착했다.

　　마을의 이장이 나와 그를 맞으며 말했다. "해가 뜬 후에 이곳을 출발하여 당신이 갖고 싶은 땅을 표시만 해놓는다면 그것은 모두 당신 땅이 됩니다. 값은 하루분에 1천 루블이면 됩니다. 다만 해가 질 때까지 출발점으로 되돌아오지 않으면 그 모든 것은 허사가 되고 맙니다."

　　파홈은 해가 뜨기 무섭게 재빨리 표시를 하며 돌아다녔다. 보다 많은

땅을 차지하기 위해 기진맥진하여 달렸다. 이윽고 해가 기울기 시작하자 그는 정신없이 출발점으로 되돌아서 달렸다. 그가 돌아오는 길가에는 많은 마을 사람들이 나와서 그를 격려해주었다.

그러나 그는 엄청난 피로에 지쳐 있었다. 그가 피를 토하며 숨이 끊어진 것은 장엄한 태양이 서녘 지평선으로 막 가라앉는 시각과 거의 같은 순간이었다. 그의 하인들은 눈물을 글썽이며 상전을 묻기 위해 삽을 들고 땅을 팠다. 파홈의 몸뚱이가 들어갈 만한 구덩이가 파졌고, 그 구덩이는 이제 그에게 필요한 땅의 전부였다.

이 러시아 민화는 욕심덩어리가 눈덩이처럼 불어나면서 굴러가는 모습이 눈앞에 선명하게 드러나는 이야기다. 욕심이란 방향을 정해 굴러가기 시작하면 좀체 그 걸음을 멈추지 않는다. 주변을 둘러보지 않기 때문이며, 자기 자신의 내면을 들여다보지 않기 때문이다.

팔트가 말했다. "당신이 당신으로서 이 세상에서 지니고 있는 것을 잘 이용하라. 자기 몸에 맞지 않는 욕망에 들뜨는 것은 치수가 안 맞는 남의 의복을 빌려입고 싶어하는 것과 다름없다. 당신에게는 당신의 노래가 있다. 그대의 노래를 발견할 때 그대는 행복하리라. 자기의 몸과 마음과는 딴판인 다른 어떤 사람이 되고자 하지 말라. 그것은 불행의 시초다."

욕망에 한번 흔들리기 시작하면 끝이 없다. 그것은 곧장 괴로움이란 것을 불러들인다. 그리고 죽음에까지 이르게 한다. 얼마나 무서운 구속이며 무서운 적인가.

붓다의 가르침은 언제나 그 바깥에 있다. 이미 그런 모든 것들을 건너버렸기 때문이다. 그대 내면에 밝은 마음과 지혜로움이 싹트지 않는 한 그대는 결코 붓다를 만나볼 수 없다.

186~187

불가능이 있을 것
같지 않은 것에 대한 신뢰

천우칠보   욕유무염   낙소고다   각자위현
天雨七寶라도 欲猶無厭이니 樂少苦多라 覺者爲賢이니라.
수유천욕   혜사무탐   낙리은애   위불제자
雖有天欲이라도 慧捨無貪하고 樂離恩愛라 爲佛弟子니라.

186 하늘이 칠보를 비처럼 내려도 욕심은 오히려 배부를 줄 모르느니, 즐거움은 잠깐이요 괴로움이 많은 것을,
어진 이는 이것을 깨달아 안다. 187 비록 하늘의 즐거움을 얻을 수 있어도
슬기롭게 이를 버려 탐하지 않고 사랑도 즐겁게 떠날 줄 아는 이를 일러 붓다의 제자라 한다.

　　세상에서 가장 애착이 가는 것은 혈연일 것이다. 부모형제가 그렇고 친
척과 친지가 그렇다. 다음으로 가장 애착이 가는 것은 부귀한 삶에서 빚
어지는 탐욕을 꼽을 수 있다. 그 모든 인연의 굴레에서 벗어나지 못한다
면 어느 누구도 불도佛道의 길에 전념할 수 없을 것이다.

　　애착이란 애정에 사로잡혀 단념할 수 없는 상태나 자기의 소견이나 소
유를 지나치게 생각하는 것을 일컫는 말이다. 그런 애착의 상태에서 무엇
을 배울 수 있으며 어떤 깨달음을 얻을 수 있겠는가.

　　언젠가 캘리포니아의 선박이 난파했을 때 승객의 한 사람이었던 광부
가 금괴 2백 파운드를 넣은 띠를 몸에 두른 채 해저에 가라앉아 있는 것이
발견되었다. 그가 바다 밑에 가라앉았을 때에도 금을 가지고 있었다고 말
할 수 있을 것인가? 아니면 금이 그를 가지고 있었다고 할 것인가?

마찬가지다. 그 광부가 금괴를 지니고 있었기 때문에 바닷속 깊숙이 가라앉은 것처럼 애착하는 모든 것과 함께하거나 따르는 자를 모두 떼어버리지 않는다면 배움이라는 빛을 만나기도 전에 가라앉고 만다. 어리석은 자와 함께하는 것 역시 금괴를 매단 것과 다른 차이가 없다.

세상을 사는 이치도 이와 같은 것이다. 자, 그대는 참으로 어쩔 셈인가? 어느 쪽을 택할 셈인가? 그대의 선택이 그대의 삶을 좌우한다.

톨스토이가 말했다.

"종교를 갖지 않은 인간에게는 세계와의 어떠한 관계도 있을 수 없다. 그것은 심장이 없는 인간처럼 있을 수 없는 것이다. 어쩌면 인간은 스스로에게 종교가 있음을 의식하지 못하는 것일 뿐인지도 모른다. 마치 평소에 심장을 의식하지 못하는 것처럼. 종교를 갖지 않은 인간은 심장을 갖지 않은 인간과도 같이 생존하기 어려운 것이다."

그래서 붓다께서도 믿는 자는 진실로 사람 중의 으뜸이라고 했다. 법을 외우면 삶이 편안해지고 그것을 가까이하는 사람은 높은 뜻을 얻게 된다고 했다.

멸도滅道란 붓다가 되어 생사를 초월하는 것을 뜻한다. 다시 말해서 일체의 번뇌를 끊어서 열반의 경지에 이르게 된다는 말이다. 그러한 멸도를 이루기란 얼마나 어려운 일이겠는가.

쉽지 않은 일이지만 노력하기에 달려 있다. 스스로의 삶을 되돌아볼 줄 알며, 스스로의 삶을 가장 깊숙이 들여다볼 줄 알아야 한다. 신앙이야말로 불가능이 있을 것 같지 않은 것에 대한 신뢰가 아니겠는가.

188~189
미신과 종교는
원숭이와 인간의 차이와 같다

혹 다 자 귀　　　산 천 수 신　　　　묘 립 도 상　　　제 사 구 복
或多自歸하고 **山川樹神**하여 **廟立圖像**하고 **祭祠求福**이라.

자 귀 여 시　　　비 길 비 상　　　피 불 능 래　　　도 아 중 고
自歸如是면 **非吉非上**이니 **彼不能來**하여 **度我衆苦**니라.

188 세상의 많은 사람들이 산이나 내, 우거진 숲에 사당을 세우고 신상(神像)을 만들어 제사를 드리며 복을 구한다.
189 스스로 의지함이 이 같다 해도 그것은 좋은 것도 아니요 귀한 것도 아니다.
　　　그러한 것들이 나타나서 우리의 온갖 괴로움을 건져줄 수는 없다.

"행복한 사람은 안심하지 않기 위하여, 행복하지 못한 사람은 의지하기 위하여, 불행한 사람은 굴복하지 않기 위하여 각각 신앙을 필요로 한다."

그렇다. 훔볼트의 말처럼 사람들은 무언가 두려움에 싸여 있다. 그래서 산이나 강, 우거진 숲속 같은 곳에 사당을 세우고 제사를 드려 행복을 기원한다. 눈에 보이지 않는 두려움이 모든 사람들을 얽어매고 있다. 사람들은 두려움에 떨며 오히려 그 얽매임으로부터 더욱 철저하게 구속당하기를 바라기까지 한다. 그것이 미신이다. 진리의 결핍에서 비롯되는 증상 가운데 가장 두드러진 증상이다.

붓다께서 코살라국의 손타리 강가에 계실 때였다. 근처에서 배화교를 믿는 바라문이 제사를 마치고 출가 수행자에게 제사 음식을 공양올리고 있었다. 그러나 삭발한 붓다를 보고서는 바라문이 아니라 생각하고 음식

을 다시 가져가려 했다. 그러다가 오직 사문만이 머리를 깎는 것이 아니고 바라문 가운데에서도 머리를 깎는 사람이 있다는 것을 생각하곤 신분을 물어보기 위해 붓다께 여쭈었다. "당신은 어느 계급입니까?"

붓다께서 게송으로 대답하셨다. "나에게 어떤 계급인가를 묻지 말고 어떤 일을 하느냐고 물어라. 나무도 비비고 비비면 불을 일으킬 수 있으니 천한 계급에서도 숭고한 성자가 나올 수 있다. 지혜로워 부끄러워할 줄 알고 꾸준히 노력하여 자기를 잘 항복받아, 깨달음을 이루어 청정한 범행梵行을 닦았노라. 그대가 받들어 공양을 베풀 때는 바로 지금이다."

바라문은 신심을 내어 공양을 올리려 했으나, 붓다께서는 게송을 읊었기 때문에 올리는 공양이라며 받지 않으시고 벌레 없는 물속에 버리게 했다. 그러자 물이 끓어올랐다. 바라문은 놀라고 겁이 나서 다시 언덕으로 올라가 나무를 모아놓고 불에 제사를 지냈다. 이것을 보신 붓다께서 말씀하셨다.

"너 바라문은 나무를 모아 불을 피워 제사 지내면서 재앙을 물리칠 수 있는 청정한 도道라 생각하지 말라. 너는 나무를 모아 불을 피우는 것을 버리고 불이 타듯 왕성한 믿음으로 부지런히 노력하여 곳곳에 있는 바른 수행자들에게 공양을 마련하도록 해라. 욕심의 불길이 항상 너의 마음을 태우느니, 스스로 항복받아 마음속의 불길을 끄도록 해라."

미신은 아주 하찮은 일에서도 신을 들먹거린다. 나약한 인간의 마음이 그것을 부추긴다. 그러면서 그들은 위로받으며 자기의 신을 만나는 것이다. 베이컨은 미신과 종교는 원숭이와 인간의 차이와 마찬가지라고 했다. 얼마나 뼈 있는 말이며 뼈아픈 말인가. 아무리 금빛 찬란한 옷자락을 걸쳤더라도 원숭이는 다만 원숭이인 것이다.

190~192
믿고 받드는 가운데서
자기를 발견하라

여유자귀　　　　 불법성중　　　 도덕사제　　　필견정혜
如有自歸하여 佛法聖衆이면 道德四諦로 必見正慧니라.

생사극고　　　　 종제득도　　　 도세팔도　　　사제중고
生死極苦나 從諦得度라 度世八道는 斯除衆苦니라.

자귀삼존　　　　 최길최상　　　 유독유시　　　도일절고
自歸三尊이면 最吉最上이니 唯獨有是하여 度一切苦니라.

190 스스로 거룩한 붓다와 그 가르침과 성중에 귀의하면 도덕의 사제로서 반드시 바른 지혜를 얻게 된다.
191 생사는 극히 괴로운 것이지만 진리를 따르면 건널 수 있다. 세상을 제도하는 여덟 가지 길은
온갖 괴로움을 없애주는 것이다. **192** 스스로 삼보에 귀의하는 것이 가장 좋고 가장 으뜸이다.
오직 이 귀의가 있어서 모든 괴로움을 건널 수 있다.

　붓다께서 바라나시 선인들이 사는 녹야원에서 제자들에게 말씀하셨다. "올바르게 살펴야 할 네 가지 진리四聖諦가 있다. 중생의 현실은 고통과 괴로움이라 보는 것이요, 그 고통과 괴로움은 무엇 때문에 일어나는가를 살피는 것이며, 고통과 괴로움을 넘어서 열반의 세계가 있음을 깨닫는 일이요, 그 열반에 도달하는 길을 살피는 것이다. 현실이 고통이라 자각하고, 고통의 원인을 잘 알아서 끊어버리며, 열반을 증득할 수 있음을 자각하여, 바른 수행을 닦아 쌓으면 이 사람은 빗장과 자물통이 없는 이요, 구덩이를 평평하게 한 사람이다. 그 사람은 모든 험난한 어려움을 건넌 현성賢聖이라 불리며, 성인의 깃발을 바로 세운 사람이라 할 수 있느니라. 다

시 말해, 욕심 세계의 다섯 가지 번뇌를 이미 떠났기 때문에 빗장과 자물통이 없다 하고, 무명을 끊었으므로 구덩이를 평평하게 함이요, 생사윤회의 흐름을 초월하였으므로 어려움을 건넜다 하고, '나'라는 교만을 끊어버려 바르게 '나'를 세웠으니 성인의 깃발을 세웠다 하는 것이다."

신앙이란 귀의하여 믿고 받드는 것을 의미한다. 그 가운데서 자신을 발견하고, 발견한 자신을 어떤 경우에도 잃지 않는 것이 신앙이다. 사람들은 그러한 신앙과 함께 자기의 삶 속에 안주하기를 좋아한다. 그들은 이미 삶이란 죽음과 마찬가지로 괴로움덩어리란 것을 깨닫고 있기 때문이다. 참으로 막연한 생각이지만 신앙이란 그들의 괴로움을 자신들의 삶으로부터 단절시켜줄 수 있는 유일한 위안처라고 믿고 있기 때문이다.

아그네스 고왈츠는 이렇게 말했다.

"괴로움에는 여러 종류가 있다. 자신의 의무를 다하기 위한 괴로움이 있고, 운명과 싸우며 견디는 괴로움도 있고, 한걸음 나아가서는 무엇인가 좋은 일을 하고 올바른 것을 지키기 위한 괴로움도 있다. 이 모든 괴로움은 신체에 양식이 필요하듯 우리에게 정신적인 양식이 될 수도 있다. 편한 것만을 원하는 것은 영혼을 위태롭게 하는 결과가 될 것이다. 괴로움을 이겨나가지 않고는 스스로의 영혼을 구하지 못한다."

그래서 우리는 붓다께서 설하신 사성제를 깨우치려 애쓴다. 그 말씀을 깨달음으로 해서 바른 지혜를 얻을 수 있고 팔정도八正道를 깨달음으로써 괴로움에서 벗어나려는 것이다.

그 괴로움의 터널 속으로 깊이 진입하라. 진리를 향해 달리는 도중에 일시적으로 만나게 되는 어둠은 반드시 그 빛을 보장해준다. 언젠가 그대는 그 빛을 만나게 될 것이다. 쉼 없이 나아가라.

193~194

붓다의 출현은
은혜이며 즐거움이다

명인난치　　　　역불비유　　　기소생처　　족친몽경
明人難値하고 亦不比有니 其所生處에 族親蒙慶이니라.

제불흥쾌　　　　설경도쾌　　　중취화쾌　　　화즉상안
諸佛興快하고 說經道快하며 衆聚和快니 和則常安이니라.

193 이토록 밝은 사람은 만나기도 어렵지만 또 흔히 있지도 않다.
그분이 태어나신 곳은 어디서나 온 겨레가 은혜를 입는다. **194** 모든 붓다의 나심은 즐거움이며
법을 설하심도 즐거움이다. 무리가 모여 화합하는 것은 즐거움이며 화합함으로써 항상 편안해진다.

붓다께서 출가하셨을 때는 다만 혼자였다. 고뇌와 고민은 오로지 그에게만 국한된 문제였다. 그러나 붓다의 깨달음은 마침내 그를 혼자일 수 없게 했다. 많은 사람들을 위한, 중생 제도로의 열린 마음이었던 것이다.

붓다께서 코삼비국의 코시타 동산에 계실 때였다. 그때 구심이란 비구가 있었는데, 항상 싸우기를 좋아해서 남을 앞에 두고 욕을 하며 칼이나 몽둥이를 잘 휘두르곤 했다. 붓다께서 구심에게 말씀하셨다.

"너희 비구들은 싸우지 말고 서로 시비하지 말라. 너희들은 한 스승 밑에서 배웠으니 서로 화합하기를 우유와 물이 잘 섞이는 것처럼 하라."

"세존이시여, 그런 걱정은 하지 마소서. 저도 그런 이치쯤은 잘 알고 있고 싸움의 허물도 잘 알고 있습니다."

"너희들은 누구를 위해서 도를 닦고 있느냐? 생사의 고통을 벗어나기

위해서 도를 닦는 것이 아니겠느냐. 세상은 무상하여 오래 가지 못한다. 너희들은 도를 닦으면서 공연히 서로 다투지 말라. 서로 때리지도 말고 욕하지도 말라. 남이 잘하는 것도 보지 말고 잘못하는 것도 보지 말라. 자비로운 마음으로 모든 중생을 가엾이 여겨, 모든 생명에게 근심걱정을 끼치지 않는 것, 그것이 내가 항상 칭찬하는 것이다."

그렇다. 오늘 이렇게 붓다의 말씀을 들을 수 있음은 얼마나 큰 은혜인가. 그리고 또 얼마나 큰 즐거움이며 아름다운 축복인가. 이 진리야말로 우리를 영원히 자유롭게 해줄 것이다. 괴테가 말했다.

"진리는 횃불이다. 그것도 거대한 횃불이다. 그러므로 우리들은 모두 실눈을 뜨고 그 옆을 지나치려고 한다. 화상 입을 것을 겁내며."

도끼에 찍힌 상처가 아무리 크다 할지라도 마음의 상처보다는 아프지 않다. 시위를 떠난 화살이 어떤 실수를 범하더라도 내 마음의 어리석음에는 비유할 것이 못 된다. 그것은 어떤 사람도 치유할 성질의 것이 아니다. 오로지 설법을 듣는 길만이 아픔과 어리석음을 제거할 수 있는데 사람들은 그냥 지나치려 한다. 어쩌면 파스칼이 말했던 것처럼 '진리가 자기의 죄업을 증명하지 않을까 진리를 겁내고' 있기 때문인지도 모른다.

소경은 이것을 좇아 눈을 얻고, 어둠은 이것을 좇아 촛불을 얻으며, 마치 눈뜬 사람이 눈 없는 사람을 이끄는 것과 같은데도 사람들은 그 거대한 횃불인 진리에 화상 입을 것을 겁내며 비켜가는지도 모른다.

그러나 결코 그렇지가 않다. 법法은 그대에게 화상을 입히거나 그대의 죄업을 증명하려들지 않는다. 법은 그대의 우산이며 화로이며 샘물이기 때문이다. 가까이 다가갈수록 그 우산은 넉넉하며 그 화로는 따뜻하며 그 샘물은 정갈하다.

195~196

신앙의 계기는
아주 작은 일에서 비롯된다

견제정무예 이도오도연 불출조세간 위제중우고
見蹄淨無穢하고 已度五道淵하며 佛出照世間하여 爲諦衆憂苦니라.

사여중정 지도불간 이재사인 자귀불자
士如中正하여 志道不慳하면 利哉斯人이며 自歸佛者니라.

195 진리로 깨끗이하여 더러움이 없고 이미 오도(五道)의 깊은 못을 건너신 붓다께서 오셔서 온 세상을 비추어 온갖 근심과 괴로움을 지우시네. **196** 사람이 만약 치우침 없이 도에 뜻을 두고 인색하지 않으면 이롭구나, 이 사람이여! 스스로 붓다께 귀의하리라.

"위대하셔라 대덕大德이시여, 위대하셔라 대덕이시여. 이를테면 넘어진 것을 일으키심과 같이, 덮인 것을 나타내심과 같이, 헤매는 이에게 길을 가르치심과 같이, 또는 어둠 속에 등불을 가지고 와서 눈 있는 이는 보라고 말씀하심과 같이, 이처럼 세존께서는 온갖 방편을 세우시어 법을 설하여 밝히셨나이다. 저는 이제 세존께 귀의하옵니다. 또 법法과 승가僧伽에 귀의하옵니다. 원컨대 오늘로부터 시작하여 목숨을 마칠 때까지, 세존께 귀의하옵는 신자로서 저를 받아들여주시옵기 바랍니다."

이것은 붓다의 가르침에 의지하여 귀의하게 된 사람들, 이른바 우바새로서의 전형적인 신앙 고백이다. 불佛이나 세존世尊이나 여래如來라고 하는 것은 모두가 교조인 붓다를 일컫는 말이다. 그리고 법은 붓다의 가르침을, 승가는 불교 교단을 뜻한다. 이처럼 불, 법, 승은 곧 불교의 세 기둥이나 마찬가지다. 어느 것 하나만 제외되더라도 종교로서의 불교는 존재할 수 없기 때문이다. 이것을 일컬어 삼귀의, 즉 삼보에 귀의한다고 한다.

어느 날 붓다께서 숲속을 거닐고 있는데 한 젊은 여자가 다급하게 옆을 스쳐 지나갔다. 잠시 후 어떤 젊은이들이 나타나서 붓다에게 여쭈었다.
"저희는 지금 도망친 한 여인을 찾고 있습니다. 혹시 그 여인을 보지 못했습니까?"

붓다께서 대답하셨다.

"젊은이여, 도망친 여인을 찾는 일과 잃어버린 자기를 찾는 일 중에 어느 쪽이 더 소중한가?"

그 말을 들은 젊은이들은 붓다의 말씀 한마디에 그 자리에 주저앉아 붓다의 가르침을 받드는 비구가 되었다.

신앙의 계기는 일상의 아주 작은 일에서 비롯된다. 깨달음 또한 그렇게 온다. 일부러 엄청나게 큰 사건을 만들어서 신앙의 계기로 삼으려 해도 의도한 것처럼 이루어지지 않는다. 삶이 단순함 속에 복잡한 것을 간직하고 있듯이 신앙 또한 그렇다.

주베르는 『팡세』에서 이렇게 말했다.

"신앙심은 일종의 수치심이다. 수치심이 우리들의 눈을 감게 하는 것처럼, 신앙심도 모든 금단의 것 앞에서 우리들의 사상을 눈감게 한다."

수치심이란 부끄러움을 아는 마음이다. 부끄러움을 모르는 자는 어떤 경우에도 신앙에 귀의하기 힘들다. 왜냐하면 부끄러움이야말로 양심의 꽃이기 때문이다. 양심의 꽃을 피울 줄 모르는 사람이라면 아, 그는 어디에 서 있더라도, 참으로 부끄러운 곳에 서 있더라도 부끄럽지 못한 자이리라.

제15장

안락품
安樂品

마음을 맑고 깨끗함으로
가득 차게 하라

나의 삶은 이미 편안하여 근심 속에서도 걱정하지 않는다.

사람들마다 근심이 있지만 내가 가는 길에는 근심이 없다.

197~198

원망하는 마음은
불행을 불러들인다

아 생 이 안　　불 온 어 원　　　중 인 유 원　　　아 행 무 원
我生己安하니 不慍於怨이라 衆人有怨이나 我行無怨이니라.

아 생 이 안　　불 병 어 병　　　중 인 유 병　　　아 행 무 병
我生己安하니 不病於病이라 衆人有病이나 我行無病이니라.

197 나의 삶은 이미 편안하여 원망 속에서도 성내지 않는다. 사람들마다 원망이 있지만
내가 가는 길에는 원망이 없다. **198** 나의 삶은 이미 편안하여 병든 속에서도 병을 앓지 않는다.
사람들마다 병이 있지만 내가 가는 길에는 병이 없다.

　여우 한 마리가 해를 끼친 농부로부터 크게 진노를 샀다. 여우를 원망하며 이를 갈던 농부는 여우를 잡자 아주 호된 앙갚음을 해주리라 마음먹었다. 그는 여우 꼬리에 기름먹인 밧줄을 동여매고 불을 붙인 다음 옆구리를 발로 걷어찼다. 한결 마음이 후련해진 농부는 죽을 힘을 다해 달아나는 여우를 보며 통쾌해했다. 그런데 놀란 여우의 발길이 농부의 밀밭으로 줄달음치는 게 아닌가. 그 밀밭은 밀이 다 여물어 이제 막 거둬들일 참이었다. 농부는 불길에 휩싸인 밀밭을 바라보며 겨우 여우의 꽁무니를 뒤쫓아가는 것이 고작이었다.

　그와 같은 것이다. 원망하는 마음은 불행을 불러들인다. 그 원망이 곧장 자기 자신에게 돌아오기 때문이다.

　붓다께서 말씀하셨다.

"남을 원망하지 말라. 남이 나를 원망하여도 그에게 원망으로 갚지 말라. 악을 보더라도 악한 마음을 품지 말고 마땅히 교만한 마음을 굴복시켜야 한다. 원망하지도 않고 해치지도 않으면 성인의 지위에 이를 수 있다. 나쁜 마음으로 성내더라도 큰 바위처럼 마음을 흔들리지 않게 하라. 유능한 마부가 달리는 말을 멈추게 하듯 울화가 치밀어오를 때 마음을 잘 참아 이겨야 한다."

199~200
마음을 맑고 깨끗함으로
가득 차게 하라

_{아생이안} _{불척어우} _{중인유우} _{아행무우}
我生己安하니 不感於憂라 衆人有憂나 我行無憂니라.

_{아생이안} _{청정무위} _{이락위식} _{여광음천}
我生己安하여 清淨無爲하며 以樂爲食하나니 如光音天이니라.

199 나의 삶은 이미 편안하여 근심 속에서도 걱정하지 않는다.
사람들마다 근심이 있지만 내가 가는 길에는 근심이 없다. **200** 나의 삶은 이미 편안하여 맑고 깨끗함으로써
가진 것이 없다. 즐거움으로 양식을 삼아 마치 광음천(光音天)과도 같다.

"담요자락에 비죽이 비어져나온 조그마한 실밥이 혹시 강철 바늘처럼
단단하고 날카롭고 위험한 것은 아닐까 하는 불안한 심정, 잠옷에 달린
작은 단추가 혹시 나의 머리보다도 크고 무거운 것은 아닐까 하는 불안한
근심…머릿속에서 어떤 숫자가 점점 커지기 시작하더니 마침내 내 머릿
속에 들어앉을 자리가 없게 될 것 같은 불안, 그리고 걱정 근심들…."

이것은 릴케의 『말테의 수기』에 나오는 몇 구절로 이처럼 쓸데없는 걱
정이나 지나친 근심을 일컬어 우리는 기우라고 말한다.

옛날 주周나라 때 기杞라는 나라에 만사를 근심만 하는 사내가 있었는
데, 천지가 무너지면 어쩔까 하는 불안 때문에 밤잠도 자지 못하고 밥도
넘기지 못했다는 것이다. 그러다 하늘은 공기가 쌓여 있는 것이고 땅은
사방에 가득 차 있으므로 염려할 것 없다는 설명을 듣고서야 비로소 안심

했다고 한다. 이런 고사에서 기우란 말이 유래되었다.

　마음을 즐겁게 하여 살아가라. 수심이 가득한 마음은 넘치려는 술잔처럼 받치고 있기가 힘들다고 하지 않던가. 그래서 『구약성서』의 '잠언'은 이런 교훈을 남겨두었다.

　"마음이 즐거우면 앓던 병도 낫고, 속에 걱정이 있으면 뼈도 마른다."

201

마음을 빼앗기면
눈은 아무것도 보지 못한다

---

^{승즉생원} ^{부즉자비} ^{거승부심} ^{무쟁자안}
勝則生怨하고 負則自鄙니 去勝負心하여 無爭自安이니라.

> **201** 승리할 때는 원망을 사고 패배하면 스스로 비굴해진다.
> 승부의 마음 모두 떠나서 다툼이 없으면 스스로 편안해진다.

카알 힐티는 병이 생겼으면 그 병은 육체의 병이지 마음의 병은 아니라고 했다. 성한 다리가 절룩거리면 그것은 어디까지나 다리에 생긴 고장이지 마음에 생긴 고장은 아니라는 것이다. 그래서 이 한계를 분명히 안다면 언제나 마음을 온전히 보전할 수 있다고 했다. 그러면서 이렇게 덧붙였다.

"남이 나를 욕한다면 욕한 사람의 입이 고장난 것이지 내 마음에 고장이 난 것은 아니다. 우리는 너무도 자신의 마음과 관계없는 일에 머리를 쓰고 괴로워한다. 그러한 괴로움은 떨쳐버려야 한다. 내 뜻과 마음은 무엇에도 다치지 않고 내가 잘 보전할 수 있는 것이다."

한 마리의 뱀이 시골 사람의 아이를 죽였다. 이에 격분한 아이의 아버지는 도끼를 들고 뱀구멍 앞에서 뱀을 기다렸다. 뱀이 나타나기 무섭게 내려칠 심산이었다. 마침내 뱀이 머리를 내밀자 그는 힘껏 도끼를 내리쳤다. 그러나 뱀을 맞추지 못하고 대신 바위에 흠만 냈다. 그런 뒤 그 사람은 뱀의 보복을 경계하여 화해를 청했다. 그러나 뱀은 단호하게 거절하며 말했다.

"바위에 난 저 흠집을 보면 당신과 좋은 사이가 되긴 틀렸어요. 당신도 아들의 무덤을 보면 나와 좋은 사이가 될 수는 없겠지요."

그렇다. 마음은 거짓말을 못한다. 승부의 마음을 떠나서 다툼이 없어야 편안해진다. 마음을 빼앗기면 눈은 아무것도 보지 못하기 때문이다.

202

인간의 육체야말로
악마의 온상지대다

열 무 과 음　독 무 과 노　고 무 과 신　낙 무 과 멸
熱無過婬하고 毒無過怒하며 苦無過身하고 樂無過滅이니라.

> **202** 뜨겁기는 음욕보다 더한 것이 없고 독하기는 성냄보다 더한 것이 없으며,
> 괴로움은 몸보다 더한 것이 없고 즐거움은 고요보다 더한 것이 없다.

인간의 육체야말로 악마의 온상지대라 해도 지나친 말이 아니다. 거기에는 이 세상의 온갖 악취가 뒤엉켜 있고 괴로움이 들끓지 않는 것이 없기 때문이다.

그래서 쇼펜하우어는 이렇게 말한다.

"섹스는 원래 모든 행동이 눈에 보이지 않는 중심점이고, 이것을 감추는 여러 가지 베일이 있는데도 도처에서 얼굴을 내민다. 섹스는 전쟁의 원인도 되고, 평화의 목적도 되며, 자살의 기초도 되고, 타락의 목표도 되며, 해학의 무진장한 원천도 되고, 모든 풍자의 열쇠도 되고, 모든 비밀스런 눈짓의 의미도 된다."

그것은 증오를 부르고 분노를 부르며, 괴로움과 즐거움을 시시각각으로 불러들였다간 쫓아내버린다. 마치 언덕을 넘어서면 바라보이는 그런 풍경으로 인간의 육체에 도사리고 있다.

어느 날 라타라는 비구가 붓다께 여쭈었다.

"세존이시여, 흔히 악마, 악마 하는데 무엇을 악마라 합니까?"

"라타여, 육신이 있다면 그것이 악마요, 악마의 성품이며, 결국은 죽는 것이다. 그러므로 육신을 악마로 보고, 악마의 성품으로 보아야 하며, 죽는 것으로 보아야 하며, 병이라 살피고, 가시라 살피며, 고통이며 고통의 원인이라 살펴야 한다. 수상행식受想行識에서도 그처럼 살펴야 할 것이다."

203~205
부를 축적하듯,
그렇게 즐거움을 축적하라

^{기 위 대 병} ^{행 위 최 고} ^{이 제 지 차} ^{이 원 최 안}
饑爲大病이고 行爲最苦이니 已諦知此면 泥洹最安이라.

^{무 병 최 리} ^{지 족 최 부}
無病最利하고 知足最富라.

^{후 위 최 우} ^{이 원 최 락} ^{해 지 념 지 미}
厚爲最友이며 泥洹最樂이니라. 解知念持味하고

^{사 장 휴 식 의} ^{무 열 무 기 상} ^{당 복 어 법 미}
思將休息義하면 無熱無饑想이니 當服於法味니라.

> **203** 굶주림은 가장 큰 병이고 행(行)은 가장 큰 괴로움이다. 이미 이것을 확실히 알고 있다면 열반에 들어 가장 편안할 수 있다. **204** 병이 없으면 가장 큰 이익이고 만족할 줄 아는 것은 가장 큰 부(富)다. 후덕한 것은 가장 큰 친구이고 열반은 가장 큰 즐거움이다. **205** 법을 배워 지니는 그 맛을 알고 번뇌를 멀리하여 고요히 생각하면 음욕도 없고 굶주림도 없어 진리의 음식을 먹을 수 있다.

즐거움은 인생에서 재산과 같은 것이다. 반대로 괴로움은 인생에서 낭비와도 다를 것이 없다. 부를 축적해가듯 즐거움을 축적해간다면 그의 삶은 참으로 넉넉해지겠지만 끊임없는 낭비로 괴로움을 축적해간다면 그의 삶은 마침내 파산에 이르게 되고 말 것이다.

붓다께서 참파성의 가가 연못가에 계실 때, 제자 사리불에게 설법하게 하셨다.

"비구들이여, 그대들에게 설법하리니 명심하시라. 수행하는 사람들에겐 일곱 가지 재산이 있다. 믿음이 재산이다. 계율이 재산이다. 양심의 부끄러움이 재산이다. 남에게 용서받을 줄 아는 것이 재산이다. 법을 많이 듣는 것이 재산이다. 널리 베푸는 것이 재산이다. 어리석지 않고 지혜로움이 재산이다."

그러나 사람들은 이러한 재산을 쉽사리 이해하려들지 않는다. 이러한 재산들이 쌓여서 마침내는 커다란 즐거움이 되는 그 이치마저도 깨달으려 하지 않는다. 그들은 마치 사랑도 없이 아내를 갖는 것처럼 진정한 행복도 없이 부를 늘리려 할 뿐이다.

어느 곳에 훌륭한 장자 한 분이 살고 있었다. 암바라 열매를 매우 좋아한 그는 하인을 과수원에 보내 암바라 열매를 사오도록 일렀다.

"달고 맛있는 것으로 골라 사오너라."

하인은 이웃에 있는 과수원으로 갔다. 암바라가 먹음직스럽게 주렁주렁 매달려 있었다. 과수원 주인이 반겨 맞으면서 말했다.

"어디 맛있는 것으로 골라보시죠. 하지만 우리 집 과일은 모두 맛있답니다. 하나 따서 맛을 보시면 알 수 있을 겁니다."

하인은 암바라 열매를 따서 맛을 보았다. 참으로 맛이 있었다. 그러나 하나만으로 전체의 맛을 알 수는 없으니 모든 것을 맛본 다음에 사겠다고 했다. 과수원 주인은 이상하다는 생각을 하면서도 그렇게 해도 좋다고 말했다. 하인은 과일을 하나씩 모두 맛본 다음에 값을 치르고 집으로 돌아갔다. 하인이 사온 암바라에 하나같이 이빨자국이 있는 것을 본 장자는 과일을 먹지 못하고 버릴 수밖에 없었다.

사람들은 도무지 믿으려들지 않는다. '계를 지켜 마음의 안정을 얻으면 장차 큰 과보를 얻게 된다'는 말씀을 듣고서도 믿으려 하지 않는다.

파스칼은 이렇게 말했다.

"많은 사람들은 자기의 만족을 잃게 되는 것을 아주 슬픈 일이라고 생각한다. 그러나 기쁨을 아는 동시에 그 기쁨의 이유가 없어지더라도, 슬퍼하지 않는 사람만이 옳은 사람이다."

진정한 즐거움을 찾아라. 그대의 삶에 참으로 필요한 재산이 무엇인지를 확인하라.

206

근심과 걱정을 과감히 털어버려라

견 성 인 쾌   득 의 부 쾌   득 리 우 인   위 선 독 쾌
見聖人快하고 得依附快하며 得離愚人하여 爲善獨快니라.

206 성인(聖人)을 보는 것이 즐겁고 그를 따라 의지하는 것이 즐겁다.
어리석은 사람들을 멀리 떠나 선을 행하는 그것만이 즐겁다.

괴테의 『파우스트』에 나오는 대목이다.

"밤은 점점 깊어지는 것 같다. 그러나 내 마음속에는 밝은 빛이 빛난다. 내가 생각한 일은 해치우리라. 오! 하인들이여, 그대 주인의 말을 듣고 잠자리를 박차고 일어나라! 손에 연장을 거머쥐라! 엄숙한 마음 하나는 천 명의 하인을 가진 주인과 같은 것이다."

이 결의는 아름답다. 거룩하기까지 하다. 자기를 다스리는 자의 결연한 모습이 한눈에 들어온다. 그렇다. 그대 자신의 모든 부분들은 그대 마음의 하인들이다. 그대 마음의 명령 하나로 일사불란하게 움직이는 그대는 작은 왕국과도 다를 바 없다.

근심과 걱정 같은 것은 과감히 털어버려라. 그것들은 그대의 인생에서 먼지와도 같은 하찮은 적들이다. 그대 삶의 주변에 띄엄띄엄 모여 앉은 저 어리석은 자의 눈빛 또한 과감히 털어버려라. 그리고 의지하라. 홀로 많은 악마를 이기신 붓다께 의지하라.

붓다께서 게송으로 말씀하셨다.

"애욕보다 광대한 것 없고, 분노보다 넓고 깊은 것 없으며, 교만보다 높은 산이 없다. 오직 깨달음을 성취한 세존만이 이 세상 모든 남자 가운데 가장 강한 역사力士이니라."

207~208

참으로 사람의 수명은
얼마 되지 않는다

여 우 동 거 난　유 여 원 동 처　당 선 택 공 거　　여 여 친 친 회
與愚同居難은 猶與怨同處라 當選擇共居하여 如與親親會하라

시 고 사 다 문　　병 급 지 계 자　　여 시 인 중 상　　여 월 재 중 성
是故事多聞하고 并及持戒者하라 如是人中上이니 如月在衆星이니라.

207 어리석은 사람과 함께하기 어려운 것은 마치 원수들과 함께 사는 것과 같기 때문이다.
마땅히 함께할 사람은 골라서 택하여 친족들 속에 있는 것처럼 어진 이와 함께하라.
208 그러므로 불법을 많이 듣고 계를 지닌 사람을 애써 섬기라.
이런 사람이 사람 중의 으뜸이니 그는 뭇별 속에 있는 달과 같은 사람이다.

　붓다께서 사위성 기원정사에 계실 때였다. 성 안에 수비구首比丘가 있었
는데 석가족 출신으로 욕심이 많은 사람이었다. 어느 날 그가 죽자 그의
죽음을 알게 된 제자들이 붓다께 여쭈었다.

　"수비구는 죽어서 어디에 태어났습니까?"

　"수비구는 탐욕과 성냄과 어리석음을 행하였으니 반드시 고통스런 지
옥에 태어날 것이다. 이것은 세 가지 악한 법이 마음을 결박하기 때문이
다. 탐욕과 성냄과 어리석음은 사람의 마음을 얽매나니, 마음속에서 생겨
스스로를 해치는 것이 마치 갈대가 열매를 맺으면 제 몸을 죽이는 것과
같다. 탐욕과 성냄과 어리석음의 마음이 없으면 지혜라 일컫나니, 지혜는
마음속에서 일어나지만 자기를 해치지 않으므로 지혜 있는 사람은 훌륭

한 사내라고 불린다. 탐욕과 성냄과 어리석음에서 멀리 떠나라. 지혜로운 사람은 그것을 버리고 열반을 얻으리라."

　사람의 삶은 언제나 죽음과 함께 있다. 살아가는 동안 욕심은 그 욕심의 크기만큼 수명을 갉아먹는다. 왜 욕심을 떠나서 진리의 길을 찾지 않는가.

선행은 연기처럼
사라지지 않는다

사랑하는 사람에게 빠지지 말라. 미운 사람도 만들지 말라.
사랑하는 사람은 만나지 못해 괴롭고 미운 사람은 만나서
괴롭다.

209

'나는 무엇인가'에 대하여 생각해보라

위도즉자순 순도즉자위 사의취소호 시위순애욕
違道則自順하고 順道則自違니라 捨義取所好면 是爲順愛欲이니라.

209 도를 어기면 자기를 따르게 되고 도를 따르면 자기를 어기게 된다.
의로움을 버리고 좋아하는 것을 취한다면 이것은 애욕을 따르는 것이 된다.

옛날에 보안이라는 임금이 있었다. 그는 이웃나라의 네 왕과 아주 친하게 지냈다. 한 번은 이 네 사람의 왕을 청해 큰 잔치를 베풀고 먹고 마시며 즐거워하다가, 네 왕에게 물었다.

"이 세상에서 사람에게 가장 즐거운 것은 무엇인가?"

한 왕이 말했다. "즐겁게 노는 것이오."

다른 왕이 말했다. "친척들이 모여 음악을 즐기는 것이오."

또 다른 왕이 말했다. "많은 재물이 있어 하고 싶은 대로 하는 것이오."

마지막 왕이 말했다. "애욕을 마음대로 즐기는 것이오."

그러자 보안 왕이 말했다.

"그대들이 말하는 것은 모두 고뇌의 근본이요, 우외憂畏의 장본으로서 처음에는 즐겁지만 나중에는 괴로운 것이다. 고요해서 구하는 것이 없고, 마음이 깨끗해서 하나를 지켜 도를 얻는 즐거움이 제일이다."

사람마다 육체적인 자아와 정신적인 자아가 있다. 이 둘은 걸핏하면 충돌하고 화해하고 또 충돌한다. 그리고 정신적 자아의 완전성을 위하여 육체적 자아가 희생하거나 또는 그 반대의 경우도 있다. 그러나 중요한 것은 확실한 자아를 찾는 일이다. 비트겐슈타인의 말처럼 우리는 '자기가 무엇을 가지고 있는가'는 볼 수 있어도 '자기가 무엇인가'는 볼 수 없다. 그걸 찾아나서자.

러스킨이 말했다.

"진실한 생활은 결코 일시적인 것이 아니다. 쉽게 소멸되는 것도 아니다. 모든 고귀한 생활은 언제나 이 세상의 온갖 사물 속에 그 자취를 남긴다. 그렇기 때문에 인류 전체의 힘은 꿋꿋한 뿌리와 가지를 뻗으며 차츰 성장해가면서 더욱더 높은 곳으로, 신에게로 가까워지는 것이다."

스스로를 지배할 줄 아는 자는 고결하다. 그러나, 자! 다음의 경우를 보라. 무지가 말했다.

"어찌된 일인가? 아직도 내가 모르는 무엇이 있단 말인가?"

옆에서 무심히 듣고만 있던 어리석음이 대답했다.

"그대가 알고 있는 것이라면 내가 모를 턱이 없지. 무엇이 그토록 궁금한가? 속시원히 털어놓게나?"

"참으로 어리석은 일이다. 내가 이걸 모르고 있다니 말이 되는 소린가?" 그러자 어리석음이 두 눈을 반짝이며 말했다.

"이제야말로 그대가 어리석다는 걸 실토하는구나! 나는 나 자신이 무지하다는 것을 한 번도 입에 올린 적이 없었어!"

아, 이런 사람들, 이런 사람들로 세상은 가득 차고 넘친다. 이런 사람들이 법을 말하고 계를 말한다. 하늘은 저토록 끝없이 푸른데도 말이다.

210~211
사랑과 미움을 편 가르지 말라

부당취소애　　역막유불애　　애지불견우　　불애견역우
不當趣所愛하고 亦莫有不愛하라 愛之不見憂하고 不愛見亦憂니라.

시 이 막 조 애　　애 증 악 소 유　　이 제 박 결 자　　무 애 무 소 증
是以莫造愛하라 愛憎惡所由니라 已除縛結者는 無愛無所憎이니라.

210 사랑하는 사람에게 빠지지 말라. 미운 사람도 만들지 말라.
사랑하는 사람은 만나지 못해 괴롭고 미운 사람은 만나서 괴롭다. **211** 그러므로 사랑을 만들어 가지지 말라.
사랑은 미움의 원인이다. 이미 번뇌를 제거한 사람은 사랑도 없고 미움도 없다.

에로스는 그리스 신화에 나오는 사랑의 신으로 탄생에 대해서는 여러 가지 신화가 있다. 헤시오도스 신의 족보에 따르면, 태초에 우주가 생성될 때 혼돈 카오스에서 땅 가이아와 지하계 타르타로스와 함께 결합과 생성의 힘을 가지고 사지를 노곤하게 하는 사랑 에로스가 태어났으며, 이 사랑의 힘으로 만물이 생겨났다고 한다.

또 아리스토파네스의 극劇에서는, 태초에 하늘과 땅이 갈리기 전에 검은 날개 달린 '밤'이 유암幽暗의 품속에다 알을 낳았는데 이 알에서 에로스가 태어났다고 한다. 아무튼 그리스 신화에 나오는 에로스는 날개 달린 어리고 예쁜 소년 신으로 장난을 즐겨 인간과 신의 사회에 많은 번민과 고통을 주었다.

에로스는 항상 제우스 신이 준 백발백중의 황금과 납으로 된 활과 화살을 갖고 다닌다. 황금 화살촉은 사랑에 불을 붙이는 것으로, 이 화살을 맞

으면 정욕의 불꽃이 일어 사랑의 포로가 된다. 또 납 화살촉은 사랑을 받아들이지 않는 것으로, 이 화살에 맞으면 세상만사가 귀찮아지고 사랑조차도 싫어진다.

이처럼 사랑은 신화 속에서도 도발적이다. 정욕을 자극시켜 미망 속을 헤매게 한다. 겉으로는 아무런 무기도 지니고 있지 않은 것처럼 꾸미고 있지만 언제나 활과 화살로 몰래 무장하고 있는 것이다.

사람들은 누구나 저마다 사랑하는 사람을 가지려 애쓴다. 그 사람으로부터 사랑받으려 애쓴다. 그것은 거의 본능에 가까운 것이다. 아니, 그것은 본능이다. 그래서 러셀은 그의 「사랑이 있는 기나긴 대화」에서 그 당위성을 이렇게 쓰고 있다.

"나는 사랑을 찾아 헤매었다. 첫째는 그것이 황홀을 가져다주기 때문이었는데, 그 황홀은 너무나 찬란해서 몇 시간의 즐거움을 위해서 남은 생애를 전부 희생해도 좋다고 생각하는 일도 가끔 있었다. 둘째는 그것이 생명 없는 끝없는 심연을 바라보는 그 무서운 고독감을 덜어주기 때문이었다. 마지막으로는 사랑의 결합 속에서 성자와 시인들이 상상한 천국의 신비로운 축도를 미리 보았기 때문이었다."

참으로 그렇다. 모든 사람들이 다 그렇다. 우리들은 이처럼 사랑을 긍정적으로 말하면서 '사랑하는 사람을 가지지 말라'는 붓다의 말씀에 겸연쩍어할 필요는 없다. 왜냐하면 우리들은 사문도 아니고 비구도 아니기 때문이다. 그러나 붓다의 말씀을 가슴에 새겨둘 필요는 있다. 모든 질서를 무질서로부터 구원받게 하기 위해서다. 사랑과 미움을 편 가르지 말라. 그것들이 처음에 하나였듯이 나중에도 하나이게 하라. 다만 사랑에 깊이 침잠하여 자기를 잃는 일은 없도록 하라.

212~216

사랑한다는 것은
자기를 초월하는 것이다

好樂生憂하고 好樂生畏하나니 無所好樂이면 何憂何畏리오.
<small>호 락 생 우　　　호 락 생 외　　　무 소 호 락　　　하 우 하 외</small>

愛喜生憂하고 愛喜生畏하나니 無所愛喜면 何憂何畏리오.
<small>애 희 생 우　　　애 희 생 외　　　무 소 애 희　　　하 우 하 외</small>

愛樂生憂하고 愛樂生畏하나니 無所愛樂면 何憂何畏리오.
<small>애 요 생 우　　　애 요 생 외　　　무 소 애 요　　　하 우 하 외</small>

愛欲生憂하고 愛欲生畏하니 無所愛欲이면 何憂何畏리오.
<small>애 욕 생 우　　　애 욕 생 외　　　무 소 애 욕　　　하 우 하 외</small>

貪欲生憂하고 貪欲生畏하니 無所貪欲이면 何憂何畏리오.
<small>탐 욕 생 우　　　탐 욕 생 외　　　무 소 탐 욕　　　하 우 하 외</small>

212 사랑에서 근심이 생기고 사랑에서 두려움이 생긴다. 사랑이 없다면 무엇을 근심하며 무엇을 두려워하랴.

213 친애(親愛)에서 근심이 생기고 친애에서 두려움이 생긴다. 친애함이 없다면 무엇을 근심하고 무엇을 두려워하랴.

214 애요(愛樂)에서 근심이 생기고 애요에서 두려움이 생긴다. 애요가 없다면 무엇을 근심하고 무엇을 두려워하랴.

215 애욕에서 근심이 생기고 애욕에서 두려움이 생긴다. 애욕이 없다면 무엇을 근심하고 무엇을 두려워하랴.

216 탐욕에서 근심이 생기고 탐욕에서 두려움이 생긴다. 탐욕이 없다면 무엇을 근심하고 무엇을 두려워하랴.

셰익스피어는 그의 『로미오와 줄리엣』에서 사랑을 다음과 같이 정의했다. "사랑이란 이를테면 깊은 한숨과 함께 사는 연기, 또한 맑아져서는 연인의 눈동자에 반짝이는 불빛도 되고, 헝클어져서는 연인의 눈물에 넘치는 대해大海도 된다. 그뿐만이 아니라, 아주 분별하기 어려운 광기, 숨구멍도 막히는 고집인가 하면 생명을 기르는 감로이기도 하다."

그래서 사랑은 기쁨이며 슬픔인 것이다. 어느 날은 주체할 수 없는 기

뻠이었다가 어느 날은 또 서럽기 그지없는 슬픔이 되기도 하는 것이 사랑이다. 비단 사랑이 아니더라도 인간의 감정은 어느 한 곳에 머물러 있지 않는다. 부딪치며 쓰러졌다간 일어서고 또 바람처럼 휘몰아쳤다간 어느덧 잠잠해지기도 한다. 사랑처럼 인간의 모든 감정도 비탄과 환희가 엇갈리며 함께하는 것이다. 그것은 친애라도 마찬가지며 애요라도 마찬가지다. 또 애욕이거나 갈애라도 마찬가지다. 그 모든 것은 한결같이 사랑이라는 것에 뿌리를 내리고 있는 것들이기 때문이다.

비익연리比翼蓮理라는 것이 있다. 비익의 새와 연리의 가지를 합쳐서 쓴 말이다. "하늘에서는 원컨대 비익의 새가 되고, 땅 위에서는 연리의 가지가 되리라." 비익의 새란, 날개와 눈이 하나씩밖에 없어서 두 마리가 가지런히 합치기 전에는 다른 보통 새들처럼 날 수 없다. 또 연리의 가지란, 나뭇결이 잇닿는 나뭇가지를 말한다. 후한後漢의 문학자 체옵은 이름난 효자로, 어머니가 돌아가시자 그 무덤 옆의 움막에서 시묘살이를 했는데, 뒤에 그의 집 앞에 두 그루의 나무가 돋아나서 이윽고 한데 붙어 나뭇결이 잇닿아버렸다는 것이다. 사람들은 그의 지극한 효 때문에 그런 불가사의한 일이 일어났다고 말해오고 있다.

그 사랑의 무게가 얼마나 지극했으면, 그 사랑의 아픔과 슬픔, 근심과 두려움이 얼마나 지극했으면 비익의 새가 되고 연리의 가지가 될 수 있었을 것인가.

반필드는 이렇게 말한다. "사랑은 악마이며, 불이며, 천국이며 지옥이다. 쾌락과 고통, 슬픔과 후회가 거기에 함께 살고 있다."

사랑과 기쁨을 조율하라. 넘치지 않게 하라.

217~218

탐심이 자라는 것을
부끄러워할 줄 알라

탐 법 계 성　　지 성 지 참　　행 신 근 도　　위 종 소 애
貪法戒成하고 至誠知慚하여 行身近道면 爲衆所愛니라.

욕 태 불 출　　사 정 내 어　　심 무 탐 애　　필 절 유 도
欲態不出하고 思正乃語하며 心無貪愛면 必截流渡니라.

217 탐심이 자라는 것을 경계하여 지성으로 부끄러워할 줄 알고 몸으로 선을 행하여
도에 가까이 간다면 많은 사람의 사랑을 받는다. **218** 오로지 열반을 우러러 생각을 바로하여
비로소 말하며 마음으로 탐애함이 없다면 생사의 흐름을 끊고 건널 수 있다.

붓다께서 사위성 기원정사에 계실 때였다. 한 수행자가 다시 세속으로
돌아가려 하자 붓다께서 수행자에게 물으셨다.

"너는 무엇 때문에 다시 세속으로 돌아가려 하느냐?"

"저는 예쁜 여자를 보면 마음이 불같이 달아오릅니다. 그래선 안 된다
고 아무리 다짐을 해도 그 생각에서 벗어날 수 없습니다. 계율을 범할 수
는 없는 것이오니 차라리 속인으로 돌아가 보시행을 닦겠습니다."

붓다께서 말씀하셨다.

"대개 여자에게는 다섯 가지 나쁜 것이 있다. 몸이 부정하고, 이간질을
잘하며, 질투심이 강하고, 성질을 잘 내며, 은혜를 모른다는 것이다. 진정
한 기쁨은 재물에서 오는 것이 아니다. 겉모양은 아름답고 화려하지만 속
마음은 독을 품었다. 수행하는 사람의 길을 가로막으니, 새가 연못을 버리

듯 하라. 네가 내 가르침을 따라 열심히 수행하면 지금의 괴로움에서 벗어날 수 있다. 사람의 목숨은 짧고 세월은 기다려주지 않는다. 아무리 오래 산다 해도 백년을 지나지 못하고, 설사 백년을 산다 해도 그 또한 얼마 되지 않는다. 부처를 만나기 어렵고 법을 듣기도 어렵다. 사람 몸 받기가 어렵고, 육근六根이 완전하기도 어렵다. 또한 이 땅에 태어나기도 어렵다. 선지식을 만나기도 어렵거니와 만나서 그에게 법을 듣기도 어렵다. 법을 성취하기는 더구나 어렵다. 그러므로 지금 열심히 수행하도록 하라."

인간의 욕망은 수시로 변화한다. 사람들은 자신의 욕망에 따라 사물을 변화시키지 못하고 오히려 사물에 따라 욕망이 점진적으로 변화한다. 그것이 탐하는 마음이다. 그래서 탐심의 깊이는 좀처럼 헤아릴 수 없는 것이고 그 바닥의 깊이는 끝내 보이지 않는 것이다.

모든 것은 마음이 문제다. 마음속의 텃밭에서 자라는 것들은 또 얼마나 많은가? 사랑과 증오, 시기와 질투, 오만과 편협, 분노와 갈등 등등, 이루 헤아릴 수 없이 많은 것들이 자라고 있다. 이 모든 것들이 서서히 그 피와 살을 섞어 탐심이라는 거대한 울타리를 이룬다.

눈에 보이는 것들 때문이다. 눈으로 확인된 모든 것들은 일단 욕심이라는 대문의 빗장을 열게 한다. 그래서 견물생심이란 말이 생긴 것이다. 차라리 보지 않았더라면 아무 일도 없었을 것을 보게 됨으로써 생긴 물욕 때문에 본심을 잃게 되어 마침내 물욕의 포로가 되고 마는 것이다.

마음을 다스려라. 탐심이 자라는 것을 경계하여 지극히 부끄러워할 줄 알라. 몸으로 선을 행하여 보다 가까이 진리에 다가서라.

닥센이 말했다. "인생은 정지되어 있지 않다. 생각을 바꾸지 않는 사람은 정신병원 환자들이며, 바꾸지 못하는 사람은 무덤에 갇힌 자들이다."

219~220
선행은 연기처럼 사라지지 않는다

^{비인구행}
譬人久行하여 ^{종원길환}**從遠吉還**하여 ^{친후보안}**親厚普安**하면 ^{귀래희환}**歸來喜歡**이니라.

^{호행복자}
好行福者는 ^{종차도피}**從此到彼**하여 ^{자수복조}**自受福祚**가 ^{여친래희}**如親來喜**니라.

219 마치 사람이 길을 떠난 지 오래되어 멀리서 무사히 고향에 돌아오면 친척이나 벗들이
마음을 놓고 돌아옴을 기뻐하는 것처럼 **220** 즐겨 복된 일을 행하는 사람이 차안에서 피안에 이를 때에는
스스로 지은 복업의 마중이 기뻐하는 친척들의 마중과 같다.

난디야는 바라나시에 사는 큰 부자로, 붓다로부터 수도원을 지어 승가에 바치면 큰 복이 된다는 말씀을 듣고서 서둘러서 수도원을 세웠다. 그수도원은 첨탑을 세우고 일산日傘을 포개놓은 듯한 모양으로 아름답고 웅장하기 이를 데 없었다. 난디야가 그 수도원을 붓다와 비구 승가에 헌납해 올리자 그와 동시에 천상의 도리천에도 난디야를 위한 훌륭한 저택이 세워졌다.

어느 날 장로 비구 한 분이 천상 세계를 찾아갔다가 난디야를 위한 저택을 보게 되었다. 그는 천상에서 내려와 붓다께 여쭈었다.

"붓다시여, 착한 공덕을 행한 사람이 아직도 이승에 머물고 있는데 어떻게 하늘에 그 사람을 위한 훌륭한 저택과 가구들이 준비될 수 있습니까?"

붓다께서 말씀하셨다.

"여래의 아들이여, 너는 왜 그런 질문을 하는 것이냐? 네 두 눈으로 도리천에 가서 난다야를 위해 준비된 모든 것들을 보지 않았느냐! 천상 세계는 착하고 너그럽게 베푸는 사람을 기다리기를 마치 집을 떠난 자식을 기다리는 가족들과 같이 하는 곳이다. 인간 세계에서 착한 행동을 하며 공덕을 지은 사람이 수명을 다하여 죽게 되면 천상에서는 그를 즐겁게 맞이하느니라."

여러 사람을 위하여 착한 일을 많이 한 힘이 공덕이다. 선행은 많이 하면 할수록 힘이 생긴다. 온갖 은혜로움이 모아져서 만들어내는 거대한 힘이 곧 공덕인 것이다. 그래서 적선여경積善餘慶이란 말이 있다. 선한 일을 하게 되면 자기 자신뿐만 아니라 자손에게까지도 좋은 일이 된다는 말이다.

세네카는 이렇게 말했다.

"남에게 선을 베푼 자는 자기 자신에게도 선을 베푼 자이다. 이 말은 남에게 베푼 착한 일의 보수를 의미하는 것이 아니다. 착한 일을 한 행위 속에 의미가 있는 것이다. 왜냐하면 착한 일을 했다는 의식은 인간에게 최고의 보수이기 때문이다."

그렇다. 선행이란 그것이 어떤 목적의 선행이든 상관없이 결코 연기처럼 흩어지거나 사라지는 법이 없다. 선행이야말로 인간이 만들어낼 수 있는 가장 아름다운 미덕이며 영원한 축복일 수 있기 때문이다.

할 수 있는 선행은 결코 외면하지 말라. 또한 비켜가거나 돌아서지 말라. 그대를 위해 만들어진 유일한 기회를 놓쳐버리는 결과가 된다. 그대의 몫으로 예정된 것을 무엇 때문에 타인의 몫으로 흘려버릴 것인가.

제17장

분노품
忿怒品

그대, 아직도 그 사람을
나무라고 있는가

사람이 서로 비방하고 헐뜯는 것은 옛날부터 지금까지 한결
같다. 말이 많아도 헐뜯고 말이 어눌해도 헐뜯고 말이 알맞
아도 헐뜯어 세상에는 헐뜯지 않는 것이 없다.

221

밝지 못한 것들은 과감하게 버려라

사에이만   피제애탐   불착명색   무위멸고
捨恚離慢하고 避諸愛貪하며 不着名色하면 無爲滅苦니라.

221 노여움을 버리고 교만을 떠나라.
모든 애착과 탐욕을 피하고 명색(名色)에 집착하지 않으면 고요하고 편안해서 괴로움이 없다.

어떤 부류의 사람들은 자신의 분노한 감정 속에 나름대로 절제가 있고 큰 뜻이 있는 것으로 착각한다. 그들은 자신의 분노야말로 가장 적극적인 행동이며 그러한 감정의 표출은 당연한 것으로 생각하고 있다.

그들은 대개 남을 위협할 수 있는 것은 용기이며, 방탕할 수 있는 것은 능력이며, 잔혹함은 또 그러한 능력의 표현일 뿐이라고 말한다. 교만이나 애욕이나 탐욕 같은 것들도 그러한 논리로 정당화시킨다.

아, 그러나 어떤 부류이든 이것은 사람들의 이야기가 될 수 없다. 이것은 분명히 개나 돼지나 그와 비슷한 부류의 짐승들의 이야기임에 틀림없다. 그런데도 그들은 사람의 모습을 하고 사람의 탈을 쓰고 있다. 얼마나 부끄러운 일인가, 같은 사람의 모습을 하고 있는 우리들까지 부끄러운 일이다.

붓다께서 왕사성의 죽림정사에 제자들과 함께 계실 때였다. 어느 날 아난과 다기사가 함께 성 안으로 걸식을 나갔다. 그때 다기사가 아주 아름

다운 여자를 보고 마음이 흔들려 아난에게 말했다.

"애욕의 불꽃이 마음을 태우고 있소. 이 불을 끌 수 있는 방법을 말해주시오."

"타오르듯 일어나는 잡념을 없애버리면 끓는 듯한 애욕은 사라지리라."

"마음은 몸의 근본이요 눈은 바라보는 근원이 된다. 눈을 감고 있어도 사라지지 않고 보이나니, 이 몸은 점점 야위어간다오."

"부처님을 생각하면 탐욕은 사라질 것이다. 난타의 욕심을 제도하실 때 부처님은 천상과 지옥을 함께 보이셨느니, 마음을 다스리면 윤회를 벗어난다."

그때 걸식을 마치고 되돌아가려는 다기사를 보고 그 아름다운 아가씨가 싱긋 웃었다. 다기사가 부정관不淨觀으로 살피니 애욕이 아가씨의 미모에서 생긴 것이 아니라 자기 마음에서 생긴 것임을 알게 되었다. 그러자 다기사는 게송으로 읊었다.

"애욕아, 내 이제 너의 근본을 알았구나. 너는 다만 생각으로 생긴 것이니, 내 만일 너를 생각하지 않으면 너는 나에게 없는 것이다."

그런 것이다. 그대가 만약 개 같은 생각을 하고 있다면 그대는 개가 된다. 그대가 만약 강물 같은 생각을 하고 있다면 그대는 강물이 된다. 노여워함도 교만함도 탐욕도 모두가 그대의 생각에 달려 있다. 어쩔 셈인가? 그대야말로 사람 같은 생각을 할 것인가? 아니면 더 높이 올라가서 붓다와 같은 생각을 해볼 것인가?

노먼 필은 이렇게 말했다. "인간은 자신이 생각하는 자기가 아니라 생각 자체가 그 인간인 것이다."

222

성난 폭풍우가
항해 중인 배를 삼켜버린다

에 능 자 제   여 지 분 거   시 위 선 어   기 명 입 명
恚能自制하여 **如止奔車**면 **是爲善御**니 **棄冥入明**하리라.

222 노여움을 스스로 억제하기를 달리는 수레가 멈추는 것같이 하면
이는 훌륭한 제어가 되어 어둠을 버리고 광명에 드는 것이다.

호라티우스가 말했다.

"분노는 일시적 광기다. 그대가 분노를 제압하지 못하면 분노가 그대를
제압한다."

한번 분노한 감정은 걷잡을 수가 없다. 마치 미친 말이 날뛰는 것처럼
일체의 분별이 없다. 이미 분노가 폭발해버린 감정 앞에서는 어떠한 것도
보이지 않으며 들리지도 않는다. 그래서 사람들은 분노한 감정을 지독한
폭풍우에 비유하곤 한다. 폭풍우가 항해중인 배를 삼켜버리듯 분노는 분
노를 품은 당사자를 삼켜버리기 때문이다.

분노에 사로잡힌 것을 표현한 몇 가지 말을 훑어보자. 먼저 교아절치
咬牙切齒가 있다. 몹시 분하여 어금니를 악물고 있는 모습이다. 또 노발상
충怒髮上衝이 있다. 크게 성이 나서 머리털이 곤두선 것을 일컫는다. 다음
으로 절치액완切齒扼腕이 있다. 치를 떨면서 옷소매를 걷어올리며 분개하

는 모습이다.

어떤가. 그대는 이 표정들을 어떤 느낌으로 보고 있는가? 이 모든 표정은 정상이 아니다. 사람이 지니는 일상적인 표정이 아니다. 이것은 성난 짐승의 표정이거나 미친 사람이 자기도 모르게 만들어내는 어처구니없는 표정들이다.

그런데도 그대는 걸핏하면 분노하며 표정 같지 않은 이런 표정들을 얼굴에 나타낼 것인가? 달리는 마차를 조절하듯 자신을 조절하라. 분노를 참을 수 있는 자만이 완강한 적을 이겨낼 수 있다.

두 비구가 서로 다투다가 한 사람이 잘못을 참회했으나 상대는 그것을 받아주지 않았다. 그때 붓다께서 비구들을 향해 말씀하셨다.

"표주박에 기름을 담아 활활 타오르는 불에 부으면 오히려 표주박에 불이 붙어버리듯이, 성내는 마음도 그와 같아서 오히려 착한 마음을 불태워버린다. 내 마음속에 증오심을 갖지 않으면 성이 났다가도 쉽게 사라지리라. 소용돌이치는 물이 돌고 돌듯이 화내고 성내는 것도 그와 같나니, 비록 한때 화가 났다 해도 욕하지 말고 마음에 깊이 두지 않으면 스스로 상하지 않으리라.

자기를 잘 다스리면 자기에게 이익이 있으리니 성내지 않고 해치지 않는 사람은 지혜로운 성현이요, 그의 제자이니 그를 항상 가까이하라. 성내는 사람들은 무겁고 두터운 업이 산과 같으니 화가 날지라도 스스로 조금만 참아 이기면 그는 착한 업을 짓는 이로서 야생마를 길들이듯 한다."

223~224

선으로 악을 이겨라

忍辱勝恚하고 善勝不善이라 勝者能施하고 至誠勝欺니라.

不欺不怒하고 意不多求하여 有是三事면 死則上天이니라.

223 인욕으로 노여움을 이기고 선으로써 악을 이겨라. 이기는 자는 능히 베풀 수 있으리니 지성으로 거짓을 이겨라. **224** 속이지 않고 성내지 않으며 마음으로 많이 구하지 말라. 이렇게 세 가지 일을 행하는 사람은 죽어서 곧 천상에 태어나리라.

어느 때 노스님 한 분이 천상 세계에 갔다가 많은 천인들이 호화로운 집에서 기거하는 것을 보았다. 노스님이 그들에게 물었다. "당신들은 어떤 착한 공덕을 지었기에 천상에 태어나 이처럼 호화로운 집에서 생활하는 것입니까?" 그러자 그들은 다음과 같이 각각 다르게 대답했다.

한 천인은 시주를 많이 한 것도 아니고 설법을 많이 들어서도 아니며 다만 진실하게 말하며 정직하게 살았기 때문이라고 했다. 또 한 천인은 주인이 무척 난폭하여 자기를 때리고 학대했지만 그에게 나쁜 마음을 품지 않고 오히려 마음을 안정시키며 자기를 고용해준 것만을 고맙게 여겼기 때문에 천상에 태어난 것이라고 했다. 세 번째 천인은 극히 적은 물건, 예를 들면 사탕수숫대 하나, 과일 한 개, 채소 한 포기라도 진실하고 정성된 마음으로 수행하는 비구나 이것들을 필요로 하는 사람에게 보시했다고 했다. 노스님은 이 같은 설명을 듣고 천상에서 내려와 붓다께 여쭈었다. 그러자 붓다께서 말씀하셨다.

"여래의 아들이여, 너는 왜 그렇게 묻는 것이냐? 너 스스로 그들을 만나 그들의 말을 듣지 않았더냐? 너는 이것을 의심하지 말라. 아무리 작은 것이라도 착하고 어진 마음으로 행한다면 반드시 그 이익이 뒤따른다. 그런 사람은 반드시 천상에 태어나리라."

간디는 이렇게 말했다. "만일 우리가 오늘을 돌보면 신은 분명히 내일을 돌보실 것이다."

선행을 화두에 올리면 사람들은 흔히 엄청난 일을 머리에 떠올리곤 한다. 가난한 사람에게 많은 물질적 도움을 줬거나, 아니면 엄청난 재산을 사회 단체에 기부한 행위 따위가 그것이다. 다시 말해서 보다 많은 사람에게 보다 많은 물량의 자선을 베풀어야 선행이라는 이미지에 값한다고 생각하는 것이다.

급수공덕給水功德이란 말이 있다. 남에게 물을 주는 공덕이라는 말로, 지극히 쉽고 대단하지 않지만 남을 위해 일하는 것은 곧 선행이라는 것을 뜻하는 말이다. 물 한 방울, 돌멩이 하나, 흙 한 줌을 주는 것일지라도 남을 위하는 일이라면 그것은 곧 선행인 것이다. 남을 속이지 않고 성내지 않으며 마음으로 남의 것을 탐하지 않으면 이 또한 선행인 것이다. 선행에 대한 보수는 선행 그 자체 속에 있기 때문이다.

아우렐리우스가 말했다. "선으로 향하는 도상에 있어서의 모든 방해는 정신적 노력에 의해서 퇴치되는 것이기 때문에 오히려 우리에게 새로운 힘을 준다. 선에 도달하는 데 장애가 되며 우리를 협박하는 것은 나중에 그 자체가 선으로 화하고 만다. 그리하여 막다른 골목에 다다른다 해도 별안간 희망에 가득 찬 길이 열리게 되는 것이다."

225~226
생명 있는 모든 것을 사랑하라

_{상 자 섭 신} _{자 심 불 살} _{시 생 천 상} _{도 피 무 우}
常自攝身하고 慈心不殺이면 是生天上하여 到彼無憂니라.

_{의 상 각 오} _{명 모 근 학} _{누 진 의 해} _{가 치 이 원}
意常覺寤하고 明暮勤學이면 漏盡意解하여 可致泥洹이니라.

225 항상 스스로 몸을 거두어 자비로운 마음으로 살생하지 않으면
그는 곧 천상에 나리니 그곳에 이르러 근심이란 없다. **226** 마음은 항상 깨어 있어서
밤낮으로 부지런히 닦아나간다면 번뇌는 다하고 깨달음은 열려 그는 이원(泥洹)에 이를 것이다.

붓다께서 말씀하셨다.

"옛날에 기러기를 좋아하는 임금이 있었다. 그는 사냥꾼에게 그물을 치게 하고 기러기를 잡아 매일 한 마리씩 보내도록 하여, 그것으로 밥상을 차리게 했다. 그 무렵 기러기의 왕이 오백 마리의 기러기떼를 거느리고 먹이를 찾아 내려왔다가 그만 그물에 걸리고 말았다. 놀란 기러기떼들은 공중을 돌면서 그 자리를 떠나지 않았다. 어떤 기러기는 화살도 피하지 않고 피를 토하도록 밤낮으로 슬피 울었다. 사냥꾼은 기러기의 의리를 가엾게 여기고 기러기의 왕을 풀어주었다. 기러기떼들은 돌아온 왕을 감싸고 맴을 돌며 기뻐하였다. 사냥꾼은 이 사실을 임금에게 자세히 알렸다. 임금도 크게 느낀 바 있어 그 뒤로는 기러기 잡는 일을 그만두게 했다."

붓다께서 아사세 왕에게 말씀하셨다.

"그때 기러기의 왕은 곧 나요, 한 마리의 기러기는 아난이요, 오백의 기

러기떼는 지금의 오백 나한이요, 임금은 지금의 대왕이요, 사냥꾼은 지금의 조달이다. 조달은 전세 때부터 항상 나를 해치려 하지만, 나는 큰 자비의 힘으로 그 원악冤惡을 생각하지 않았으므로 붓다가 되었다."

생명 있는 모든 것을 사랑하는 것은 아름다운 일이다. 그 아름다움이야말로 살아 있는 아름다움이며 새로운 생명을 생성케 하는 원동력이다.

장 주베르는 이렇게 말했다.

"행복이란 자기의 영혼을 훌륭하다고 느끼는 데 있다. 이 이외에 행복이란 것은 없다. 그러므로 행복은 비탄이나 회한 가운데에도 존재할 수 있다. 쾌락은 육체의 어느 한 점의 행복에 지나지 않는다. 참다운 행복, 유일한 행복, 완전한 행복은 마음 전체의 영혼 가운데 존재한다."

그대는 스스로 자신의 영혼이 훌륭하다고 느낄 수 있는가? 그럴 수만 있다면 얼마나 좋은 일일 것인가. 그러나 우리는 서로 그렇지 못하기 때문에 서로의 눈치를 보며 서로의 행위를 살핀다.

그러나 행복은 그다지 멀리 있는 것이 아니다. 계율을 잘 수행하고 보시를 행하며 공덕을 베푼다면 행복을 만들어서 스스로 누리는 것과 다름없다. 모든 번뇌가 사라져서 마음이 즐거울 수 있는 것, 그것이야말로 마음 전체의 영혼 가운데 존재하는 완전한 행복이 아니겠는가.

참으로 궁극의 선善이란 무엇인가? 무슨 선으로 편안함에 머물며 무엇을 우리들의 보배로 삼을 것이며 무엇을 도둑도 빼앗지 못하는가?

붓다께서 말씀하셨다.

"보시한 사람은 복을 얻고 마음이 자비로운 사람에게는 원수가 없으며, 선행을 하는 사람들에게 악이 사라지고 욕심을 버리는 사람은 괴로움이 없어지나니, 이것을 받들어 실천하는 사람은 머지않아 열반을 얻으리라."

227~228
비난의 목소리는
꼬리에 꼬리를 물고 이어진다

人相謗毀하여 自古至今이라 旣毀多言하고

又毀訥忍하며 亦毀中和하니 世無不毀니라.

欲意非聖이니 不能制中이면 一毀一譽가 但爲利名이니라.

227 사람이 서로 비방하고 헐뜯는 것은 옛날부터 지금까지 한결같다. 말이 많아도 헐뜯고 말이 어눌해도 헐뜯고 말이 알맞아도 헐뜯어 세상에는 헐뜯지 않는 것이 없다. 228 욕심을 좇아 성인마저 비난하느니 중화(中和)로 제어하지 못하면 한편으로 헐뜯고 한편으로 칭찬하여 다만 이익과 명예를 위할 뿐이다.

어느 날 기분 좋은 연회가 베풀어졌다. 연회가 거의 끝나갈 무렵, 손님으로 왔던 한 사람이 인사를 하고 먼저 돌아갔다. 그러자 자리에 남아 있던 사람들이 입을 모아 먼저 가버린 사람을 비난했다. 악담을 늘어놓는 것도 서슴지 않았다. 이어 두 번째 손님이 자리를 뜨자 남아 있던 사람들은 똑같은 말로 그 사람을 비난했다. 세 번째 손님도, 그다음 손님도, 또 그다음 손님도 자리를 먼저 떠난 후에는 똑같은 말로 비난받아야 했다. 이렇게 하여 많은 손님들이 모두 돌아가고 한 사람만이 자리를 지키고 있었다. 그 사람이 말했다.

"미안하지만 재워줄 수 없겠습니까? 먼저 돌아간 사람들의 악담을 들은 저로서는, 나도 같은 사람이 될까 두려워 돌아갈 수가 없습니다."

에픽테토스가 말했다.

"사람들은 이해하지 못하기 때문에 진실을 받아들이지 못한다. 진실이 악인 것처럼 생각되어, 남을 비난하거나 헐뜯는 것이다. 이런 사람들의 잘못을 비난할 것이 아니라 오히려 동정해야 한다. 그들의 양심은 병들어 있는 것과 같기 때문이다."

229~230

그대, 아직도 그 사람을
나무라고 있는가

多聞能奉法하고 智慧常定意하면 如彼閻浮金이니 孰能說有瑕리오.
다 문 능 봉 법   지 혜 상 정 의   여 피 염 부 금   숙 능 설 유 하

如羅漢淨하여 莫而誣謗이면 諸人咨嗟하여 梵釋所稱이니라.
여 나 한 정   막 이 무 방   제 인 자 차   범 석 소 청

229 법을 많이 들어 능히 법을 받고 지혜로움으로 선정에 든다면
저 염부(閻浮)의 금과 같으리니 어느 누가 그를 비방할 수 있으랴. **230** 만약 나한같이 깨끗하다면
무고하거나 비방하지 못한다. 모든 사람들이 감탄하며 범천 제석도 그를 칭찬하리라.

"당신은 남의 결점을 알고 있다. 그러나 그 사람의 어떤 하나의 행위가 당신의 모든 생활보다 더 신에 가까운 것임은 모르고 있다. 당신은 그 사람을 비난한다. 그것으로써 당신은 마음속에 무거운 죄를 범하게 된다. 어느덧 그 사람이 불행해져서 후회하며 눈물까지 흘리는데도 당신은 그 눈물을 보려고도 하지 않는다. 그가 뉘우치고 슬퍼하는 것을 보고, 신은 이미 그를 용서해주었는데도 당신은 아직도 그 사람을 나무라고 있다."

이것은 오늘을 살아가는 모든 사람들에게 들려주기 위해 톨스토이가 남긴 말이다. '아직도 그 사람을 나무라고 있는' 모든 사람은 결코 밝은 지혜를 가진 사람이 못 된다. 아울러 슬기로운 사람도 될 수 없다. 선한 사람이 타인의 악을 생각하기 어려운 것처럼 악한 사람이 타인의 선을 생각하기란 더더욱 어려운 일이다.

어떤 사람이 『춘희』의 작가 뒤마에게, 그의 부친에 대한 언짢은 비방의 말을 이것저것 들려주었다. 잠자코 듣고만 있던 뒤마가 이윽고 입을 열었다. "이거 참 고맙습니다. 하지만 그런 거야 아무렇지도 않은 겁니다. 우리 집 어른은 큰 강과 같으신 분이었지요. 그래서 때로는 그 강에 소변을 보는 사람도 있게 되었지요."

그렇다. 탁한 오물들을 끊임없이 삼켜버리는 큰 강물과 같은 사람이 되라. 타인의 과실을 쉽게 잊을 수 있는 사람, 동시에 자기 자신에 대해서는 끝없이 엄격한 사람, 이런 사람이야말로 얼마나 고귀한 사람들인가. 흔히 침묵은 가장 완전한 말이라고 서슴없이 말들을 한다. 침묵의 말 속에는 비난과 비방이 없고 배척과 배신이 없고 위선과 위장이 없다. 그뿐만이 아니다. 감언이설이 없고 어불성설이 없고 교언영색이 없다. 그러나 그것은 어디까지나 말 많음에 대한 지나친 우려에 불과한 것이다.

어느 날 사리불이 붓다께 여쭈었다.

"세존이시여, 만약 남의 죄를 들추고자 하면 어떤 법에 의지해야 합니까?"

붓다께서 말씀하셨다.

"남의 죄를 들추고자 하는 사람은 다섯 가지를 알아야 한다. 그 죄가 거짓이 아니고 사실이어야 하며, 그 때가 적절해야 하고, 법도를 어기지 않고 보탬이 되는 것이어야 하며, 거칠거나 험하지 않고 부드러워야 하며, 미움에서가 아니라 사랑하는 마음으로 들추어야 한다."

그렇다. 단 한마디 말을 하더라도 마치 남의 죄를 들추고자 할 때처럼 조심하며 삼가는 것이 으뜸이다. 한마디 말이야말로 자칫하면 날개를 달고 훨훨 날아가버리기 때문이다.

231~234
몸과 말과 마음을 지켜서 거둬라

상 수 신 신　　　이 호 진 에　　　제 신 악 행　　　진 수 덕 행
常守愼身하여 以護瞋恚하고 除身惡行하여 進修德行하라.

상 수 신 언　　　이 호 진 에　　　제 구 악 언　　　송 습 법 언
常守身言하여 以護瞋恚하며 除口惡言하고 誦習法言하라.

상 수 신 심　　　이 호 진 에　　　제 심 악 념　　　사 유 념 도
常守身心하여 以護瞋恚하고 除心惡念하며 思惟念道하라.

절 신 신 언　　　수 섭 기 심　　　사 에 행 도　　　인 욕 최 강
節身愼言하고 守攝其心하여 捨恚行道하라 忍辱最强이니라.

231 항상 몸을 삼가고 지켜 노여움이 일지 않게 단속하라. 몸으로 인한 악행을 제거하고 나아가 덕행을 닦아라. **232** 항상 말을 삼가고 지켜 노여움이 일지 않게 단속하라. 입으로 인한 사나운 말을 제거하고 진리의 말씀을 외워 익혀라. **233** 항상 마음을 삼가고 지켜 노여움이 일지 않게 단속하라. 마음에 의한 증오를 제거하고 도를 생각하여 마음에 두라. **234** 몸을 절제하고 말을 삼가며 그 마음을 지켜서 거둬라. 노여움을 버리고 도를 닦는 데는 참는 것이 가장 강한 힘이다.

노자가 말했다.

"진실된 말은 유쾌한 것이 아니다. 유쾌한 말은 진실된 것이 아니다. 착한 사람은 싸움을 좋아하지 않는다. 싸움을 좋아하는 사람은 착한 사람이 아니다. 현자賢者는 박식함을 자랑하지 않는다. 박식함을 자랑하는 사람은 현자가 아니다. 성자聖者는 무엇이건 수중에 모으려 하지 않는다. 그러나 타인을 위한 베풂이 많을수록 자기도 무언가 얻는 것이 많다는 것을 알고 있다. 진실된 지혜는 덕德을 행하는 것이지 악을 행하는 것이 아니다. 성자의 지혜는 그것을 행하게끔 하지 남과 싸우게 하지 않는다."

　사람들은 자기를 유쾌하게 해주는 말을 좋아한다. 타인과 싸우더라도 이득을 놓치려 하지 않는다. 별로 아는 것이 없으면서도 아는 체하며, 마음에 들면 무턱대고 자기 것으로 만들려 한다. 그러면서도 진실한 척하며, 착한 척하며, 박식한 척하며, 욕심이 없는 척 자기를 위장한다. 그런 위장이 오래갈 수 없는 것을 뻔히 알면서도 버릇처럼 그렇게 한다. 그런 식으로 자기를 위장하기 위해 그들은 몸과 마음과 온갖 말을 다 동원한다. 그 몸과 마음과 말이 삼위일체를 이루어 그들의 위장을 그럴듯하게 꾸민다. 악은 그렇게 만들어진다. 그것이야말로 완벽한 악의 화신이다.

　『이솝우화』에 이런 이야기가 있다. 제우스는 황소를 만들고, 프로메테우스는 사람을 만들었으며, 아테나는 집을 만들었다. 이들은 비난과 조롱의 신인 모무스를 찾아가 솜씨를 심판받기로 했다. 그러나 그들의 솜씨가 너무 뛰어나다고 느낀 모무스는 그들을 시샘하기 시작했고 트집을 잡기 시작했다. 먼저 제우스에게 황소의 눈을 뿔 속에 박지 않은 것은 잘못이라고 지적했다. 뿔로 상대를 볼 수 있어야 한다는 것이었다. 그리고 프로메테우스에게는 사람의 마음을 몸 바깥에 붙였어야 했다고 꼬집었다. 그렇게 해야 사람의 생각을 볼 수 있고 고약함을 숨기지 못한다는 것이었다. 마지막으로 아테나에게는 악한 사람이 이웃에 왔을 때 쉽게 이사할 수 있도록 집을 수레바퀴 위에 올려놓았어야 했다고 지적했다.

　마침내 모무스의 시샘과 악의를 눈치챈 제우스는 크게 화를 내며 모무스를 올림푸스 산에서 추방했다. 어쩌면 모무스의 지적을 환영하는 사람이 있을지도 모른다. 세상은 날이 갈수록 불확실한 미망에 빠져들고 사람들은 저마다 황소의 모습으로 변해가기 때문이다. 완벽한 것은 세상에 없다. 인간의 진실은 오히려 완벽하지 못한 데서 찾을 수 있다.

그대의 부끄러움은
살아 있는가

부끄러움을 아는 것이 비록 괴롭지만 의롭게 청백함을 취하
고 부끄러움을 피하여 거짓되지 않으면 이를 일러 깨끗한
삶이라 한다.

235~236

오늘 할 수 있는 선행을
내일로 미루지 말라

생 무 선 행　　　　사 타 악 도　　　　왕 질 무 간　　　도 무 자 용
生無善行이면 死墮惡道하나니 往疾無間이나 到無資用이니라.

당 구 지 혜　　　이 연 의 정　　　거 구 물 오　　가 리 고 형
當求智慧하고 以然意定하여 去垢勿汚면 可離苦形이니라.

235 살았을 때 선행이 없으면 죽어서 악도(惡道)에 떨어지느니, 가는 길이 빨라 쉴 사이도 없지만
다다라서 쓸 자산도 없구나. **236** 마땅히 지혜를 구하여 그것으로 마음을 안정시켜라.
때를 씻어 더럽히지 않으면 괴로움의 몸을 떠날 수 있다.

영혼이 육체를 떠나 하늘로 올라갔다. 거기는 공허하고 추운 곳이었다.
그때 어디선가 몹시 추하게 생긴 무서운 여자가 나타났다. 영혼이 물었
다. "어느 악마보다도 흉측하게 생긴 당신은 대체 누구요?" 그러자 그녀가
대답했다. "저는 당신의 행위, 바로 그것이오."

그렇다. 끊임없이 이어지는 인간의 행위 속에 악도惡道가 있다. 사람들
은 끊임없이 지옥을 만들어내면서도 자기가 그곳에 떨어지는 것은 두려
워한다. 그러면서 스스로 자기 자신에게 더러운 때를 입힌다.

에머슨이 말했다. "오늘 행할 수 있는 선행을 내일로 미루지 말라. 죽음
은 그 사람이 의무를 완수했는가 어떤가를 조사하지 않는다. 죽음은 존경
도 증오도 모르며 친구도 적도 없기 때문이다. 인간의 일생은 그의 실천
적인 결과일 뿐이다."

237~238
진리는 경험이어서 가르칠 수가 없다

237 이제 그대는 젊은 한때를 이미 지나 염마의 곁에 가까이 다가섰다.
그대 가는 도중에 머물 곳도 없고 또 가야 할 길의 노자마저 없다. **238** 스스로 그대 귀의할 곳을 만들라.
빨리 힘써 노력하여 지혜로워져라. 마음의 때가 없는 사람은 다시는 생사의 길에 말려들지 않는다.

키르케고르는 그의 일기에다 이런 말을 남겨두고 있다.

"인간과 인간의 관계와 신과 인간의 관계는 그 성질이 전혀 다르다. 인
간과 인간은 깊이 알면 알수록 그 사이가 더욱 가까워지지만 신과 인간은
그와 정반대이다. 인간이 신을 사랑하면 사랑할수록, 신은 더욱 무한한
것이 되고 인간은 더더욱 미세한 존재가 되어간다. 어린 시절, 나는 신과
함께 장난하며 놀 수도 있을 거라는 생각을 했었다. 그런 만큼 성장한 뒤
에 열정을 바쳐 신을 사랑한다면 신과의 교제도 이루어질 수 있을 것이라
고 생각해왔다. 그러나 나이를 먹어감에 따라 나는 신이야말로 얼마나 무
한한 존재인지, 또 신과 인간의 거리가 얼마나 먼 것인지를 이해할 수 있
었다."

그러나 붓다는 그렇지가 않다. 그분은 인간이기 때문이다. 그분은 구름
을 타고 하늘에서 내려오시거나, 대웅전 속의 금동불상에서 불쑥 튀어나
오는 그런 우화 속의 주인공이 아니다. 항상 그대 곁에 있거나 그대 뒤에
있거나 혹은 이만큼 앞선 자리에서 그대를 이끌고 있다. 얼마나 친근한
거리인가.

붓다께서 왕사성의 죽림정사에 계실 때의 일이다. 바카리라는 한 비구가 어느 옹기장이의 집에서 시름없이 앓고 있었다. 그의 병세는 너무 무거워 도저히 치유될 가능성이 보이지 않았다. 그래서 그는 간병인에게 부탁했다. "나는 이제 죽을 몸이오. 붓다를 다시 한 번 뵈옵고 인사드릴 수만 있다면 한이 없겠소. 그러나 이 몸으로는 찾아갈 수 없으니, 미안하지만 베루바나에 가서 붓다께 여기까지 행차해주실 수는 없을지 여쭈어주시면 고맙겠소."

이 말을 전해들은 붓다는 기꺼이 옹기장이네 집을 찾아갔다. 바카리는 누웠던 자리에서 일어나려 애썼다.

"바카리야, 가만히 누워 있거라. 일어날 필요 없다."

붓다께서 억지로 그를 눕게 하고 머리맡에 앉자, 바카리는 누운 채 힘없는 목소리로 말했다. "붓다여, 저는 가망이 없습니다. 병은 악화되기만 합니다. 마지막 소원이오니 붓다의 발 앞에서 얼굴을 우러러뵈며 이마를 땅에 대고 절할 수 있도록 해주십시오."

붓다께서 말씀하셨다. "그만둬라 바카리야, 이 썩을 몸을 보아서 무얼 하겠다는 것이냐? 바카리야, 법法을 보는 사람은 나를 볼 것이요, 나를 보는 사람은 법을 볼 것이다."

그렇다. 이처럼 존귀한 분을 우리는 진리를 통해 만날 수 있다. 그분이 진리이며 진리가 그분이기 때문이다. 현실에 존재하시는 붓다를 만나라. 라즈니시가 말했다. "진리는 경험이어서 가르칠 수가 없다. 그것은 지식이 아니고, 존재함이다."

239~240

악은 마음에서 생겨나
제 몸을 허물어버린다

혜 인 이 점   안 서 초 진   세 제 심 구   여 공 연 금
慧人以漸하여 安徐稍進하여 洗除心垢가 如工鍊金이니라.

악 생 어 심   환 자 피 형   여 철 생 구   반 식 기 신
惡生於心하여 還自壞形이 如鐵生垢하며 反食其身이니라.

239 지혜로운 사람은 서둘거나 굽히지 않고 천천히 차근차근 정진해서 마음의 때를 씻어버리느니,
마치 대장장이가 쇠를 불리는 것과 같다. **240** 악은 마음에서 생겨나 스스로 제 몸을 허물어버린다.
마치 쇠에 녹이 슬어 오히려 그 쇠를 먹는 것과 같다.

한 바라문이 아침 일찍 탁발을 나가기 위해 준비하는 한 무리의 비구들
을 보았다. 그는 비구들의 가사자락이 아침 이슬에 젖은 잡초에 끌려 더
럽혀지는 것을 보고 잡초를 뽑아내고 바닥을 고르게 하였다. 이튿날 다시
비구들의 모습을 지켜보노라니, 이번에는 가사가 땅에 닿아 흙바닥에 더
럽혀지는 게 아닌가. 그는 비구들이 탁발을 위해 성내로 들어가기 전에
모이는 장소에 휴식할 수 있는 정자를 짓기로 결심했다.

정자가 다 지어지자 바라문은 붓다와 비구들을 초청하여 공양을 올리
고 정자 헌납식을 거행했다. 그리고 그 자리에서 자신이 그동안 비구들의
불편을 살펴본 일과, 비구들에게 조금씩 도움을 드리다 보니 이제 이 같
은 정자를 세우게 되었노라고 붓다께 말씀드렸다. 그러자 붓다께서 말씀
하셨다.

"바라문이여, 지혜로운 사람은 공덕을 짓되 조금씩 점차적으로 계속함으로써 마음에 남아 있는 때와 번뇌를 제거하느니라."

악은 마음에서 생겨나서, 마치 쇠에 녹이 슬어 오히려 녹이 그 쇠를 먹는 것처럼 조금씩 조금씩 자기를 갉아먹는다. 마음의 때를 씻는 일도 그와 같다. 서둘지 말고 천천히 차근차근, 마치 대장장이가 쇠를 다루듯 그렇게 씻어나가라.

241~243
악덕의 때는 누구나 씻을 수 있다

불송위언구 불근위가구 불엄위색구 방일위사구
不誦爲言垢하고 不勤爲家垢하며 不嚴爲色垢하고 放逸爲事垢니라.

간위혜시구 불선위행구 금세역후세 악법위상구
慳爲惠施垢하고 不善爲行垢라 今世亦後世니 惡法爲常垢니라.

구중지구 막심어치 학당사악 비구무구
垢中之垢로 莫甚於癡니 學堂捨惡하고 比丘無垢하라.

241 글을 읽지 않는 것은 말의 때가 되고 부지런하지 않는 것은 집의 때가 된다.
꾸미지 않으면 몸의 때가 되고 방일한 것은 일의 때가 된다. **242** 인색한 것은 보시의 때가 되고
선하지 않은 것은 행실의 때가 된다. 이 세상에서나 저세상에서나 악덕은 항상 때가 된다.
243 때 중의 때로는 어리석음보다 더한 것이 없느니, 스스로 닦아 악을 버려라. 비구들이여, 다만 때가 없게 하라.

"거짓말하고 도둑질하며 게으르고, 불순한 눈으로 여자를 보며, 남을
속이고 비방하며 남이 불행해지기를 바라는 것, 교만하고 시끄러우며, 중
상을 좋아하고 인색하며, 불순하고 염치없으며, 성 잘 내고 복수를 잊지
않는 것, 불결하고 완고하며 질투심이 강하고, 남에게 악을 행하며 미신
이 깊은 사람. 이 모든 것은 악한 마음을 가진 사람의 친구이며 착한 사람
의 적이다."

이것은 악덕이다. 이 아주 오래된 페르시아 속담을 모르는 사람은 아무
도 없다. 이 말은 세계의 구석구석에 햇볕이 닿듯 알려져 있고, 안개가 스
며들듯 피부로 느껴져온 말들이다. 그런데도 이 악덕의 친구들은 세계 구
석구석에 차고 넘치는 반면 악덕의 적은 극히 드물다. 이 모든 악덕은 인

간의 행위에서 비롯된 것들이다. 사람의 몸을 빌어, 혹은 사람의 마음을 통하여 이 더러운 때는 형성된다. 그리고 어리석음이라는 엄청난 터널을 통하여 세계를 덮는다.

한 구두쇠가 가지고 있던 재산을 모두 팔아서 금덩어리 하나를 샀다. 그리고 아무도 모르는 장소에 그것을 숨겨두었다. 그러나 그의 마음과 생각까지도 거기에 함께 묻어놓은 듯 매일 그리로 가서 그 금덩이를 생각했다. 어느 날 그를 지켜보던 한 일꾼이 이 사실을 짐작하고 금덩어리를 훔쳐갔다. 그것을 안 구두쇠는 머리를 쥐어뜯으며 통곡했다. 지나가던 사람이 슬퍼하는 이유를 묻고 나서 말했다. "너무 슬퍼 마시오. 금덩이가 있을 때도 갖지 않은 것이나 다름없었습니다. 돌덩이를 대신 땅 속에 묻고 금덩이라 생각하시오. 이나저나 마찬가지 아닙니까?"

그런 것이다. 모든 악의 근원은 진리에 대한 무지에서 비롯된다. 이 근원으로부터 온갖 오류의 나무가 무성하게 숲을 이루었으며 그리하여 헤아릴 수도 없을 만큼 숱한 번뇌의 열매를 맺게 하지 않았는가. 무엇 때문에 탐욕의 금덩이를 땅 속에 묻어두는가? 무엇 때문에 그 금덩이와 함께 자기의 마음과 생각도 함께 묻어두는가? 그대의 그 무지를 쫓아버려라. 그와 함께 짝지어 있는 그대의 큰 어리석음도 함께 몰아내라.

로가우는 이렇게 말했다. "악덕 중에서 가장 심한 것은 어떠한 악덕도 겁내지 않고 악덕을 자만하고 악덕을 후회하지 않는 것이다."

서둘러 후회하고 서둘러 벗어나라. 깨끗하게 씻은 그대의 몸으로 가장 가까운 이웃을 씻어줘라. 붓다의 말씀이야말로 얼마나 해맑은 샘물인가.

244~245

그대의 부끄러움은 살아 있는가

구 생 무 치   여 조 장 훼   강 안 내 욕   명 왈 예 생
苟生無恥하면 如鳥長喙하고 强顔耐辱을 名曰穢生이니라.

염 치 수 고   의 취 청 백   피 욕 불 망   명 왈 결 생
廉恥雖苦나 義取淸白이니 避辱不妄이면 名曰潔生이니라.

244 구차하게 살면서도 부끄러움을 모르고 마치 긴 부리를 가진 까마귀처럼 뻔뻔함도 부끄럼도 아무렇지 않다면, 이를 일러 더러운 삶이라 한다. **245** 부끄러움을 아는 것이 비록 괴롭지만 의롭게 청백함을 취하고 부끄러움을 피하여 거짓되지 않으면 이를 일러 깨끗한 삶이라 한다.

라로슈푸코가 말했다. "때때로 우리들은 우리들의 가장 아름다운 행위조차도 부끄럽게 생각할 것이다. 그것의 동기를 사람들에게 보였다면."

그렇다. 부끄러움은 양심의 보호막이다. 양심이 다치는 것을 막기 위해 필요한 때를 놓치지 않고 모습을 드러낸다. 얼굴을 붉히거나 몸을 움츠리며 부끄러움을 고백한다. 그래서 부끄러움을 모르는 사람을 뻔뻔하다거나 철면피라는 말로 윽박지른다.

많은 사람들은 어리석음 때문에 더욱 뻔뻔해진다. 그들은 부끄러움을 모른다. 부끄러움을 모를 수밖에 없는 그 어리석음으로 더욱 뻔뻔해진다. 그들에게 살아 있다는 것은 그들 개개인의 능력으로 환산된다. 그들은 생명도 죽음도 오로지 물질적인 것으로만 계산하려든다. 그것만이 그들의 능력이며 삶의 가치인 것이다. 세상에 태어나서 죽지 않는 것이란 아무것도 없는데도 그들은 그렇지 않은 것처럼 행동한다. 그렇지 않은 것처럼

집착하고 그렇지 않은 것처럼 모의한다. 참으로 어리석음이란 얼마나 무서운 것인가.

듀보는 이렇게 말했다. "죽음이란 하나의 죄가 아니라 하나의 법이다. 목숨을 버릴 때 우리를 위안하는 세 가지 사물이 있는데, 그 하나는 이미 죽은 친구들이요, 우리가 남겨놓고 떠나는 사랑하는 사람들이요, 그리고 이제 끝장을 보려는 우리들의 어리석음과 뻔뻔스러움이다."

이런 류의 위안이야말로 얼마나 저급한 것이며 속된 것이며 악의적인 것인가. 삶은 구경하는 것이 아닌데도 그들은 구경삼아 즐겼고, 삶이란 단순히 먹어치우는 것이 아닌데도 그들은 얼마나 포식하기에만 급급해 있는가.

어느 날 한 비구가 자신이 만든 약으로 환자를 치료해주고 그 대가로 맛있는 음식을 받아 가지고 오다가 법랍이 높은 선배 비구를 만나자 이렇게 말했다. "스님, 제가 약을 만들어서 환자를 치료해준 대가로 이 음식을 받아왔는데 좀 가져가시지요. 참으로 맛있는 음식입니다. 앞으로도 계속 맛있는 음식을 갖다드리지요."

그러나 선배 비구는 아무 말 없이 그 자리를 떠나 붓다께 찾아가 그 비구의 일을 말씀드렸다. 붓다께서 말씀하셨다.

"비구여, 그는 부끄러움을 모르고 뻔뻔스럽기가 마치 까마귀와 같구나. 그는 법에 맞지 않는 방법으로 편안하게 살려고 하는구나. 비구가 바르지 못한 행동에 부끄러움을 느끼고 계율을 청정하게 지키는 생활을 하기란 매우 어려운 것이다."

그대의 부끄러움은 살아 있는가? 살아 있어야 그대는 가치 있는 인간일 수 있다. 부끄러움이 있는 한 그대는 결코 죄악에 떨어지지 않는다.

246~248
오래도록 스스로를 괴롭게 하지 말라

우 인 호 살　　　언 무 성 실　　　불 여 이 취　　　호 범 인 부
愚人好殺하며 言無誠實하고 不與而取하며 好犯人婦하고

정 심 범 계　　　미 혹 어 주　　　사 인 세 세　　　자 굴 신 본
逞心犯戒하여 迷惑於酒하나니 斯人世世에 自掘身本이니라.

인 여 각 시　　　부 당 념 악　　　우 근 비 법　　　구 자 소 몰
人如覺是면 不當念惡이라 愚近非法하여 久自燒沒이니라.

246 어리석은 사람은 살생을 좋아하고 하는 말에는 진실이 없으며 주지 않는데도 빼앗으며
남의 아내를 즐겨 범한다. **247** 마음대로 계율을 어기고 술 마시는 일에만 미혹되는 이런 사람은
세세토록 스스로 제 몸의 뿌리를 파헤친다. **248** 사람들이여, 이것을 깨달았으면 마땅히 악을 생각하지 말라.
어리석음으로 법답지 않은 것을 가까이하여 오래도록 스스로를 괴롭게 하지 말라.

어떤 사람이 현자賢者에게 물었다.

"인생에서 가장 중요한 때는 언제이며, 가장 중요한 사람은 어떤 사람
이며, 가장 중요한 일은 무엇입니까?"

현자가 대답했다.

"가장 중요한 때는 현재다. 사람이 자기 자신을 통제할 수 있는 것은 현
재이기 때문이다. 가장 중요한 사람이란 어떤 관계든 현재 관계를 맺고
있는 그 사람이다. 왜냐하면 사람은 누구나 현재 이후에 다른 누구와 어
떤 관계를 갖게 될지 알지 못하기 때문이다. 가장 중요한 일은 어떤 관계
든 현재 관계를 맺고 있는 사람들 모두를 사랑하는 일이다. 사람은 오직
사랑하기 위해서만 이 세상에 태어나기 때문이다."

　현재란 그만큼 중요한 시간이다. 그토록 귀중한 시간에 살생을 좋아하고, 하는 말마다 진실이 없으며 남의 것을 빼앗거나 남의 아내를 즐겨 범하거나 술 마시는 일에만 몰두한다면 그는 이미 인간이기를 포기한 사람이나 다름없다. 그는 얼마나 스스로를 괴롭게 만들고 있는가.

　어느 달 밝은 밤에 붓다께서 나무 밑에 있는 한 도인을 찾아가 마주앉았다. 그때 한 마리의 거북이 물속에서 나와 나무 밑으로 다가왔다. 그런데 어디서인가 물개 한 마리가 먹이를 찾아 나왔다가 거북을 보고 덤벼들었다. 거북은 곧장 머리와 꼬리와 사지를 갑 속으로 감춰버렸다. 거북을 어떻게 할 수 없게 된 물개는 어디론가 어슬렁어슬렁 사라져버렸다.

　그때 도인이 말했다. "이 거북에게는 몸을 보호하는 갑옷이 있다는 걸 물개는 모르고 있는 모양이구나."

　붓다께서 말씀하셨다. "세상 사람들은 거북보다도 못하구나. 모든 것이 덧없는 줄 모르고 여섯 가지 정情을 함부로 놀려, 악마에 시달리면서 일생을 마치지 않는가! 인생의 모든 일은 모두 그 뜻으로 되기 마련인데 어찌 스스로 힘써 구경究竟의 안락을 구하지 않는가!"

　자기를 다스리지 못하면 그는 다른 누구도 다스릴 수 없다. 노자가 말했다. "남을 잘 알고 있는 사람은 똑똑한 사람이다. 자기 자신을 잘 알고 있는 사람은 그 이상으로 총명한 사람이다. 남을 설복시킬 수 있는 사람은 강한 사람이다. 그러나 자기 자신을 이겨내는 사람은 그 이상으로 강한 사람이다."

　현재를 아껴 써라. 현재는 그대가 유일하게 그대일 수 있는 시간이다. 디오게네스가 한 말처럼 삶은 악이 아니지만 방종하게 사는 것은 악이다. 왜 중요한 그대의 현재를 악의 먹거리로 제공하려 하는가?

249~250

왜 타인의 시선을 의식하는가

249 만약 믿음으로 보시한다 하면서 명예를 드날리려 하거나 남의 허식만을 따른다면 깨끗한 선정에 들어갈 수 없다.

250 모든 욕망을 끊고 생각의 근원마저 잘라버려서 밤낮으로 하나만을 지켜간다면 반드시 선정에 들 수가 있다.

라로슈푸코가 말했다.

"사람들은 자기가 행복하기를 원하는 것보다 남에게 행복하게 보이기 위해 더 애를 쓴다. 남에게 행복하게 보이려고 애쓰지만 않는다면 스스로 만족하기란 그리 힘든 일이 아니다. 남에게 행복하게 보이려는 허영심 때문에 자기 앞에 있는 진짜 행복을 놓치는 수가 많다."

명성을 사랑하는 것보다 더 큰 허영은 없다. 그런 사람들은 자신의 명성을 위하는 일이라면 물불을 가리지 않는다. 모든 일에서 타인의 시선을 의식한다. 신에 대한 헌금도 불우한 이웃을 위한 자선 행위도 오로지 타인의 시선을 의식해서 행한다. 타인의 눈의 잣대에 모든 걸 의탁하고 있기 때문이다.

어떤 나이 든 사람이 보다 젊은 사람에게 물었다. "왜 마음에도 없는 일을 하고 있소?" 젊은 사람이 대답했다. "다른 사람들이 모두 하고 있으니까요!"

"천만에, 남들이 다 하고 있다는 건 말이 안 되오. 나도 지금 그런 일을 하고 있지 않으니까. 드물기는 하겠지만 나 외에도 그런 일을 하지 않는 사람은 얼마든지 있을 수 있소."

"물론 전부 다는 아니겠지요. 하지만 아주 많은 사람들, 인류의 거의 전부가 그렇게 하고 있습니다."

그러자 나이 든 사람이 따지듯 말했다. "그렇다면 말해보시오. 이 세상에는 어떤 사람들이 더 많은가? 못난 사람인가. 똑똑한 사람인가?"

"그야 뭐 못난 사람들이 훨씬 더 많겠지요."

"그렇다면 당신은 많은 사람들의 흉내를 내고 있다니까 결국 못난 사람들의 흉내를 내고 있는 것이군요!"

그대의 의지는 어디로 갔는가? 그대 역시 이 세상의 많은 사람들처럼 떼지어 휩쓸리기만을 고집할 것인가? 그대는 왜 그대 자신을 찾지 않는가? 그대는 오직 그대일 뿐이다. 왜 타인의 허식 속에 그대 자신을 묻어두려 하는가?

우리의 오랜 속담 중에 '법당은 호법당好法堂이나 불무영험佛無靈驗'이란 것이 있다. 겉치레는 매우 훌륭하지만 아무 데도 쓸모가 없는 것을 빗댄 말이다. 명예도 따지고들면 그와 별 차이가 없다. 그것이야말로 바람 같은 것이며 바람 앞의 촛불 같은 것이며 한입으로 불어보면 자취마저 없어질 거품 같은 것이다.

모든 악은 언제나 그것처럼 선으로 위장하여 숨어든다. 욕망이란 숲속은 그런 악들이 숨어들기에 가장 쉬운 곳이다. 욕망을 끊어라. 욕망을 일으키는 그대의 생각에서부터 그것들을 단절시켜라.

251~253

모든 죄악은
아름다움으로 위장하고 있다

화 막 열 어 음　　첩 막 질 어 노　　망 막 밀 어 치　　애 류 사 호 하
火莫熱於婬하고 捷莫疾於怒하며 網莫密於癡하고 愛流駛乎河니라.

선 관 기 하 장　　사 기 불 로 외　　피 피 자 유 극　　여 피 비 경 진
善觀己瑕障하여 使己不露外하며 彼彼自有隙이라도 如彼飛輕塵이라.

약 기 칭 무 하　　죄 복 구 병 지　　단 견 외 인 극　　항 회 위 해 심
若己稱無瑕하면 罪福俱竝至이지만 但見外人隙하면 恒懷危害心이라.

251 음욕보다 뜨거운 불은 없고 성내는 것보다 빠른 것은 없다.
어리석음보다 빽빽한 그물은 없고 애욕의 흐름은 강물보다도 빠르다. **252** 자기의 잘못을 잘 보면서도
스스로 그것을 감추려 한다. 남도 자기도 잘못이 있지만 남의 잘못은 먼지를 불어 날리듯 드러낸다.
253 만약 자기는 잘못이 없다고만 한다면 그 죄와 복이 함께하겠지만 남의 잘못만 들추려 한다면
남을 해치려는 마음은 떠나지 않는다.

두 여인이 가르침을 얻기 위해 현자賢者를 찾아갔다. 그 중 한 여인은 첫 남편을 버리고 다른 남편을 맞이한 죄의식 때문에 자신을 죄인이라고 생각하고 있었고 또 한 여인은 지금까지 양심에서 벗어난 일을 한 적이 없다고 굳게 확신하고 있었다. 현자는 두 여인의 생활에 관해 물어보았다. 앞의 여인은 눈물을 흘리며 자기의 죄를 고백하면서 용서받지 못할 것이라고 한탄했다. 또 다른 여인은 자기에게는 아무런 죄가 없노라고 단호하게 말했다.

현자가 첫 번째 여인에게 말했다. "그대는 곧장 저쪽에 있는 큰 돌을 하

나 주워오시오. 들 수만 있다면 보다 큰 돌을 들고 오는 것이 좋을 것이오." 다시 두 번째 여인에게 말했다. "그대는 가능한 한 조그만 돌을 많이 주워오는 게 좋겠소."

잠시 후 한 여인은 커다란 돌을, 또 한 여인은 작은 돌을 자루에 담아 가지고 돌아왔다. 현자가 그녀들을 바라보며 말했다.

"지금 들고 온 돌들을 원래 있던 자리에 갖다놓고 오시오."

그녀들은 다시 시키는 대로 했다. 첫 번째 여인은 큰 돌을 쉽게 제자리에 갖다놓고 왔지만 두 번째 여인은 어디서 그 돌들을 주웠는지 알 수 없어 자루째 되들고 올 수밖에 없었다.

현자가 말했다.

"죄악이란 바로 그런 것이오. 큰 돌을 들고 왔던 그대는 그 돌을 어디서 갖고 왔는지 기억하기 때문에 쉽게 제자리에 갖다놓을 수가 있었소. 하지만 작은 돌들을 많이 주워온 그대는 그것들을 어디서 주워모았는지 알 수 없기 때문에 제자리에 갖다놓을 수 없었소. 죄악도 그런 것이오. 그대는 죄악을 인식하고 있었기 때문에 타인의 비난이나 자기 양심에 가책되는 일을 견뎌올 수 있었소. 그러니까 그대는 그 죄로부터 정말 해방된 것이나 다름없소. 하지만 그대는 그대 생각으로는 하잘것없는 죄악일지 모르지만 그 죄를 망각하고 있었소. 때문에 뉘우침도 없이 죄스러운 나날을 지내온 거요. 그대는 다른 사람들의 죄를 이러쿵저러쿵 말함으로써 보다 깊은 죄악에 빠져들고 있다는 걸 모르고 있었던 것이오."

악에 깊이 물들면 그 악을 볼 수 없다. 악이 침범할 수 없도록 항상 스스로를 살펴보라. 애욕과 분노와 어리석음의 더러운 때는 뜨겁게, 빠르게, 빡빡하게 그대를 조일 것이다. 결코 그 더러운 때에 물들지 말라.

254~255

지혜롭게, 선하게, 깨끗하게
그대의 일을 하라

허 공 무 철 적　　　사 문 무 외 의　　중 인 진 락 악　　　유 불 정 무 예
虛空無轍迹하고 沙門無外意라 衆人盡樂惡이나 唯佛淨無穢니라.

허 공 무 철 적　　　사 문 무 외 의　　세 간 개 무 상　　　불 무 아 소 유
虛空無轍迹하고 沙門無外意라 世間皆無常이나 佛無我所有니라.

254 허공에는 어떠한 자취도 없고 사문에게는 다른 뜻이 없다. 세상 사람들 모두 악을 즐기지만
붓다는 깨끗하여 더러움이 없다. **255** 허공에는 어떠한 자취도 없고 사문에게는 다른 뜻이 없다.
세상은 모두 덧없고 붓다에게는 내 것이 없다.

붓다께서 사위성 기원정사에 계실 때, 천인이 붓다께 문안드리고 여쭈었다.

"비구는 한적하고 조용한 곳에서 고요히 범행을 닦고, 하루에 한 끼니만 먹거늘 무슨 까닭으로 얼굴이 그토록 밝은가?"

붓다께서 게송으로 말씀하셨다.

"지나간 일에 대해 근심치 않고 미래에 대해 반겨 집착하지 않는다. 현재에 얻어야 할 것만을 따라 바른 지혜로 최선을 다할 뿐 딴 생각을 하지 않는다. 미래를 향해 생각을 치달리게 하고 과거를 돌아보아 근심 걱정하는 것은 마치 우박이 초목을 때리듯 어리석음의 불로 스스로를 태우는 것이니라."

허공은 텅 비어 있다. 자취가 없는 것처럼 어떠한 길도 없다. 바른 지혜

로 최선을 다하는 사람에게 무슨 더러움이 있으며 어떤 '내 것'이 있을 수 있겠는가. 세상을 살아가는 모든 사람도 그와 마찬가지다. 그대가 하고자 하는 일에 최선을 다하라. 가장 지혜롭고 가장 선하며 가장 깨끗하게 그대의 일을 이루어나가도록 하라. 허공엔 아무런 자취가 없는 것처럼 그대에게도 다른 뜻이 없게 하라.

생텍쥐페리가 말했다.

"그를 인간으로 만들어주는 그것이 사람의 진리다."

제19장

주법품
主法品

자만심은 어리석은 자의
장식품이다

이른바 지혜로운 사람이란 반드시 말 잘하는 자가 아니다.
겁먹지 않고 두려움 없이 선善을 지킬 줄 알아야 지혜로운
사람이다.

256~257
이익을 위해 다투지 말라

호경도자   불경어리   유리무리   무욕불혹
好經道者는 不競於利하고 有利無利에 無欲不惑이니라.

상민호학   정심이행   응회보혜   시위위도
常愍好學하고 正心以行하며 擁懷實慧니 是謂爲道니라.

256 바른 도를 좋아하는 사람은 이익을 위해 다투지 않는다.
이익이 있거나 이익이 없거나 욕심이 없어 미혹되지 않는다. **257** 항상 연민으로 남을 이끌고
바른 마음으로 행동하며 가슴에 귀한 지혜를 품고 있다면 이를 도에 사는 사람이라 한다.

총명하고 지혜로움이 나라에서 으뜸간다는 살차니건이라는 바라문이
있었다. 그는 오백 제자를 거느리고 스스로 뽐내어 세상을 돌아보지 않고
언제나 철판으로 배를 감고 있었다. 자신의 지혜가 넘칠까 걱정되어서라
고 했다.

그 무렵 붓다께서 세상에 나오셔서 널리 가르침을 편다는 말을 들은 살
차니건은 질투심이 일어나 깊고 어려운 일을 질문하여 붓다를 힐난하기
위해 찾아갔다. 문 밖에서도 붓다의 휘광이 찬란한 것이 마치 아침 해가
솟는 것 같았다. 그는 그것을 바라보며 기쁘고 두려운 마음으로 붓다께
나아가 여쭈었다.

"어떤 것이 도이며, 지혜이며, 장로이며, 어떤 것을 도가 있다 하며, 단
정端正이라 하며, 어떤 것이 사문이며, 비구며, 인명仁明이며, 봉계奉戒인
가?"

이 '주법품'의 모든 게송은 그에 대한 붓다의 대답이다. 붓다의 이 말씀으로 살차니건과 오백 제자는 교만을 버리고 기쁜 마음으로 사문이 되었다. 또 살차니건은 보리심을 일으키고 제자들은 모두 아라한의 도를 얻었다.

노자가 말했다.

"현명한 자는 도를 들으면 부지런히 행한다. 평범한 자는 도를 들었으나 기억하는 듯 잊어버린 듯한다. 그리고 어리석은 자는 도를 들으면 크게 웃는다."

법을 받든다는 것은
법을 지킨다는 것이다

^{소 위 지 자} ^{불 필 변 언} ^{무 공 무 구} ^{수 선 위 지}
所謂智者는 不必辯言하고 無愯無懼하여 守善爲智니라.

^{봉 지 법 자} ^{불 이 다 언}
奉持法者는 不以多言하고

^{수 소 소 문} ^{신 의 법 행} ^{수 도 불 망} ^{가 위 봉 법}
雖素少聞이라도 身依法行하여 守道不忘이면 可謂奉法니라.

258 이른바 지혜로운 사람이란 반드시 말 잘하는 것만 일컫지 않는다.
겁먹지 않고 두려움 없이 선(善)을 지킬 줄 알아야 지혜로운 사람이다. **259** 이른바 법을 받드는 사람이란
말을 많이 하는 것만 일컫지 않는다. 비록 들은 것이 적다 하더라도 몸소 법대로 닦아 행해서
도를 잘 지켜 잊지 않아야 법을 받든다고 할 수 있다.

"사람이 깊은 지혜를 갖고 있으면 있을수록 자신의 생각을 나타내는 말
은 더욱 단순해진다. 많은 말이 필요 없어진다. 말은 사상의 표현이지 나
열이 아니기 때문이다."

몰리에르의 이 말은 상당한 함축성을 가지고 있다. 흔히 사람들은 말을
많이 지껄이는 사람을 말 잘하는 사람으로 오해한다. 그러나 대개의 경우
그런 사람의 말은 좋은 빛깔로 포장되어 있기가 예사다. 말을 잘한다고
지혜로운 사람이 될 수는 없다. 말을 잘하는 사람은 수없이 많다. 선을 이
해하고 선을 지켜야만 지혜로운 사람이 될 수 있다.

한 그루의 사과나무가 아무리 많은 꽃을 피웠다 하더라도 한 알의 열매

도 맺지 못한다면 그것은 사과나무일 수 없다. 법을 받든다는 것은 법을 지니고 지키는 것이다. 세상을 어지럽히는 모든 죄악으로부터 우리를 보호하는 유일한 피난처가 법이라면 그 법을 받들어 지키는 것은 모든 사람들의 당연한 의무일지도 모른다. 법法의 나무에 주렁주렁 열리는 한 알의 열매로 거듭나라. 그리하여 그대는 법을 받들고 법의 보호를 받으라.

260~261
진실과 법을 가슴에 품어라

소 위 노 자　　불 필 년 기　　형 숙 발 백　　준 우 이 이
所謂老者는 不必年耆니 形熟髮白은 憃愚而已니라.

위 회 제 법　　순 조 자 인　　명 달 청 결　　시 위 장 로
謂懷諦法하고 順調慈仁하며 明達淸潔을 是爲長老니라.

260 이른바 장로(長老)란 반드시 나이 많은 사람만을 일컫는 게 아니다.
　　　몸은 늙고 머리가 희다 해도 이는 어리석은 사람일 뿐이다.
261 진실과 법을 가슴에 품어 부드럽고 공정하며 이치에 밝고 마음이 깨끗하다면 이를 일러 장로라 한다.

　어느 날 서른 명의 비구들이 붓다께 인사를 올리기 위해 사위성 기원정사로 찾아왔다. 이때 붓다께서는 그들이 모두 아라한을 이룰 시기가 되었음을 알고 계셨다. 그래서 그들에게 여래의 방에 들어오기 전에 건넌방에 머물고 있는 장로에게 인사를 드리고 왔느냐고 넌지시 물었다. 그러자 그들은 장로는 보지 못했고 키 작고 어린 사미 한 사람만을 보았다고 대답했다. 그러자 붓다께서 말씀하셨다.

　"비구들이여, 그 키 작은 사람은 사미가 아니다. 그는 비록 몸이 작아 나이가 들어 보이지는 않지만 어엿한 장로 비구다. 여래는 나이가 많다고 해서 장로라고 부르지 않으며, 장로처럼 보인다고 해서 장로라고 부르지 않는다. 여래는 사성제의 진리를 깨달아 바르게 이해하여 다른 사람을 해치지 않는 사람을 장로라 부른다."

　셰익스피어는 이렇게 말했다.

"꽃에 향기가 있듯 사람에게도 품격이란 것이 있다. 그러나 향기가 신선하지 못하듯 사람도 마음이 맑지 못하면 자신의 품격을 보전하기 어렵다. 썩은 백합꽃은 오히려 잡초보다 냄새가 고약하다."

262~263

모든 악을 버리고
그 뿌리마저 잘라버려라

所謂端政은 非色如花라 慳嫉虛飾이면 言行有違니라.
소 위 단 정   비 색 여 화   간 질 허 식   언 행 유 위

謂能捨惡하며 根源已斷하고 慧而無恚면 是謂端政이니라.
위 능 사 악   근 원 이 단   혜 이 무 에   시 위 단 정

262 이른바 단정한 사람이란 용모가 꽃 같은 것만이 아니다.
인색하고 질투하고 허식이 많고 말과 행동이 어긋나서는 안 된다. **263** 그러한 악을 능히 버리고
그 뿌리마저 잘라버리며 성내는 마음 없이 지혜로우면 이를 일러 단정한 사람이라 한다.

붓다께서 사위성 기원정사에 계실 때였다. 어느 날 부루나 존자가 붓다께 문안을 올리고 여쭈었다.

"세존이시여, 저는 서방 수로나로 가서 법을 전하고자 합니다."

"그곳 사람들은 성질이 난폭하여 헐뜯기를 잘하는데 너는 그것을 어떻게 하겠느냐?"

"꾸짖더라도 손이나 돌로 때리지 않는 것을 다행으로 알겠습니다."

"그들이 손이나 돌로 너를 때린다면 어떻게 하겠느냐?"

"칼로 찌르고 몽둥이로 치지 않는 것을 다행으로 알겠습니다."

"칼과 몽둥이로 너를 찌르고 때린다면 어떻게 하겠느냐?"

"죽이지 않는 것을 다행으로 알겠습니다."

"만약 그들이 너를 죽인다면 어떻게 하겠느냐?"

"언젠가는 버려야 할 몸인데 그들이 고맙게도 이 몸을 버려 해탈케 해
주었다고 생각하겠습니다."

"착하다, 부루나여. 너는 인욕을 성취하였구나. 너는 이제 수로나 국에
가서 제도받지 못한 사람을 제도하고 불안한 사람을 편안케 하며, 열반을
얻지 못한 사람들에게 열반을 얻게 하라."

사람이란 차츰차츰 쌓여서 큰 그릇을 이룬다. 악을 버리고 그 뿌리마저
끊어버릴 때 하나의 완전한 품격은 만들어진다.

264~265
마음을 고요히 하여
어지러움이 없게 하라

소위사문   비필제발   망어탐취   유욕여범
所謂沙門은 **非必除髮**이니 **妄語貪取**하여 **有欲如凡**이니라.

위능지악   회곽홍도   식심멸의   시위사문
謂能止惡하고 **恢廓弘道**하며 **息心滅意**면 **是爲沙門**이니라.

> **264** 머리 깎았다고 다 사문인 것은 아니다. 말이 거짓되고 탐하고 취하여 욕심이 남아 있다면 범부일 뿐이다.

> **265** 능히 악을 멈추고 널리 도를 펴며 마음이 고요하여 어지러움이 없으면 이를 일러 사문이라 한다.

꽃도 아름다운 꽃이 있는가 하면 그렇지 못한 꽃도 있다. 향기만 진한 꽃이 있는가 하면 향기가 없는 꽃도 있다. 열매를 맺는 꽃이 있는가 하면 열매를 맺지 못하는 꽃도 있다. 그것은 모든 사물이 한결같다. 무엇이나 완전한 것이란 없다.

파파성의 대장장이 아들 춘다가 붓다께 여쭈었다. "거룩하신 붓다시여, 이 세상에는 어떤 종류의 사문이 있습니까?"

붓다께서 말씀하셨다. "이 세상에는 네 종류의 사문이 있다. 첫째는 도를 실천하는 것이 뛰어난 사문이고, 둘째는 도를 설하는 것이 뛰어난 사문이며, 셋째는 도에 의지하여 생활하는 사문이고, 넷째는 도를 핑계하여 악을 짓는 사문이다. 속으로는 사악한 뜻을 품지만 겉으로는 그럴듯하게 꾸며 거짓을 일삼고 성실하지 못하니, 이를 일러 도를 핑계삼아 악을 짓는다고 한다. 이런 사람은 구리에다 금을 입힌 것과 같은데도 속인들은 그를 보고 훌륭한 사문이라 말하게 된다. 그러나 모두가 그런 것은 아니다. 맑고 깨끗한 믿음을 버리지 말라. 얼핏 겉모양만 보고 한눈에 존경하고 가까이하지 말라. 간사한 속마음을 드러내지 않았다 해도 나쁜 뜻을 품을 수 있는 것이다."

진실도 진실처럼 보이지 않을 때가 있고, 거짓도 거짓처럼 보이지 않을 때가 있다. 진실이 거짓처럼 보일 때도 있고 거짓이 진실처럼 보일 때도 있다. 그 모두가 함께 뒤섞여 있을 때도 있고 그 모두가 완전히 따로따로 분별되어 있을 때도 있다.

숲속에 원숭이 한 마리가 살고 있었다. 원숭이는 숲속에서 놀다가 배가 고프면 마을에 있는 콩밭으로 가서 콩을 뽑아먹었다. 어느 날 배가 몹시 고팠던 원숭이는 콩밭으로 가서 실컷 콩을 먹고는 나중에 먹을 콩도 한 움큼 가지고 숲으로 돌아왔다. 그런데 그만 잘못하여 콩 한 알을 떨어뜨렸다. 원숭이는 떨어진 콩 한 알을 주우려다가 손에 쥐고 있던 한 움큼의 콩을 다 쏟아버리고 말았다. 그러자 산새들이 날아와 그 콩을 모두 먹어치웠다. 그것을 지켜보던 원숭이는 화가 나서 말했다.

"야 이놈들아! 남의 콩을 다 먹어버리면 난 어떻게 하란 말이냐?"

산새들이 합창하듯 대답했다. "멍청한 원숭이야, 콩 한 알 주우려고 한 움큼의 콩을 다 버리는 바보가 어디 있냐?"

이 원숭이를 비구로 바꾸어 생각해보라. 그는 놀거나 먹고 마시는 것밖에 모른다. 오늘을 살면서 내일 것까지 탐하기를 서슴지 않는다. 한 가지 계율을 범하고도 참회하지 않으면 마침내 그는 모든 계율을 범하여 스스로를 파멸시킬 것이다.

266~267

자기와 다른 사람이 되려
애쓰지 말라

소위비구 비시걸식 사행음피 칭명이이
所謂比丘는 非時乞食이니 邪行婬彼면 稱名而已니라.

위사죄복 정수범행 혜능파악 시위비구
謂捨罪福하고 淨修梵行하여 慧能破惡이면 是爲比丘니라.

266 밥을 빌러 다니는 것만이 비구의 일이 아니다. 그릇된 행(行)에 빠져 음탕하다면 이름만 비구일 뿐이다.

267 죄와 복을 함께 버리고 청정하게 범행(梵行)을 닦아 지혜로 악을 부수면 이를 일러 비구라 한다.

붓다께서 사위성 기원정사에 계실 때였다. 어느 날 붓다께서는 이른 아침에 가사를 입고 발우를 들고 사위성으로 들어가 걸식하셨다. 그때 어떤 늙은 바라문도 지팡이를 짚고 집집마다 다니면서 밥을 빌고 있었다. 붓다께서 오시는 것을 본 바라문은 '사문 고타마도 지팡이를 짚고 발우를 들고 집집마다 다니면서 걸식을 하고, 나 또한 지팡이를 짚고 발우를 들고 집집마다 다니면서 걸식을 하고 있으니 나와 고타마는 같은 비구다'라고 생각하기에 이르렀다.

붓다께서 그의 마음을 알고 게송으로 말씀하셨다.

"걸식하는 겉모양만으로는 비구가 아니다. 마음이 세속에 붙어 있는데 어찌 비구라고 하겠느냐? 공덕과 허물을 모두 벗어나 바른 행을 닦고, 그 마음에 두려움이 없어야 비구라고 부른다."

라로슈푸코는 「잠언과 고찰」에서 사람은 누구나 자기와는 다른 사람이 되고 싶어한다고 꼬집고 있다. 즉 자기 정신과는 전혀 다른 별개의 정신을 찾아 돌아다닌다는 것이다. 머리 깎고 걸식하는 겉모양만으론 비구가 될 수 없는 것처럼 그것은 어떤 일에서도 한결같다. 무언가 되고 싶어하는 이는 많지만 그 무언가가 쉽게 이루어지지 않을 때 사람들은 허식에 매달려 그것이 진실인 척한다. 참으로 인간은 진실에 대해서는 얼음처럼 차고 거짓에 대해서는 불처럼 뜨겁다.

268~269

때때로 침묵은 웅변일 수 있다

所謂仁明은 非口不言이라 用心不淨이면 外順而已니라.

謂心無爲하며 內行淸虛하며 此彼寂滅이면 是爲仁明이니라.

268 이른바 인명(仁明)이란 침묵하는 것만이 아니다. 마음 쓰는 것이 깨끗하지 못하면 겉으로만 그럴 듯할 뿐이다.

269 마음이 무위(無爲)하여 안으로 맑게 비어서 이것과 저것 모두 다 적멸하였다면 이를 일러 인명이라 한다.

한 친구가 카토에게 말했다. "카토, 자네는 너무 말이 없는 게 흠이야." 그러자 카토가 대답했다. "내 생활에 흠이 잡히지 않으면 그만이지. 말을 하지 않는 것보다 하는 것이 더 좋다고 생각되는 때가 오면 나도 말을 할 거야!"

때때로 침묵은 엄청난 웅변이 된다. 침묵함으로써 말하고 침묵함으로써 행동하는 경우는 얼마든지 있다. 침묵함으로써 화해할 수 있고 침묵함으로써 평화를 이끌어낼 수도 있다.

붓다께서 사위성 기원정사에 계실 때였다. 어느 날 제자들이 강당에 모여 법에 대해 이야기하고 있었다. 그런 이야기를 들으신 붓다께서 강당으로 나가 말씀하셨다.

"너희들은 모여서 무엇을 하고 있느냐?"

"저희들은 법에 대하여 말하고 있습니다."

"착하다. 너희들은 출가한 사람들이니 당연히 법에 대해 이야기하였을 것이다. 그러나 지혜로운 이의 침묵도 버려서는 안 될 것이다. 비구들은 한 자리에 모이면 두 가지에 힘써야 한다. 하나는 법을 논하는 것이며, 또 하나는 지혜로운 침묵이다."

『순자』를 보면 '금설폐구金舌蔽口'라는 말이 보인다. 금으로 혀를 만들어 입을 가린다는 뜻으로, 입을 꼭 다물고 말하지 않는 것을 일컫는 말이다. 말 많은 것을 경계하고 말을 가려서 하도록 권고하는 것이다.

그래서 카뮈는 그의 『비망록備忘錄』에 이렇게 썼다.

"우선 중요한 것은 침묵이다. 대중을 일소하고 자기를 비판할 줄 아는 것이다. 살고자 하는 세심한 의식과 육체의 면밀한 연마 외의 균형을 잡을 것. 일체의 자부심을 버리고 금전에 관한, 그리고 자기 특유의 허영심과 비열함에 관한 이중의 해방 작업에 전념할 것. 규칙 있게 살 것. 단 한 가지에 관하여 심사 숙고하는 데에 2년을 바치더라도 그것은 일생에서 그렇게 긴 세월은 아니다."

자기 자신을 점검하는 내면적 질서에서 중요한 것으로 침묵을 꼽는 것은 충분히 눈길을 끄는 대목이다. 그것은 모든 사람에게 필요한 것이다. 스스로를 점검하여 조율할 수 있다면 충분히 자신을 지배할 수 있을 것이기 때문이다. 그러나 참으로 침묵하는 것만이 능사는 아니다. 마음 쓰는 것이 깨끗하지 못하면서 겉으로만 침묵하는 것은 비열한 짓이다. 좀처럼 말하지 않는 사람과 좀처럼 짖지 않는 개를 조심하라는 영국 속담도 있지 않는가. 그것은 다만 바보의 순간적 기지일 뿐이다.

시모니데스가 말했다. "입을 다물 때, 어리석은 자는 현명하게 보이고 현명한 자는 어리석게 보인다."

270

진리는 오직 하나뿐이다

_{소 위 유 도} _{비 구 일 물} _{보 제 천 하} _{무 해 위 도}
所謂有道는 非救一物이라 菩濟天下하며 無害爲道니라.

270 이른바 도가 있다는 것은 하나의 생명만을 구하는 것이 아니다.
널리 온 천하를 두루 건져 해침이 없어야 도가 있다 할 것이다.

붓다께서 사위성 기원정사에 계실 때 상가라바라는 바라문이 찾아와
서 붓다께 여쭈었다.

"고타마여, 우리는 바라문입니다. 우리는 우리 스스로도 신에게 희생을
바치고 다른 사람들에게도 희생을 바치게 합니다. 이렇게 함으로써 우리
자신과 다른 사람들을 다 행복하게 합니다. 그러나 당신의 제자들은 가정
을 나와 사문이 됨으로써 자기 한몸을 편안히 하고, 자기의 괴로움을 없
애려 합니다. 그렇다면 이것은 오직 자기 한몸의 행복만을 위해 도를 닦
는 것이 됩니다. 이것이 출가의 소행이라 생각되는데 그대는 어떻게 여기
십니까?"

붓다께서 말씀하셨다.

"바라문이여, 그대는 이것을 어찌 생각하는가? 이 세상에 여래가 나타
나서 이와 같이 설한다고 하자. '이것이 도道다. 이것이 실천이다. 나는
이 길을 가고 이 실천을 완성함으로써 번뇌가 소멸되고 해탈을 얻을 수

있었다. 너희도 이리 와서 함께 이 길을 가고, 이것을 실천함으로써 번뇌를 없애고 해탈을 얻도록 하라.' 이렇게 여래가 법을 설한 결과, 다른 사람들도 그렇게 수행하여 해탈을 얻은 이가 수백, 수천, 수만에 이르렀다면, 바라문이여, 그대는 이것을 어떻다고 하겠는가? 이래도 출가한 것이 한 사람을 위한 행복이겠는가?"

그렇다. 오류는 무수히 많지만 진리는 하나뿐이다. 진리는 깊으면 깊을수록 오직 깊은 사랑에 의해서만 만들어진다.

271~272

자만심은 어리석은 자의 장식품이다

_{계 중 불 언}　　_{아 행 다 성}　　_{득 정 의 자}　_{요 유 폐 손}
戒衆不言하고 我行多誠하여 得定意者는 要由閉損이니라.

_{의 해 구 안}　　_{막 습 범 부}　　_{사 결 미 진}　_{막 능 득 탈}
意解求安이면 莫習凡夫하라 使結未盡이면 莫能得脫이니라.

271 계를 많이 지키고 정성껏 행하였다고 말하지 말라. 선정의 마음을 얻은 자만이 번뇌를 덜게 된다.
272 마음으로 깨달아 편안함을 바라거든 범부의 것들을 배우지 말라. 번뇌가 다하지 않으면 해탈을 얻을 수 없다.

　계행을 열심히 지키는 비구들이 있었다. 그들 중 어떤 비구는 다르마에 대해 매우 깊은 지식을 갖고 있었고, 어떤 비구는 선정을 이루어 신통력을 얻었는가 하면 또 다른 비구는 아나함을 이룬 상태였다. 그래서 그 비구들은 자기들이 상당한 수행의 경지에 올랐다고 자부하면서, 만약 조금만 더 노력한다면 아라한이 되는 것도 그다지 어려운 일은 아니라고 생각하고 있었다. 마침내 그들은 그들의 그러한 생각을 말씀드리기 위해 기원정사로 찾아가 붓다께 문안드렸다. 붓다께서 그 비구들에게 물으셨다.

　"비구들이여, 아라한을 성취하였느냐?"

　비구들이 대답했다.

　"붓다시여, 저희는 더러 선정을 성취하였고 다르마에 대해 깊은 지식을 갖고 있기 때문에 아라한을 성취코자 하면 어느 때고 할 수 있으리라 믿고 있습니다. 이제는 수행을 쌓는 데 별 어려움이 없습니다."

　그러자 붓다께서는 가볍게 꾸짖으셨다.

　"비구들이여, 너희가 계행을 잘 지키고 약간의 경지를 얻었다고 해서 언제라도 아라한을 성취할 수 있다고 자만해서는 안 된다. 너희의 모든 번뇌를 완전히 제거하기 전까지는 자신의 수행에 대해 절대 만족해서는 안 되며, 아라한을 곧 성취할 수 있다고 생각해서도 안 된다. 또 아라한을 성취했다고 하더라도 그 경지에 대해 자만심을 가져서는 안 되는 것이다."

　자만심은 어리석은 자일수록 즐겨 붙이고 다니는 장식품과 같은 것이다. 그것은 그들의 텅 빈 머릿속에서 담배를 피우고 있거나 다람쥐 쳇바퀴 돌듯 한없이 달리고 있을 뿐이다.

　양지 바른 바위 위에 거북이 한 마리가 올라앉아 등을 말리고 있었다. 그때 머리 위로 독수리 한 마리가 날아가는 것이 보였다. 거북은 갑자기 독수리처럼 날고 싶었다. 그래서 독수리에게 나는 방법을 가르쳐달라고 졸랐다. 독수리는 날개가 없는 짐승은 하늘을 날 수 없는 것이라고 충고했으나 거북은 좀체 물러서지 않았다. 거북은 자기는 물속에서 살지만 다른 물고기와는 달리 뭍에서도 잘 살아가고 있지 않느냐면서 충분히 하늘도 날 수 있을 거라고 항변했다. 독수리는 마지못해 거북을 발톱으로 끌어안고 하늘 높이 날아올라갔다. 거북은 매우 기분이 좋아져서 네 발을 저으며 나는 시늉까지 해보였다. 그때 독수리가 거북을 놓아주었다. 순간 거북은 돌멩이처럼 아래로 떨어져내려 바위에 부딪치면서 산산조각이 나고 말았다.

　이솝이 말했다.

　"자만은 자멸을 초래한다."

제20장

도행품
道行品

진리로 가는 길은
항상 열려 있다

일어나야 할 때 일어나지 않고 젊음을 믿고 정진하지 않으며 스스로 비천함에 빠져들면 게을러 지혜를 깨우치지 못한다.

273~276
진리로 가는 길은 항상 열려 있다

도 위 팔 직 묘　　　성 제 사 구 상　　　무 욕 법 지 최　　　명 안 이 족 존
道爲八直妙하고 聖諦四句上이라 無欲法之最요 明眼二足尊이니라.

차 도 무 유 여　　　견 제 지 소 정　　　취 향 멸 중 고　　　차 능 피 마 병
此道無有餘하여 見諦之所淨이라 趣向滅衆苦하면 此能壞魔兵이리라.

오 이 설 도　　　발 애 고 자　　　의 이 자 조　　　수 여 래 언
吾已說道이니 拔愛固刺라 宜以自勗하여 受如來言하라.

오 어 여 법　　　애 전 위 사　　　의 이 자 조　　　수 여 래 언
吾語汝法이니 愛箭爲射라 宜以自勗하여 受如來言하라.

273 길 중에서는 팔정도가 으뜸이며 진리 중에서는 사제가 으뜸이다.
법에는 무욕을 제일로 하고 명안(明眼)은 사람 중에서 가장 존귀한 것이다.
274 이 길이 아니면 달리 길이 없으니 청정함으로 세상을 건넌다. 이 길로 나아가면 온갖 괴로움 멸하고
악마의 무리들도 쳐부술 수 있다. **275** 나는 이미 바른 도를 설하였으니 사랑의 가시 빼내었노라고,
그러므로 마땅히 스스로 힘써 여래의 가르침을 받아 행하라. **276** 내 이미 너희들에게 법을 설했느니
사랑의 화살을 쏘았노라고. 스스로 힘써 여래의 가르침을 받아 행하라.

붓다께서 말씀하셨다.

"모든 행자여, 참되게 고苦를 알고, 참되게 고의 집集을 알고, 참되게 고
의 멸滅을 알고, 참되게 고를 멸하는 '도道'를 알라. 이것을 깨달은 사람이
라 한다. 고란 사는 괴로움, 늙는 괴로움, 병드는 괴로움, 죽는 괴로움, 원
수와 만나는 괴로움, 사랑과 이별의 괴로움, 구해서 얻지 못하는 괴로움,
오음五陰이 성성盛하는 괴로움이다. 고의 집이란, 이러한 모든 괴로움을 부
르는 몸과 욕심, 또 이런 몸과 욕심을 일으키는 애착의 마음이다. 고의 멸
이란, 사랑과 욕심과 모든 괴로움의 결과를 끊어서 생사의 뿌리를 끊어

없애는 것이다. 고를 멸하는 도란, 팔정도八正道를 말하는 것이다. 행자여, 참되게 고를 알고 고의 집을 끊고, 고의 멸을 알아서 증證을 짓고, 고멸의 길인 팔정도를 닦아라."

그래서 예부터 불교인들은 이것을 간략하게 줄여 고, 집, 멸, 도의 네 가지 진리, 사제四諦라고 불렀다. 이것이야말로 불법의 기본이기 때문이다.

언젠가 붓다께서 오백 명의 비구들을 거느리시고 여러 마을을 여행한 뒤 기원정사로 돌아온 적이 있었다. 그때 비구들은 큰 법당에 모여 앉아서 여행중의 이야기를 나누고 있었는데 주로 길에 대한 이야기가 많았다. 비구들은 모두가 맨발로 걸어다녔기 때문에 특히 도로 사정에 민감해 있었던 것이다. 어떤 마을은 길이 반듯하게 잘 닦여 있었다든가, 어떤 마을은 길이 울퉁불퉁하여 거칠었다든가 따위의 이야기들을 나누고 있을 때, 붓다께서 법당에 들어오셔서 비구들에게 무슨 이야기를 나누고 있었냐고 물었다. 그러자 비구들은 여행중에 거쳤던 마을의 길에 대해서 이야기하는 중이라고 여쭈었다. 붓다께서 꾸짖으시며 말씀하셨다.

"비구들이여, 마을의 길은 너희들이 가야 할 길과는 아무런 관계도 없다. 비구가 길道에 관심을 가지려면 사성제에 대해서만 관심을 갖고 그것에 대한 이야기만 나누어야 하며 이 길을 실천하여 모든 괴로움으로부터 해탈해야 한다."

깨달음을 얻는 길은 결코 쉽지 않다. 그 깨달음을 얻기까지는 많은 고통이 따른다. 우리들이야말로 얼마나 많은 고통 속에서 삶을 영위하고 있는가. 그 괴로움의 정체를 알기 위해 스스로 노력하라. 붓다는 언제나 그대로부터 가장 가까이 계시면서 그대를 도울 것이다.

277~279
삶과 죽음은
다정한 오누이처럼 함께 있다

_{일 체 행 무 상}　　　_{여 혜 소 관 찰}　　　_{약 능 각 차 고}　　_{행 도 정 기 적}
一切行無常이라 女慧所觀察하여 若能覺此苦하면 行道淨其跡이라.

_{일 체 중 행 고}　　　_{여 혜 지 소 견}　　　_{약 능 각 차 고}　　_{행 도 정 기 적}
一切衆行苦라 如慧之所見하여 若能覺此苦하면 行道淨其跡이라.

_{일 체 행 무 아}　　　_{여 혜 지 소 견}　　　_{약 능 각 차 고}　　_{행 도 정 기 적}
一切行無我라 如慧之所見하여 若能覺此苦하면 行道淨其跡이라.

> **277** 모든 것은 덧없는 것이라고 바른 지혜로 보고 살펴 이것이 바로 괴로움임을 깨닫는다면
> 도(道)를 닦아 그 자취를 깨끗이하라. **278** 모든 것은 괴로움이라고 바른 지혜로 생각하여
> 이것이 바로 괴로움임을 깨닫는다면 도를 닦아 그 자취를 깨끗이하라. **279** 모든 것은 무아라고
> 바른 지혜로 생각하여 이것이 바로 괴로움임을 깨닫는다면 도를 닦아 그 자취를 깨끗이하라.

　　어느 부잣집 주인이 참으로 아름다운 미인을 만났다. 그녀의 이름은
'공덕대천公德大天'이었으며 재물을 늘리는 직분을 맡고 있다고 했다. 부자
는 뛸 듯이 기뻐하며 그녀를 정중히 아내로 맞아들였다.

　　그로부터 얼마 지나지 않아 부자는 또 한 사람의 여자를 만났다. 온몸
에 때가 더덕더덕 끼고 매우 추하게 생긴 여자였다. 그녀는 '흑암黑闇'이라
는 이름을 가지고 있었으며 재물을 없애는 구실을 한다고 했다. 그 말을
들은 부자는 칼을 들이대며 말했다.

　　"냉큼 내 앞에서 사라져라. 우물쭈물하면 죽여버리겠다."

　　그러자 여자가 대꾸했다. "당신은 참으로 어리석군요. 당신이 맞아들인

여자는 바로 내 언니인데, 나는 언제나 언니와 같이 있게 되어 있답니다. 만약 나를 내쫓아버린다면 우리 언니도 내쫓아야 할 것입니다."

당황한 부자는 부리나케 집으로 들어가서 공덕대천에게 물었다.

"어떤 여자가 밖에 찾아왔는데, 당신의 동생이라고 우기고 있소. 그 말이 사실이오?"

공덕대천이 대답했다.

"그렇습니다. 내 동생임에 틀림없습니다. 나는 동생과 함께 살아야지, 서로 떨어져선 안 됩니다. 만약 나를 사랑하신다면 내 동생도 함께 사랑해주셔야 합니다."

부자가 소리쳤다. "그렇다면 함께 내 집에서 떠나거라!"

이리하여 부자는 그 자매를 내쫓아버렸다. 이것은 『열반경』에 나오는 '자매공구姉妹共俱'의 비유다. 언니인 '공덕대천'은 생生을 나타내는 것이고 동생인 '흑암'은 죽음을 상징하고 있다. 삶이 있는 곳에 죽음이 있듯이 생사는 언제나 함께한다는 것을 밝혀주는 우화다.

삶이 열 걸음을 앞서 나간다면 죽음 역시 걸음을 멈추고 삶의 동태를 살핀다. 이처럼 그들은 함께 있다. 빛과 그림자처럼, 사이 좋은 오누이처럼 그렇게 다정하다.

피히테는 『인간의 사명』에 이렇게 썼다.

"자연 안에서의 죽음은 모두 탄생이며, 죽는 것에서 삶의 고귀함이 명백하게 나타난다. 자연에는 죽음에 이르게 하는 원리는 존재하지 않는다. 자연은 완전한 삶이기 때문이다. 죽음은 죽게 하는 것이 아니라 낡은 삶의 배후에 숨어 있던 보다 더 씩씩한 삶이 작용하기 시작하여 뻗어나가는 것이다."

280~282
게으름이야말로
하염없는 마음의 잠이다

應起而不起하고 恃力不精勤하며 自陷人形卑하면 懈怠不解慧니라.
응기이불기　시력불정근　자함인형비　해태불해혜

愼言受意念하고 身不善不行하여 如是三行除면 佛說是得道니라.
신언수의념　신불선불행　여시삼행제　불설시득도

念應念則正하고 念不應則邪니 慧而不起邪하고 思正道乃成이니라.
염응념즉정　염불응즉사　혜이불기사　사정도내성

---

280 일어나야 할 때 일어나지 않고 젊음을 믿고 정진하지 않으며 스스로를 비천함에 빠져들게 하면 게을러 지혜를 깨우치지 못하리라. **281** 말을 삼가며 뜻을 지키며 몸으로 악행을 행하지 않는 것, 이 세 가지를 깨끗이하면 도를 얻는다고 붓다께서 말씀하셨다. **282** 응당 생각할 것을 생각하면 옳지만 생각하지 않을 것을 생각하면 사악해진다. 지혜로움으로 사악한 생각을 일으키지 말고 옳은 길을 생각하면 도를 이룰 수 있다.

"인간의 마음이란 맷돌과 같다. 그대가 맷돌 위에 곡식을 쏟으면 맷돌이 회전하면서 곡식을 부수고 빻아서 가루가 되게 하지만, 곡식을 넣지 않으면 맷돌이 돌면서 오히려 맷돌 자체를 부수어 더 얇아지고 작아지는 것과 같은 것이다. 인간의 마음은 무엇인가 행하기를 원하는데 만일 할 일, 즉 부름이 없다면 악마가 와서 유혹과 우울과 슬픔을 그 가운데 쏟아부을 것이다. 그렇게 되면 마음은 슬픔으로 쇠잔해지고 마음이 쇠해져서 많은 사람이 괴로움으로 죽고 만다."

마르틴 루터가 자주 사용한 말이다. 게으름 때문에 피폐해가는 사람들의 모습을 지켜보면서 그는 버릇처럼 이 말을 되뇌이곤 했다.

게으름이 마음 한가운데를 가로지르고 있는 한 그는 그 무엇도 이루어 낼 수 없다. 게으름은 보통 폭군이 아니다. 우쭐대며 비틀거리며 느슨한 것 같지만 게으름 자체로는 이만저만 날쌘 것이 아니다. 그 무엇도 비집고 들어오지 못하게 틈을 주지 않는다. 그래서 게으른 자의 머리는 악마의 일터라고까지 하지 않는가.

멧돼지가 나무에 기대 서서 어금니를 갈고 있었다. 사냥꾼이 쫓고 있는 것도 아니고 다른 위험이 있는 것도 아닌데 무엇 때문에 어금니를 갈고 있느냐고 여우가 묻자 멧돼지가 대답했다. "충분히 그럴 만한 이유가 있다. 갑자기 위험이 닥치면 그때는 어금니를 날카롭게 할 시간이 없다. 그러므로 언제라도 써먹을 수 있도록 태세를 갖추어두는 게 좋다."

빈 맷돌을 돌려 스스로를 마모시키지 말라. 그대 마음에 생각할 일거리를 줘라. 응당 생각할 것을 생각하게 하여 그 마음이 더욱 풍요로울 수 있도록 이끌어줘라. 마찬가지로 지금은 별로 필요하지 않다고 그대의 어금니를 쉽게 버려두지 말라. 계속 버려두기만 한다면 그대의 어금니는 사용할 수 없을 만큼 무뎌지고 말 것이다. 무뎌진 어금니나 마모된 맷돌은 아무 쓸모가 없다.

그대의 마음이 말을 삼가는 일에 애쓰고 뜻을 지키는 일에 열심이며 몸으로 악행을 저지르지 않는 일에 앞장선다면 그대의 마음은 결코 빈 맷돌처럼 헛돌거나 스스로의 마음을 갉아먹지 못한다. 무슨 일을 하든 쉼 없는 정진 속에서 결과는 보다 확실하게 만들어지기 마련인 것이다. 게으름이야말로 하염없는 마음의 잠이다. 어서 그 잠에서 깨어나라. 그리하여 옳은 길을 생각하라.

283~285
자각이 있는 삶의 기쁨은 더욱 큰 것이다

_{단 수 무 벌 본} _{근 재 유 부 생} _{제 근 내 무 수} _{비 구 득 이 원}
斷樹無伐本이면 根在猶復生이라 除根乃無樹니 比丘得泥洹이니라.

_{불 능 단 수} _{친 척 상 연} _{탐 의 자 박} _{여 독 모 유}
不能斷樹면 親戚相戀하고 貪意自縛하여 如犢慕乳라.

_{당 자 단 연} _{여 추 지 연} _{식 적 수 교} _{불 설 이 원}
當自斷戀하여 如秋池連하라. 息跡受教하라. 佛說泥洹이니라.

283 나무를 베더라도 뿌리째 끊지 않으면 온갖 악들이 그 나무에서 생긴다.
뿌리째 뽑아 비로소 나무가 없어지면 그제야 비구는 열반을 얻는다. 284 나무를 완전히 베지 못하면
작은 애욕이라도 남게 되어 마음은 이것에 묶여 마치 송아지가 어미소를 찾는 것과 같다.
285 마땅히 스스로 애욕은 끊어버리는 것이 마치 가을 못에서 연꽃을 꺾는 것과 같이 하라.
자취마저 없애고 가르침을 따르라. 붓다께서 열반을 설하셨으니.

사위성 어느 곳에 유별나게 친한 다섯 친구가 있었다. 나이가 들자 그
들은 모두 집을 떠나 비구가 되었다. 그리고 차례를 정해 예전의 자기 집
에 가서 음식을 탁발해오곤 했다. 이들은 모두 가정을 떠나기 전까지 아
내가 있었는데, 그 중에서 유독 음식 솜씨가 뛰어난 한 아내가 있었다. 어
떤 재료든지 그녀의 손길을 거치기만 하면 모두 맛있는 음식으로 바뀌어
버리는 것이었다. 그래서 그 다섯 친구들은 그녀가 만든 음식을 좋아했
다. 그뿐만이 아니었다. 그녀는 마음씨도 고와서 비구들을 정성껏 잘 보
살펴주었기 때문에 다섯 비구들은 거의 매일 그녀에게 공양을 받으러 가
곤 했다. 그러던 어느 날, 그녀가 갑자기 병석에 드러눕더니 하루 이틀 견

디다가 끝내는 회복되지 못하고 세상을 떠나고 말았다. 이 일로 마음에 큰 상처를 입고 비탄에 빠진 다섯 명의 늙은 비구들은 그녀의 정성어린 보시 공덕을 칭찬하면서 눈물로 세월을 보냈다.

다른 젊은 비구들이 그들의 행동을 의아해하며 무슨 일이냐고 물어왔다. 그 중 한 사람이 전후 사정을 이야기해주었고, 결국 붓다에게까지 알려지게 되었다. 그러자 붓다께서는 그들 다섯 비구들을 불러 이렇게 말씀하셨다. "비구들이여, 너희는 탐욕과 성냄, 그리고 어리석음이 숲의 나무처럼 머릿속에 가득 차 있기 때문에 한 여인의 죽음 앞에서 그처럼 슬퍼하고 괴로워하는 것이다. 비구들이여, 너희는 이제 그 같은 숲의 나무들을 모두 잘라버려라. 그러면 너희는 탐욕과 성냄과 어리석음으로부터 벗어나 자유롭게 될 것이다."

누군가를 그리워하는 마음은 아름다운 것이다. 또 무언가를 그리워하는 마음 역시 아름다운 감정이다. 그래서 장 파울은 우리들이 쫓겨나지 않아도 되는 유일한 낙원은 그리움이라고 말했다. 그리움의 영역은 어느 누구로부터도 침해받지 않을 수 있는 혼자만의 것이기 때문이다.

그러나 그리움의 미로 속으로 끝없이 빠져드는 일만은 경계해야 한다. 그럴 경우 그리움은 그리움의 대상이 아닌 미혹의 대상이 되기 때문이다. 마치 아득한 하늘에 별이 혼자 떠서 반짝이고 있는 것처럼, 그리움도 그대 머릿속의 아득한 하늘 한구석에 혼자 떠 있는 별이게 버려두어라. 혼자 반짝이게 버려두어라. 산다는 것은 미로 속을 헤매는 것이 아니라 미로로부터 자유로울 수 있는 데 그 의미가 있다.

괴테가 말했다.

"삶의 기쁨도 크지만, 자각이 있는 삶의 기쁨은 더욱 큰 것이다."

286~289
죽음은 미루거나 기다려주지 않는다

서당지차　　　　한당지차　　　우다무려　　　막여래변
暑當止此하고 寒當止此하며 愚多務慮니 莫如來變여라

인영처자　　　　불관병법　　　사명졸지　　　여수단취
人營妻子하여 不觀病法이나 死命卒至면 如水湍驟니라.

비유자시　　　　역비부모　　　위사소박　　　무친가호
非有子恃하고 亦非父母하니 爲死所迫이면 無親可怙니라.

혜해시의　　　　가수경계　　　근행도세　　　일체제고
慧解是意하여 可修經戒하고 勤行度世하여 一切除苦니라.

286 더운 여름은 여기서 살고 추운 겨울은 여기서 살자며 어리석은 사람은 마음이 바빠
죽음이 다가오는 것도 모르고 있다. **287** 사람들은 식구에게 마음이 팔려 괴로움마저 알아보지 못한다.
죽음은 문득 다가오느니 물결이 빠르게 흘러 모여드는 것과 같다. **288** 자식이 있어도 믿을 것 못 되고
부모 역시 마찬가지다. 죽음에 의해 내몰릴 때는 어떤 친한 사람도 도움되지 않는다.
289 지혜 있는 사람이면 이 뜻을 알아 삼가 몸을 닦아 계를 지키고 부지런히 열반의 길을 갈지니,
마침내 온갖 괴로움은 없어질 것이다.

바라나시의 상인 한 사람이 오백 대의 수레에 갖가지 상품을 잔뜩 싣고
사위성에서 열리는 축제에 찾아와 물건을 팔았다. 그는 한 차례 더 장사
하기 위해 부지런히 바라나시로 되돌아가 물건을 떼서 다시 사위성으로
향했다. 그러나 그가 사위성에서 가까운 강가에 도착해보니 지난 며칠 동
안 내린 큰 비로 강물이 많이 불어 있어 강을 건널 수가 없었다. 그는 어쩔
수 없이 수위가 줄어들기를 기다리기로 했다. 그러나 비는 계속해서 내리
다가 축제가 거의 끝날 무렵이 되어서야 개었다. 그제서야 사위성으로 들
어온 그는 계속 머물다가 다음 축제 때 물건을 팔겠다고 사람들에게 말했

다. 이때 탁발을 다녀오시다가 상인의 생각을 알아차리신 붓다께서 미소를 지으셨다. 그러자 동행하던 아난다는 붓다께서 왜 미소를 지으셨는지 궁금해졌다.

붓다께서 말씀하셨다.

"아난다여, 너는 저 상인을 보고 있느냐? 그는 내년 축제 때까지 기다렸다가 가지고 온 물건을 팔겠다고 생각하고 있으면서도 자기가 앞으로 이레 안에 죽는다는 것은 까마득히 모르고 있다. 그는 해야 할 일이 있다면 망설이지 말고 지금 당장 하는 것이 옳을 것이다. 아난다여, 중생은 죽음의 왕과 '나는 어느 날 죽겠다'고 날짜를 약속한 적이 없다. 그러므로 마땅히 마음을 집중시키기 위해 밤낮없이 열심히 노력해야 한다. 무릇 자신의 몸과 마음에서 일어나고 사라지는 모든 현상들을 면밀하게 관찰하여 마음이 일념으로 집중된 사람은 한순간이라도 망상에 방해받지 않고 평화롭게 살아갈 수 있는 것이다."

죽음이란 그런 것이다. 불쑥 나타나서 사람들을 놀라게도 하고, 때로는 사람들을 놀라게 하는 일도 없이 갑자기 죽음의 구렁으로 쓸어가버리고 만다. 그래서 사람들은 노인에게는 목전에, 젊은이에게는 배후에 죽음이 도사리고 있다고 말하는 것이다.

에리히 프롬은 이렇게 말했다. "개인의 전 생애는 자신을 탄생시키는 과정에 불과하다. 사실 우리는 죽는 순간 충분히 탄생되어 있어야 하지만 대개의 인간들은 다 살기도 전에 죽는 비극적 운명을 감수하고 있다."

지혜로운 사람이여, 참으로 죽음은 문득 다가온다. 죽음을 만나기 전에 그대 자신을 닦아라. 그리하여 죽는 순간, 충분히 탄생되어 있도록 하라. 삶이란 아름다운 것이라고 말할 수 있도록 하라.

배우고 익힐 줄 아는
삶은 아름답다

제 홀로 앉고 제 홀로 누우며 제 홀로 걸으면서 방일함 없이
오직 하나를 지켜봄을 바르게 하면 숲속에 있는 듯 마음이
즐겁다.

290~291

사랑의 마음이 인간의 본마음이다

施安雖小라도 其報彌大하고 慧從小施하여 受見景福이니라.
시 안 수 소   기 보 미 대   혜 종 소 시   수 견 경 복

施勞於人하고 而欲望祐면 殃咎歸身하여 自遭廣怨이니라.
시 노 어 인   이 욕 망 우   앙 구 귀 신   자 구 광 원

290 베푸는 안락이 작더라도 그로 인해 받는 보응은 더욱 크고, 어진 이는 작은 것을 주는 것으로 더욱 큰 복을 만나게 된다. **291** 남을 피로하게 하면서 그것으로 내 복을 바란다면 오히려 그 재앙이 내게로 돌아와 스스로 많은 원망을 만나게 된다.

구스타프 슈바프가 말했다.

"사랑의 마음 없이는 어떠한 본질도 진리도 파악하지 못한다. 사람은 오직 사랑의 따뜻한 정으로만 우주의 전지전능에 접근하게 된다. 사랑의 마음에는 모든 것이 포근히 안길 수 있는 힘이 있다. 사랑은 인간생활 최후의 진리이며 최후의 본질이다."

그렇다. 사랑의 마음만이 인간의 본마음이다.

나귀와 여우가 짝을 지어 사냥을 나갔다. 도중에 사자가 나타나자 여우는 위험이 닥쳤다는 걸 깨달았다. 그래서 사자에게 다가가 자신의 안전을 보장해준다면 그 대가로 나귀를 넘겨주겠다고 말했다. 자신은 놓아주겠다는 사자의 약속을 얻어낸 여우는 나귀를 함정에 빠뜨렸다. 그러나 나귀가 도망칠 수 없다는 것을 확인한 사자는 먼저 여우를 삼키고 이어서 여유 있게 나귀를 챙기는 것이었다.

인간의 일도 이와 같다. 사람이 본마음을 버리면 그 재앙은 바로 그 사람에게 돌아간다. 비록 베푸는 것이 작더라도 그것은 원래부터 작은 것이 아니다. 인간의 본마음에 바탕을 둔 것이면 그 무엇도 작은 것이 없다. 그것은 다만 사랑이라는 이름으로 된 큰 울타리의 한 부분인 것이다.

292~293
대단치 않은 버릇이란 없다

이 위 다 사　　　비 사 역 조　　　기 락 방 일　　　악 습 일 증
己爲多事하고 非事亦造하여 伎樂放逸하면 惡習日增이니라.

정 진 유 행　　　습 시 사 비　　　수 신 자 각　　　시 위 정 습
精進惟行하여 習是捨非하며 修身自覺하면 是爲正習이라.

292 이미 많은 일을 저질러놓고 해서는 안 될 일도 마구 만들며 춤추고 노래하며 방종에 빠지면 나쁜 버릇은 나날이 더해간다. **293** 행할 일을 힘써 행하여 옳은 일은 익히고 나쁜 일은 버려서 몸을 닦아 깨닫는다면 이야말로 바른 버릇이 된다.

지강급미舐糠及米라는 말이 있다. 처음에는 겨를 핥다가 마침내 쌀까지 먹어치운다는 뜻으로, 좋지 못한 것에 맛들다가 심해지면 더욱 나쁜 일까지 하게 되는 것을 비유한 말이다. 버릇이란 그와 같다. 마치 떨어지던 자리에 또 떨어지는 낙숫물처럼 좀체 변하지 않는다. 새로운 습관을 만드는 것이 오랜 습관에서 빠져나오는 것보다 천배나 쉽다고 하지 않는가.

그리스 철학자 플라톤은 어린아이가 도토리를 가지고 노름하는 것을 보고 그러지 말라고 책망한 적이 있었다. 어린아이가 대단치 않은 일로 왜 책망을 하느냐며 따지자 플라톤은 심각한 표정을 지으며 말했다.

"대단치 않은 버릇이란 없단다."

그렇다. 나쁜 버릇이란 언제나 바른 버릇을 앞지른다. 똑같이 걸음마에서 출발했어도 바른 버릇이 걸어다닐 때쯤이면 나쁜 버릇은 날아다닌다.

294~295
배우고 익힐 줄 아는 삶은 아름답다

제 기 부 모 연　　왕 가 급 이 종　　편 멸 지 경 토　　무 구 위 범 지
除其父母緣하고 **王家及二種**하여 **遍滅至境土**하면 **無垢爲梵志**니라.

학 선 단 모　　솔 군 이 신　　폐 제 영 종　　시 상 도 인
學先斷母하고 **率君二臣**하며 **廢諸營從**하면 **是上道人**이니라.

294 아버지와 어머니의 인연은 물론 왕과 두 종류의 사람들을 제거하라.
온 나라 안을 두루 멸해서 때묻지 않는 것을 바라문이라 한다. **295** 배움에 앞서 어머니를 끊고
두 왕과 신하까지 거느려 모든 부하들을 없애버리는 이 사람을 일러 뛰어난 도인이라 한다.

　이토록 엄청난 비유를 보라. 여기 보이는 말씀 속의 아버지와 어머니는 거만함과 사랑을 비유한 것이다. 두 왕은 단견斷見과 상견常見을, 두 종류의 사람들은 기쁨과 탐욕을, 온 나라 안은 십이처十二處를 비유한 것이다. 배움에 앞서 이 모든 것을 끊지 못한다면 결코 바라문도 도인도 될 수 없다는 것이다. 그 모든 것이야말로 애탐이기 때문이다.

　한 천인이 붓다께 여쭈었다. "당신의 손발에는 수갑이나 족쇄가 없습니까? 감옥에 갇히거나 결박을 당하지는 않습니까?"

　붓다께서 말씀하셨다. "내 손에는 수갑이 없고 발에는 족쇄가 없으니 가두거나 결박하는 일들은 영영 없어졌다. 그대여, 나는 이 모든 결박을 벗어나 자유로워졌음을 알아야 할 것이다."

　천인이 다시 여쭈었다. "무엇이 수갑이며 무엇이 족쇄입니까? 어떤 것이 얽어 묶는 족쇄이며 어떤 것이 결박하여 가두는 것입니까?"

붓다께서 말씀하셨다.

"어머니를 수갑이라 하고, 아내를 족쇄라 하며, 자식을 결박이라 하고 애욕을 가두는 것이라 한다. 그러나 나에겐 어머니의 수갑이 없고, 아내의 족쇄가 없으며, 자식의 결박도 애욕의 감옥도 없느니라."

처수옥자妻囚獄子라는 말이 있다. 아내가 가두고 자식은 감옥이 된다는 말이다. 아내를 사랑하고 자식을 아끼는 즐거움이 곧 세상을 탐하며 욕심을 끊을 줄 모르는 애욕의 지름길이 되기 때문이다.

『탈무드』를 보면 이런 말이 있다.

"배움이 있고 그 위에 신을 사랑하는 마음이 있는 사람은 누구를 닮았을까? 그는 연장을 든 명공名工과도 같다. 학문은 있으나 그 마음이 신의 사랑으로 채워져 있지 않은 사람은 연장이 없는 공인工人과 같다. 신을 사랑하고는 있으나 학문을 돌보지 않는 사람은 연장은 가지고 있으나 일을 모르는 공인과 같다."

배움이란 그토록 중요한 것이다. 어떤 일에서나 배우고 익히지 않으면 오늘 그가 서 있는 자리를 지켜낼 수 없기 때문이다. 흐르는 물이 쉼 없이 흘러가듯 배우고 익히는 일 또한 쉼 없이 지속되어야 한다. 배우고 익힐 줄 아는 삶은 아름답다. 그러한 삶에는 영롱한 무늬가 새겨지고, 맑고 고요한 소리가 각인되며 늘 푸른 힘이 넘친다. 그것은 자연이 그 삶 속으로 온전히 옮겨 앉는 것과도 다름없다.

그대는 어느 쪽인가? 연장을 움켜잡은 명공 쪽인가? 아니면 연장이 없는 공인 쪽인가? 그것도 아니면 연장은 가지고 있지만 일을 모르는 공인 쪽인가? 그대의 배움이 그대를 결정한다. 자, 어느 쪽을 선택할 것인가?

296~298
진리를 갈망하는 마음,
그것이 지혜로움이다

能知自覺者면 是瞿曇弟子니 晝夜當念是하여 一心歸命佛이니라.
_{능지자각자   시구담제자   주야당념시   일심귀명불}

善覺自覺者면 是瞿曇弟子니 晝夜當念是하여 一心歸於法이니라.
_{선각자각자   시구담제자   주야당념시   일심념어법}

善覺自覺者면 是瞿曇弟子니 晝夜當念是하여 一心念於衆이니라.
_{선각자각자   시구담제자   주야당념시   일심념어중}

296 능히 알아서 스스로 잘 깨닫는 그는 구담 붓다의 제자이다. 밤낮으로 붓다만을 생각하고 한마음으로 붓다께 귀의한다. **297** 능히 알아서 스스로 잘 깨닫는 그는 구담 붓다의 제자이다. 밤낮으로 법만을 생각하고 한마음으로 법보에 귀의한다. **298** 능히 알아서 스스로 잘 깨닫는 그는 구담 붓다의 제자이다. 밤낮으로 중만을 생각하고 한마음으로 중에게 귀의한다.

"생각함으로써 우리는 우리의 본심을 잊는 일 없이 자기 자신에게 열중할 수 있다. 의지의 의식적인 노력으로 우리는 행위와 그 결과에서 초연할 수 있다. 그리고 만사는 선이든 악이든 격류처럼 우리 곁을 지나간다. 우리는 자연 속에 완전히 휩쓸려 있지는 않는다. 나는 물결에 흘러가는 나무토막일 수도 있고, 공중에서 그 나무토막을 내려다볼 수도 있다."

이것은 헨리 데이비드 소로가 한 말이다. 의지의 의식적인 노력으로 행위와 그 결과에서 초연할 수 있다는 것은 이미 지견知見의 경지와 다름없다. 그는 모든 괴로움에서 이미 멀리 떠나 있다. 선도 악도 흘러가는 격류처럼 그의 곁을 지나가고 있을 뿐이다. 그는 그 물결에 흘러가는 나무토막일 수도 있고, 공중에서 그 나무토막을 내려다볼 수도 있기 때문이다.

생각한다는 것은 자신이 확실하게 살아 있다는 유일한 감정이다. 생각을 조율할 수 있다는 것은 그만큼 자기를 자신으로부터 확보하고 있다는 증거일 수 있다. 모든 괴로움도 기쁨도 그러한 생각에 따라 바람에 나부끼는 나뭇잎처럼 흔들릴 수 있을 것이다.

어느 날 혜가가 스승인 달마 선사를 찾아가 모든 번뇌로부터 벗어나게 해달라고 부탁했다. 그러자 달마 선사는 혜가를 괴롭히는 모든 번뇌를 송두리째 가져오라고 말했다. 곰곰이 생각에 잠긴 혜가는 삶 전체가 번뇌로 엮여 있음을 깨달았다. 그것은 어느 부분의 번뇌만을 따로 떼어낼 수 있는 그런 성질의 것이 아니었다. 파도를 다 건져내려면 바다의 물을 모두 퍼내야 하는 것처럼. 그러자 달마 선사가 말했다.

"너의 번뇌는 이미 다 소멸되었다."

혜가는 번뇌덩어리인 자기 자신을 있는 그대로 바라봄으로써 번뇌로부터 벗어날 수 있었던 것이다.

아우구스티누스가 말했다.

"이 세상에서 번뇌가 없는 자는 없다. 모든 번뇌는 욕심에서 생긴다. 그러나 우리는 다행스럽게도 그 이상으로 힘센 것을 하나 가지고 있다. 그것은 진리를 갈망하는 마음이다. 만약 진리를 찾는 마음이 욕심보다 약하다면 세상에서 정의의 길을 찾아가는 사람이 몇이나 될 것인가?"

그렇다. 진리를 갈망하는 마음, 그것이 지혜로움이다. 지혜가 있을 때에는 번뇌가 없고, 번뇌가 있을 때에는 지혜가 없다고 하지 않던가. 오늘도 삶의 도도한 흐름은 우리 눈앞을 가로질러 흘러가고 있다.

299~301

모든 행이 내 몸이 아닌 것을 깨달아라

^{위 불 제 자} ^{상 오 자 각} ^{일 모 사 선} ^{낙 관 일 신}
爲佛弟子면 常寤自覺하여 日暮思禪하며 樂觀一身하라.

^{위 불 제 자} ^{상 오 자 각} ^{일 모 자 비} ^{낙 관 일 심}
爲佛弟子면 常寤自覺하여 日暮慈悲하며 樂觀一心하라.

^{위 불 제 자} ^{상 오 자 각} ^{일 모 사 선} ^{낙 관 일 심}
爲佛弟子면 常寤自覺하여 日暮思禪하며 樂觀一心하라.

299 스스로 붓다의 제자가 되었다면 항상 잠깨어 깨달아라. 종일토록 선정에 들어 즐겨 한몸을 바라보라.
300 스스로 붓다의 제자가 되었다면 항상 잠깨어 깨달아라. 종일토록 자비를 베풀어 즐겨 한마음을 바라보라.
301 스스로 붓다의 제자가 되었다면 항상 잠깨어 깨달아라. 종일토록 선정에 들어 즐겨 한마음을 바라보라.

한 성인과 한 창녀가 서로 집을 마주하여 살다가 같은 날 죽었다. 그런데 어떻게 된 셈인지 창녀의 영혼은 천국에 인도되고, 성자의 영혼은 지옥으로 끌려갔다. 두 사람을 데리러 왔던 저승사자들은 몹시 당황해하며 서로에게 물었다.

"어떻게 된 거야? 착오가 난 게 아닐까? 왜 성인을 지옥으로 데려가야 하지? 그는 참으로 성스러운 사람이었지 않은가?"

그러자 제일 현명해 보이는 저승사자가 말했다.

"그래, 확실히 그는 성스러운 사람이었지. 그러나 그는 창녀를 부러워하고 있었어. 창녀 집에서 펼쳐지는 파티나 환락에 깊이 빠져 있었지. 그녀의 집에서 들려오는 노랫소리에 그의 마음은 밑바닥까지 흔들리고 있었어. 그녀의 집에서 들려오는 웃음소리며 그녀의 발목에 달려 있는 작은 방울소리까지도. 그녀 앞에 앉아서 그녀를 칭찬하고 있는 손님도 남 몰래 귀 기울이고 있는 이 성인만큼 마음이 동요되지는 않았을 거야. 그의 의식은 모두 그녀에게만 쏠려 있었어. 신에게 기도를 드리고 있을 때마저 귀는 항상 그녀의 집에서 들려오는 모든 소리에 쏠려 있었던 거야.

그러나 창녀는 달랐지. 비참한 지옥 같은 곳에서 헐떡거리면서도 언제나 자기와는 전혀 관계가 없는 이 성인이 어떠한 축복 속에 있을 것인가를 생각했던 거야. 성인이 아침 예배를 위해 꽃을 들고 가는 모습을 볼 때마다 그녀는 생각했어.

'언제쯤이면 나도 기도의 꽃을 바치러 가기에 어울리는 인간이 될 수 있을까? 이렇게 더럽혀진 몸으로 절에 들어갈 수 없을 거야.'

성인은 결코 이 창녀만큼 향연 속에, 램프의 불빛 속에, 예배의 목소리 속에 융합되지 못했어. 창녀는 항상 성인의 생활을 동경하고 있었고, 성인은 오히려 창녀의 쾌락에 굶주려 있었던 거야!"

그들은 서로가 정반대로 살아왔던 것이다. 성인은 창녀의 삶을 살아왔고 창녀는 성인의 삶을 살아왔던 것이다. 모든 行이 헛된 것이고, 모든 행이 괴로운 것이며, 모든 행이 내 몸이 아니란 것을 그들은 미처 깨닫지 못했던 것이다.

앙드레 지드가 말했다.

"나는 그대에게 생명 이외에 다른 예지를 가르쳐주고 싶지 않다. 생각한다는 것은 크나큰 시름이기 때문이다. 젊었을 때 나는 행동의 결과를 더듬어보느라 지친 일이 있었다. 그리하여 행동을 포기하지 않고서는 죄를 범하지 않으리라는 확신을 가질 수 없게 되었던 것이다."

302~303

그대에게 배당된 몫의 일에
최선을 다하라

---

^{학 난 사 죄 난}   ^{거 재 가 역 난}   ^{회 지 동 이 난}   ^{간 난 무 과 유}
學難捨罪難하고 居在家亦難하며 會止同利難하고 艱難無過有니라.

^{비 구 걸 구 난}   ^{하 하 불 자 면}   ^{정 진 득 자 연}   ^{후 무 욕 어 인}
比丘乞求難하니 何何不自勉이리오 精進得自然이니 後無欲於人이니라.

^{유 신 즉 계 성}   ^{종 계 다 치 보}   ^{역 종 득 해 우}   ^{재 소 견 공 양}
有信則戒成하고 從戒多致寶하며 亦從得諧偶하여 在所見供養이니라.

302 배움을 떠나기도 어렵고 죄를 버리기도 어려우며 세상에서 살기도 또한 어렵다.

함께 살며 이익을 같이하기도 어렵고 가난하게 살아가기도 어렵다. 비구는 다니며 구걸하기도 어렵느니

어찌하여 스스로 힘쓰지 않을까. 정진함에 따라 그 모든 것이 얻어지느니 그런 후에야 무엇을 남에게 바라랴.

303 믿음이 있어 계를 갖추면 계로부터 많은 재물이 생기고 또한 그로부터 좋은 벗을 얻어

어디서나 공양을 받게 된다.

붓다께서 참바의 각가라 연못가에 계실 때였다. 그날은 보름날이라 계율에 대하여 설하시는 날이었다. 그러나 대중 가운데 청정하지 못한 비구가 있으므로 붓다께서는 설법하시지 않고 계시다가 목련이 그 비구를 쫓아내자 비로소 목련에게 말씀하셨다.

"목련이여, 큰 바다는 맑고 깨끗하여 송장을 받아들이지 않는다. 만약 송장이 있으면 밤새껏 바람이 불어 해변가로 밀어붙이는 것과 같이 우리의 바른 가르침도 그와 같아서 성중聖衆은 맑고 깨끗하여 송장을 받아들이지 않는다. 만약 정진하지 않는 사람이 악한 마음을 일으켜 올바른 행

실이 아니면서 올바른 행실이라 일컫고, 사문이 아니면서 사문이라 일컫으면 그는 비록 성중을 따라 그 가운데 있다 하더라도 성중과는 거리가 멀고, 성중도 또한 그와는 거리가 멀다 할 것이다.”

비구가 붓다의 말씀을 좇아 정진하는 모습에서 우리는 우리 삶의 자세를 익혀야 한다. 무엇 하나 다를 것이 없다. 인생은 모든 사람에게 각자의 몫을 배당해두고 있다. 자신에게 배당된 몫의 일을 위해 최선을 다하라.

공자는 만년에 자신의 정신적 성장을 회고하며 이렇게 말했다.

“열다섯 살 때 학문에 뜻을 두어 서른 살에 자립하였고, 마흔 살에 미혹함이 없었다. 쉰 살에 천명을 알게 되었고, 예순 살에 이르러 남이 하는 말을 들으면 듣는 것에 따라 이해할 수 있었고, 일흔 살에는 내가 하고 싶은 대로 해도 법도에 어긋남이 없었다.”

공자는 스스로를 다스리기를 쉼 없이 계속했다. 그의 말을 좇아가보면 그는 종신토록 스스로를 갈고 닦기에 여념이 없었음을 그가 한 말의 행간에서 읽어낼 수가 있다.

일흔넷의 나이로 죽음을 맞기까지 그는 잘 배워서 어김이 없었으며 예禮를 두려워하여 삼갈 줄 알았고, 죄와 복을 멀리하고 종신토록 스스로를 다스려 훌륭한 배움을 이루어냈다. 그리하여 가르침 또한 배우는 일임을 몸소 실천하는 삶을 살았다.

라브뤼예르가 말했다.

“천천히 조급하지 않게 걷는 자에게 지나치게 먼 길은 없다. 끈기 있게 준비하는 자에게 지나치게 먼 이득은 없다.”

304~305

고독은 지혜의 최선의 유모이다

근 도 명 현　　　여 고 산 설　　　원 도 암 매　　　여 야 발 전
近道名顯하여 如高山雪하고 遠道闇昧하여 如夜發箭이라.

일 좌 일 처 와　　　일 행 무 방 자　　　수 일 이 정 신　　　심 락 거 수 간
一坐一處臥하며 一行無放恣하고 守一以正身이면 心樂居樹間이니라.

304 도를 가까이하면 이름이 드러나서 마치 높은 산의 눈과 같고, 도를 멀리하면 드러나지 않고
마치 밤중에 시위를 떠난 화살과 같다. **305** 제 홀로 앉고 제 홀로 누우며 제 홀로 걸으면서
방일함이 없이 오직 하나를 지켜 몸을 바르게 하면 숲속에 있는 듯 마음이 즐겁다.

붓다께서 사위성 기원정사에 계실 때, 한 비구가 혼자 살면서 혼자 걸
식하고, 혼자 참선했다. 이야기를 전해 들으신 붓다께서 비구에게 물었다.

"너는 진실로 혼자 머물면서 혼자 걸식하고 혼자 참선하느냐?"

"참으로 그렇습니다, 세존이시여."

"너는 혼자 사는 사람이다. 나는 너를 혼자 사는 것이 아니라고 말하지
않는다. 그러나 그보다 더 훌륭한 혼자의 삶이 있다. 그것은 지난날을 완
전히 잊어버리고, 미래에도 매달리지 않으며, 현재에 탐착하지 않으면서
바라문으로서 마음속에 망설임이 없고 걱정이나 후회를 버려 욕망을 떠
나고 번뇌를 끊는 것이다. 그것이 훌륭한 혼자의 삶이다."

고독은 지혜의 최선의 유모란 말이 있다. 고독은 자기 자신을 넉넉히
활용할 수 있는 것이다. 오로지 자기 자신에게만 의지하는 사람, 그런 사
람을 일컬어 우리는 강인한 정신력의 소유자라고 말한다.

제22장

지옥품
地獄品

허위의 탈을 벗으면 아름다움이 보인다

해서는 안 될 일을 행하지 말라. 한 뒤에는 반드시 괴로움이 있다. 선을 행하면 항상 좋아져서 가는 곳마다 뉘우칠 일이 없다.

306

거짓말은 마음을 뒤엎어놓는 일이다

_{망어지옥근} _{작지언불작} _{이죄후구수} _{시행자견왕}
妄語地獄近이라 作之言不作이면 二罪後俱受하니 是行自牽往이니라.

306 거짓을 말하면 지옥에 떨어진다.
하고도 하지 않았다 하면 두 겹의 죄를 함께 받으니 <u>스스로 저지르고 스스로 끌려간다</u>.

"엄청난 거짓말은 땅 위의 큰 물고기와 같다. 펄떡거리고 뛰며 큰 법석을 떨겠지만 결코 그대를 해치지는 못한다. 그대는 그저 가만히 있기만 하라. 그러면 그것은 저절로 죽어버린다."

조지 크래브가 한 말이다. 거짓말이란 실체가 공허에서 비롯된 것인 만큼 생명력이 있을 턱이 없다. 사람들이 그 거짓말에 이끌리지 않고 가만히 내버려두기만 하면 그것은 원래 공허의 자리로 되돌아가고 없다.

거짓으로 꾸며대는 말들은 대개가 깨달음이 없는 사람으로부터 나온다. 그들은 사물을 잘 살펴서 옳고 그른 것을 분별할 능력이 없기 때문이다. 그들은 자기들의 거짓말에 인생을 실어보려 하겠지만, 삶이 하잘것없는 거짓말에 실리기에는 역부족일 수밖에 없다.

말이란 믿음이 생명력이다. 믿음이 없는 말들은 갈 곳이 없는 나그네처럼 허공을 맴돌기만 하다가 제풀에 스러진다.

붓다의 아들 라훌라는 열 살쯤 되던 어린 나이에 붓다에게 머리를 깎이

고 사미가 되었다. 라훌라는 사람들이 찾아와 붓다께서 계시냐고 물으면,
계실 때는 안 계시다고 대답하고 계시지 않을 때는 계시다고 대답하며 곧
잘 거짓말을 했다.

라훌라의 거짓말 버릇을 들은 붓다께서는 라훌라를 불러 발을 씻어달
라고 하셨다. 어린 라훌라가 대야에 물을 떠가지고 와서 발을 씻어드리
자, 붓다께서는 물을 버린 빈 대야를 뒤엎어놓게 하신 후 라훌라에게 말
씀하셨다.

"물을 떠와서 대야에 부어라."

엎어진 대야에 물을 붓던 라훌라가 말했다.

"물을 부어도 대야에 들어가지 않습니다."

"왜 들어가지 않느냐?"

"대야가 엎어져 있기 때문입니다."

붓다께서 말씀하셨다.

"그와 마찬가지로 거짓말하는 것도 마음을 뒤엎어놓는 것과 같다. 그
마음에 불법佛法이 어떻게 들어가겠느냐?"

아주 작은 거짓말이라도 거짓말은 마음을 뒤엎어놓는 일이다. 그리하
여 아주 작은 거짓말이 마침내는 엄청나게 큰 거짓말을 만들어낸다.

콘스탄트 게오르규는 이렇게 말했다.

"단 한 마리의 파리가 한 접시의 요리를 모두 못 먹게 만들고, 보이지 않
는 미세한 바이러스가 건강하고 아름다운 사람을 죽게 만들듯이, 한마디
거짓말만으로도 세계의 조화는 깨질 수 있다."

307~308
허위의 탈을 벗으면
아름다움이 보인다

법의재기신   위악불자금   구몰악행자   종즉타지옥
法衣在其身하고 **爲惡不自禁**하여 **苟歿惡行者**는 **終則墮地獄**이니라.

영감소석   탄음용동   불이무계   식인신시
寧噉燒石하고 **吞飮鎔銅**이라도 **不以無戒**로 **食人信施**하라.

307 그 몸에 비록 가사를 걸쳤더라도 악을 스스로 억제하지 못하여 진실로 악행에 빠져든 자는
죽어서 지옥에 떨어지리라. **308** 차라리 불에 구운 돌을 먹거나 끓는 쇳물을 마실지라도
계를 지키지 않으면서 사람들의 공양을 받아먹지 말라.

붓다께서 마가다국의 광명못 근처에 제자들과 함께 계실 때였다. 멀리서 큰 나무가 불에 타는 것을 보시고 붓다께서 말씀하셨다.

"사문답지 못하면서 사문이라 말하고, 범행을 닦지 않으면서 청정한 범행을 닦는다 말하고, 정법을 듣지 못했으면서 정법을 들었다 말하여, 맑고 깨끗한 법을 갖지 못한 사람은 차라리 저 불 속에 뛰어들지언정 여자들과 함께 어울려 놀지 말라. 차라리 불에 타는 고통을 당할지언정 죄를 짓고 지옥에 떨어져 한량없는 고통을 받지는 않아야 하기 때문이다. 수행자여, 남들의 예배와 공경을 받겠느냐, 사람에게 칼을 주어 수족을 끊게 하겠느냐?"

"남들의 공경과 예배를 받을 일이지 칼을 주어 수족을 끊는 고통을 받지는 않겠습니다."

"내가 너희들에게 말하겠다. 사문답지 못하면서 사문이라 말하고, 정법을 듣지 못했으면서 정법을 들었다고 말하여, 선근善根을 끊는 사람은 차라리 몸을 맡겨 날카로운 칼을 받을지언정 계행이 없이 남의 공경을 받지 말라. 칼을 받는 고통은 잠깐이지만 지옥의 고통은 말할 수 없이 길고 많기 때문이다."

거짓과 불성실한 행위는 악덕 중에서도 가장 치욕적인 것이다. 그것은 부끄러움을 전혀 모르는 사람들이 저지르는 파렴치한 바보짓이기 때문이다.

스스로 많은 것을 안다고 잘난 체하는 바라문이 있었다. 그는 별자리며 태양계 등 우주의 이치를 알 뿐만 아니라 온갖 재주에 통달했고 앞으로 일어날 일도 예언할 수 있다고 큰소리치며 다녔다. 자신을 뽐내고 싶었던 그는 이웃나라로 가서 느닷없이 한 아이를 붙잡고 울음을 터뜨렸다. 지나던 사람이 그에게 물었다. "왜 울고 있는가?" "이 아이는 앞으로 이레 안에 죽을 것이오. 가엾은 생각에 울지 않을 수가 없군요."

그러자 주위에 둘러 서 있던 사람들이 말했다. "사람의 명을 어찌 알겠소? 이레 안에 죽지 않을지도 모르는 일인데 미리 우는 건 무엇이오?"

"해와 달과 별이 없어지는 일이 있더라도 내 예언은 틀림이 없습니다."

이레가 되는 날, 그 바라문은 자기의 명예와 이익을 위해 아이를 죽이고 자기의 예언을 확인시켰다. 그러자 사람들이 입을 모아 말했다.

"참으로 지혜로운 분이시다. 앞일을 맞추시다니!"

그러면서 사람들은 다투어 재물을 바치고 옷과 음식을 올렸다.

붓다의 가르침은 어디로 갔는가? 참다운 비구는 어디서 만나볼 수 있는가? 모든 깨달음은 어디서 숨바꼭질중인가?

309~310

모든 방종은
한결같이 색정을 업고 있다

방 일 유 사 사　　　　호 범 타 인 부　　　　와 험 비 복 리　　　훼 삼 음 이 사

放逸有四事하니 好犯他人婦하여 臥險非福利며 毁三淫泆四니라.

불 복 리 타 악　　　　외 이 외 락 과　　　　왕 법 중 벌 가　　　신 사 입 지 옥

不福利墮惡하나니 畏而畏樂寡하며 王法重罰加하고 身死入地獄이니라.

> **309** 남의 아내를 범하기 좋아하는 방종함에는 네 가지 같음이 있으니, 첫째 편히 잠들 수 없고,
> 둘째 복리(福利) 또한 없으며, 셋째 남의 비방을 받으며, 넷째 음란한 자가 된다.
> **310** 복리가 아닌 것은 죄악에 떨어지느니, 두려움 때문에 즐거움이 줄어들고
> 나라의 법이 무거운 벌을 내리며 몸이 죽으면 지옥에 들어간다.

『신약성서』는 '누구든지 여자를 보고 음란한 생각을 품는 사람은 벌써 마음으로 그 여자를 범했다'고 일러주고 있다. 마음은 언제나 행동보다 앞서간다. 마음은 자유자재로 움직일 수 있기 때문이다.

그래서 베르나노스는 『시골 사제의 일기』에 색정은 인류의 옆구리에 입을 벌리고 있는 신비한 상처라고 썼다. 사람에게만 있는 색정과 양성兩性을 접근시키는 욕망을 혼동하는 것은, 종기 자체와 종기가 나서 모양이 흉하게 되어 무서우리만큼 종기의 모양을 닮게 되는 기관을 혼동하는 것이나 마찬가지라는 것이다. 그러면서 색정이야말로 우리 인류의 모든 결함의 근원이며 원리라고 했다.

그럴지도 모른다. 인간의 색정은 방종함에서 빚어지는 첫 번째 결함인

지도 모를 일이다. 모든 방종은 한결같이 색정을 업고 있다. 방종한 남자는 그 눈짓으로 욕정을 일으키고, 방종한 여자는 그 눈짓으로 몸을 맡긴다지 않던가.

붓다께서 말씀하셨다.

"만일 선남선녀가 계율을 범하고 악행을 하면 뒷날 병으로 고생하면서 자리에 쓰러져 온갖 고통을 받을 것이다. 그때에는 전에 행했던 모든 악을 다 기억하게 될 것이다. 비유하자면, 큰 산에 해가 지면 그림자가 내리덮는 것처럼, 임종 때에는 전에 행했던 악행이 모두 나타나 비로소 크게 후회하게 될 것이다."

윌리엄 블레이크가 말했다.

"모든 방종은 자멸의 첫걸음이다. 그것은 기둥 밑을 흐르고 있는 눈에 보이지 않는 물이다. 그 물은 조만간 기둥 밑의 주춧돌을 씻어서 무너뜨리고야 만다."

그렇다. 방일이나 방종은 그와 같은 것이다. 눈에 보이지 않게 서서히 제 자신을 갉아먹어버린다. 그것은 일체의 도덕이 결여된 삶이기 때문이다. 인간의 삶 속에는 갖가지 도덕률이 자리해 있어야 한다. 환락의 밤이 새면 비애의 아침이 온다거나 함부로 씨를 뿌리는 사람은 어떠한 수확도 거두지 못한다는 서양의 격언들이 그것을 잘 대변해주고 있다.

어렵게 생각할 것 없다. 모든 것을 바르게 하고 바르게 살면 된다. 인간의 삶은 어느 한 곳으로 기울어져 있는 것이 아니다. 똑바로 올곧게 펼쳐져 있는 것이 인간의 삶이다.

311~312
풀잎 하나라도 소홀히 다루지 말라

비여발관초　집완즉상수　　학계불금제　옥록내자적
譬如拔菅草에 執緩則傷手하여 學戒不禁制면 獄錄乃自賊이니라.

인행위만타　불능제중로　　범행유점결　종불수대복
人行爲慢惰면 不能除衆勞하고 梵行有玷缺이면 終不受大福이니라.

311 마치 띠풀을 뽑을 때 느슨하게 잡으면 손을 다치듯 계를 배우고도 단속하지 못하면
스스로를 지옥으로 끌어넣는다. 312 사람이 해야 할 일을 게을리하면 온갖 괴로움을 제거할 수 없다.
그리하여 범행에 흠이 있으면 마침내 큰 복을 받지 못한다.

앰브로즈 비어스는 방탕한 사람을 이렇게 정의했다.

"방탕자, 쾌락을 추구하는 것도 좋지만 너무나 열심히 그것을 추구했기 때문에 불행히도 그걸 추월해버린 인간이다."

그것은 인간적인 삶의 테두리를 벗어난 사람을 일컫는 말이 된다. 소크라테스도 말하지 않았는가. 사는 것이 중요한 문제가 아니고 바르게 사는 것이 중요한 문제라고.

그래서 법행法行을 잘 닦으라는 것이다. 붓다의 말씀을 좇아 배우고 외우기를 어기지 않으면 자연히 근심은 없어지기 마련이라는 것이다.

붓다께서 말씀하셨다.

"성내지 않는 사람에게 성내고 싸우려들지 말라. 마음이 맑고 깨끗한 사람은 온갖 번뇌 망상의 굴레를 떠났거니와, 만일 그 사람에게 악한 마음을 일으키면 그 나쁜 마음은 결국 자기에게로 되돌아온다. 마치 바람을

거슬러 먼지를 털면 먼지가 돌아와 자기 몸에 달라붙는 것과 같다."

산다는 것은 얼마나 좋은 일인가. 바로 산다는 것은 또 얼마나 아름다운 일인가. 참으로 방탕하지 않을 수 있다는 것은 또한 얼마나 엄청난 축복인가.

한 비구가 자신도 모르는 사이에 약간의 풀잎을 꺾었다. 그리고 뒤늦게 자기가 계율을 범했다고 생각하곤 혼자 괴로워하고 있었다. 그러던 어느 날 그는 자기의 괴로움을 친한 동료 비구에게 털어놓았다. 그러자 그 동료 비구가 말했다.

"그까짓 풀잎 따위를 조금 꺾었다 해서 무슨 큰 문제가 있겠는가? 또 설사 그것이 잘못된 일이라 하더라도 당신은 내게 그 잘못을 털어놓았으니 그것으로 청정해진 것이오. 나는 그 따위 것으로는 고민하지 않소. 어디 한번 보겠소?"

동료 비구는 보란 듯이 앞에 있는 풀을 뿌리째 뽑으면서 이 정도로 작은 계율을 어기는 것은 그다지 심각하게 생각할 필요가 없다고 힘주어 말했다. 이 사실이 붓다께 알려지자, 붓다께서는 그가 거칠고 조심성이 없으며 계율을 가볍게 여긴다 생각하시고 그를 불러 크게 꾸짖으셨다.

이 이야기는 비구가 아닌 그대에게도 해당되는 것이다. 작은 돌멩이 하나, 풀잎 하나라도 소홀히 다루지 말라. 자칫 그것이 버릇이 되어 그대 몸에 달라붙을지 모르기 때문이다

소로가 말했다.

"그대가 정결해지고 싶다면 그대는 절제를 알아야 한다. 정결이란 무엇인가? 그대가 정결한지는 어떻게 알 것인가? 노력에서는 지혜와 순결이 오지만 태만에서는 무지와 육욕이 올 뿐이다."

313~315
마땅히 해야 할 일을 항상 행하라

상 행 소 당 행　　　　자 지 필 령 강　　　원 리 제 외 도　　　막 습 위 진 구
常行所當行하여 自持必令强하라 遠離諸外道하여 莫習爲塵垢하라.

위 소 부 당 위　　연 후 치 울 독　　　행 선 상 길 순　　소 적 무 회 린
爲所不當爲면 然後致鬱毒하며 行善常吉順하고 所適無悔吝이니라.

여 비 변 성　　중 외 노 고　　　자 수 기 심　　　비 법 불 생
如備邊城에 中外牢固하여 自守其心이면 非法不生이니라.

행 결 치 우　　영 타 지 옥
行缺致憂하고 令墮地獄이니라.

313 마땅히 해야 할 일은 항상 행하라. 스스로를 믿고 굳세게 행하라. 모든 외도(外道)를 멀리 떠나서 그들의 더러움에 때묻지 말라. 314 해서는 안 될 일을 행하지 말라. 한 뒤에는 반드시 괴로움이 있다. 선을 행하면 항상 좋아져서 가는 곳마다 뉘우칠 일이 없다. 315 마치 변방의 성을 안팎으로 굳게 지키는 것같이 스스로 그 마음을 지키면 악한 마음은 생기지 않는다. 행동이 바르지 못하면 근심에 이르고 끝내는 지옥에 떨어지게 된다.

"귀찮은 일이다, 괴로운 일이다 하고 생각하는 것이 그 일을 괴롭게 만든다. 일을 시작하기 전부터 흥미를 잃고, 고통스런 일을 견뎌야 한다고 생각하고 있다. 이러한 정신적 상태가 고통과 괴로움의 원인이 되는 것이지 육체상의 고통이나 괴로움이 큰 것은 아니다."

카네기의 말이다. 사람들은 마땅히 해야 할 일 앞에서는 귀찮다거나 괴롭다는 생각을 먼저 갖기가 일쑤다. 그러나 오히려 해서는 안 될 일을 하면서는, 자기가 아니면 이 일을 할 사람이 없다는 식으로 슬쩍 넘어가버린다. 마땅히 해야 할 일을 했을 때는 기쁨으로 충만되지만, 해서는 안 될

일을 했을 때는 괴로움에 시달리면서도 그런 일을 저지르고 만다. 그보다 더한 자기 기만이 또 있을 수 있을 것인가.

많은 비구들이 국경 지방의 한 도시에서 우기雨期 안거를 보내고 있었다. 석 달 동안의 우기 안거 중 첫 번째 달에는 비구들이 필요로 하는 모든 것을 신자들이 잘 공급해주었다. 그러나 둘째달에는 마을을 침입한 강도들이 주민들의 재산을 약탈하는 등 재난이 일어나 많은 주민들이 피난을 가버렸기 때문에 비구들은 제대로 공양을 받지 못했고 수행에도 어려움이 많았다. 그렇게 둘째달이 겨우 지나가자 피난갔던 주민들이 하나둘씩 되돌아왔다. 그러나 그들은 마을의 성곽을 다시 쌓기에 바쁜 나머지 비구들을 제대로 도와주지 못했다. 그래서 비구들은 여전히 어렵게 마지막 달을 보낼 수밖에 없었다. 비구들은 모두 자질구레한 일들을 직접 처리하면서 수행에 힘써야 했다. 그렇게 어렵게 우기 안거를 끝냈을 때는 도저히 더 이상 그곳에 머물 수 있는 형편이 아니었기 때문에 사위성의 기원정사로 돌아올 수밖에 없었다.

이때 붓다께서는 석 달 동안의 갖가지 어려움을 잘 이겨낸 그들을 위로하시며 이렇게 말씀하셨다. "이 세상은 아무런 노력 없이 근심과 걱정으로부터 자유로워질 수가 없다. 너희들은 주민들이 마을을 강도들로부터 지키기 위해 성을 쌓듯이, 큰 경각심을 가지고 여섯 강도들로부터 자신을 보호해야 한다. 너희의 여섯 가지 문(감각기관)으로 들어오고 나가는 일체의 현상을 꾸준히 관찰하여, 함부로 행동하지 말고 진리에서 벗어나는 행동을 경계하여 자신을 잘 지켜야 할 것이다."

그런 것이다. 우리가 해야 할 가장 큰 일은 멀리 있는 불확실한 것들이 아니다. 우리로부터 가장 가까이에 있는 확실하고 명백한 일인 것이다.

316~317
부끄러워할 것을 부끄러워하라

_{가수불수} _{비수반수} _{생위사견} _{사타지옥}
可羞不羞하고 非羞反羞면 生爲邪見하고 死墮地獄이니라.

_{가외불외} _{비외반외} _{신향사견} _{사타지옥}
可畏不畏하고 非畏反畏하여 信向邪見이면 斯墮地獄이니라.

316 부끄러워할 것을 부끄러워하지 않고 부끄럽지 않을 것을 오히려 부끄러워하면, 살아서 그릇된 소견 때문에 죽어서 지옥에 떨어지게 된다. **317** 두려워할 것을 두려워하지 않고 두렵지 않을 것을 두려워해서 그릇된 소견을 믿고 나아가면 죽어서 지옥에 떨어지게 된다.

마크 트웨인이 말했다. "인간만이 얼굴이 붉어지는 동물이다. 혹은 그렇게 할 필요가 있는 동물이다."

그것이 바로 양심의 얼굴이다. 지상에서 가장 아름답고 가장 신선한 얼굴이다. 어떤 사람은 양심을 천 명의 증인에 맞먹는다고 말했지만, 그것은 천 명을 훨씬 웃도는 만 명의 증인에 맞먹는 것인지도 모른다. 그래서 부끄러움을 양심의 빛깔이라고 부르거나 양심의 향기라고 부르기도 하는 것이다. 그러나 그러지 못한 경우가 있다. 부끄러워할 것은 부끄러워하지 않고 부끄럽지 않은 것을 부끄러워하는 경우다. 또 두려워할 것은 두려워하지 않고 두렵지 않을 것을 두려워하는 경우다.

어떤 사람은 자기가 농부이거나 상인인 것을 부끄러워하며 농부나 상인이 아닌 다른 인격체가 되지 못한 것을 부끄러워한다. 또 어떤 사람들은 자기가 교사이거나 공무원인 것을 부끄러워하며 교사나 공무원이 아닌 다른 인격체가 되지 못한 것을 부끄러워한다. 부끄럽지 않은 것을 부끄러워하는 그 가난한 마음이 참으로 부끄러운 것이다.

한 성자가 있었다. 그는 죽어서 강제로 지옥에 떨어졌다. 그는 자신이 지옥으로 떨어진 사실을 믿을 수가 없었다. 도대체 무엇을 잘못했기에 지옥으로 떨어졌단 말인가? 그는 신을 만나 따지고 싶었다. 일생 동안 참으로 순결하게 살아왔기 때문이다. 마침내 그는 신에게 외쳤다.

"일생 동안 잘못한 일이 없는데 왜 제가 지옥으로 떨어져야 합니까?"

신이 대답했다.

"너는 일생 동안 어떤 나쁜 일도 한 적이 없다. 그것은 참 좋은 일이다. 그러나 너는 어떤 좋은 일도 한 적이 없다. 그러니 너는 지상에서 있으나 마나한 존재였다. 너는 로봇에 불과했던 것이다."

그런 것이다. 그는 잘 길들여진 강아지처럼 수양만을 닦아왔을 뿐 어느 누구에게도 베풀어본 적이 없었던 것이다. 그는 자기에게 맡겨진 자기 몫의 일은 하나도 해내지 못했던 것이다.

그와 마찬가지다. 그대의 일에 최선을 다하라. 그대가 농부인 그대 자신을 부끄러워한다면 그것은 엄청난 죄악이다. 그대에게 맡겨진 일에 최선을 다할 때 그대는 이 지상에서 그 누구보다도 훌륭할 수 있다. 그대가 아닌 남을 흉내내며 세상을 살아간다면 그것은 부끄러운 일이다. 그리고 두려운 일이다. 그대의 분수에 맞지 않게 사치하고 향락하며 방종에 젖어든다면 그것이야말로 부끄럽기 짝이 없고 두렵기 짝이 없는 일이다.

셰익스피어가 말했다.

"겁쟁이는 죽음에 앞서 몇 번씩이나 죽지만 용기 있는 자는 한 번밖에 죽음을 맞지 않는다."

318~319

모든 일을 보다 분명하게 처리하라

가 피 불 피   가 취 불 취   완 습 사 견   사 타 지 옥
可避不避하고 可就不就하며 翫習邪見이면 死墮地獄이니라.

가 근 즉 근   가 원 즉 원   항 수 정 견   사 타 선 도
可近則近하고 可遠則遠하여 恒守正見이면 死墮善道니라.

318 피해야 할 것을 피하지 않고 나아가야 할 것을 나아가지 않아서 그릇된 소견을 즐겨 익히면 죽어서 지옥에 떨어지게 된다. **319** 가까이할 것을 가까이하고 멀리할 것을 멀리하여 언제나 바른 소견을 지켜나가면 죽어서 선도(善道)에 태어나게 된다.

붓다께서 사위성 기원정사에 계실 때, 수학자 목건련이 붓다께 여쭈었다. "세존의 가르침을 받은 제자들은 누구나 열반에 이를 수 있습니까?"

"그렇지는 않다."

"왜 그렇습니까? 엄연히 열반이 존재하고, 거기에 이르는 길이 있으며, 또 세존께서 스승이 되어 계신데 어떤 이유로 이르는 사람이 있고, 이르지 못하는 사람이 있는 것입니까?"

"그러면 벗이여, 그대에게 라자가하에 이르는 길을 묻는 사람이 있다하자. 그대는 아마도 그들을 위해 자세히 길을 일러주리라. 그러나 어떤 사람은 무사히 라자가하에 이르고, 어떤 사람은 길을 잘못 들어 엉뚱한 곳을 헤매기도 할 것이다. 그것은 어째서 그렇겠는가?"

"세존이시여, 저는 다만 길을 가르쳐줄 따름입니다. 그것을 제가 어찌할 수 있겠습니까?"

"벗이여, 그대의 말대로 열반은 엄연히 존재하고, 거기에 이르는 길도 있으며, 내가 스승 노릇을 하고 있는 것도 사실이다. 그러나 제자 중에는 열반에 이르는 사람도 있고 이르지 못하는 사람도 있다. 그것을 내가 어찌할 수 있겠는가? 나는 오직 길을 가르쳐주는 이에 불과할 뿐이다."

그런 것이다. 스스로 지혜의 눈을 떠라. 남에게 의지할 것이 아니라 자기 자신에게 의지하라. 길은 오로지 그대 안에 있을 뿐이다.

만절필동萬折必東이라는 말이 있다. 흐르는 황하의 물이 이리저리 만 번을 굽돌아도 동쪽으로 흐르고야 만다는 뜻으로, 한번 굳게 먹은 마음과 절개는 아무리 꺾으려 해도 꺾이지 않고 원래 뜻대로 나아간다는 말이다.

여우 한 마리가 사냥꾼들에게 쫓기다가 마침 가까이 있는 나무꾼에게 숨겨달라고 간청했다. 나무꾼은 여우에게 자기의 오두막을 가리키며 그리로 들어가 숨으라고 일렀다. 곧이어 사냥꾼들이 달려와 혹시 도망가는 여우를 보지 못했느냐고 물었다. 나무꾼은 못 보았다고 대답하면서 여우가 숨어 있는 오두막을 손가락으로 가리켰다. 그러나 사냥꾼들은 그의 말만 듣고 그대로 지나가버렸다.

사냥꾼들이 떠난 것은 본 여우가 오두막을 나와 저만큼 가고 있었다. 나무꾼은 여우에게 살려주었으면 고맙다는 인사는 해야 되지 않느냐며 꾸짖었다. 그러자 여우가 뒤돌아서서 말했다.

"만약 당신의 행동과 사람 됨됨이가 당신의 말과 같았다면 열 번이라도 고맙다는 인사를 했을 겁니다."

모든 일을 분명히 하라. 가까이할 것은 확실히 가까이하고 멀리할 것은 확실히 멀리하라. 그대가 확실하게 자기 자리에 앉아 있는 한, 아무도 그대를 일어서게 할 수는 없다.

제23장

상유품
象喩品

코끼리를 다루는 것처럼
자기를 다룰 줄 알라

차라리 혼자 선을 행할지라도 어리석은 자와는 함께하지 말라. 혼자되어 악을 짓지 않음을 마치 놀란 코끼리가 제 몸을 보호하듯 하라.

320~323
코끼리를 다루는 것처럼
자기를 다룰 줄 알라

我如象鬪에 不恐中箭하여 常以誠信으로 度無戒人이니라.
아 여 상 투　불 공 중 전　상 이 성 신　도 무 계 인

譬象調正이면 可中王乘이니 調爲尊人하여 乃受誠信이니라.
비 상 조 정　가 중 왕 승　조 위 존 인　내 수 성 신

雖爲常調나 如彼新馳라 亦最善象은 不如自調니라.
수 위 상 조　여 피 신 치　역 최 선 상　불 여 자 조

彼不能適 人所不至나 唯自調者는 能到調方이니라.
피 불 능 적 인 소 부 지　유 자 조 자　능 도 조 방

320 나는 마치 코끼리가 싸움터에서 화살에 맞는 것을 두려워하지 않듯이 항상 참된 믿음으로 헐뜯음을 참으며 어리석은 자들을 제도하리라. **321** 마치 잘 조련된 코끼리는 임금이 타기에 알맞은 것처럼 자기를 다스릴 줄 아는 훌륭한 사람은 남으로부터 참된 신뢰를 받을 수 있다. **322** 비록 항상 길들인다 해도 저 인더스 산의 말 같거나 또는 훌륭한 코끼리 같다 하더라도 자기를 잘 다스리는 사람보다는 못하다. **323** 그들은 사람이 이르지 못하는 열반의 길에는 갈 수 없으니 자기를 잘 다스리는 사람은 능히 그곳에 이를 수 있다.

　　남을 비방하는 목소리는 전쟁터에서 날아오는 화살과도 같아서 가차없이 과녁에 가서 꽂힌다. 그래서 베리키는 비방은 단번에 세 사람을 해친다고 말했다. 비방당한 자와 그 비방을 전하는 자, 그리고 가장 심하게 상처를 입는 자는 비방한 자라는 것이다. 붓다께서는 마치 코끼리가 싸움터에서 화살에 맞는 것을 두려워하지 않듯이 그 어떤 비방도 참으면서 어리석은 자들을 제도하리라고 말씀하셨다.

　　붓다께서 사위성에 계실 때, 어떤 장로가 와서 문안을 여쭈었다. 붓다

께서 자리를 권하시자 그는 자리에 꿇어앉으며 말했다.

"저는 선왕先王 때 왕을 위해 코끼리를 다룬 적이 있습니다."

그러자 붓다께서 코끼리 다루는 법을 물으셨다.

"항상 세 가지로써 그 큰 코끼리를 다룹니다. 첫째는 굳센 재갈로 억센 입을 제어하고, 둘째는 먹이를 적게 주어 몸이 불어나는 것을 제어하며, 셋째는 채찍으로 마음을 항복받습니다. 이렇게 하면 코끼리는 잘 조련이 되어 왕께서 타시거나 싸움터에 나가거나 마음대로 부리는 데 아무 지장이 없습니다."

붓다께서 말씀하셨다.

"나 또한 세 가지로써 모든 사람을 다루며, 또 나 자신을 다루어 부처가 되었다. 첫째는 지성으로 구업口業을 제어하고, 둘째는 자정慈貞으로 몸의 억셈을 항복받고, 셋째는 지혜로 마음의 어리석음을 멸한다."

그렇다. 거친 코끼리를 다루듯이 그렇게 자기 자신을 다룰 수 있어야 한다. 자기 자신을 모르고서야 어떻게 타인을 알 수 있을 것이며 자기 자신을 다스리지 못하고서야 어떻게 타인을 다스릴 수 있을 것인가?

등대부자조燈臺不自照란 말이 있다. 등대의 불빛은 먼 곳을 밝게 비춰주지만 등대 자신은 어둡다는 뜻으로, 사람도 다른 사람의 일은 잘 살펴보면서 자기 자신의 일에는 오히려 어두운 것을 일컫는 말이다.

아무리 잘 조련된 코끼리인들 무엇할 것인가? 인더스 산의 말도 별것 아니다. 그들은 짐승인 것이다. 그들은 결코 열반의 길에 이르지 못한다. 오직 자기를 잘 다스리는 사람만이 그곳에 이를 수 있는 것이다.

테니슨이 말했다. "자기에 대한 존경, 자기에 대한 지식, 자기에 대한 억제, 이 세 가지만이 생활에 절대적인 힘을 가져다준다."

324~325

탐욕을 갈아엎고
어리석음을 뽑아버려라

여 상 명 재 수   맹 해 난 금 제   계 반 불 여 식   이 유 폭 일 상
如象名財守는 猛害難禁制니 繫絆不與食이면 而猶暴逸象이니라.

몰 재 악 행 자   항 이 탐 자 계   기 상 부 지 염   고 수 입 포 태
沒在惡行者는 恒以貪自繫하여 其象不知厭하며 故數入胞胎니라.

324 '재수'라는 이름의 코끼리는 억세고 사나워 걷잡을 수가 없다. 잡아 묶어두면 주는 먹이도 먹지 않고
사납게 날뛰는 코끼리다. **325** 악행에 깊이 빠져든 사람은 언제나 탐욕으로 스스로를 묶어
만족할 줄 모르는 코끼리처럼 몇 차례고 포태(胞胎)에 드나든다.

'재수財守'라는 코끼리는 원래 사나운 짐승이다. 사나운 코끼리가 잡혀
있으면 더욱 날뛰는 것은 당연한 일이다. 게다가 발정기가 되면 더 사나
워져서 짝짓기를 생각해서 주는 먹이도 먹지 않는다. 탐욕으로 스스로를
묶어버린 사람이라면 이 코끼리와 무엇 하나 다를 것이 있겠는가?

어떤 마을에 매우 나쁜 사람이라고 소문난 사나이가 있었다. 그는 그것
을 걱정하여 가르침을 받기 위해 붓다를 찾아왔다.

"대덕이시여, 사람들은 나를 포악하다고 말하고 있습니다. 대체 무엇
때문에 그렇게 말하는 것이겠습니까? 세상에는 같은 인간이면서도 유순
하다는 평을 듣는 사람도 있습니다. 대체 어떤 이유로 그런 사람은 그런
말을 듣게 되는 것입니까?"

붓다께서는 사나이를 자비가 넘치는 눈으로 바라보면서 말씀하셨다.

"촌장이여, 여기에 탐욕을 지닌 사람이 있다 하자. 그는 탐욕 때문에 남의 노여움을 사야 하며, 남이 노여워하는 것을 보면 그도 또한 노하게 된다. 이렇게 되면 그 사람은 포악하다는 소리를 듣게 될 것이 아니냐?

또 여기에 한 사람이 있는데, 그는 증오심에 불타고 있다고 치자. 그는 증오심 때문에 다른 사람의 노여움을 살 것이며, 다른 사람이 노하는 것을 보면 그도 또한 노할 것이다. 이렇게 되면 그 사람은 포악하다는 소리를 듣게 될 것이 아니냐? 그리고 또 한 사람은 어리석은 마음을 가지고 있다고 하자. 그는 어리석은 마음 때문에 다른 사람의 노여움을 살 것이며, 그 또한 남이 노하는 것을 보면 자기도 노할 것이다. 이렇게 되면 그 사람도 포악하다는 말을 듣게 될 것이 아니냐?

그러나 촌장이여, 탐심과 증오심과 우매함을 떠나버린 사람이 여기에 있다고 하자. 그는 그런 것들을 떠났기 때문에 누구의 노여움도 사지 않을 것이며, 따라서 남의 노여움에 자극되어 자기가 성내는 일도 없을 것이다. 그때에는 모두 그를 일컬어 유순한 사람이라고 할 것이 아니냐?"

붓다께서는 이렇게 사람의 밭을 갈고 있다. 어리석음에 묻힌 모든 사람들로 하여금 '탐욕을 갈아엎고 증오심을 도려내며 어리석음을 뽑아내게 해서' 거기에 씨를 뿌리려 하고 있는 것이다.

탐욕의 절반이 이루어지면 고통은 두 배로 늘어난다. 증오의 절반이 살아 있으면 사랑은 흔적도 찾을 수 없다. 어리석음의 절반이 남아 있으면 그는 마침내 아무 쓸모 없는 수인囚人이 되고 만다.

공자가 말했다.

"현명한 사람은 세상을 피하고, 그다음은 땅을 피하고, 그다음은 안색을 피하고, 그다음은 말을 피한다."

326~327

두드리면 열리고 찾으면 얻는다

본 의 위 순 행　　급 상 행 소 안　　실 사 항 복 결　　여 구 제 상 조
本意爲純行하고 及常行所安하여 悉捨降伏結이면 如鉤制象調니라.

낙 도 불 방 일　　능 상 자 호 심　　시 위 발 신 고　　여 상 출 우 감
樂道不放逸하고 能常自護心이면 是爲拔身苦니 如象出于塪이니라.

> **326** 생각나는 대로 행하고 언제나 편안함만 구했다 해도 이제야말로 모든 번뇌를 걷잡았느니,
> 갈고리로 코끼리를 잡는 것과 같다. **327** 도를 즐겨 방일하지 않으며 언제나 스스로 마음을 지키면
> 이것으로 번뇌에서 벗어날 수 있느니, 마치 코끼리가 스스로 늪을 빠져나오는 것과 같다.

젊었을 때는 아주 늠름하고 힘이 셌지만 세월이 흘러 늙고 허약해진 한 마리 코끼리가 있었다. 어느 날 이 늙은 코끼리는 물을 마시기 위해 연못을 찾다가 그만 늪에 빠지고 말았다. 그러자 코끼리 사육을 맡은 사람이 이 사실을 국왕에게 보고했다. 왕은 능숙한 조련사를 보내 그 코끼리를 즉각 구조하도록 지시했다. 왜냐하면 이 코끼리는 과거에 왕을 도와 여러 차례 전장에 나가 용감하고 맹렬하게 싸웠기 때문이다.

이윽고 조련사가 현지에 도착했다. 상황을 살펴본 조련사는 사람의 힘으로는 도저히 코끼리를 구해낼 수 없다는 판단을 내렸다. 조련사는 무엇인가 골똘히 생각하더니 왕실의 군악대를 동원하여 힘차고 씩씩한 군악을 연주시켰다. 우렁찬 군악 소리가 울려퍼지자 코끼리는 마치 전쟁터에 나간 듯 용기백배해서 늪을 빠져나와 언덕 위에까지 올라갔다.

비구들로부터 이 사실을 전해들은 붓다께서는 이렇게 말씀하셨다.

"비구들이여, 코끼리가 스스로의 힘으로 늪에서 빠져나오듯 너희도 번뇌라는 이름의 늪에서 용감하게 벗어나야 하느니라."

마음을 집중하여 자기 자신을 다스릴 줄 알면 이루지 못할 것이 없다. 늙은 코끼리도 자기 자신을 다스리지 않는가.

아무리 어려운 일이라 하더라도 사람의 힘으로 미치지 못할 것은 없다. 두드리면 열리고 찾으면 얻게 된다.

'반자불성半字不成'이란 말이 있다. 글자를 절반만 쓰는 것으로는 아무것도 되지 않는다는 말이다. 일을 시작하면 끝까지 해내야 무엇이든 이룰 수 있지 하다가 말면 아무것도 안 된다는 것을 빗대어 한 말이다.

설법을 많이 들어도 다른 귀로 흘려버리고 만다면 그 '들음'이야말로 아무런 효용 가치가 없다. 많이 들으면 들을수록 그것을 지키며 받들 줄 알아야 한다. 그러면 그 뜻은 밝아지고 뜻이 밝아지면 지혜를 더하게 된다. 나아가 지혜로워지면 보다 널리 이치를 깨닫게 되고 이치를 깨달은 후에는 편안하게 법을 행할 수 있다.

카네기는 영혼으로부터 솟아나오는 지혜가 없이는 진실한 인격의 성숙은 있을 수 없다고 했다. 어른의 육체에 어린애 같은 마음이 머물러 있는 것은 위험한 일이라고까지 경고했다. 그러면서 다음과 같이 덧붙였다.

"문명의 역사는 인류 각성의 역사이지만, 지금껏 인류 양심의 각성은 지극히 완만했다. 인간은 다른 면에서는 성숙을 이룩했다. 물질적으로나 과학적으로나 인류는 꿈꿀 수도 없는 발전을 이룩했다. 그러나 정신적으로 인간은 아직도 유아다."

그대야말로 그대 인격의 유아기를 탈출하기 위해서라도 '들음'의 지혜에 크게 의존하라. 얼마나 귀중한 기회인가.

328~330

그대에게 '좋은 벗'은
이 세상에게 '좋은 벗'이다

^{약 득 현 능 반} ^{구 행 행 선 한} ^{능 복 제 소 문} ^{지 도 불 실 의}
若得賢能伴하여 俱行行善悍이면 能伏諸所聞하여 至到不失意니라.

^{부 득 현 능 반} ^{구 행 행 악 한} ^{광 단 왕 읍 리} ^{영 독 불 위 악}
不得賢能伴하여 俱行行惡悍이면 廣斷王邑里하여 寧獨不爲惡이니라.

^{영 독 행 위 선} ^{불 여 우 위 여} ^{독 이 불 위 악} ^{여 상 경 자 호}
寧獨行爲善하여 不與愚爲侶니 獨而不爲惡을 如象驚自護하라.

328 만약 어진 이를 만나 벗하여 함께 선을 행하면 강해지리니 들려오는 세속 일 항복받아 이르는 곳마다 뜻을 잃지 않으리라. **329** 어진 이를 못 만나 벗할 수 없다면 함께 악을 행하여 강해지리니 망한 나라를 버리는 왕처럼 차라리 혼자되어 악을 짓지 말라. **330** 차라리 혼자 선을 행할지라도 어리석은 자와는 함께하지 말라. 혼자되어 악을 짓지 않음을 마치 놀란 코끼리가 제 몸을 보호하듯 하라.

붓다만큼 친구를 소중히 여긴 사람도 없을 것이다. 그것은 물론 불교 교리와도 무관하지 않겠지만 붓다가 주창하는 친구는 어떤 경우에도 선을 바탕으로 하지 않으면 안 된다. 그래서 붓다께서는 모든 사람들에게 자신을 친구로 선택해줄 것을 누누이 강조하고 있다.

"너희는 나를 친구로 삼음으로써, 늙어야 할 몸이면서도 늙음으로부터 벗어날 수 있다. 병들어야 할 몸이면서도 병으로부터 벗어날 수 있다. 죽어야 할 몸이면서도 죽음으로부터 벗어날 수 있다. 고뇌와 우수를 지닌 몸이면서도 고뇌와 우수로부터 벗어날 수 있다."

붓다께서 코살라국의 사위성 기원정사에 계실 때였다. 어느 날 용모 단정한 한 사내가 붓다께 문안드리고 여쭈었다.

"객지에서의 좋은 벗은 어떤 사람이며 집안에서의 좋은 벗은 누구이며, 재물에 좋은 벗은 무엇이며, 후세에 좋은 벗은 무엇입니까?"

붓다께서 게송으로 말씀하셨다.

"먼 지방으로 장삿길을 나서는 사람에겐 길을 잘 안내해주는 사람이 객지의 벗이요, 정숙하고 어진 아내는 집안에서의 좋은 벗이며, 서로 화목하고 가까이하는 일가친척이 재물에서 좋은 벗이고, 스스로 닦은 선행의 공덕이 내생에서의 좋은 벗이다."

'좋은 벗'은 같은 길을 함께 가는 사람이다. 서로 가는 길이 다를 때는 결코 '좋은 벗'이 될 수 없다. 그것은 누구라도 마찬가지다. 길을 안내해주는 사람이든지, 어진 아내든지, 가까이하는 일가친척이든지 모두 가는 길이 판이하다면 '좋은 벗'이 될 수 없다. 다음에 보이는 아난다의 질문과 붓다의 말씀에서 우리는 보다 확실하게 그 사실을 확인할 수 있다.

"대덕이시여, 곰곰이 헤아려보매 좋은 벗이 있고 좋은 동지와 함께 있는 것은 이 성스러운 길의 절반에 해당된다 생각합니다. 이런 소견은 어떻습니까?"

"아난다여, 그것은 잘못이다. 그렇게 말해서는 안 된다. 아난다여, 좋은 벗이 있고 좋은 동지와 함께 있다는 것은 성스러운 길의 전부이니라."

오늘을 살아가기 위하여 그대 역시 이처럼 '좋은 벗'을 찾아라. 이것은 오늘의 지혜이지 어제나 내일의 지혜가 아니다.

키케로가 말했다. "벗은 눈앞에 있지 않을 때도 거기에 있으며, 가난해도 풍족하고, 허약해도 건강하며, 또 말로 나타내기 어렵거니와, 죽었다 해도 살아 있는 것과 같다."

331~333

온갖 악을 범하지 않으면 편안하다

_{생이유리안} _{반연화위안} _{명진위복안} _{중악불범안}
生而有利安하고 伴軟和爲安하며 命盡爲福安하고 衆惡不犯安이니라.

_{인가유모락} _{유부사역락} _{세유사문락} _{천하유도락}
人家有母樂하고 有父斯亦樂이라 世有沙門樂하고 天下有道樂이니라.

_{지계종노안} _{신정소정선} _{지혜최안신} _{불범악최안}
持戒終老安하고 信正所正善하며 智慧最安身하고 不犯惡最安이니라.

331 살아서 이로움이 있으면 편안하고, 좋은 친구와 함께하면 편안하다.
목숨이 다하여 복이 있으면 편안하고, 온갖 악을 범하지 않으면 편안하다.
332 집에는 어머니가 있어 즐겁고, 아버지가 있어 또한 즐겁다. 세상에는 사문이 있어 즐겁고,
천하에는 도가 있어 즐겁다. **333** 계를 지니면 늙어서까지 편안하고 믿음이 굳게 서면 행실도 착해진다.
지혜는 몸을 편안하게 하고, 악을 범하지 않으면 가장 편안하다.

붓다께서 사위성 기원정사에 계실 때였다. 울사가라는 바라문이 붓다
께 문안드리고 여쭈었다.

"신도가 세상을 살아가면서 어떻게 해야 내생에 편안하고 즐거울 수 있
겠습니까?"

붓다께서 말씀하셨다.

"네 가지 법을 지키면 내생이 편안하고 즐거울 수 있다. 첫째로 믿음이
굳건해야 한다. 나를 믿고 공경하되 하늘이나 악마 등을 받아들여 믿음을
파괴하지 말아야 한다. 둘째로 계율을 잘 지켜야 한다. 살생하지 않고, 도
둑질하지 않고, 음행하지 않고, 거짓말하지 않으며, 술에 취하지 말아야

한다. 셋째로 보시행을 닦아야 한다. 인색한 마음을 버리고 보시하되, 항상 자기 손으로 직접 주고, 기쁜 마음으로 주며, 좋고 나쁜 것을 가리지 않는 평등한 마음으로 베풀어야 한다. 넷째로 어리석지 않고 슬기로워야 한다. 슬기롭기 위해서는 항상 나의 가르침을 마음속에 간직하고 관찰하여 지금의 고통으로부터 벗어나야 한다. 이 네 가지를 성취하면 후세에서 편안하고 즐거울 것이다.”

사람이 참으로 즐거웠을 때, 그것으로 사람들은 마음의 영양을 받는다. 나로 하여 즐거운 사람이 있다면 나는 그 이상의 즐거움을 얻을 것이고 나의 마음은 보다 많은 영양을 받을 수 있을 것이다.

공자가 말했다.

“높은 덕성을 갖는 것은 자유로운 정신을 갖는 것을 의미한다. 늘 화를 내거나 항상 무언가를 두려워하며 끊임없이 정욕에 사로잡혀 있는 사람은 자유로운 정신을 갖지 못한다. 자기 자신에게 전념하지 못하는 사람과 일에도 골몰하지 못하는 사람은 보아도 보지 못하는 사람이며 먹어도 맛을 모르는 사람이다.”

그런 것이다. 계율을 잘 지키면 마음은 자연스레 안정을 얻게 된다. 계율의 선함이야말로 얼마나 끝없는 것인가. 자유로운 정신은 바로 그 계율 속에 있는 것이다.

그것은 어디에서나 어떤 경우에도 마찬가지다. 그대가 만약 늘 화를 내거나 항상 무언가를 두려워하며 정욕에 끊임없이 사로잡혀 있다면 그대는 계율의 울타리에도 다가서지 못한다. 그대야말로 어떻게 편안해지기를 바랄 수 있으며 어떻게 높은 덕성을 가질 수 있겠는가. 그것은 오로지 그대 스스로가 그대 안에 들지 못하고 있는 탓일 뿐이다.

제24장

애욕품
愛慾品

욕심이란 처음부터
있던 것이 아니다

나무의 뿌리가 깊고 굳으면 베어도 다시 사는 것처럼 애욕의 마음을 뿌리째 뽑지 못하면 어느새 다시 괴로움을 받게된다.

334~336

애욕으로부터 돌아앉아
세상을 바라보라

심 방 재 음 행　　　욕 애 증 지 조　　　분 포 생 치 성　　　　초 약 탐 과 후
心放在婬行이면 欲愛增枝條하여 分布生熾盛하나니 超躍貪果猴니라.

이 위 애 인 고　　　탐 욕 착 세 간　　　우 환 일 야 장　　　연 여 만 초 생
以爲愛忍苦하여 貪欲着世間이면 憂患日夜長하여 筵如蔓草生이니라.

인 위 은 애 혹　　　불 능 사 정 욕　　　여 시 우 애 다　　　잔 잔 영 우 지
人爲恩愛惑하여 不能捨情欲하나니 如是憂愛多하여 潺潺盈于池니라.

334 방탕한 마음이 음행에 머물면 애욕의 가지는 점점 더 늘어나 무성하게 사방으로 뻗어가느니 마치 과실을 탐하는 원숭이처럼 날뛴다. **335** 참을 수 없는 애욕으로 세상에 집착하여 탐욕한다면 걱정과 근심은 밤낮으로 자라나 마치 덩굴이 뻗어나가는 것 같다. **336** 사람들은 사랑에 눈이 멀어 정욕을 버리지 못하느니 마침내 사랑에 얽힌 근심은 늘어나 마치 물이 흘러들어 못을 채우는 것과 같다.

프랜시스 베이컨이 말했다. "인간에게는 세 가지 유혹이 있다. 거친 육체의 욕망, 제 잘났다고 거들먹거리는 교만, 졸렬하고 불손한 이욕심이 그것이다. 이로 인하여 모든 불행이 과거에서 미래까지 영원한 인류의 무거운 짐이 되고 있는 것이다. 지상에서 이 세 가지 유혹, 즉 육욕과 교만과 이욕심이 없었더라면 완전한 질서가 인류를 지배해왔을 것이다."

그렇다. 세상은 그런 것들로 가득 차 있다. 욕망은 욕망을 부르고, 교만은 교만을 부르며, 이욕심은 또 다른 사람의 이욕심을 부채질한다. 이 모든 것들은 한결같이 육체에서 비롯된다. 인간의 육체가 결부되어 있지 않은 것은 아무것도 없다.

사위성에 뛰어난 장자가 한 사람 있었다. 어떤 부모가 어린 아들 하나 만을 남기고 모두 세상을 떠났는데 나이가 어려 살림을 꾸려갈 줄 모르는 아들은 몇 해가 지나지 않아 거지가 되고 말았다. 어린 아들의 아버지의 친구인 장자가 그 사정을 자세히 듣고는 그 아들을 불쌍히 여겨 자기 집으로 데려가서 길렀다. 그 아들의 나이가 차게 되자 장자는 자신의 딸과 혼인시켜 가정을 꾸리게 해주었다. 그러나 그 아들은 원래부터 게으르고 소견이 없어 얼마 지나지 않아 또다시 구차해지고 말았다. 장자는 자신의 딸을 생각해서 몇 번이나 거듭 새살림을 차려주었지만 그는 그것을 지탱해내지 못했다. 하는 수 없이 장자는 딸을 데려와서 다른 곳으로 개가시키려 했다. 아버지의 마음을 알아차린 딸은 남편에게 사실을 알리고 대책을 세우려 했다. 그러나 아내의 말을 들은 남편은 부끄러움과 분함을 이기지 못하고 아내를 죽여버린 뒤 자신도 목숨을 끊었다. 근심과 걱정으로 고뇌하던 장자는 식구를 거느리고 붓다를 찾아갔다.

붓다께서 말씀하셨다. "탐욕과 성냄은 세상의 떳떳한 병이요, 어리석음과 무지는 재화災禍의 문이다. 삼계三界, 오도五道는 모두 이것으로 말미암아 생사의 바다에 빠져 헤매면서 무한한 시간에 끝없는 괴로움을 받으면서도 오히려 뉘우칠 줄 모르는데, 하물며 어리석은 사람이 어떻게 이것을 알겠느냐? 이 탐욕의 독은 몸을 망치고, 친족을 망치고, 그 해는 중생에 미치는 것이다. 어찌 다만 그 부부에 그치겠는가?"

방탕한 마음에 음행이 머물면 애욕의 가지는 점점 더 늘어날 수밖에 없다. 돌아앉아라. 애욕으로부터 돌아앉아 세상을 바라보면 거기 평안이 있고 광명이 있다. 그 평안과 광명은 원래 그대 가슴속에 자리해 있던 것이다. 그것을 되찾아라.

337~338

그대 이성의 빛을 쉬게 하지 말라

위도행자 불여욕회 선주애본
爲道行者는 不與欲會하나니 先誅愛本하고

무소식근 물여애위 영심부생
無所植根하여 勿如刈葦하며 令心復生이니라.

여수근심고 수절유부생 애의불진제 첩당환수고
如樹根深固하여 雖截猶復生이니 愛意不盡除면 輒當還受苦니라.

337 도를 위하여 수행하는 사람은 아예 애욕과 어울리지 말라.
먼저 애욕의 근본을 끊어 어떠한 뿌리도 내리지 않게 하라. 마치 갈대를 베는 것같이 하여
다시 그 마음이 일어나지 않게 하라. 338 나무의 뿌리가 깊고 굳으면 베어도 다시 사는 것처럼
애욕의 마음을 뿌리째 뽑지 못하면 어느새 다시 괴로움을 받게 된다.

"태양은 빛을 온 세상 구석구석까지 비춘다. 그대 이성理性의 빛도 태양
의 빛과 같이 구석구석을 비추지 않으면 안 된다. 방해물을 만나게 된다
하더라도 겁내거나 화내지 말고 조용하게 비춰라. 그러면 빛을 받은 모든
것은 그 빛에 싸이고, 빛을 거절하는 것만이 혼자 어둠 속에 남게 된다."

아우렐리우스는 이성의 빛을 알고 있었다. 그는 이성의 빛이 인간 정신
에 미치는 영향을 충분히 알고 있었기 때문에 이런 말을 할 수 있는 것이
다. 참으로 강렬한 이성의 빛은 그것이 갈대처럼 무성한 애욕일지라도 단
숨에 끊어버릴 수 있는 능력을 갖고 있다.

이성이란 인간이 가지고 있는 세 가지 정신능력, 지知, 정情, 의意 중에서
지적 능력을 말하는 것이다. 그것은 모든 사물의 이치를 헤아려 깨달을

수 있을 뿐만 아니라 의지와 행동을 규정할 수 있는 능력, 다시 말해 양심의 역할을 담당해주는 것이다.

이성의 빛이 강렬하면 강렬한 만큼 그것은 모든 것을 포용한다. 그리하여 사람의 이성은 그가 저지르는 애욕을 뿌리 뽑아버릴 수도 있는 것이다. 라즈니시의 우화 중에 재미있는 것이 하나 있다.

어느 노인이 회춘하고 싶어서 자기 생식기관의 일부를 원숭이의 것으로 바꿔치기했다. 그 후 노인은 다시 결혼을 했고, 얼마 후 그의 아내는 임신을 했다. 아내가 아기를 낳기 위해 분만실에 들어가 있는 동안 그는 문밖에서 초조하게 기다렸다. 이윽고 의사가 문을 열고 나오자, 그는 황급히 의사에게 달려가 물었다.

"아들입니까? 딸입니까?"

의사가 말했다.

"너무 서두르지 마십시오. 지금 아기가 샹들리에 위에 올라가 있으니까 내려오거든 말씀드리겠습니다."

그렇다. 정욕은 결코 멈추어 서는 법이 없다. 노인의 정욕은 원숭이의 것을 빌어서라도 성취하고 만다. 나무의 뿌리가 너무 깊기 때문이다. 자르고 잘라내도 다시 살아난다. 그러나 그것은 노인의 이성이 마비되었기에 가능했던 일이다. 노인의 이성의 빛이 노인 스스로를 비추기만 했더라도 그 노인은 결코 원숭이 아이를 갖는 비극은 일어나지 않았을 것이다.

339~340

애욕은 끝없이 깊어 바닥이 없다

삼 십 육 사 류　병 급 심 의 루　삭 삭 유 사 견　의 어 욕 상 결
三十六使流가 幷及心意漏면 數數有邪見이니 依於欲想結이니라.

일 체 의 유 연　애 결 여 갈 등　유 혜 분 별 견　능 단 의 근 원
一切意流衍하며 愛結如葛藤이니 唯慧分別見하며 能斷意根原이니라.

339 서른여섯 애욕의 물결이 마음속 깊이 겹쳐 젖어든다면 옳지 못한 생각들은 끊임없이 일어나 애욕의 망상으로 굳어지리라. **340** 모든 생각은 넘쳐흐르고 애욕의 얽힘은 등넝쿨처럼 자라느니 지혜로써 이를 분별하여 그 생각의 뿌리를 끊어버려라.

실러가 말했다.

"우리는 사색하는 것보다 더 많이 행동하게 되어 있다. 생각한 바가 행동을 유도하고 비추지 않는다면, 사색은 무의미한 것이 되고 만다. 인간의 존엄성은 우리들 자신의 손에 달려 있는 것이다. 인간이 할 일은 인간의 존엄성을 지키는 데 있다. 우리는 행동으로써 인간을 향상시키는 것이다. 한 개인이 타락할 때 그것은 곧 인류가 타락하는 것이 된다."

생각은 행동을 유발하기 전에 더 많은 생각으로 꼬리에 꼬리를 문다. 그렇게 일어나는 생각들 중에 극히 유익한 것도 더러 있지만 대개는 생각하지 않아도 될 것들을 생각하거나, 생각해선 안 될 것까지도 생각하게 되는 것이다.

모든 생각은 넘쳐흐르기 마련이다. 한번쯤 애욕에 관해 생각하기 시작하면 애욕의 얽힘은 등넝쿨처럼 자라게 된다. 그 생각의 뿌리를 단절하기

전엔 그 생각이 육신을 이끌고 가기 마련이다.

모든 행동은 한결같이 육체적이다. 그것들은 생각의 지시에 따라서 움직이고 있을 뿐이다. 그러나 그 사이를 비집고 드는 것이 있다. 애욕을 살찌우게 하는 쾌락이라는 이름의 마성이다. 그 마성은 결코 우리들의 손에 잡히지 않는다. 스치는 바람처럼, 아니면 손가락 사이를 천천히 빠져나가는 모래알처럼 그렇게 인간의 육체에 스며들기 때문이다.

프라고나르의 미술 전람회 때 어느 노신사가 낯선 심부름꾼을 통해 좀 만나자는 전갈을 보내왔다. 노신사는 프라고나르의 그림을 한참 동안 칭찬한 뒤, 자신이 착상한 그림을 한 폭 그려달라고 부탁했다.

화가가 물었다.

"도대체 어떤 그림입니까?"

노신사가 대답했다.

"네, 그네를 타고 있는 아름다운 귀부인의 다리를 바라보고 있는 나를 그려주십시오. 선생께서 나를 더 즐겁게 해주시려면 보다 깊숙한 곳을 그려주신대도 상관없습니다."

그 노신사는 자신의 몸으로 이루어내기 힘든 애욕의 한 장면을 머릿속에서 연출했던 것이다. 그리고 이제 그걸 행동으로 옮기고 있다. 자기가 주연이 되고 싶은 드라마를 그림으로 현실화하려는 것이다.

서머싯 몸이 말했다.

"인간의 불행 중 하나는 그들이 이미 성적 매력을 잃고 나서도 훨씬 이후까지 성욕만은 남아 있다는 사실이다."

341

행복을 누릴 자격이 있는 사람이 되라

부 종 애 윤 택　　　사 상 위 자 만　　　애 욕 심 무 저　　노 사 시 용 증
夫從愛潤澤이면 思想爲滋蔓이라. 愛欲心無底니 老死是用增이니라.

341 애욕을 좇아 젖어든다면 그 생각은 점점 더 뻗어나간다.
애욕은 끝없이 깊어 바닥이 없느니, 늙음과 죽음은 이로 하여 불어날 뿐이다.

인간이면 누구나 맞닥뜨려야 할 노老, 병病, 사死, 즉 늙음과 질병과 죽음을 세 천사에 비유한 우화가 있다. 『아함경』의 '천사품'에 나온다.

어느 날 붓다는 제자들에게 악행으로 지옥에 떨어진 사람이 염라대왕과 주고받은 이야기를 들려주면서 세상에는 세 종류의 천사가 있다는 것을 일러주셨다.

"너는 인간 세상에 있을 때, 첫째 천사를 본 적이 있느냐?"

"대왕이시여, 보지 못했습니다."

"그러면 너는 나이가 들고 허리가 굽어져서 지팡이에 몸을 의지하고 비틀거리며 걷는 사람을 못 보았느냐?"

"대왕이시여, 그것이라면 보았습니다."

"너는 그 천사를 만났으면서도, 너 자신도 그처럼 늙을 것이니 서둘러 착한 일을 해야겠다고 생각하지 않았기 때문에, 그 결과 지금의 보報를 받게 된 것이다. 그렇다면 그다음으로, 너는 인간 세상에 있을 때, 둘째 천사

를 본 적이 있느냐?"

"대왕이시여, 본 적이 없습니다."

"그렇다면 너는 병에 걸려 혼자서는 일어나지도 못하고, 앙상하게 마른 사람을 본 적이 없다는 말이냐?"

"대왕이시여, 그것이라면 보았습니다."

"너는 그 천사를 만났으면서도, 너 자신도 병들 몸인 것을 생각하지 않고, 몸이 성한 동안 심신을 청정하게 하고자 애쓰지 않았기 때문에 이 지옥에 떨어진 것이다. 그렇다면 다음으로, 너는 인간 세상에 있을 때, 셋째 천사를 본 적이 없었느냐?"

"대왕이시여, 보지 못했습니다."

"그러면 너는 썩은 송장을 본 적이 없다는 말이냐?"

"대왕이시여, 그것이라면 보았습니다."

"너는 그 천사를 만났으면서도, 너 자신도 언젠가는 죽을 목숨임을 등한시했다. 그 때문에 이 보報를 받게 된 것이다. 네가 한 일을 돌이켜보았을 때 너는 그 보를 받을 수밖에 없지 않겠느냐?"

붓다께서는 이런 문답을 들려준 다음 이렇게 말씀하셨다.

"제자들아, 이 노, 병, 사가 세상에 파견된 세 천사이다. 천사의 깨우침을 받아들이는 이는 다행이며, 천사를 보고도 깨닫지 못하는 이는 영원히 슬퍼해야 할 것이다."

행복이란 이 세 가지 범주를 벗어나서는 달리 있을 수 없다. 불행하다는 것은 이 세 가지 중에서 한 가지라도 잃어버린 경우를 일컫는 말이다. 그래서 늙어가는 일과 병들어 눕는 일, 그리고 죽는다는 일은 모든 사람을 슬프게 하고 눈물짓게 한다.

342~344
욕심이란 처음부터 있던 것이 아니다

衆生愛纏裏면 猫兎在於罝라 爲結使所纏하여 數數受苦惱니라.

若能滅彼愛하고 三有無復愛면 比丘已離愛하여 寂滅歸泥垣이니라.

非園脫於園하여 脫園復就園이니 當復觀此人하라. 脫纏復就縛을.

342 사람들이 애욕에 휘말려드는 것은 덫에 걸린 토끼와 같다.
번뇌의 족쇄에 얽혀 있어서 끊임없이 괴로움을 겪는다.
343 만약 저 애욕을 멸할 수 있어 삼유(三有)에 되풀이되지 않는다면 비구는 이미 애욕을 떠나
적멸을 이루고 열반으로 돌아간다. 344 애욕을 떠나 숲으로 들었지만 다시 숲을 나와 애욕으로 들었느니,
이 사람을 보라. 속박에서 벗어났다가 다시 속박된 자를.

이 세상의 추악함과 죽음, 비참함과 슬픔 같은 것들은 어둠에 몸을 숨긴 채 도처에 흩어져 있다. 그것들은 외톨이로 떠돌고 있는 것처럼 보이지만 실제로는 커다란 하나의 밧줄, 욕심이라는 것으로 이어져 있다. 그것들은 그렇게 외톨이인 척 떠돌면서 끝없이 인간의 마음을 부추기고 있는 것이다.

각별히 경건한 숭배자에게 헤르메스는 황금알을 낳는 거위 한 마리를 선물로 주었다. 그러나 황금에 취한 그는 하루에 한 알밖에 나오지 않는 것에 만족할 수 없었다. 그는 거위의 속이 황금알로 가득 찼을 거라는 생각에 서둘러 거위의 배를 갈랐다. 하지만 황금알은커녕 거위의 뱃속에서

쏟아져나온 시뻘건 피와 창자에 놀라 그는 쓰러지고 말았다.

　욕심이란 그토록 추악한 것이다. 죽음을 불러오고 두려움을 불러오고 슬픔까지도 불러들인다. 아무것도 아니다. 욕심이란 그대가 생각해내지 않았다면 처음부터 없었던 것일 뿐이다.

345~346

애욕이야말로 깊고 견고한 감옥이다

雖獄有鉤鎖하나 慧人不謂牢라 愚見妻子息하여 染著愛甚牢니라.

慧說愛爲獄하여 深固難得出이라 是故當斷棄하라 不視欲能安이니라.

> 345 감옥에 쇠고랑과 자물쇠가 있다 해도 어진 사람은 견고하다고 하지 않는다.
> 어리석은 사람이 처자식에 집착하는 사랑은 그보다도 더한 것이다.
> 346 어진 사람은 애욕을 일러 감옥이라 했고 깊고도 견고하여 벗어나기 어렵다고 했다.
> 그러므로 마땅히 끊어버려라. 애욕에서 눈을 돌리면 편안해진다.

한 사내가 감옥에 투옥되었다. 이튿날 사내는 이가 아프다며 이를 뺐다. 며칠 후엔 맹장이 아프다며 맹장을 제거했다. 그리고 다시 며칠 후에는 편도선이 아프다며 편도선을 제거했다. 그러던 어느 날 간수가 그에게 와서 말했다. "자네가 무슨 짓을 하는지 이제야 알겠군. 자네는 하나씩 하나씩 이 감옥을 빠져나가고 있는 거야."

라즈니시는 이런 식으로 자신의 우화를 빛나게 한다. 그는 언제나 집요하게 상대의 허虛를 찾아내서 찔러버린다. 어떤 경우에도 삶은 부분적일 수 없다. 머리 따로 몸뚱이 따로는 살아갈 수 없다. 감옥이 세상이고 세상이 바로 감옥인 것을. 어느 날 비구들이 인간에게 쇠사슬보다 끊기 어려운 강한 얽매임이 있는지 여쭙자 붓다께서는 이렇게 말씀하셨다.

"비구들이여, 이 세상 사람들은 한결같이 처자식을 원하고 재산을 원하며, 명예를 원하고 먹을 것과 옷을 원하고 오래 살기를 원한다. 이것은 쇠사슬보다 수만 배, 수십만 배나 강한 속박이다. 이것에는 한계가 없고 줄어드는 법이 없으며, 끝이 없고 다함이 없기 때문이다. 그러므로 현명한 사람은 결심을 굳게 세워 이 같은 욕망을 끊고 세속을 떠나 비구가 되어 고요히 좌선하는 것이다. 그리하여 마침내 모든 번뇌에서 벗어나 진정한 해탈의 즐거움을 얻고 대자유인이 되는 것이다."

아우렐리우스가 말했다. "인간이여, 정신 속에서 살라. 인생의 본질을 육체적 생활로 돌리지 말라. 육체는 힘을 담고 있는 그릇에 지나지 않는다. 인간의 모든 표면적인 것은 오직 그 정신의 힘에 의해서만 살아 있는 것이다. 정신이 없는 육체는 운전할 수 없는 자동차 같은 것이며 렌즈 없는 카메라와도 다를 것이 없다."

흔히 사람들은 정신적인 삶 자체를 못마땅해한다. 육체적이며 행위적이 아닌 것에는 누구나 한 번쯤 거부 반응을 나타낸다. 왜냐하면 그들은 그들의 삶이 지금까지 정신적이지 못했음을 누구보다도 잘 알고 있기 때문이다. 그리고 정신적인 삶을 영위하기 위해서는 온갖 제약이 따를 것이라 착각한다. 현실적이며 육체적인 삶이 애욕과 방종 따위로 속박하고 있는데도 그들은 오히려 그 반대로 생각한다. 현실적인 삶은 즐거움을, 정신적인 삶은 괴로움을 줄 것이라고 착각한다.

꽃은 스스로 필 만큼 핀 후에는 결코 더 오랫동안 피어 있기 위해 애쓰지 않는다. 태양은 아침이면 떠올라서 저녁이면 으레 사라진다. 모든 것이 다 그렇다. 그런데도 사람들은 더 오래 살려 하고 더 많이 가지려 하고 더 높이 오르려 한다. 더 많이, 더욱더 강하게 즐기려 한다. 차라리 스스로를 덜어내는 데서 즐거움을 느낄 줄 알면 얼마나 기쁜 일인가?

347

여자는 그 육체 속에
자기를 감추고 있다

以婬樂自裹는 譬如蠶作繭이니 智者能斷棄하여 不眄除衆苦니라.

347 음란한 즐거움으로 제 몸을 싸는 것은 마치 누에가 고치를 짓는 것과 같다.
지혜로운 사람은 이를 끊어버리고 돌아보지 않음으로써 괴로움을 없앤다.

"여자는 자신의 세계가 전체적으로 남성의 것임을 인정하고 있다. 이 세계를 만들고 관리하고 오늘날도 지배하고 있는 것은 남자들이다. 여자는 자기가 이 세상에 책임이 있다고 생각하지 않는다. 여자는 자기의 육체 속에, 자기 집 속에 갇혀서 인생의 목적과 가치를 결정하는 인간의 모습을 한 모든 신(남자) 앞에서 수동적인 존재로 자각하고 있다."

시몬 드 보부아르는 『제2의 성』에서 이렇게 술회했다. 모든 남자들은 마치 권리 행사라도 하는 것처럼 여자를 찾는다. 모든 여체를 아름답다 하고 그것을 소유하기 위해 혼신의 힘을 쏟는다. 유혹을 당하는 여자든 정복당하는 여자든 한결같은데도 남자들은 그렇다.

그래서 말라르메는 이렇게 말했다. "나는 아름다운 여성과 팔짱을 끼고 다니는 남자를 보면 그 사람의 목에 매달려 이렇게 말하고 싶다. 참으로 고마운 일이오. 이 여자를 그렇게 사랑해줘서… 덕분에 난 그 여자 때문에 저지르게 될지 모를 여러 가지 과오와 어리석음과 나아가서는 범죄에서까지도 구원받게 되었소. 정말 고마운 일이오."

참으로 그렇다. 그럴 수 있다. 덧없는 것에, 그 어리석음에 사람들은 한결같이 얽매여 있다. 그 속박에서 벗어나기 위해 왜 사람들은 스스로 노력하지 않는가? 왜 그 괴로움을 사랑하려드는가?

'나무칼로 귀를 베어도 모르겠다'는 우리의 속담이 있다. 잘 베어지지 않는 나무칼로 귀를 베려면 한바탕 소동을 겪어야 할 것이다. 그런데 그런 나무칼로 귀를 베어도 모르겠다는 것은 한 가지 일에 골똘하여 정신이 집중되어 있음을 의미하는 말이다.

붓다의 제자라면 항상 깨어 있어서 스스로 깨닫고 밤낮없이 선정에 들어 즐겁게 그 마음을 살피는 일은 당연한 일이다. 모든 일도 그와 마찬가지다. 자기가 해야 할 일에 몰두하여 끝없이 그 일에 파고드는 것은 이 세상을 살아가는 지혜의 한 방편일 수도 있는 것이다.

어느 날 루터의 강아지가 그의 발밑에 앉아서 한 조각의 고기와 빵을 쳐다보고 있었다. 이것을 본 루터는 혼잣말로 중얼거렸다. "이 개가 고기를 보고 있는 것처럼 나도 기도할 수 있다면 얼마나 좋을까. 이 개는 지금 한 조각의 고기에만 몰두해서 다른 것은 생각지도 않고 희망지도 않고 있는데…."

집중하여 몰두하면 이루지 못할 것이 없다. 마음 하나로 무엇이든 충분히 끊어버릴 수 있다. 그러나 사람들은 그것을 어렵게 생각한다.

공자가 말했다. "자기 자신에 대하여 마음을 다하지 못하는 사람과 무슨 일에나 골몰하지 못하는 사람은, 보아도 보지 못하는 사람이며, 들어도 듣지 못하는 사람이며, 먹어도 맛을 모르는 사람이다."

348

과거 현재 미래 역시
한때의 삶일 뿐이다

사전사후   사간월유   일체진사   불수생사
捨前捨後하고 捨間越有하라. 一切盡捨하면 不受生死니라.

348 과거도 버리고 미래도 버리고 현재도 버리고 존재를 초월하라.
이 모든 것 다 버리고 나면 생사의 괴로움을 받지 않는다.

　집착한다는 것은 어떤 사물이 마음에 새겨져 잊히지 않는 상태다. 이
세상에 널려 있는 모든 것들은 어느 것 하나 가릴 것 없이 집착의 대상
이 된다. 돌멩이 하나, 풀 한 포기에서부터 이 세상을 휩쓰는 온갖 권력과
애증, 문화와 인간의 목숨에 이르기까지 집착의 대상에서 벗어나 있는 것
은 아무것도 없다. 집착하기 때문에 욕심이 생겨나고 욕심은 더한 욕심을
불러들여 커다란 탐욕을 만든다. 그래서 붓다는 눈으로 사물을 보고 마음
에 드는 것에 매달려 탐욕하는 것과 귀가 소리를 듣고, 코가 냄새를 맡고,
혀가 맛을 보며, 몸이 감촉을 느끼며, 좋아하는 것에 매달려 집착하는 것
을 들어 다섯 가지의 욕심이라고 했다. 그러나 집착에서 벗어날 수 있는
방법이 영 없는 것은 아니다. 붓다의 말씀처럼 계율과 선정과 지혜의 실
천이 그것일 수 있다.

　"인간은 정신과 육체를 자기의 것으로 생각하고 그로 인하여 끊임없이

괴로워하고 있다. 그러나 그대 자신의 본질은 정신 속에 있음을 알라. 이 의식 속에 침투하여 정신을 육체 위에 가져오고, 모든 외부적인 먼지로부터 지키고, 육체에 정신을 종속시키는 것을 허락하지 않으며, 생활을 육체와 일치시킬 것을 피하고, 정신의 생활과 합류하라. 그때 그대는 모든 진리를 이루고 자기의 사명을 완수하여 신의 힘 속에 몰입할 수 있을 것이다."

그렇다. 아우렐리우스의 말처럼 정신을 육체 위로 가져오고 육체에 정신을 종속시키는 일이 없도록 하면 된다. 쉽지 않은 일이겠지만 이루어낼 수 있는 일이다. 그대가 집착할 우려가 있는 것들을 외부적인 먼지로 고착화시켜라. 그런 다음 정신의 생활과 합류하라. 그렇게만 할 수 있다면 온갖 악마의 경계를 벗어날 수도 있고, 미치거나 미혹되는 일 없어 스스로 방자해질 수 없을 것이기 때문이다.

붓다께서 말씀하셨다.

"욕심이란 더럽기가 똥덩이 같고 욕심은 독사 같아 은혜를 모르며 햇볕에 녹는 눈처럼 허망하다. 욕심은 예리한 칼날에 바른 꿀과 같고 쓰레기터 속에 꽃이 피듯 겉으로는 그럴듯하게 보이며 물거품처럼 허망하다."

벗어나라, 집착할 수 있는 모든 것에서 벗어나라. 그 일이 쉽지 않다면 그대가 할 수 있는 최선의 시능이라도 만들어보라. 청명한 햇살을 그대 삶 속에서 만나볼 수 있다면 그 이상의 아름다움은 없을 것이다.

롱펠로는 이렇게 말했다.

"쓸쓸한 듯이 과거를 보지 말라. 그것은 두 번 다시 돌아오지 않는다. 주저없이 현재를 개선하라. 그림자 같은 미래를 향해 겁내지 말고 씩씩한 용기를 갖고 나아가라."

349~350

애욕의 덮개로
그대 자신을 덮지 말라

심 념 방 일 자　전 음 이 위 정　　　　은 애 의 성 증　　종 시 조 옥 뢰
心念放逸者는 見婬以爲淨하나니 恩愛意盛增하여 從是造獄牢니라.

각 의 멸 음 자　상 념 욕 부 정　　　종 시 출 사 옥　　능 단 노 사 환
覺意滅婬者는 常念欲不淨하나니 從是出邪獄하여 能斷老死患이니라.

349 마음이 언제나 방일한 자는 음행을 보아 깨끗하다 하니, 욕정은 날로 자라서 이로부터 감옥을 만들어간다.

350 깨달아 음욕을 없애는 자는 언제나 음욕의 더러움을 알고 있으니
이를 좇아 사악한 감옥을 벗어나 늙음과 죽음의 근심을 끊어버린다.

그리스 신화에 나오는 인신우두人身于頭의 괴물 미노타우로스를 아는 가? 인간의 욕정이 얼마나 끝없는가를 단적으로 보여주는 미노타우로스의 조상彫像은 그래서 처연하기까지 하다.

크레타 섬의 왕이 된 미노스는 태양신 헬리오스와 요정 크레테 사이의 딸인 파시파에와 결혼했다. 왕비가 된 파시파에는 포세이돈 해신海神이 보내준 으리으리하고 흰 황소에게 욕정을 느꼈다.

욕정의 불길을 끌 수 없던 왕비는 고민 끝에 명장 다이달로스를 불러 통사정을 했다. 그러자 다이달로스는 왕비의 소원을 풀어주기로 결심하고 늠름한 암소 목마 한 마리를 만들어주었다. 목마에 암소 가죽을 덮어 씌우자 그것은 속은 텅 비어 있지만 겉으로 보기에는 살아 있는 암소와 조금도 다를 바 없었다. 그는 이 가짜 암소를 목장으로 끌고 갔다. 왕비는

목마의 뚜껑을 열고 속으로 들어가 두 다리를 목마의 뒷다리 속에 끼워 넣었다.

이윽고 문제의 황소가 어슬렁어슬렁 걸어와서 가짜 암소를 덮쳐 눌렀다. 목마 속에서 기다렸던 왕비는 마음껏 욕정을 뿜어냈다. 파시파에 왕비는 훗날 미노타우로스라는 괴물을 낳았다.

마음이 방종한 사람에게는 어떠한 음행도 추하게 보이지 않는다. 그에게 음행은 깨끗한 것이며 신비로운 것이며 마냥 사랑스러운 것일 뿐이다. 그것으로 하여 스스로를 얽어매는 감옥을 만들어간다는 사실을 그는 까마득히 모르고 있는 것이다.

사디는 인간에게 가장 위험한 적으로 마음을 좀먹는 욕정을 꼽았다. 그것은 인간의 늙음과 죽음과 온갖 근심을 부채질하는 가장 사악한 것이지만 사람들은 오히려 그것을 사랑하고 즐기기에 바쁘다.

셰익스피어가 말했다.

"사랑은 과식하는 법이 없다. 그러나 욕정은 과식하여 마침내 죽고 만다. 사랑에는 진실이 넘쳐나고 있지만 욕정은 허망으로 가득 차 있다."

탐욕의 그물로 그대 자신을 가리지 말라. 애욕의 덮개로 그대 자신을 덮지 말라. 스스로 방자하여 감옥에 묶이지 말라. 그대를 깨달음이라는 엄청난 불길로 만들어 그 불길 속에서 그 모든 것들이 활활 타 재가 되게 하라.

351~352

그대 역시 마음의 거울을
들여다볼 필요가 있다

_{무 욕 무 유 외} _{염 담 무 우 환} _{욕 제 사 결 해} _{위 시 장 출 연}
無欲無有畏하고 恬淡無憂患이니 欲除使結解하여 爲是長出淵이니라.

_{진 도 제 옥 박} _{일 체 차 피 해} _{이 득 도 변 행} _{시 위 대 지 사}
盡道除獄縛하고 一切此彼解하여 己得度邊行하여 是爲大智士니라.

351 애욕을 떠나면 두려움이 없고 이익을 버리면 근심마저 없어 욕망은 제거되고
속박 또한 풀려 생사의 깊은 못을 벗어나게 된다. **352** 도(道)를 익혀 감옥의 속박에서 풀려나고
모든 것들을 깨달아 이미 득도하여 벗어난다면 이야말로 크게 지혜로운 사람이다.

어떤 선사가 수제자를 상인들이 묵는 여인숙으로 보냈다. 그것은 수제자에 대한 마지막 시험과도 같은 것이었다. 제자가 선사에게 물었다.

"무슨 시험이 이렇습니까? 그 여인숙에 가서 뭘 어쩌란 말씀입니까?"

선사가 대답했다.

"특별히 해야 할 일은 따로 없다. 다만 그곳에서 일어나는 일들을 잘 관찰했다가 내게 알려주기만 하면 된다. 이 시험을 통해 네가 나의 후계자가 될 자격이 있는지 없는지를 결정하겠다."

제자는 총총히 여인숙으로 갔다. 거기서 그는 모든 것을 관찰했다. 그것은 스승의 후계자가 되느냐 못 되느냐를 결정짓는 중요한 시험이기 때문이었다. 여인숙에서 돌아온 제자는 이렇게 보고했다.

"여인숙 주인을 눈여겨보았는데 그는 매일 저녁마다 거울을 닦았습니

다. 그리고 아침이 되면 또 거울을 닦는 것이었습니다. 그래서 제가 물어보았습니다. '불과 몇 시간 전에 거울을 닦았는데 또 닦으시는군요. 그렇게 열심히 거울을 닦는 이유가 무엇입니까?'

그러자 주인이 대답했습니다. '먼지는 항상 쌓이는 법이지요. 그러니 시간이 날 때마다 거울을 닦는 것이 옳은 이치가 아니겠습니까? 언제 보아도 거울에는 항상 먼지가 있으니까요.'

주인의 말을 듣고서야 저는 스승님께서 저를 여인숙으로 보내신 뜻을 알 수 있었습니다. 그것은 바로 제 마음에 관한 좋은 예가 되지 않겠습니까? 매순간마다 마음을 닦아야 한다고 생각했습니다. 왜냐하면 마음은 본성에 의해 매순간마다 먼지가 쌓이기 때문입니다."

그런 것이다. 그대 역시 마음의 거울을 들여다볼 필요가 있다. 송아지가 어미의 젖을 찾는 것처럼 쉴 새 없이 그대 주변을 맴돌며 기웃거리는 늙음과 죽음의 모습을 만나볼 수 있기 때문이다. 탐욕에서 떠나지 않고 애욕에서 흐느적거리고 있는 한 그대 역시 그런 늙음과 죽음의 모습을 엿볼 수 있을 것이다. 거울은 진실만을 말한다. 거울을 통해서는 추호의 거짓도 들여다볼 수가 없다.

쇼펜하우어가 말했다.

"모든 사람은 다른 사람 속에 거울을 가지고 있다. 그 거울로 말미암아 자기 자신의 결점과 여러 가지 악한 곳을 확실히 볼 수 있는 것이다. 그런데도 많은 사람들은 이 거울을 향해 개와 같은 짓을 하고 있다. 자기를 향해 짖기도 하고 물어뜯기도 하는 것이다."

353~354
이 세상의 허식이지만
그것은 그대 안에 있다

_{약 각 일 체 법　　능 불 착 제 법　　　일 체 애 의 해　　시 위 통 성 의}
若覺一切法하여 能不着諸法이면 一切愛意解니 是爲通聖意니라.

_{중 시 경 시 승　　　중 미 도 미 승　　　중 락 법 락 승　　　애 진 승 중 고}
衆施經施勝하고 衆味道味勝하며 衆樂法樂勝이니 愛盡勝衆苦니라.

353 만약 모든 것을 깨달아서 능히 온갖 것에 집착하지 않는다면 일체의 애욕에서 풀려나리니 이는 거룩한 길에
들어선 것이다. **354** 모든 보시 중에서 경(經)의 보시가 으뜸이며, 모든 맛 중에서 도의 맛이 으뜸이며,
모든 즐거움 중에서 법의 즐거움이 으뜸이니 애욕을 없애면 모든 괴로움을 이긴다.

　　에머슨이 말했다. "진실한 인간이 되려는 자는 이 세상에 대한 허식을
버리지 않으면 안 된다. 자기에 대해 평계대기 좋은 선으로만 끌리지 말
고, 참된 선이란 무엇이며 그것이 어디에 있는가를 정성껏 찾아 구하지
않으면 안 된다. 자기 자신의 마음속에서 우러나는 탐색만큼 신성하고도
좋은 열매를 맺는 것은 다시 없다. 무엇보다도 먼저 이 세상의 여러 가지
사상에 대하여 이 같은 태도를 가져라. 그리고 일체의 문제를 자기 자신
의 손으로 해결하라."

　　이 세상의 허식이지만 그것은 그대 안에 있다. 선도 악도 역시 이 세상
의 것이지만 그대 안에 있다. 다만 그대는 그것을 느끼지 못하거나 깨닫
지 못하고 있을 뿐이다.

　　어떤 사람이 스승을 찾아가서 가르침을 구했다. "저는 붓다가 되고 싶

습니다. 어떻게 하면 붓다가 될 수 있겠습니까?"

그러자 스승은 들고 있던 지팡이로 그의 머리를 후려쳤다.

"왜 때리십니까? 제가 무슨 잘못이라도 저질렀습니까?"

"이놈아, 네가 바로 붓다이다. 그런데도 너는 붓다가 되기를 원하느냐? 그것은 불가능하다."

그대 자신을 파헤치듯 뒤져보라. 그대 밖에서 그대를 찾지 말라. 집착하지 않으면 그대는 쉽게 그것을 거머쥘 수 있다. 깨달음이란 저 하늘의 별과 같은 것이다. 그대 자신을 모르고서는 결코 저 하늘의 별을 바라볼 수 없다. 믿음이야말로 재산 중에서도 가장 상급에 속하는 재산이다. 그것은 이익을 남겨서 벌어들이는 것이 아니라 본래부터 가지고 있던 재산이다.

사람들은 그토록 귀중한 재산을 지니고 있음에도 불구하고 한결같이 그것을 까마득히 잊어버리고 있을 뿐만 아니라, 오히려 자기 자신도 모르는 사이에 그것을 유실하고 있다.

페스탈로치는『은자의 황혼』에서 이렇게 말했다.

"신앙이란 인류의 본질 속에 숨어 있는 것이다. 선과 악을 가려내는 감각처럼, 옳은 것과 그릇됨을 분별하는 강한 감정과 같이, 신앙은 인간 도야의 밑바탕이며 우리 본성에 튼튼히 자리잡고 있다."

그렇다. '믿음을 좇아 계율을 지키고 항상 깨끗하게 법을 바라보며 지혜로 수행을 이롭게 받들어 공경하여 잊지 않는 것'은 바로 그대에게 부여된 믿음의 재산을 가꾸고 지키는 지름길인 것이다. 누가 그대를 일컬어 가난하다고 말할 수 있을 것인가? 참으로 가난한 자는 그대를 향해 손가락질하는 저 어리석은 사람일 것이다.

355~356
그대의 마음을 새롭게 개간하라

_{우 이 탈 자 박} _{불 구 도 피 안} _{탐 위 애 욕 고} _{해 인 역 자 해}
愚以貪自縛하여 不求度彼岸이니 貪爲愛欲故로 害人易自害니라.

_{애 욕 의 위 전} _{음 원 치 위 종} _{고 시 도 세 자} _{득 복 무 유 량}
愛欲意爲田하고 婬怨癡爲種이니 故施度世者면 得福無有量이니라.

355 어리석은 사람은 탐욕으로 제 몸을 묶어 피안으로 건너가려 하지 않는다.
재물에 대한 애착 때문에 남을 해치고 또 나를 해친다. **356** 애욕의 마음은 밭이 되고
음란과 원망과 어리석음은 씨가 되느니, 그러므로 해탈한 이에게 보시하면 한량없이 복을 받을 것이다.

어느 날 진리가 그대 마음속으로 들어가려 하자 그대는 단호하게 진리의 앞을 가로막아버렸다. 진리는 어딘가 빈틈이 있을지도 모른다는 생각에 그대 주변을 맴돌았지만 그대는 결코 길을 내주지 않았다. 다음날 아름다운 여자가 보석으로 몸을 감듯이 하고 그대 마음의 문 앞에 나타났다. 여자는 마치 자기 집에라도 돌아온 사람처럼 진한 체취를 흩뿌리며 그대의 마음속을 돌아다녔다. 그다음 날 진리가 다시 한 번 그대 마음의 문을 두드렸으나 그대는 불같이 화를 내며 욕설을 퍼부었다. 진리는 머뭇거리며 그대 주변을 서성이다가 쓸쓸히 물러설 수밖에 없었다.

마음이 거절하는 것에는 그 무엇도 담을 수 없다. 마음이 받아들이기만 하면 저 출렁이는 바다도 옮겨 담을 수가 있다. 그대 마음의 밭에 심어져 있는 추악한 삶을 엎어버리고 지극한 사랑으로 새롭게 개간하라. 그리하여 지혜를 심고 선행을 심고 진리를 심어라.

357~359

향로는 연기와 향기를 나누지 못한다

---

357 잡초가 밭을 망치듯 성내는 마음이 사람을 망친다. 성내는 마음을 벗어난 사람에게 보시하면 그 복은 끝이 없다.
358 잡초가 밭을 망치듯 어리석음이 사람을 망친다. 어리석음을 벗어난 사람에게 보시하면 그 복은 끝이 없다.
359 잡초가 밭을 망치듯 욕심이 사람을 망친다. 욕심을 벗어난 사람에게 보시하면 그 복은 끝이 없다.

붓다께서 사위성 기원정사에 계실 때, 제자들에게 말씀하셨다.

"이 세상에는 사자 같은 사람이 있고 양과 같은 사람이 있다. 사자가 짐승을 사냥할 때는 좋고 나쁜 것에 집착하지 않는 것처럼, 남에게 의복과 음식, 침구와 약품들을 공양받아 쓰면서 집착하거나 욕심내지 않으며 설사 그것들을 얻지 못하더라도 딴 마음을 갖지 않는 사람을 사자와 같은 사람이라고 한다. 양 한 마리가 무리에서 빠져나와 지저분한 것을 먹고 돌아와서는 자기는 좋은 것을 먹었는데 저들은 그렇지 못하다고 뽐내는 것처럼, 남에게 공양받으면서 이익에 집착하여 좋지 않은 마음을 품는 사람을 양과 같은 사람이라 말한다."

지금 붓다의 이 말씀에 귀를 기울여라. 세상에는 이런 사람들이 너무나 많다. 또 그러한 생각들을 마음속에 감춰두고 있으면서 겉으로는 그렇지 않은 척하는 사람도 수없이 많다. 붓다의 말씀처럼 사자 같은 사람도 더러 있지만 양과 같은 사람이 훨씬 더 많다. 그들은 끊임없이 좋지 않은 마음을 품는다. 때와 장소를 가리지 않는다. 정치, 문화, 경제 모든 분야에 그런 사람들이 가득 차 있다. 서로가 서로에게 해를 입히고 자신의 이익만 챙기려들다 보니 마침내는 서로가 헐뜯으며 지친다.

여우 한 마리가 울타리를 오르다 미끄러지면서 엉겁결에 가시나무 덤불을 붙잡았다. 가시에 찔린 여우는 손발이 피투성이가 되었고 고통을 참을 수 없어 비명을 질렀다.

"아이구, 나는 그대에게 의지했을 뿐인데 그대는 날 이렇게 피투성이로 만들었구나!"

가시나무가 대답했다.

"그렇군요. 내게 의지하여 나를 붙잡은 것이 잘못입니다. 난 누구나 가리지 않고 붙잡으니까요!"

이솝의 이 우화는 어떤가? 도와주기보다는 해치는 성품을 가진 사람들에게 도움을 청하는 이들의 어리석음을 보여주고 있다. 누구를 여우로 하고 누구를 가시나무로 할 것인가? 모두가 자기의 이익만을 생각한다. 자기 입장에서 자기 생각만 한다.

향로는 연기와 향기를 나누지 못한다. 그대는 어느 쪽인가? 연기를 택할 것인가? 향기를 택할 것인가? 아니면 연기와 향기 그 두 가지를 함께 지닌 향로로 머물 것인가?

제25장

비구품
比丘品

버리고 끊으면서
자기 자신을 다스리라

선정을 닦아 방일함이 없이 마음을 욕심으로 어지럽히지 말라. 끓는 쇳물을 입에 머금어 몸이 타는 괴로움을 스스로 받지 말라.

360~362
물이 깊으면 소리가 없다

_{단 목 이 비 구   신 의 상 수 정   비 구 행 여 시   가 이 면 중 고}
端目耳鼻口하고 身意常守正하라 比丘行如是면 可以免衆苦니라.

_{수 족 막 망 범   절 언 순 소 행   상 내 락 정 의   수 일 행 적 연}
手足莫妄犯하고 節言順所行하며 常內樂定意면 守一行寂然이니라.

360 눈, 귀, 코, 입을 단정히하여 몸과 마음을 항상 바르게 지켜라.
비구는 이렇게 행함으로써 모든 고뇌를 면할 수 있다. **361** 몸과 입을 바르게 하며 다스리고
마음을 억제하여 행동을 다스려라. 만일 비구 있어 이렇게 한다면 그는 모든 고뇌로부터 해탈한다.
362 손발을 함부로 놀리지 말 것이며 말을 아끼고 행동을 삼가라.
항상 즐거운 마음으로 선정에 들어 홀로 지내며 열반을 닦아라.

양후산립陽煦山立이란 말을 아는가? 햇살이 만물을 따뜻하게 하고 산이 단정하게 서 있듯이, 인품이 온화하고 단아한 것을 형용하는 말이다. 또 악치연청嶽峙淵淸이란 말도 있다. 산악처럼 우뚝 솟아 있고 연수淵水같이 맑다는 뜻으로 인격이 고상한 것을 일컫는다. 눈, 귀, 코, 입을 단정히하여 몸과 마음을 항상 바르게 지키면 그대 또한 '양후산립'이란 말을 들을 수 있고 '악치연청'이란 말도 들을 수 있다.

작은 돌멩이로 표적을 잘 맞히는 비구가 있었다. 아무리 빨리 움직이는 표적이라도 그는 영락없이 맞히곤 했다. 어느 날 그 비구는 친한 비구 한 사람과 사위성 근교의 강가에 나간 적이 있었다. 그때 마침 공중에는 두 마리의 기러기가 날고 있었다. 돌멩이를 잘 던지는 비구가 말했다.

"저걸 보게나. 저렇게 나는 기러기지만 난 돌멩이 하나로 저걸 충분히

맞힐 수가 있다네."

친구인 비구가 말했다. "믿을 수 있는 말을 하게나! 저걸 어떻게 돌팔매질로 맞힐 수 있단 말인가?"

그러자 돌멩이를 잘 던지는 비구는 어느새 돌을 집어들더니 날아가는 기러기를 향해 힘껏 던졌다. 그 돌멩이는 기러기의 오른쪽 눈을 꿰뚫고는 왼쪽 눈으로 빠져나갔다. 기러기는 울부짖으며 땅으로 떨어지더니 그들 앞에서 퍼덕이다가 그만 죽어버렸다.

그들은 붓다에게 나아가 이 일을 사실 그대로 말씀드렸다. 그러자 붓다께서는 기러기를 죽인 비구를 크게 꾸짖었다.

"비구여, 너는 왜 기러기를 죽였느냐? 너는 중생을 사랑하는 가르침을 수행하여 생사윤회를 벗어나려는 사람이 아니냐? 비구여, 예전에 여래의 가르침이 없었던 때에도 현명한 사람들은 올바른 생각으로 계행을 잘 지켰었다. 그런데 하물며 비구가 그럴 수가 있느냐? 비구는 마땅히 자신의 손과 발을, 그리고 혀를 잘 다스려야 하는 것이다."

그래서 '물이 깊으면 소리가 없다'는 것이다. 덕이 높고 생각이 깊은 사람은 겉으로 떠벌리며 잘난 체하거나 뽐내거나 하지 않는다. '개천에 나도 제 날 탓'이라지 않는가. 같은 개천에 나더라도 저마다 다 다른 것으로 태어난다. 아무리 미천한 집안이라도 저만 잘나면 얼마든지 훌륭한 인격자가 될 수 있다.

에머슨이 말했다. "인격이라는 것은 그 사람 속에 갖추어진 마음의 자세이지만, 명성은 단순히 그 사람의 인상을 타인이 멋대로 평판하는 외부적인 소리일 뿐이다."

363~364
깊이 생각하여 말하고
거칠게 말하지 말라

^{학당수구} ^{유언안서} ^{법의위정} ^{언필유연}
學當守口하여 宥言安徐면 法義爲定이니 言必柔軟이니라.

^{낙법욕법} ^{사유안법} ^{비구의법} ^{정이불비}
樂法欲法하고 思惟安法하라 比丘依法이면 正而不費니라.

363 마땅히 입 지키기를 닦아서 너그럽고 조용한 말씨로 법의 뜻을 담고 있으면 그 말은 반드시 부드럽게 된다.

364 법을 즐겨 지니고 법에 머물며 편안히 법을 생각하라. 비구가 법에 의지하면 그 삶은 바르고 버릴 것이 없다.

니체는 그의 『차라투스트라는 이렇게 말했다』에서 다음과 같은 중요한 말을 남겨주고 있다. "폭풍을 일으키는 것은 가장 조용한 말이다. 비둘기의 발로 오는 사상이 세계를 좌우한다."

요란을 떨지 말자는 것이다. 참으로 중요한 것은 거친 말씨를 쓰지 않아도, 험악한 행동을 하지 않아도 폭풍 같은 거대한 일들은 조용한 한 마디 말에서 비롯된다는 것이다. 소리 없이 날아드는 비둘기의 발길 같은 사상이 세계를 좌우한다는 것이다. 깊이 생각하지 않고 하는 말은 확실하게 겨누지 않고 총을 쏘는 것과 다를 바 없다. 생각에 뿌리를 내리지 않은 말은 거짓이 많고 거칠며 포악하거나 임기응변적인 헛소리일 수가 많다. 그러나 깊이 생각하고 하는 말은 그렇지가 않다. 거짓이 없고 부드러우며 조용하면서도 진실이 담겨 있다.

붓다께서 비구들에게 말씀하셨다.

"내 이제 간략하게 말할 테니 명심하여 들어라. 착하게 말하는 것이 으뜸이니 이것은 곧 성인의 말이다. 험담하지 않고 사랑으로 말하는 것이 그다음이며 거짓 없이 진실되게 하는 말이 세 번째이다. 그리고 법답지 않은 것을 피하여 법답게 하는 말이 네 번째이다."

갈대와 감람나무가 서로 힘 자랑과 참을성 자랑을 하고 있었다. 감람나무는 갈대를 향해 허약하고 바람에 쉽게 굽힌다며 비웃었다. 그러나 갈대는 감람나무의 비웃음은 아랑곳없다는 듯 잠자코 있기만 했다.

그러던 어느 날 폭풍이 불어닥쳤다. 거친 바람이 모든 것들을 휘젓고 다녔다. 그러나 갈대는 바람에 이리저리 밀리고 굽히면서 어렵지 않게 폭풍을 이겨냈지만 자랑하던 힘으로 끝까지 버티던 감람나무는 마침내 폭풍의 힘에 부러지고 말았다.

노자가 말했다. "인간의 몸은 살아 있는 동안은 부드럽고 연약하지만 죽어버리면 곧 굳어져서 말라버린다. 굳는다는 것은 죽음을 의미하며 부드럽다는 것은 생을 의미한다. 그러므로 힘센 자는 승리를 얻을 수 없다. 수목이 굳어버릴 때는 죽음이 다가올 때다. 굳세고 큰 것은 언제나 하위에 서는 것이다. 부드러운 것은 언제나 그 상위에 선다."

참는 것은 나를 지키는 것이다. 필요 없이 나를 밖으로 내몰지 않고 안으로 거듭거듭 다지는 것이다. 잘 다져진 '나'는 이미 보석과도 다름없다. 거기에는 끈기로 집결된 인내라는 거대한 힘이 도사리고 있기 때문이다.

말할 때 삼가며 말이 자신을 떠난 후에 더욱 삼가라. 말하여 어긋남이 없게 자신을 둘러보라. 그래서 와이드 빌은 이렇게 말했다.

"현자의 입은 마음속에 있고 어리석은 자의 마음은 입 안에 있다."

365~366
남의 것을 부러워하지 말라

학 무 구 리　　　무 애 타 행　　　비 구 호 타　　부 득 정 의
學無求利하고 無愛他行하라 比丘好他면 不得定意니라.

비 구 소 취　　　이 득 무 적　　　천 인 소 예　　　생 정 무 예
比丘少取하여 以得無籍이면 天人所譽하고 生淨無穢니라.

365 이익 구하기를 익히지 말고 남의 것을 부러워하지 말라.
비구가 남의 것을 부러워하면 마음의 안정을 얻지 못한다. **366** 비구가 적게 취하고 얻어서 쌓아두는 것이 없으면
하늘도 그를 칭찬하느니, 그 삶은 깨끗하고 더러움이 없다.

괴테가 말했다. "하나의 해악을 벗어나기 위해 욕망하는 자는 언제나
자기가 욕망하는 바를 알고 있지만, 자기가 가진 것보다 좋은 것을 욕망
하는 자는 완전한 맹목일 뿐이다."

사람들은 그야말로 하나의 해악을 벗어나기 위해 끊임없이 노력한다.
스스로 그러한 길을 열기 위해 나름대로의 방법을 찾아내는가 하면, 많은
사람들은 종교에 의지하여 그럴 수 있는 길을 모색하기도 한다. 비구가
집을 버리고 도에 정진하는 것은 바로 그러한 삶의 본보기가 될 것이다.

어떤 사람이 자신에게 필수적으로 필요한 불과 물 두 가지를 한꺼번에
구하려 했다. 그는 화로에 불을 담은 뒤 재를 덮고 그 위에다 물을 담은 대
야를 올려놓았다. 얼마 후 불을 쓰기 위해 화로를 뒤졌지만 불은 이미 꺼
져버렸고, 물을 쓰기 위해 대야를 들여다보았지만 물은 이미 증발되고 없
었다. 그는 불과 물 두 가지 모두를 잃어버린 것이다.

그런 것이다. 붓다의 제자가 되어 도를 구하려던 사람이 버리고 온 집을 생각하여 이익에 치우친다면 그는 그 두 가지 모두를 잃는 것과 다름없다.

'나무가 잘려서 넘어지면 모든 사람은 도끼를 가지고 간다'지 않는가. 그런 부당 이득을 얻으려는 패거리에 휩쓸리지 말라. 그대는 그들과는 판이하게 다른 사람이다. 그대의 품격은 오히려 그 잘려진 나무를 사랑하는 데 있지 않은가.

사람들이 성인聖人에게 물었다. "학문이란 무엇입니까?"

성인이 대답했다. "인간을 아는 것이다."

사람들이 다시 물었다. "도덕이란 어떤 것입니까?"

다시 성인이 대답했다. "사람을 사랑하는 일이다."

그렇다. 사람을 사랑하는 일이 곧 학문이며 도덕이며 범행梵行인 것이다. 사람을 사랑하는 일이야말로 얼마나 어려우며, 어려운 중에서도 얼마나 난해한 일인가. 그래서 배우고 닦지 않으면 결코 실행에 옮기기 어려운 일이다.

누군가가 이렇게 말했다. "부유한 사람들은 세 사람의 가족이 살면서 열다섯 개의 방을 가지고 있지만 거지와 하룻밤을 지내기 위한 방은 하나도 없다. 가난한 농부는 단칸방에서 일곱이나 되는 가족이 함께 지내지만 생면부지의 나그네라도 진심으로 반겨 맞는다."

그대가 사람들을 사랑으로 대할 수 있고 착한 일을 할 수 있다면 지금 곧 그렇게 하라. 왜냐하면 그런 기회란 쉽사리 찾아오지 않기 때문이다.

367~368

욕망의 나무는 끊임없이 자란다

일 체 명 색 　　비 유 막 혹 　　불 근 불 우 　　내 위 비 구
一切名色은 非有莫惑하라 不近不憂면 乃爲比丘니라.

비 구 위 자 　　애 경 불 교 　　심 입 지 관 　　멸 행 내 안
比丘爲慈하고 愛敬佛教하며 深入止觀하여 滅行乃安이니라.

367 일체의 명색(名色)이야말로 헛된 것이니 미혹되지 말라. 가까이하지 않고 근심하지 않으면 이야말로 참된 비구라 할 것이다. **368** 비구가 자비를 행하며 붓다의 가르침을 사랑하고 공경하여 깊이 지관(止觀)에 들어간다면 욕심을 끊어 언제나 안락하리라.

"쾌락을 거름으로 하는 욕망의 큰 나무여, 너의 껍질이 차츰 두꺼워지고 굳어짐에 따라 너의 잔가지는 태양을 아주 가까이에서 보려고 한다." 보들레르의 『악의 꽃』에 나오는 몇 구절이다.

이처럼 욕망의 나무는 끊임없이 자란다. 잔가지는 쉴 새 없이 뻗쳐나오고, 그 잔가지는 잔가지대로 태양 가까이 다가서려 애쓴다. 탐욕의 잔가지, 성냄의 잔가지, 어리석음의 잔가지를 비롯해서 온갖 악의 잔가지들이 그 큰 나무에 뿌리를 내리고 꽃피우려 하는 것이다.

지관止觀이란 온갖 망념을 버리고 맑은 지혜로 고요히 만법을 비추어 보는 것을 말한다. 망념을 버리는 것이 지름길이다. 부귀가 그렇고 명예가 그렇고 애욕이 그렇다. 그것들을 쫓아다니는 것이 망념이다.

비트겐슈타인의 다음 말을 기억해두라. "자기가 얻은 명예 속에 안주하는 것은 눈 속에서 휴식을 취하는 것만큼이나 위험한 일이다. 왜냐하면

그 속에서 잠든 채 죽게 되기 때문이다.”

붓다의 말씀 속에 그 지름길이 있다. 모든 헛된 것을 물리치는 비밀한 지혜가 있다. 이 한 번의 도전이 참으로 그대를 새롭게 해줄 것이다.

“자비는 강요될 성질의 것이 아니다. 그것은 조용한 빗물이 땅 위에 떨어져내리듯 그렇게 쏟아지는 것이다. 그 덕은 이중적이다. 그것은 주는 자와 받는 자를 행복하게 한다. 그것은 가장 훌륭한 사람이 행할 때 가장 위대한 것이 된다. 그것은 왕좌에 앉은 왕후에게는 왕관보다도 더욱 어울리는 것이다.”

셰익스피어의『베니스의 상인』에 나오는 한 대목이다. 자비란 사랑하고 가엾게 여기는 것이다. 보살이 중생에게 복을 주어서 괴로움을 없애는 것이다. 참으로 자비란 끝없이 베푸는 것이다.

붓다께서 말씀하셨다.

“밤의 어둠을 지나 새날이 밝아옴을 그대들은 어떻게 알 수 있는가?”

한 제자가 대답했다.

“동창이 밝아오는 것을 보고 그제서야 알게 됩니다.”

또 다른 제자도 대답했다.

“저는 창문을 열었을 때 나무가 보이기 시작하면 새날이 밝아오는 것으로 압니다.”

이때 또 다른 한 제자가 붓다께 여쭈었다.

“세존께선 어떻게 알 수 있습니까?”

붓다께선 말씀하셨다.

“너희가 눈을 뜨고 밖을 내다보았을 때, 지나는 모든 이들이 형제로 보이면 새날이 밝아온 것이다.”

369~370

버리고 끊으면서
그대 자신을 다스려라

_{비 구 호 선}　　_{중 허 즉 경}　　_{제 음 노 치}　　_{시 위 이 원}
比丘扈船하며 中虛則輕이니 除婬怒癡면 是爲泥洹이니라.

_{사 오 단 오}　　_{사 유 오 근}　　_{능 분 별 오}　　_{내 도 하 연}
捨五斷五하고 思惟五根하여 能分別五면 乃渡河淵이니라.

369 비구여, 배 안의 물을 퍼내라. 속이 비면 배는 가볍게 가느니.
음욕과 성냄과 어리석음을 없애면 이것이 바로 열반이리라. **370** 다섯 가지를 버리고, 다섯 가지를 끊고,
다섯 가지 뿌리를 생각하여 닦아라. 다섯 가지 집착을 분별할 줄 알면 생사의 깊은 물을 건널 수 있다.

다섯 사람이 계집종 하나를 샀다. 그 중 한 사람이 계집종에게 말했다.

"얘야! 내 옷을 좀 빨아줘야겠다."

"알겠습니다."

다음 사람이 말했다. "내 옷을 빨아다오."

그녀는 매우 난처했지만 이렇게 대답했다.

"저분의 옷을 먼저 빨기로 했으니 그다음으로 빨겠습니다."

그러자 나중에 말했던 사람이 벌컥 화를 냈다.

"나도 저 사람과 함께 너를 샀다. 그런데 어째서 저 사람의 옷을 먼저 빨
겠다 하고 내 옷은 그다음에 빨겠다는 것이냐?"

그러고는 그녀에게 열 대씩이나 매질을 했다. 그러자 나머지 사람들도
차례대로 열 대씩 매질을 했다. 계집종은 그 자리에서 그만 죽어버리고

말았다. 마찬가지다. 사람들이 가지고 있는 눈과 귀와 코와 혀와 몸은 오로지 이익만을 얻으려든다. 이 다섯 가지 감각이 요구하는 대로 그대를 내맡겨보라. 그대는 틀림없이 저 가엾은 계집종처럼 만신창이가 되어 죽고 만다.

붓다께서 마가다국에 계실 때 광야라는 야차가 찾아와서 물었다.

"많은 재물 가운데서 어떤 것이 으뜸이며, 어떠한 선행을 닦아야 즐거운 과보를 얻을 수 있습니까? 맑은 아름다움 중에서 어떤 것이 으뜸이며, 또 많은 수명 중에서는 어떤 것이 으뜸입니까?"

붓다께서 말씀하셨다.

"사람들이 지닌 재산 가운데 믿음이 으뜸이고 법을 수행하는 사람이라야 즐거움을 누릴 수 있다. 거짓 없이 참된 말이 가장 아름답고, 지혜의 수명이 목숨 중에서 으뜸이다."

광야가 다시 물었다.

"누가 거센 물결을 건너고, 누가 큰 바다를 건너며, 누가 고통을 버릴 수 있고, 누가 청정함을 얻을 수 있습니까?"

붓다께서 말씀하셨다.

"믿음이 있어야 거센 물결을 건너고, 게으르지 않아야 바다를 건너며, 수행에 힘써야 고통을 떠날 수 있고, 지혜로워야 청정함을 얻을 수 있다."

몽테뉴는『수상록』에 이렇게 썼다.

"우리들은 거짓 간판을 내걸고 명예를 얻으려 한다. 덕은 다만 그 자체를 위해서만 추구될 것을 바라고 있다. 그래서 때때로 인간이 다른 동기에서 덕의 가면을 쓰더라도 덕은 얼마 있지 않아 우리들 얼굴 위에서 가면을 벗겨버린다."

371~372

어리석음은
다시 어리석음을 부를 뿐이다

선무방일　　막위욕란　　불탄양동　　자뇌초형
禪無放逸하고 莫爲欲亂하며 不呑洋銅하여 自惱燋形하라.
무선부지　　무지부선　　도종선지　　득지이원
無禪不智하고 無智不禪이니 道從禪智하며 得至泥洹이니라.

371 선정을 닦아 방일함이 없이 마음을 욕심으로 어지럽히지 말라. 끓는 쇳물을 입에 머금어 몸이 타는 괴로움을 스스로 받지 말라. **372** 선정이 없으면 지혜 또한 없고 지혜가 없으면 선정에 들 수 없다. 도는 선정과 지혜를 좇아 생기고 마침내 열반에 다다르게 된다.

로버트 브라우닝이 말했다.

"절대적인 선은 진실이며, 진실은 결코 말하는 사람을 다치게 하지 않는다."

진실이란 성정이 바르고 참된 것을 의미한다. 헛되지 않고 거짓이 아닌 참마음은 그것이 곧 진리일 수도 있기 때문이다. 어떤 탐욕도 진실을 훔쳐갈 수는 없다. 어떠한 분노도 어떠한 어리석음도 진실에 흠을 낼 수는 없다.

머리에 털이 하나도 없는 사람이 있었다. 그런데 어느 날 누군가가 한 덩이 배를 가지고 와서 그의 머리를 때렸다. 두 번 세 번 거듭하자 그의 머리는 상처가 날 수밖에 없었다. 그래도 그는 잠자코 있을 뿐 피하지 않았다. 그러자 어떤 사람이 물었다.

"머리가 터져 피가 흐르는데도 왜 피하지 않는가?"

그가 대답했다. "저 사람은 자기의 힘만 믿으면서 교만하고 어리석어 지혜라곤 찾아볼 수 없소. 그는 털이 없는 내 머리를 돌이라 생각하고 있소. 그래서 배를 가지고 나의 머리를 때리고 있는 것이오."

옆에 서 있던 사람이 말했다. "오히려 자네가 더 어리석은 사람이다. 그렇지 않다면 어떻게 구타를 당하면서 피할 줄 모른단 말인가?"

그렇다. 그는 다만 허세를 부리고 있는 것이다. 지혜 없는 비구가 선정에 든 것처럼 허세를 부리듯 그렇게 보이려고 애쓰고 있는 것뿐이다. 어리석음은 언제나 그렇게 어리석음을 부를 뿐이다.

붓다께서 말씀하셨다.

"어리석은 사람은 생각하지 않아도 될 것을 생각하고, 말하지 않아도 될 것을 말하며, 행하지 않아도 될 것을 몸에 익힌다. 무엇을 생각하지 않아도 될 것이라 말하는가? 남의 재산을 보면 탐욕을 일으키고, 잘생긴 여인에게 질투심을 일으키며, 마음속에 미움을 품고 나쁜 말을 하는 것이다. 무엇을 말하지 않아도 될 것이라 말하는가? 항상 거짓말, 이간질, 악담 꾸며대는 말들을 하는 것이다. 무엇을 행하지 않아도 될 것이라 말하는가? 부질없이 산목숨을 죽이고, 주지 않는 남의 물건을 훔치며 신음하는 것이다."

참으로 그렇다. 현명한 사람은 생각하지 않아도 될 것은 생각하지 않고, 말하지 않아도 될 것은 말하지 않으며, 행하지 않아도 될 것은 몸에 익히지 않는다. 현명한 사람이 익힌 것은 지혜이며, 확실한 믿음으로 다른 것에 물들지 않았기 때문이다. 믿음이 굳으면 혼자 있어도 혼자가 아니며, 여럿이 있어도 그 여럿이 되지 않는 것과 같다.

373~374

깨달음은 결코 쉽게 오는 것이 아니다

當學入空하여 靜居止意하고 樂獨屛處하여 一心觀法이니라.
당 학 입 공　　　　정 거 지 의　　　　낙 독 병 처　　　　일 심 관 법

常制五陰하여 伏意如水하라 淸淨和悅하며 爲甘露味니라.
상 제 오 음　　　복 의 여 수　　　청 정 화 열　　　위 감 로 미

373 빈 집[無]에 들어가 공(空)을 깨닫고 고요히 살면서 마음을 쉬고 홀로 있어 그윽한 곳 즐기며
한마음으로 법(法)을 바라보라. 374 언제나 오음(五陰)을 억제하여 마음 다스리기를 물처럼 하면
마음은 맑고 깨끗하고 즐거워 감로의 단맛을 얻을 수 있다.

알프레드 테니슨은 스스로 일에 몰두하여 자기 자신을 잊지 않으면 절
망 속에 위축되고 말 것이라고 고백한 적이 있다. 사람들은 대부분 매일
쉴 새 없이 일하고 있기 때문에 일에 몰두하기란 어렵지 않지만, 그 일이
끝난 후의 시간이 가장 위험하다는 것이다. 그것은 자유롭게 자기 시간을
즐기게 되고, 가장 행복해야만 할 때에 고민이라는 이름의 마귀가 우리를
공격해오기 때문이다.

쾌락도 분노도 애욕도 어쩌면 인간의 그러한 시간을 노리고 있는 것인
지도 모른다. 사람들이 가장 한가하거나 즐거울 때, 일체의 망념은 꼬리
에 꼬리를 물고 다가서기 때문이다.

어떤 사람이 나무 위에 앉아 참선에 몰두하고 있는 스님에게 물었다.

"스님, 불교가 무엇입니까?"

"모든 악을 없애고, 모든 선을 행하며, 자기 자신을 깨끗이 하는 것이 불

교다.”

“스님, 그것은 세 살 먹은 어린아이도 아는 이야기입니다.”

“거사여, 그것은 세 살 된 어린아이도 알고 있지만, 여든 살 먹은 노인도 행하기 어려운 것이다. 입으로 하는 염불은 천년을 해도 행동으로 하는 염불 한나절보다도 못한 것이다.”

그렇다. 깨달음은 결코 쉽게 오는 것이 아니다. 한마음으로 정진하기 전에는 그 어떤 깨달음도 결코 만날 수 없을 것이다.

선이 오른쪽 길을 걷고 있으면 악은 왼쪽 길을 걸어간다. 그렇게 나란히 걸어가다 선이 멈춰 서면 악도 거의 동시에 멈춰 선다. 그러면서 마주 바라본다. 선은 악의 머리 부분을 바라보지만 악은 선의 뿌리 부분을 바라본다. 선은 그 머리 부분에서 악을 멸하려들고 악은 선의 뿌리 부분에서 기생할 자리를 찾는다. 그래서 타고르는 『생의 실현』에서 이렇게 말했다. “악은 강의 양쪽 둑과 같은 것이다. 강둑은 흐름을 막지만, 또한 흐름을 추진하는 방편이 된다. 이 세상의 악은 물이 흘러가듯이 인간이 선을 향하게 하기 위해서 존재한다.”

그렇다. 악은 보다 선한 인간을 위하여, 보다 완전한 인간을 만들기 위하여 존재하는 것인지도 모른다.

붓다께서 말씀하셨다.

“덧없는 생각들은 마땅히 끊어버려야 한다. 그리하면 마음이 넉넉하고 안락하리라. 무엇이 덧없는 생각인가? 육신에 매달리는 것이 덧없는 것이다. 좋고 나쁨의 느낌에 매달리는 것이 덧없는 일이다. 무엇을 보고 느낀 자기의 생각들이 덧없는 것이다. 자기의 생각에 매달리는 것이 덧없는 것이다. 자기중심적으로 사물을 분별하는 것이 덧없는 일이다.”

375~376

그대의 몸을 그대 것으로 보지 말라

　　　불 수 소 유　　위 혜 비 구　　섭 근 지 족　　　계 율 실 지
　　不受所有면 爲慧比丘니 攝根知足하여 戒律悉持하라.

　　　생 당 행 정　　　구 선 사 우　　　지 자 성 인　　　도 고 치 희
　　生當行淨하고 求善師友하라 智者成人이면 度苦致喜니라.

---

375 남이 가진 것을 받아들이지 않으면 지혜로운 비구라 할 수 있느니, 뿌리를 단속하여 만족할 줄 알고
빠짐없이 모든 계율을 지키도록 하라. **376** 마땅히 깨끗한 행(行)으로 살며 착한 스승과 벗을 구하라.
이렇게 하여 지혜로운 사람은 괴로움을 벗어나서 기쁨에 다다른다.

　　오랜 옛날에 새와 비둘기와 뱀과 사슴, 이렇게 네 짐승이 한 산에 살고
있었다. 어느 날 밤 이들은 한 자리에 모여 이 세상의 괴로움 중에서 어떤
것이 가장 클까에 대해 이야기했다. 먼저 새가 말했다.

　　"배고프고 목마른 것이 제일 큰 고통이다. 배고프고 목마를 때에는 몸
은 야위어지고 눈은 어두워져 정신이 아득하다. 그래서 몸을 그물에 던지
기도 하고 화살도 돌아보지 않는다. 우리들의 몸을 망치는 것은 바로 이
때문이다."

　　비둘기가 말했다.

　　"음욕이 가장 괴롭다. 색욕이 불길처럼 일어날 때에는 돌아볼 무엇이
없다. 몸을 위태롭게 하고 목숨을 죽이는 것은 바로 이것 때문이다."

　　뱀이 말했다.

　　"성내는 것이 가장 괴롭다. 악독한 생각이 한번 일어나면 친한 사람이

건 낯선 사람이건 가리지 않는다. 남을 죽이고 자기도 죽인다."

사슴이 말했다.

"두려운 것이 가장 괴롭다. 나는 숲속에서 뛰어 놀면서도 어디선가 사냥꾼이나 늑대가 나타나지 않을까 하여 마음은 늘 두려움에 떨고 있다. 무슨 소리가 나면 부랴부랴 굴속으로 뛰어들고, 어미와 자식이 서로 흩어져 애를 태운다."

오통비구가 가만히 듣고 있다가 그들에게 말했다.

"너희들이 말하는 것은 잔가지일 뿐, 아직 그 뿌리를 모르고 있다. 천하의 괴로움이란 다만 몸이 있기 때문이다. 만일 능히 이 괴로움의 근원을 끊을 수 있으면 열반에 들 수 있을 것이다. 열반의 도는 고요하고 고요해 형용할 수가 없고, 근심과 걱정이 영원히 끝나서 그 이상 편안함이 없는 것이다."

『법구비유경』에 나오는 이야기다. 그대의 몸을 그대 것으로 보지 말라. 그대의 몸이라고 생각하는 것이 있기 때문에 배고픈 괴로움이 있고, 음욕의 괴로움이 있고, 분노의 괴로움이 있으며, 두려움의 괴로움이 있는 것이다. 그대는 다만 세상에 던져진 그대일 뿐인 것이다.

팔트는 이렇게 말했다.

"그대가 그대로서 이 세상에 지니고 있는 것을 잘 이용하라. 자기 몸에 맞지 않는 욕망에 이끌리는 것은 치수가 안 맞는 남의 의복을 빌어입고 싶어하는 거나 다름없다. 그대에게는 그대의 노래가 있다. 그대의 노래를 발견할 때, 그대는 행복하리라. 자기의 몸과 마음과는 딴판인 다른 어떤 사람이 되려고 하지 말라. 그것은 불행의 시초일 뿐이다."

377~378

애욕을 끊어 그리워함이 없도록 하라

여위사화   숙지자타   석음노치   생사자해
如衛師華가 熟知自墮하여 釋婬怒癡면 生死自解니라.

지신지언   심수현묵   비구기세   시위수적
止身止言하고 心洙玄黙하라 比丘棄世면 是爲受寂이니라.

377 저 위사화(衛師華)의 꽃이 피고는 스스로 질 것을 아는 것처럼 음욕과 노여움과 어리석음을 놓아버리면 생사는 스스로 풀려버린다. **378** 몸을 멈추고 말도 멈추고 마음도 깊이 침묵을 지켜 세상일을 모두 버린 비구라면 이는 열반에 도달한 사람이다.

아우렐리우스가 말했다. "인생은 매우 짧다. 그러나 그 속에는 많은 슬픔과 악이 들어 있다. 그러므로 생명이란 아주 약하기 짝이 없는 것이다. 이처럼 짧은 시간에 대하여 무슨 말을 할 가치가 있을 것인가? 그대 뒤에 존재해 있는 영원을 생각해보라. 그리고 그대 앞에 존재해 있는 영원을. 이 두 무한함 사이에서 사흘 동안을 사는 것과 3세기 동안을 사는 것은 무엇이 얼마나 다를 것인가?"

그렇다. 인생은 매우 짧다. 그러나 그 속에는 슬픔과 악만이 존재하는 것은 아니다. 기쁨과 선은 언제나 약동하면서 슬픔과 악을 구제하기에 여념이 없다. 그렇게 사물을 뒤집어본다면 생명이란 또 아주 강하기 짝이 없는 것이기도 하다.

그러나 기쁨 하나가 슬픔 하나를 바로잡아놓으면, 어느새 새로운 슬픔 하나가 그 자리를 메운다. 그것들은 언제나 꼬리에 꼬리를 문다. 애욕을

끊었다가 돌이키게 되는 그 안타까운 그리움 때문이다. 그리하여 욕심은 오히려 한 마음으로 치달리게 되는 것이다.

아들을 낳은 어떤 부인이 있었다. 그녀는 무럭무럭 자라나는 아이가 귀엽기만 했다. 그래서 아들 하나를 더 가졌으면 하는 마음에 어떤 노파에게 물었다.

"저는 아들을 하나 더 낳고 싶습니다. 어떻게 하면 되겠습니까?"

"그러면 그 비법을 가르쳐줄 테니 시키는 대로 할 수 있느냐?"

"그럴 수만 있다면 무슨 일이든지 따르겠습니다."

"제물을 차려놓고 하늘에 제사를 드리면 된다."

"그럼 제물은 어떤 것을 써야 합니까?"

"너의 아들을 죽여 그 피로 하늘에 제사를 드리면 반드시 많은 아들을 얻을 수 있다."

부인은 노파의 말을 좇아 그 귀여운 아들을 죽이려 했다. 그러자 곁에 있던 어떤 사람이 비웃으면서 호되게 꾸짖었다.

"어째서 그대는 아직 잉태도 하지 않은 아들을 위해 살아 있는 아들을 죽이려드는가? 설사 아들을 낳는다 하더라도 하나를 죽여 하나를 얻는 것인데 거기에 무슨 기쁨이 있을 수 있단 말인가?"

어리석음은 자신을 위하여 어리석음의 허상을 만든다. 욕심은 또 자신을 위하여 욕심의 허상을 만든다. 그 허상들이 모여 이룰 수 있는 것이란 더욱 크고 더욱 허망한 허상일 뿐인 것이다.

『신약성서』는 이런 가르침을 준다.

"사실은 사람이 자기 욕심에 끌려서 유혹을 당하고 함정에 빠지게 되는 것입니다. 욕심이 잉태되면 죄를 낳고 죄가 자라면 죽음을 가져옵니다."

379~380

나는 스스로 내가 되지만
내가 없다고 헤아리라

당자칙신 내여심쟁 호신념제 비구유안
當自勅身하고 內與心爭하며 護身念諦면 比丘惟安이니라.

아자위아 계무유아 고당손아 조내위현
我自爲我나 計無有我니 故當損我하여 調乃爲賢이니라.

379 스스로 제 몸을 경계하고 안으로는 마음과 깊이 다투며 몸을 단속하고 진리를 생각하면
그 비구는 안락할 것이다. **380** 나는 스스로 내가 되지만 내가 없다고 헤아리라.
그러므로 나를 없이 하도록 길들이면 이야말로 현인이라 할 수 있다.

교황 요한 바오로 2세는 일반 담화 중에 이런 말을 했다.

"한 사람 속에는 마치 '상위의 자아'와 '하위의 자아'가 있는 것 같습니다. '하위의 자아'에는 우리들의 신체와 이에 부수되는 모든 것이 나타납니다. 즉 신체로서 필요한 것, 신체의 욕망, 특히 관능적인 정욕이 '하위의 자아'에 나타납니다. 절제의 덕은 '하위의 자아'에 대한 '상위의 자아'의 지배를 각자에게 보증합니다."

그럴지도 모른다. 인간의 이중성은 누가 뭐라고 부인하더라도 결코 그 존재를 지워버릴 수 없다. 그것을 굳이 '상위'와 '하위'로 구분짓지 않더라도 이중성은 본질상 존재하기 마련인 것이다. 사람들은 그것을 흔히 영적인 삶과 육체적인 삶으로 구분짓는다. 영적인 삶은 상위의 것이고 육체적인 삶은 하위의 것으로 매듭지어버리는 것이다.

한 부자가 살고 있었다. 그는 장사하는 일에 바빠 자주 집을 비우게 되자 많은 하인들을 두어 집안일을 해나가도록 했다. 어느 날 주인이 먼 길을 떠나면서 하인들에게 일렀다.

"나는 또 먼 길을 떠나게 되었다. 내가 없는 동안 너희들은 문단속을 잘하고 나귀와 밧줄을 잘 살피도록 해라."

주인이 떠난 뒤, 이웃집에서 잔치가 벌어졌다. 신나는 풍악 소리에 하인들은 가만히 집을 지키고만 있을 수 없었다. 그래서 대문과 나귀와 밧줄을 잘 간수하라는 주인의 명령대로 밧줄로 대문을 얽어매어 나귀의 등에 싣고 이웃집 잔치판에 휩쓸려 함께 놀았다. 하인들이 집을 비운 사이, 대문도 없이 활짝 열려 있는 집으로 도둑들이 들어와 집안의 귀중한 물건을 모두 훔쳐가고 말았다. 주인이 집으로 돌아와보니 대문은 사라지고 집안은 텅 비어 있었다. 화가 난 주인이 하인들을 다그쳤다.

"재물은 모두 어찌 되었느냐?"

하인은 밧줄로 얽어맨 대문을 실은 나귀를 앞으로 끌고 오며 말했다.

"주인어른께서는 저희들에게 '대문과 나귀와 밧줄'만을 잘 살피라고 하시지 않았습니까? 그래서 이렇게 잘 살피고 있는 것입니다."

많은 사람들도 이와 같다. 비구가 붓다의 가르침을 도둑맞고 애욕의 밧줄에 얽매여 있음도, 사람들이 진리의 말씀을 잃어버리고 애욕의 밧줄에 얽매여 있음도, 저 어리석은 하인과 무엇이 다른가. 노자가 말했다.

"남을 아는 사람은 현명한 사람이고, 자기 자신을 아는 사람은 덕이 있는 사람이다. 남을 이기는 사람은 힘이 강한 사람이며, 자기 자신을 이기는 사람은 굳센 사람이다. 죽어가면서 이것으로 영원히 없어지는 것이 아니라는 깨달음을 얻는 사람은 영원한 생명을 얻는다."

381~382

처음부터 완전한 것은
아무것도 없다

희 재 불 교　가 이 다 희　지 도 적 막　행 멸 영 안
喜在佛教면 可以多喜니 至到寂寞이면 行滅永安이니라.

당 유 소 행　응 불 교 계　차 조 세 간　여 일 무 열
儻有少行이라도 應佛教戒면 此照世間이 如日無曀이니라.

381 기쁨은 붓다의 가르침에 있느니 많은 기쁨을 만들어나가라. 그리하여 열반에 이르고 보면 행은 사라지고 길이 편안하리라. **382** 비구 비록 나이는 젊었다 해도 붓다의 가르침과 계율에 맞으면 이것이 세상을 밝게 비추어 마치 햇빛을 가리는 것이 없는 것과 같다.

"아이들이 어른을 볼 때 너무 가까이 가면 일부분밖에 보이지 않는다. 또 너무 멀리 있으면 자세한 점을 관찰하지 못한다. 올바르게 볼 수 있는 것은 자기가 어른이 되었을 때다. 사물의 관찰에서 중요한 것은 자기의 성장이다."

괴테의 말이다. 어떤 목표를 세우더라도 자기 성장 없이는 이룰 수가 없다. 그것은 세상을 살아가는 모든 일에서 한결같다. 처음부터 완전한 것은 아무것도 없다. 말도 잘 길들여야 마음대로 탈 수 있다. 믿음과 계율로 정진하지 않고서는 선정에 들 수 없다. 아무리 사소한 일이라 하더라도 스스로 노력하지 않고서는 이루어낼 수 없다.

그러나 노력하는 사람에게는 불가능이 없다. 인간의 능력으로 이루지 못할 것이 없기 때문이다. 그것은 마치 바위를 뚫는 낙숫물처럼 꾸준히

하나를 향하여 정진할 때만이 가능하다.

붓다께서 사위성 기원정사에 계실 때였다. 얼굴이 너무나 못나서 많은 비구들이 그와 함께 있기를 꺼려할 뿐만 아니라 항상 업신여김을 당하는 비구가 있었다.

이 사실을 아신 붓다께서 어느 날 비구들에게 말씀하셨다.

"너희 수행자들이여, 그 비구를 업신여기지 말라. 그는 이미 아라한이 되어 번뇌의 짐을 벗고 해탈하였느니라. 나를 대하듯 그를 대하라. 그 비구를 업신여기면 스스로 손해를 입느니라."

이어서 게송으로 말씀하셨다.

"공작새가 비록 모습은 화려하지만 기러기나 고니처럼 하늘을 높이 날지는 못한다. 겉모습이 잘났다 하더라도 번뇌를 끊고 공덕을 이루는 것만 못하니, 지금 그 비구는 잘 길들여진 말과 같아서 스스로 마음을 다스려 모든 번뇌의 결박을 벗어나 다시는 윤회의 몸을 받지 않을 것이다."

그런 것이다. 다른 비구들은 너무 가까이서 해탈한 비구를 본 것이다. 그들은 그 비구의 극히 작은 일부분인 못난 얼굴만을 보고 있었던 것이다. 그들은 그 비구처럼 성장하지 못했고, 따라서 모든 것을 제대로 관찰할 수 없었던 것이다.

생텍쥐페리는 『인간의 대지』에 이렇게 썼다.

"완전이란 것은 아무것도 덧붙일 것이 없을 때가 아니라 아무것도 떼어낼 것이 없을 때에 달성되는 것 같다."

제26장

바라문품
婆羅門品

아무것도 갖지 않은
사람은 행복하다

해는 낮에 빛나고 달은 밤에 빛난다. 무기는 군대를 빛나게
하고 선禪은 도인을 빛나게 한다. 붓다는 세상에 나와 모든
어둠을 비춘다.

383~386

아무것도 갖지 않은 사람은 행복하다

截流而渡하여 無欲如梵하며 知行已盡이면 是謂梵志니라.
절류이도 　　　　무욕여범 　　　　지행이진 　　　시위범지

以無二法으로 淸淨渡淵하며 諸欲結解면 是謂梵志니라.
이무이법 　　　　청정도연 　　　　제욕결해 　　　시위범지

適彼無彼하고 彼彼已空하며 捨離貪婬이면 是謂梵志니라.
적피무피 　　　　피피이공 　　　　사리탐음 　　　시위범지

思惟無垢하고 所行不漏하며 上求不起면 是謂梵志니라.
사유무구 　　　　소행불루 　　　　상구불기 　　　시위범지

383 애욕의 흐름을 끊고 건너서 욕심 없음이 범(梵)과 같으며 이미 행이 다한 것을 알면 이를 일러 바라문이라 한다. **384** 계도 없고 정도 없이 오직 깨끗해 깊은 못을 건너고 모든 욕심의 결박을 풀었다면 이를 일러 바라문이라 한다. **385** 건너가야 할 피안도 없고 떠나야 할 차안도 없이 모두 텅 비어 탐욕과 음란을 모두 버리면 이를 일러 바라문이라 한다. **386** 생각이 때묻지 않고 행함에 허물이 없으며 바라는 마음을 일으키지 않으면 이를 일러 바라문이라 한다.

그대는 참으로 깨끗해질 수 있는가? 애욕의 흐름을 끊고 모든 욕심의 결박에서 풀려날 수 있는가? 모든 생각은 때묻지 않고 모든 행위에 허물이 없으며 무엇인가를 바라는 마음을 일으키지 않을 수 있는가? 돌이켜 보면 그 모든 것들은 삶의 한 모습들이다. 인생이라는 커다란 숲속에서 그것들은 때때로 기쁨이 되고 즐거움이 되고 슬픔이 되고 눈물이 되기도 한다. 삶이 혼탁하면 혼탁할수록 그 속에서 건져지는 아름다움이 있다. 삶이 악하면 악할수록 그 속에서 건져지는 훌륭한 선이 있다. 진리가 그렇고 종교가 그렇고 그 진리에 몸담은 사람이 그렇다. 양심이야말로 얼마

나 위대한가. 모든 선한 것들은 양심을 떠나서는 이루어지지 않는다. 어떠한 깨달음도 양심을 바탕으로 하지 않는 한 진실이 아니다.

페스탈로치는 이렇게 말했다. "그대가 순진하고 맑고 결백한 마음을 간직했다면 열 개의 진주 목걸이보다 더 그대 행복을 위한 빛이 될 것이다. 그대가 비록 지금 불행한 환경에 있더라도 만일 그대 마음이 진실하다면, 아직은 힘찬 행복을 간직하고 있는 것이다. 왜냐하면 진실한 마음에서만 이 인생을 헤어날 힘찬 지혜가 우러나오기 때문이다. 아무리 그대가 지위가 있고 지식이 많다고 하더라도 진실을 잃는다면 지위도 지식도 그대의 몸에 머물지 못할 것이다."

어떤 장사꾼이 낙타의 등에 갖가지 보물과 귀한 비단을 싣고 시장으로 팔러 가고 있었다. 그런데 가는 도중에 갑자기 낙타가 죽어버렸다. 장사꾼은 하는 수 없이 죽은 낙타의 가죽을 벗겨 하인들에게 맡기면서 말했다. "이 낙타 가죽이 물에 젖거나 썩지 않도록 잘 간직하고 있거라."

장사꾼은 다시 낙타를 구하러 길을 떠났다. 그런데 갑자기 날이 어두워지면서 먹장 같은 구름이 하늘을 뒤덮는가 싶더니 비가 억수같이 쏟아지기 시작했다. 그러자 하인은 낙타 가죽이 비에 젖을까봐 비단을 덮어두었던 흰 천을 벗겨 낙타의 가죽을 덮었다. 그 바람에 비를 맞은 비단만 못 쓰게 되었다. 이튿날 주인이 새 낙타 한 마리를 구해서 돌아와보니 그토록 아끼던 값비싼 비단이 모두 못쓰게 되어 있지 않은가. 화가 난 장사꾼은 어리석은 하인들을 그 자리에서 내쫓고 말았다.

『백유경』에 나오는 우화다. 흰 천은 사람의 몸과 마음을, 낙타 가죽은 세상의 이익을, 값비싼 비단은 붓다의 진리를 비유한 것이다. 그대는 어떤가? 그대 마음밭에 심을 수 있는 진실은 참으로 어느 쪽인가?

387

해는 낮에 빛나고 달은 밤에 빛난다

일 조 어 주　　　월 조 어 야　　　　갑 병 조 군　　　선 조 도 인
日照於晝하고 月照於夜하며 甲兵照軍하고 禪照道人하며

불 출 천 하　　　　조 일 체 명
佛出天下하여 照一切冥이니라.

387 해는 낮에 빛나고 달은 밤에 빛난다. 무기는 군대를 빛나게 하고 선(禪)은 도인을 빛나게 한다.
붓다는 세상에 나와 모든 어둠을 비춘다.

어둠의 빛을 본 적이 있는가? 그것은 쉽게 눈에 띄지 않지만 활동은 민첩하다. 광명함 속에서는 도저히 찾아볼 수 없는 그 비밀한 빛은 시시각각 때를 놓치지 않고 만났다간 헤어지고 헤어졌다간 다시 만난다. 모든 사람들의 시각과 청각, 후각, 미각, 촉각을 통하여 암암리에 스며든다. 그리하여 그것은 그것이 스며든 사람의 가장 깊은 마음 한구석에 자리를 잡는다. 그래서 타고르는 이런 말로 우리를 일깨운다. "진리는 램프와 같은 것이다. 그래서 불이 켜지기만 하면 마야는 사라진다. 진리는 아무리 작더라도 커다란 공포에서 우리를 건져낼 수 있다. 그것은 부정의 측면으로서는 극복될 수 없다. 만일 머리들 중에서 하나가 깨지면 그것은 이야기에 나오는 괴물처럼 또 다른 백 개의 머리를 만들어낸다. 진리는 적극적이다. 그것은 영혼의 증언이다. 만일 진리가 조금이라도 일어나기만 하면 그것은 부정의 핵심을 공격하면서 이를 완전히 압도해버린다."

참으로 머리를 깎은 것만으로는 사문이 되지 않는다. 쉼 없이 스며드는 그 모든 악의 무리를 버릴 줄 알아야 사문이고 사람일 수 있다. 참으로 해는 낮에 빛나고 달은 밤에 빛난다. 붓다는 세상에 나와 모든 어둠을 비춘다. 얼마나 고마운 일이며 즐거운 일인가. 우리는 이렇게 밤낮없이 붓다를 만날 수 있다. 그 빛에 싸여 진리의 말씀으로 온몸을 씻을 수도 있다. 우리야말로 어떻게 그 사실을 오늘에서야 깨달으며 눈부셔하는가?

붓다께서 쿠시나가라의 사라동산에 이르러 아난에게 말씀하시는 중에, 입으로 오색 광명을 내시어 사방을 비추셨다. 그러자 아난이 여쭈었다. "무슨 까닭으로 오색 광명을 입으로 내십니까?"

붓다께서 말씀하셨다.

"내가 도를 이루기 전에 오랫동안 지옥에서 뜨거운 쇠구슬을 먹었고, 물이나 나무를 먹기도 하였다. 혹은 노새나 나귀 등 축생이 되기도 했고, 아귀가 되기도 했고, 천상에서 복을 누리기도 하였다. 그러나 나는 이제 도를 이루어 부처가 되었다. 그래서 입으로 광명을 내는 것이니라."

이번에는 전보다 더 휘황찬란한 광명을 내셨다. 아난은 다시 그 이유를 여쭈었다. "내가 생각해보니 과거의 부처님들이 열반에 드신 뒤에 그 법이 오래 세상에 머물지 못했다. 그래서 내가 열반에 든 뒤에 어떻게 하면 오래도록 머물게 할 수 있을까를 생각하였다. '내 몸은 금강과 같은 몸이다. 내 몸을 겨자씨만하게 잘게 부수어서라도 세상에 널리 펴, 미래세에 내 모습을 보지 못하는 사람들을 공양케 하여 즐거이 믿는 마음을 내게 해야겠다. 그 복으로 좋은 가문이나 천상에 태어나게 하고, 또는 아라한이나 벽지불의 도를 이루거나 부처의 도를 이루게도 할 것이다.' 이렇게 생각하여 광명을 낸 것이다."

388~392

그대를 꿰뚫어보는 것도 그대 자신이다

출 악 위 범 지　입 정 위 사 문　기 아 중 예 행　시 즉 위 사 가
出惡爲梵志하고 入正爲沙門하며 棄我衆穢行이 是則爲捨家니라.

불 추 범 지　불 방 범 지　돌 추 범 지　방 자 역 돌
不捶梵志하고 不放梵志하라. 咄捶梵志나 放者亦咄이니라.

약 의 어 애　심 무 소 착　이 사 이 정　시 멸 중 고
若猗於愛하여 心無所着하며 已捨已正이면 是滅衆苦니라.

신 구 여 의　정 무 과 실　능 섭 삼 행　시 위 범 지
身口與意가 淨無過失하며 能攝三行이면 是爲梵志니라.

약 심 효 료 불 소 설 법　관 심 자 귀　정 어 위 수
若心曉了 佛所設法하여 觀心自歸면 淨於爲水니라.

388 악에서 벗어났기에 바라문이라 하고 바른 길로 들었기에 사문이라 한다. 나의 모든 더러움을 버렸기에 집을 버렸다고 이르는 것이다. **389** 바라문을 때리지 말라. 바라문은 그것을 되갚지도 말라. 바라문을 때리는 것도 잘못이며 때린다고 어떻게 되갚으랴! **390** 만약 사랑에 빠져들지 않고 마음에 집착함이 없으며 이미 버려서 바르게 되면 이로써 온갖 괴로움을 멸할 수 있다.

391 몸과 입과 마음이 깨끗하여 허물이 없으며 이 세 가지 행이 능히 단정하다면 이를 일러 범지라 한다.

392 붓다께서 설하신 가르침을 만약에 밝게 깨달아 마음을 살펴서 스스로 귀의하면 이는 물보다도 깨끗하리라.

바르게 서서 하늘을 우러르며 해바라기하는 나무는 올곧게 자란다. 그 나무는 어느 한 순간도 하늘에서 눈을 뗀 적이 없다. 오로지 하늘을 우러러 바람을 맞이하고 하늘을 우러러 뿌리로부터 자양을 끌어올린다. 옆에 서 있는 다른 나무를 부러워하거나 두려워하거나 시샘하지도 않는다. 또 다른 나무를 미워하거나 비방하거나 지배하려들지도 않는다. 그는 다만 혼자 있으면서 혼자 즐기면서 다른 나무들과 함께 있으며 함께 즐거워한다. 그를 필요로 하는 어떤 새에게도 어떤 곤충에게도 그의 공간을 무상

으로 제공한다. 그러면서 그는 자란다. 쉴 새 없이 올곧게 자란다.

어떤 스승이 두 사람의 제자를 두었다. 스승은 그가 가지고 있는 모든 것을 제자들에게 심어주려 했다. 그러는 사이에 스승은 점차 늙어갔고 쉽사리 피곤을 느끼며 드러눕는 일이 잦아졌다.

하루는 스승이 두 사람의 제자에게 두 다리를 주물러달라고 하였다. 그런데 두 제자는 서로가 스승의 수제자임을 자처하며 으르렁거리기 일쑤였다. 그들은 언제나 서로 질투하고 시기하고 증오하기까지 했다.

두 다리를 제자들에게 내맡긴 스승은 다리가 시원해지자 어느새 잠이 들고 말았다. 그는 참으로 편하게 잠을 즐기고 있었다. 그러는 사이에도 두 사람의 제자는 서로가 서로를 노려보면서 스승의 다리를 주무르고 있었다. 그때 갑자기 오른쪽 다리를 주무르던 제자가 스승의 왼쪽 다리를 사정없이 돌로 내려쳤다. 그러자 왼쪽 다리를 주무르던 제자도 눈 깜짝할 사이에 스승의 오른쪽 다리를 돌로 내려쳐버렸다. 결국 스승의 두 다리만 부서지고 말았다.

그런 것이다. 두 사람의 제자는 스승으로부터 모든 삶의 자양을 받고 있었지만, 마음속으로는 끝없이 욕심만을 채우고 있었던 것이다. 그리하여 그들 서로를 해치면서 자신의 이익만을 감싸려들었고 마침내는 스승에게까지도 돌이킬 수 없는 죄를 짓고 만 것이다.

톨스토이는 이렇게 말했다.

"그대가 탄생한 날부터 해온 모든 선행의 열매도 그대가 진리로부터 떠나버리는 것과 동시에 사라진다. 그대가 그 속에 살며 그것이 자신과 같은 것임을 알고 있는 저 고상한 정신, 그것은 그대가 행하는 악과 선의 모든 것을 꿰뚫어보고 있는 것이다."

393~396

나무는 나무의 껍질로 판단할 수 없다

비족결발　　명위범지　　성행법행　　청백즉현
非簇結髮이 名爲梵志니 誠行法行이 淸白則賢이니라.

식발무혜　　초의하시　　내불이착　　외사하익
飾髮無慧면 草衣何施며 內不離著이면 外捨何益이리오.

피복폐악　　궁승법행　　한거사유　　시위범지
被服弊惡이라도 躬乘法行하고 閑居思惟면 是謂梵志니라.

아불설범지　　탁부모생자　　피다중하예　　멸즉위범지
我不設梵志라 託父母生者라고 彼多衆瑕穢면 滅則爲梵志니라.

393 머리를 모아 묶었다 하여 바라문이라 이름하지 않는다. 진실과 법으로 행함이 번뇌를 떠나 맑고 깨끗해야 현자라 한다. **394** 머리를 꾸몄어도 지혜가 없고 풀옷을 걸친들 무엇에 쓰랴. 안으로 집착을 떠나지 못하고 밖으로 버린들 무슨 이익이 있으랴. **395** 몸에는 헌 누더기를 걸쳤어도 몸소 법을 받들어 행하고 한가롭게 생각에 젖으면 이를 일러 바라문이라 한다. **396** 바라문은 부모로 해서 태어난 자라고, 나는 그렇게 말하지 않는다. 저토록 많은 먼지와 더러움을 멸해야만 바라문이라 한다.

외모로 무엇을 판단하는 것처럼 어리석은 일은 없다. 외모란 바깥으로 드러난 모습이고 그 안은 외모가 감싸고 있어서 들여다볼 수 없기 때문이다. 나무의 껍질로 그 나무를 판단할 수 없고, 담은 그릇으로 술을 판단할 수 없는 것과 마찬가지다.

우리의 오랜 속담 중에 '깎은 밤 같다'는 것이 있다. 외양이 말쑥하고 똑똑한 사람을 일컫는 말이다. 겉모양은 그럴듯하게 좋지만 실속이 없다는 뜻으로 '빛 좋은 개살구'란 말도 자주 사용한다. 또 '꾸부렁 나무도 선산을 지킨다'는 말이 있다. 굽은 나무는 보잘것없어 아무도 베어가지 않기 때문에 나중에까지 남아서 중요한 몫을 한다는 뜻으로, 사람이나 물건이나 못난 듯 보이는 이가 오히려 착실하고 쓸모 있음을 이르는 말이다.

붓다께서 사위성 기원정사에 계실 때였다. 그때 마하가섭은 오랫동안 수행하느라 수염과 머리도 깎지 못하고 해진 누더기를 입고 있었다. 어느 날 붓다께서 대중들에게 둘러싸여 설법하고 계실 때, 마하가섭이 붓다 가까이 다가갔다. 그러자 대중들이 가섭을 보고 말했다. "저 비구는 도대체 누구길래 머리도 깎지 않고 누추한 꼴로 여기에 오는가?"

붓다께서는 비구들의 마음을 아시고 가섭에게 말씀하셨다.

"어서 오너라, 가섭이여. 내 자리의 반을 줄 터이니 앉아라. 가섭이여, 그대가 먼저 출가했는가? 내가 먼저 출가했는가?"

이러한 모습을 본 대중들은 깜짝 놀랐다. 그때 가섭이 말씀드렸다.

"세존이시여, 붓다께서는 저의 스승이시요, 저는 제자이옵니다."

"그렇다. 나는 그대의 큰 스승이요, 그대는 내 제자니라. 그대는 이제 그만 자리에 앉아 몸을 편하게 하라."

마음이 더러우면 더러울수록 외모를 그럴듯하게 꾸민다. '아름다운 아마포는 때때로 보기 싫은 피부를 감추어준다'는 영국 속담처럼 세상에는 그런 경우가 수없이 저질러진다. 그러면서 함께 어울려 살아간다. 속고 속이면서, 세상을 속이고 속고 속이면서 진리까지 좀 먹으려든다.

사무엘 존슨이 말했다.

"꽃피는 들판을 아무리 파도 황금광맥은 숨어 있지 않지만, 황야의 땅 밑에서는 가끔씩 발견된다. 이와 마찬가지로, 인생도 외관만으로는 판단하기 어렵다. 비애와 우수만이 금수의 옷을 입고 있는 일도 있으며, 암흑의 불행한 상복 속에서 희망과 행복의 눈동자가 내다보는 수도 있다."

397~398
되풀이하고 다시 되풀이하라

절제가욕　불음기지　위기욕수　시위범지
絶諸可欲하여 不婬其志하고 委棄欲數면 是謂梵志니라.

단생사하　능인기도　자각출참　시위범지
斷生死河하고 能忍起度하며 自覺出塹이면 是謂梵志니라.

397 욕심 낼 만한 모든 것을 끊어버리고 그 뜻을 어지럽히지 않으며 욕망의 갖가지를 모두 버린 사람,
이를 일러 범지라 한다. **398** 생과 사의 강물을 끊어버리고 인고하여 딛고 건너서
스스로 깨달아 어둠을 벗어난 사람, 이를 일러 범지라 한다.

피장부아장부彼丈夫我丈夫란 말이 있다. 사람의 지능은 비슷하기 때문에 노력 여하에 따라 훌륭하게 될 수도 있고 안 될 수도 있다는 말이다. 또 교자졸지노巧者拙之奴란 것도 있다. 꾀가 많은 사람은 용렬한 사람의 노예라는 뜻으로, 머리가 둔해도 끝까지 노력하는 사람은 재주만 믿는 사람보다 큰일을 하게 된다는 말이다.

부지런히 노력하는 사람은 무슨 일이든지 기어코 이루어낸다. 그것은 원래 인간의 본능에 가까운 것이지만, 게으름에 맛을 붙인 사람들이 그것을 즐기게 되면서부터 그 능력은 줄어들 수밖에 없었다. 하늘은 스스로 돕는 자를 돕는다지 않던가. 쉼 없이 노력하는 자는 마침내 그 목적지에 도달할 수밖에 없다. 그것이 순리다.

깨달음을 이루겠다고 결심한 끝에 붓다의 제자가 된 청소부가 있었다. 그는 여느 제자들처럼 열심히 수행했지만, 웬일인지 깨달음은 멀어져만

가고 오히려 허물만 늘어가는 것이었다.

그는 하는 수 없이 붓다께로 나아가, 아무리 노력해도 깨달음을 얻을 수 없다면서 다시 세상 속으로 나갈 수 있도록 허락해달라고 요청했다.

붓다께서는 잠시 동안 그를 바라보신 후 물어보셨다.

"너는 세속에 있을 때 무슨 일을 하였더냐?"

제자가 대답했다.

"네, 저는 청소부였습니다."

그러자 붓다께서는 잔잔한 미소를 머금으며 말씀하셨다.

"그렇다면 너는 오늘부터 경전 공부는 그만두고 아침, 점심, 저녁으로 하루 세 번씩 청소만 하도록 해라."

원래가 청소부였던 그는 결코 청소하는 일이 낯설지 않았다. 그는 부지런히 청소를 했다. 그리고 오랫동안 같은 일을 반복하는 가운데서 마침내 어떤 깨달음을 얻을 수 있었다.

그것은 마치 바람이 나무를 말리는 것처럼 잘 길들여졌기 때문이다. 게으르지 않고 느리지 않은 것도 잘 길들여진 습관이 있었기 때문이다. 아무리 작은 일이라 하더라도 되풀이하고 되풀이하는 데서 훌륭한 결과를 얻을 수 있는 것이다. 무쇠도 갈면 바늘이 되고, 방울방울 떨어지는 물이 바위를 뚫는다고 하지 않던가.

톨스토이가 말했다.

"쉴 사이 없이 보다 나은 사람이 되어가라. 그곳에 인생의 참된 일이 전부 포함되어 있다. 그리고 계속해서 보다 나아지는 것은 우리들의 노력으로만 가능하다."

399~400
참는 자는 승리의 지름길로 들어선다

見罵見擊이라도 黙受不怒하여 有忍辱力이면 是謂梵志니라.
若見侵欺라도 但念守戒하며 端身自調면 是謂梵志니라.

399 욕설을 듣고 얻어맞는 일이 있어도 묵묵히 참으며 성내지 않는 사람, 이를 일러 바라문이라 한다.
400 해침을 받고 속임을 당하더라도 다만 계율만을 생각하며 몸을 바르게 하고 스스로 자제하면 이를 일러 바라문이라 한다.

모든 일에서 참는 것만큼 아름다운 미덕은 없다. 그것은 인생에서 때로는 오솔길도 되고, 때로는 골목길도 되며, 때로는 드넓은 대로가 될 수도 있다. 사람들은 살아남기 위하여 비정非情의 숲속을 헤맬 때도 있고 미로의 가시밭길을 헤맬 때도 있다. 그 어느 때라도 참는 자는 승리의 지름길로 들어서지만 참지 못하는 자는 슬픔의 눈물을 씹을 수밖에 없다.

욕설에 대하여, 어떤 음모에 대하여, 중상과 모략에 대하여, 비방에 대하여, 우리는 그 어떤 경우에 부딪치더라도 참아내야만 한다. 왜냐하면 그것이 바로 선의 길이기 때문이다.

헉슬리는 이렇게 말했다.

"진상을 규명하는 최상의 길은 아무 질문도 하지 않는 것이다. 질문을 쏘아붙이면 총격을 가하는 거나 마찬가지다. '빵' 소리와 함께 모두들 도망치고 숨어버린다. 그러나 조용히 앉아 있으면 모든 조그만 사실들이 발

밑에 모여들고, 몰랐던 상황들이 숲속에서 몸을 드러내고, 가려졌던 의도들이 슬금슬금 기어나와 바위 위에서 일광욕을 한다. 그러니 참을성만 있으면 총을 들고 덤벼드는 사람보다 훨씬 많은 것을 보고 이해하게 될 것이다."

붓다께서 사위성 기원정사에 계실 때였다. 어느 날 젊은 바라문 빈기가가 붓다를 맞대고 추악한 말로 욕을 퍼부었다. 붓다께서 바라문에게 말씀하셨다.

"너의 집에 좋은 일이 있을 때, 일가친척을 초청하고 많은 음식을 장만했으나 친척들이 먹지 않으면 그 음식은 어떻게 되겠느냐?"

"친척들이 음식을 먹지 않으면 도로 내 것이 됩니다."

"네가 지금 나를 맞대어 욕하고 꾸짖었으나 내가 그것을 받지 않는다면 그 험한 말과 욕은 누구에게로 돌아가겠느냐?"

붓다께서는 계속하여 말씀하셨다.

"남이 꾸짖으면 나 또한 꾸짖고, 남이 성내면 같이 성내고, 남이 때리면 같이 때리고, 남이 시비하면 같이 시비하는 것은 서로 갚는 것이요 주는 것이다. 그러나 남이 꾸짖어도 그것을 같이 꾸짖지 않으며, 성을 내도 같이 성내지 않고, 때려도 같이 때리지 않으며, 시비를 해와도 같이 시비하지 않으면 그것은 갚는 것이 아니고 주는 것도 아니다."

빈기가는 다시 여쭈었다. "고타마께서는 지금 성냄이 있습니까?"

붓다께서 게송으로 말씀하셨다.

"화낼 마음이 없는데 어찌 화가 나겠는가? 바른 생활로 화냄을 항복받고 바른 지혜로써 마음이 걸림 없이 자유로우니 지혜로운 이에겐 성냄이 없느니라. 증오를 증오로 갚는 사람, 그는 악한 사람이니라."

401~404

악에서 생긴 악은 파문을 그린다

심 기 악 법   여 사 탈 피   불 위 욕 오   시 위 범 지
心棄惡法을 如蛇脫皮하여 不爲欲汚면 是謂梵志니라.

각 생 위 고   종 시 멸 의   능 하 중 담   시 위 범 지
覺生爲苦하고 從是滅意하여 能下重擔이면 是謂梵志니라.

해 미 묘 혜   변 도 불 도   체 행 상 의   시 위 범 지
解微妙慧하여 辯道不道하고 體行上義면 是謂梵志니라.

기 연 거 가   무 가 지 외   소 구 과 욕   시 위 범 지
棄捐居家와 無家之畏하고 少求寡欲이면 是謂梵志니라.

401 마음의 온갖 악을 버리는 일을 마치 뱀이 껍질을 벗듯이 하여 욕망 탓으로 더러워지지 않으면
이를 일러 바라문이라 한다. **402** 삶이 곧 괴로움임을 깨닫고 이로부터 더러운 마음을 멸하고
무거운 짐을 내려놓는 사람, 이를 일러 바라문이라 한다. **403** 미묘한 지혜를 깨달아서
도와 도 아닌 것을 가릴 줄 알고 위없는 법을 몸소 행하면 이를 일러 바라문이라 한다.
404 집을 버리거나 집이 없는 두려움을 버리고 적게 구하여 욕심이 없는 사람, 이를 일러 바라문이라 한다.

악이란 가게에 진열되어 있는 상품이 아니다. 돈만 지불하면 누구나 가지고 갈 수 있는 그런 성질의 것이 아니다. 새로 지은 아파트를 팔기 위하여 모델하우스를 전시하는 그런 것도 없다. 왜냐하면 이미 악의 씨앗은 모든 사람들에게 골고루 분해되어 있기 때문이다. 그리고 사람에 따라 그 씨앗의 눈을 트게 한 사람도 있고, 아직까지 깊숙한 곳에 감추어둔 사람도 있고, 이미 씨앗을 송두리째 땅속에 묻어버린 사람도 있다.

'비사사'라는 두 귀신이 있었다. 그들은 비밀 상자 하나와 빨간 지팡이 한 개, 그리고 코가 날카롭게 생긴 신발 한 켤레를 가지고 있었다. 그들은

서로 그것을 가지기 위해 틈만 나면 다투었다. 그때 한 신선이 다가와서 정신없이 다투고 있는 두 귀신에게 물었다.

"무엇 때문에 다투고 있느냐?"

그들은 동시에 대답했다.

"이 상자와 지팡이와 신발을 서로 차지하기 위해 다투고 있습니다."

"그것들이 뭐 그리 대단한 것이기에 화를 내며 싸운단 말인가?"

"이 상자는 원하기만 하면 무엇이든 나오는 것입니다. 또 이 빨간 지팡이만 잡고 있으면 원수건 뭐건 모두가 항복하고 맙니다. 그리고 이 신발은 신기만 하면 공중을 훨훨 날아다니게 된다니까요."

"자, 그렇다면 내가 이것들을 골고루 나누어줄 테니 너희들은 잠시 저만큼 떨어져 있거라."

그들은 떨어져 있으라는 말이 미심쩍었지만 그 물건을 나누어 가질 욕심으로 자리를 피해주었다. 그러자 신선은 천천히 상자를 안고 지팡이를 짚고 신발을 신자마자 하늘 높이 훨훨 날아가고 말았다.

두 귀신이 깜짝 놀라 달려왔지만 이미 때는 늦었다. 어쩔 줄 몰라 쩔쩔매는 그들에게 신선은 공중에 뜬 채 큰소리로 말했다. "나는 지금 너희들 싸움의 근원을 가지고 간다. 너희들의 싸움을 없애주려는 것이다. 이젠 싸울 일이 없겠지만 부디 사이좋게 지내도록 해라."

『백유경』에 나오는 이야기로, 상자는 보시를, 지팡이는 선정을, 신발은 계율을 비유하고 있다. 아직은 씨앗에 불과한 악이라도 눈앞의 이익만 보면 순식간에 커다랗게 돌변한다. 참으로 악은 금세 천리를 갈 뿐만 아니라 한꺼번에 많이 오고 조금씩 물러간다.

아리스토파네스가 말했다. "악에서 생긴 악은 파문波紋을 그린다."

405~407

어리석음을 맞이하는
좋은 태도는 침묵이다

기 방 활 생　　　무 적 해 심　　　무 소 요 뇌　　시 위 범 지
棄放活生하고 無賊害心하여 無所橈惱면 是謂梵志니라

피 쟁 부 쟁　　　범 이 불 온　　　악 래 선 대　　시 위 범 지
避爭不爭하고 犯而不慍하며 惡來善待면 是謂梵志니라.

거 음 노 치 교 만 제 악　　　　여 사 탈 피　　시 위 범 지
去婬怒癡 憍慢諸惡을 如蛇脫皮면 是謂梵志니라.

405 생명 있는 모든 것 놓아주고 해칠 마음이 전혀 없어 괴로움에 시달림이 없다 한다면 이를 일러 바라문이라 한다. **406** 다툼을 피하여 다투지 않고 남이 해쳐도 성내지 않으며 악을 갚기를 선으로 하는 사람, 이를 일러 바라문이라 한다. **407** 음욕과 성냄과 어리석음과 교만 따위의 모든 악 버리기를 뱀이 껍질을 벗듯 하는 사람, 이를 일러 바라문이라 한다.

어느 날 마호메트와 알리가 함께 길을 가다가 한 사나이를 만났다. 그런데 사나이가 느닷없이 알리에게 덤벼들며 고자질쟁이라고 욕설을 퍼부었다. 알리는 그 사나이의 욕설을 들으면서도 잠자코 있기만 했다. 사나이의 욕설은 한결 세차게 쏟아지기 시작했다. 그러자 알리는 더 이상 참을 수 없다는 듯, 마침내 그 사나이에게 더할 수 없는 욕설을 퍼부었다.

마호메트는 그 순간 그들 두 사람 곁을 물러서 이제는 싸움으로 번져버린 그들의 언쟁이 끝나기만을 기다렸다. 한참 후에야 알리는 마호메트 곁으로 돌아왔다. 그는 그토록 지독한 인간의 욕설을 자기 혼자서만 듣게 내버려둘 수 있느냐며 마호메트를 크게 힐난했다.

잠자코 있던 마호메트가 입을 열었다. "그 사내가 그대에게 욕을 퍼붓기 시작했을 때 그대는 참으로 잘 견디었다. 그때 나는 그대 주위에 천 명도 넘는 천사들이 몰려 있는 것을 보았다. 그러나 그대가 그 사내와 함께 욕설을 퍼붓기 시작하자 그 많던 천사들은 순식간에 어디론가 사라져버렸다. 그래서 나 역시 그대 곁을 떠날 수밖에 없었던 것이다."

남을 비난하는 목소리들은 대부분 칼날을 곤두세우고 있다. 그 칼날에 스치기만 해도 깊은 상처가 날 만큼 비난의 목소리에는 독기가 스며 있기 마련이다. 비난의 목소리에서는 이만큼 비켜서라. 설령 그런 것들이 그대의 귀를 뚫고 그대 머릿속으로 비집고 들어오더라도 얼른 다른 한쪽 귀로 뱉어내버려라. 그런 것들에는 마음을 쓸 이유가 없다. 흘려버리는 것이 그대가 취할 수 있는 가장 훌륭한 방편이다. 왜냐하면 그대는 참으로 큰 강으로 흐르고 있기 때문이다. 작은 웅덩이 속의 썩은 물이 아니라 끊임없이 흘러가는 엄청나게 큰 강물 속으로.

톨스토이가 말했다.

"우둔한 자에 대한 가장 좋은 태도는 침묵이다. 우둔한 자에게 말대답을 하면 그 말은 곧 그대 자신에게 되돌아온다. 비난을 비난으로 갚는 것은 타오르는 불길 속에 장작을 더 집어넣는 것과 같다. 그러나 자기를 비난하는 자에게 온화한 태도로 대하는 사람은 벌써 그 사람을 이기고 있는 것이다."

악은 정정당당하게 걸어올 줄 모른다. 그것들은 거의 대개가 뒷걸음질로 찾아들거나 선의 옷자락에 묻어서 스며든다. 음욕이 그렇고 성내는 것이 그렇고 교만이 그렇다. 그들은 언제나 어리석음이라는 가벼운 모자를 눌러 쓴 채 그렇게 동행하는 것이다.

408~410

마음이 담기지 않은 행위는
선행이 아니다

斷絕世事하고 口無麤言하며 八道審諦면 是謂梵志니라.

所世惡法을 修短巨細에 無取無捨면 是謂梵志니라.

今世行淨이면 後世無穢니 無習無捨면 是謂梵志니라.

> **408** 세상의 온갖 일을 끊어버리고 입으로는 거친 말을 담지 않으며 여덟 가지 길을 밝게 아는 사람, 이를 일러 바라문이라 한다. **409** 세상에 있는 모든 악은 길거나 짧거나 크거나 작거나 취하지도 않고 버리는 것도 없으면 이를 일러 바라문이라 한다. **410** 현세의 행이 깨끗하면 내세 또한 더러움이 없어 몸에 밴 것도 없고 버릴 것도 없으면 이를 일러 바라문이라 한다.

칸트가 말했다.

"어떤 행위에 대하여 그것이 신의 가르침 중의 하나이기 때문에 반드시 그 행위를 지켜야겠다는 생각을 버려라. 그러나 그것이 우리의 진실에서 우러나 하지 않으면 안 된다고 느낄 때에는 그 행위야말로 신의 가르침의 하나라고 생각하라."

참된 마음에서 우러나는 일체의 행위는 선행 아닌 것이 없다. 그러나 마음으로부터 우러나지 않고 어떤 강요에 의해 비롯되는 행위는 그것이 설령 결과적으로는 선행이었다 하더라도 진실일 수 없다. 강요에 의한 행위에는 마음이 담기지 않는다. 마음이 담기지 않았다는 것은 행위 자체에 대한 신뢰가 상실된 거나 다름이 없다.

날씨가 무척 좋은 어느 날, 한 사내가 장롱 속에 들어 있던 옷들을 꺼내 집 밖의 양지바른 곳에 널어 말리고 있었다. 그때 어떤 아라한 비구가 외출을 나갔다가 수도원으로 돌아오는 중에 길가에 아무렇게나 널려 있는 옷가지를 보았다. 그는 그것이 주인 없이 버려진 옷들이라 생각하고 가지고 가서 가사를 기워 입는 데 사용하면 좋겠다며 옷가지들을 거두어갔다. 그때 누군가가 뒤쫓아오며 말했다.

"여보시오, 머리 깎은 양반! 왜 그 옷들을 가져가는 거요?"

아라한 비구가 되물었다. "아니, 그렇다면 이 옷이 당신 것이었소?"

"그렇소."

"아, 몰랐소. 나는 여기 널려 있는 옷들이 주인 없이 버려진 것들인 줄만 알았소. 참으로 미안하오. 자, 받으시오."

옷을 되돌려준 비구는 수도원으로 돌아가서 친한 비구들에게 자기가 겪은 일을 들려주었다. 그러자 비구들이 그 옷에 대해 애착을 보였다.

"형제여, 그 옷은 길었습니까, 짧았습니까? 거친 천이었습니까, 고운 천이었습니까?"

"그건 알 수 없소, 나는 다만 그것이 버려진 것이라 생각했을 뿐이오."

그러자 많은 비구들이 그 아라한 비구는 그 옷을 욕심냈으며 지금 거짓말을 하고 있다고 수군거렸다. 그러자 붓다께서 말씀하셨다.

"비구들이여, 그렇지 않다. 저 비구는 사실을 말하고 있으며 그 말은 진실이다. 저 비구처럼 악한 마음을 모두 제거해버린 사람은 욕심 때문에 다른 사람의 물건을 가져오는 법이 없으며 그것에 애착을 남기지도 않는다."

411~413
그대 자신을 마비시키지 말라

_{기 신 무 의}   _{불 송 이 행}   _{행 감 로 멸}   _{시 위 범 지}
棄身無猗하고 不誦異行하며 行甘露滅이면 是謂梵志니라.

_{어 죄 여 복}   _{양 행 영 제}   _{무 우 무 진}   _{시 위 범 지}
於罪與福에 兩行永際하며 無憂無塵이면 是謂梵志니라.

_{심 희 무 구}   _{여 월 성 만}   _{방 훼 이 제}   _{시 위 범 지}
心喜無垢하여 如月盛滿하며 謗毁已除면 是謂梵志니라.

411 몸을 버려 어디에도 의지하지 않고 이행(異行)을 입에 담지 않아 감로의 열반에 도달한 사람,
이를 일러 바라문이라 한다. **412** 죄와 복을 부를 두 가지 행을 모두 덜어내어 근심도 없고 더러움마저 없는 사람,
이를 일러 바라문이라 한다. **413** 마음이 기쁘고 때묻지 않아 마치 달이 가득 찬 것과 같고
남의 비방도 시기도 없는 사람, 이를 일러 바라문이라 한다.

　사람들이 욕심에 잠겨 살다보면 그 욕심의 실체를 까마득히 잊어버린
다. 애욕에 탐닉하면서도 그것이 애욕인 줄 모르고, 분노에 젖어 살면서
도 그것이 분노인 줄 모르게 된다. 그들에게 그것은 가장 편리한 일상이
고 습관화된 삶의 한 형태였을 뿐만 아니라 그로 인한 고정관념이 그들을
완벽하게 지배했었기 때문이다.

　두 명의 부인을 거느린 사람이 있었다. 그런데 그 두 명의 부인은 서로
가 미워하고 시기하고 질투했다. 사내는 두 여자의 비위를 맞추느라 하루
도 편안할 날이 없었다. 한 여자를 가까이하면 다른 여자가 성을 내기 때
문에 사내는 이럴 수도 저럴 수도 없는 형편이었다. 사내는 그 두 여자를
모두 사랑했기 때문에 어느 한쪽 여자와 헤어질 수도 없었다. 사내로서

가장 곤란한 일은 다름 아닌 잠자리였다. 사내는 양쪽에 각각 여자를 눕히고 그 가운데서 반듯이 누운 채 잠들어야 했다. 몸이라도 잘못 뒤척이면 어느 한 여자로부터 사정없이 말을 들어야 했기 때문이다.

어느 날 사내는 두 아내 사이에 반듯이 드러누워 천장만을 바라보고 있었다. 그때 한 아내가 말했다.

"여보, 저쪽으로 몸을 돌리지 마세요."

그러자 또 한 아내가 말했다.

"여보, 저쪽으로 몸을 돌리기만 하세요. 가만있지 않을 테니까."

그때 갑자기 비가 쏟아지기 시작했다. 형편없이 성근 초가집에 빗물이 새고 있었다. 잠시 후 천장으로부터 사정없이 흙탕물이 쏟아져내려 사내의 두 눈을 뒤덮어버렸다.

"아구구, 내 눈!"

사내는 엉겁결에 소리치며 몸을 움츠렸다. 그러나 두 아내의 말이 무서워 쏟아지는 흙탕물을 얼굴에 맞으면서도 어쩔 수 없이 그 자리에 꼼짝않고 누워 있어야 했다. 마침내 사내는 두 눈을 잃고 말았다.

『백유경』에 보이는 이 이야기에는 탐욕과 성냄과 어리석음이 한눈으로 들여다볼 수 있을 만큼 얽혀 있다. 그 두 여자로 인하여 사내에게는 아무런 기쁨도 있을 수 없다. 그런데도 사내는 그녀들을 필요로 한다. 얼마나 어리석은 탐욕인가? 얼마나 탐욕스런 어리석음인가?

시몬 베이유는 이렇게 말했다.

"욕망이란 일종의 지향이며, 무언가를 향한, 자기가 존재하고 있지 않은 지점을 향한 움직임일 뿐이다."

414~417

기쁨과 슬픔이 있어
마침내 삶이 있는 것이다

견 치 왕 래　　　타 참 수 고　　　육 단 도 안　　　불 호 타 어
見癡往來하여 墮塹受苦하고 欲單渡岸하여 不好他語하고

유 멸 불 기　　　시 위 범 지　　　이 단 은 애　　　이 가 무 욕
唯滅不起면 是謂梵志니라. 已斷恩愛하고 離家無欲하며

애 유 이 진　　　시 위 범 지　　　이 인 취 처
愛有已盡이면 是謂梵志니라. 離人聚處하고

불 타 천 취　　　제 취 불 귀　　　시 위 범 지
不墮天聚하여 諸聚不歸면 是謂梵志니라.

414 어리석은 사람 욕심에 날뛰다가 함정에 빠져 고통받는 것 보고 오로지 저 언덕을 건너기 위해
다른 말 좋아하지 않고 모든 집착을 떠난 사람, 이를 일러 바라문이라 한다.
415 은혜와 사랑을 끊어버리고 집을 떠나 욕심이 없으며 욕망의 존재를 이미 다 버린 사람,
이를 일러 바라문이라 한다. **416** 세상의 모든 욕망을 버리고 집을 떠나 비구가 되어
애욕의 뿌리를 완전히 제거한 사람, 이를 일러 바라문이라 한다. **417** 사람들의 속박을 이미 떠나고
신들의 속박에도 걸리지 않고 모든 속박을 모조리 벗어난 사람, 이를 일러 바라문이라 한다.

"아, 사리불아, 앉아 있는 것만이 좌선이 아니다. 대체 좌선이란 생사를
거듭하는 미혹의 세계에 있으면서도 몸이나 마음의 작용을 나타내지 않
을 때, 이것을 좌선이라 하는 것이다. 또 깨달음의 길을 걸으면서도 세속
적인 일상생활을 보내는 것이 좌선이며, 마음이 안에 갇히며 정적에 잠기
는 것도 아니고, 밖을 향해 어지러워지지도 않는 것이 좌선이며, 많은 그
릇된 생각을 그대로 지닌 채 수도를 행하는 것이 좌선이며, 번뇌를 끊지
않은 채 궁극적인 깨달음에 들어가는 것이 좌선이다."

『유마경』에서 유마거사와 붓다의 제자 사리불의 대화 중에 나오는 한 대목이다. 세상이 괴로움과 번뇌투성이란 것을 모르고서야 어떤 깨달음을 얻어낼 수 있을 것인가? 세상의 일상생활을 모르고서, 선과 악의 앞뒤를 모르고서야 어떻게 깨달음이라는 경지를 이끌어낼 수 있을 것인가?

마조도일이 스님이 된 후 젊은 나이로 밤낮없이 수행에 정진한다는 소문이 마침내 회양의 귀에까지 들어가게 되었다. 하루는 회양이 마조가 수행하고 있는 암자에 들렀다. 회양이 도착하여 오랜 시간을 지켜보고 있는데도 마조는 오로지 좌선에만 몰두하고 있었다. 이윽고 저녁 무렵이 되어서야 자리에서 일어나는 마조를 보고 회양이 물었다.

"젊은 수좌여, 무엇이 되고자 그토록 열심히 좌선에 몰두하는가?"

"다만 한 가지, 부처가 되기 위해 좌선할 뿐입니다."

그러자 회양은 벽돌 하나를 집어들더니 무턱대고 바위에 대고 갈기 시작했다. 그것을 지켜보던 마조는 궁금증을 이기지 못해 열심히 벽돌을 갈고 있는 스님에게 물었다.

"스님, 벽돌은 갈아서 무엇에 쓰시려는지요?"

"거울을 만들 참일세."

마조가 웃으면서 말했다. "스님, 아무리 그 벽돌을 간들 어떻게 그것이 거울이 될 수 있습니까?"

회양이 정색하며 말했다. "벽돌을 갈아 거울을 만들지 못하는 것처럼 좌선만 한다고 부처가 될 턱이 있겠는가?"

그런 것이다. 강물은 굽이굽이 흘러가지 않고서는 바다에 이를 수 없다. 꽃은 비바람 찬서리를 이겨내지 못하고서는 그 아름다움을 활짝 피워 보일 수 없다.

418~421

그대가 생각하고 있는
'나'를 벗어버려라

기 락 무 락　　멸 무 온 유　　　건 위 제 세　　시 위 범 지
棄樂無樂하고 滅無慍愮하여 健違諸世면 是謂梵志니라.

소 생 이 흘　　사 무 소 취　　　각 안 무 의　　시 위 범 지
所生已訖하고 死無所趣하며 覺安無依면 是謂梵志니라.

이 도 오 도　　막 지 소 타　　　습 진 무 여　　시 위 범 지
已度五道하여 莫知所墮하고 習盡無餘면 是謂梵志니라.

우 전 우 후　　내 중 무 유　　　무 조 무 사　　시 위 범 지
于前于後와 乃中無有하며 無操無捨면 是謂梵志니라.

418 즐거움을 버려서 즐거움 없고 열반에 들어 괴로움도 없어 세상의 온갖 일 이겨나가면 이를 일러 바라문이라 한다. **419** 이 세상 사는 일 이미 다하고 죽어서도 다시는 갈 곳이 없어 깨달아 편안하고 의지함이 없으면 이를 일러 바라문이라 한다. **420** 이미 오도(五道)의 윤회를 건너 떨어질 곳을 알 수 없고 습기(濕氣)마저 다하여 남음이 없으면 이를 일러 바라문이라 한다. **421** 처음에도 나중에도 그 중간에도 무엇 하나 가진 것이 없어 잡을 것도 없고 버릴 것도 없으면 이를 일러 바라문이라 한다.

어떤 사람이 마신魔神에게 물었다.

"인간에게 가장 착하고 가장 뛰어난 것은 무엇입니까?"

마신은 한참 동안 입을 꼭 다물고 있다가 갑자기 껄껄 웃으면서 큰소리로 대답했다. "가엾게도 눈 깜짝할 사이를 사는 그대들 변덕과 슬픔의 자손들이여, 듣지 않는 것보다 못한 이야기를 나에게 말하라는 것인가? 그대에게 가장 선한 일, 그것은 찾아도 아무 소용없는 일이지만, 태어나지 않는 것, 존재하지 않는 것, 다시 말하면 무無의 상태가 되는 것이다. 그러

나 그대에게는 두 번째로 할 수 있는 선한 일도 있다. 그것은 머뭇거리지 말고 빨리 죽어버리는 것이다."

이것은 니체의『비극의 탄생』에 나오는 한 대목이다. 그렇다. 우리를 슬프게 하는 것은 바로 우리 자신들이 그 삶 속에 있기 때문이다.

붓다께서 사위성 기원정사에 계실 때, 어느 날 제자들에게 말씀하셨다.

"육신을 가지고, '나'라고 말할 수 없다. 만일 육신이 진정한 '나'라면 내가 싫어하는 병이나 괴로움이 육신에 생기지 않아야 할 것이다. 육신이 진정한 '나'라면 내 뜻대로 할 수 있을 것이니, 육신에 대하여 이렇게 되었으면 한다든가, 이렇게 되지 않았으면 하고 바라지 않을 것이다. 육신에 '나'가 없기 때문에 그러한 생각을 하게 되는 것이다. 너희들은 이 육신이 영원하다고 생각하느냐?"

"영원하지 못합니다."

"육신이 영원하지 못하다면 그것은 괴로운 것이지 않겠는가?"

"그렇습니다, 세존이시여."

"영원하지 못하고 괴로움을 주는 것이라면 그것은 항상 변하고 바뀌는 것이다. 그런데 어찌하여 육신을 가지고 '나'라고 할 수 있겠느냐?"

"그럴 수 없습니다, 세존이시여."

"육신에서와 마찬가지로 생각에서도 그러하다. 이렇게 관찰하는 사람은 이 세상에 대해서 매달릴 것이 없게 되고, 매달리지 않기 때문에 스스로 마음의 평온을 깨닫게 되는 것이다."

그대가 생각하고 있는 '나'를 벗어버려라. '나'를 벗어버리면 그대는 굉장히 자유로울 수 있다. 그것은 그대 안에 도사리고 있던 삶을 온통 그대 바깥으로 옮겨놓는 것에 불과한 것이다.

422~423

그대 아닌 것에서 그대를 찾지 말라

_{최 웅 최 웅} _{능 자 해 도} _{각 의 부 동} _{시 위 범 지}
最雄最勇하여 能自解度하며 覺意不動이면 是謂梵志니라.

_{자 지 숙 명} _{본 소 갱 래} _{득 요 생 진} _{예 통 도 현}
自知宿命하고 本所更來하여 得要生盡하며 叡通道玄하여

_{명 여 능 묵} _{사 위 범 지}
明如能黙이면 是謂梵志니라.

422 가장 굳세고 가장 용감하여 능히 스스로 제도할 줄 알아서 그 깨달은 마음이 흔들리지 않는다면 이를 일러 바라문이라 한다. **423** 스스로 전생의 일과 내생의 일을 알고 생사의 수레바퀴 끝난 곳도 알아 그 지혜 현묘한 깨달음에 이르고 그 밝음이 붓다와 같아진다면 이를 일러 바라문이라 한다.

가장 굳세고 가장 용감해야 할 것은 바로 자기 자신에 대해서다. 자기 자신에게 굳세고 용감하지 못한 사람은 어느 누구에게도 당당할 수가 없다. 자기를 지배하지 못하는 사람은 다른 어떤 사람도 지배할 수 없기 때문이다. 그래서 키케로는 자기 자신에게 영혼을 다 바쳐 의지하고, 자기 자신 속에 모든 것을 소유하는 자가 행복하지 않은 법은 없다고 말하고 있다.

그대 자신의 지휘권을 어느 누구에게도 양도하지 말라. 그것은 신의 경우도 마찬가지다. 그대 자신이 신을 선택하는 것이지 신으로 하여금 그대를 선택하도록 버려두지 말라. 오늘의 삶을 사는 것은 그대의 몫이지 결코 신의 몫은 아니기 때문이다.

데이비드 로렌스는 이런 고백을 한 적이 있다.

"인간이 단일 개성적인 영혼인 이상 인간은 홀로 있는 것이다. 내가 '나'이며, 다만 내가 '나'이며, 내가 '나'인 한 나는 필연적으로 영구히 혼자인 것이다. 이것을 알고 이것을 인정하여, 그것을 자기 인식의 기본으로 해서 살아가는 것이 내 최대의 행복이다."

그대 아닌 것에서 그대를 찾지 말라. 그대가 서 있지 않은 곳에서 그대의 입지를 찾지 말라. 그대가 누구에겐가 주고 싶은 마음이 아니면 그 주는 행위를 멈춰라. 그대의 마음이 실리지 않은 어떤 행위에도 거기엔 그대 자신이 없기 때문이다. 그대는 온전히 그대 안에서 존재하고 있기 때문이다. 아미엘이 말했다.

"타격받은 무거운 마음을 안고 괴로운 생활 때문에 어둡게 된 마음을 환하고 선량하게 만드는 것, 그것만이 참된 행복이며 보배이며 가치라고 나는 생각한다. 사람들의 성性은 선善이다. 그리고 그 힘과 용기를 확고히 하는 데 종교적인 행복이 존재하는 것이다. 그대는 얻기 어렵다고 생각하던 그 힘의 존재에 대해서 그대 자신이 놀랄 것이다."

결코 불가능은 없다. 그대 자신이 어렵다고 생각하면서 스스로 물러나지 않는 한 그대는 충분히 붓다의 제자가 될 수 있다. 얻기 어렵다고 생각하던 그 힘의 존재에 대해서 그대 역시 깜짝 놀랄 수밖에 없을 것이다.

붓다께서는 사부대중으로서 계법을 지니는 사람들은 모두 붓다의 제자라고 했고, 붓다의 경經과 도를 배우는 이 역시 모두 붓다의 제자라고 하셨다.

쉼 없이 닦아나가라. 그 힘과 용기를 확고히 하라. 그대 역시 붓다의 제자인 것을 스스로 확인하라.

에세이로 읽는 법구경

초판 1쇄 발행	2024년 6월 15일

지은이	법구
펴낸이	한승수
펴낸곳	문예춘추사

편 집	구본영
디자인	박소윤 페이지엔
마케팅	박건원 김홍주

등록번호	제300-1994-16
등록일자	1994년 1월 24일

주 소	서울특별시 마포구 동교로 27길 53, 309호
전 화	02 338 0084
팩 스	02 338 0087
E-mail	moonchusa@naver.com

I S B N	978-89-7604-664-2 03810